Issue d'une famille dont les origines remontent aux passagers du *Mayflower*, **Lara Adrian** vit avec son époux sur le littoral de la Nouvelle-Angleterre, où elle profite des charmes de cimetières centenaires, du confort moderne et des embruns de l'océan Atlantique.

Du même auteur, chez Milady :

Minuit :

1. *Le Baiser de minuit*
2. *Minuit écarlate*
3. *L'Alliance de minuit*
4. *Le Tombeau de minuit*
5. *Le Voile de minuit*
6. *Les Cendres de minuit*
7. *Les Ombres de minuit*
8. *Captive de minuit*

www.milady.fr

Lara Adrian

Captive de minuit

Minuit – 8

Traduit de l'anglais (États-Unis) par Pascal Tilche

Milady

Milady est un label des éditions Bragelonne

Titre original : *Taken by Midnight*

Publié en accord avec Dell Books, une maison d'édition
de The Random House Publishing Group,
une division de Random House, Inc.

ISBN : 978-2-8112-0868-4

Bragelonne – Milady
60-62, rue d'Hauteville – 75010 Paris

E-mail : info@milady.fr
Site Internet : www.milady.fr

À la merveilleuse Heather Rogers !

Remerciements

Lors de l'écriture de chacun de mes livres, je me rends compte de la chance que j'ai de travailler avec des gens si talentueux et si consciencieux, et en particulier mes éditeurs et mes agents, aux États-Unis comme à l'étranger. Merci infiniment pour tout ce que vous faites. C'est un vrai privilège de travailler avec vous tous.

Une mention spéciale aux membres de ma maisonnée pour le soin qu'ils prennent de moi, en me nourrissant et en gérant toutes ces choses que j'ai tendance à laisser aller à vau-l'eau quand je suis immergée avec bonheur dans l'écriture. Je ne m'en sortirais pas sans votre amour et votre soutien.

Quant à mes lecteurs, qu'ils acceptent toute ma gratitude pour la manière dont ils accueillent mes personnages et l'honneur qu'ils me font en m'accordant leur temps et leur amitié chaque fois qu'ils s'installent pour lire un de mes livres. J'espère que vous continuerez à vous enthousiasmer pour la suite !

Chapitre premier

— *La vie… ou la mort?*

Les mots lui parvinrent à travers l'obscurité, des syllabes bien détachées véhiculées par une voix blanche qui traversa son esprit embrumé pour la forcer à se réveiller, à écouter. À faire un choix.

— *La vie?*

» *Ou la mort?*

La joue collée au plancher froid, elle grogna et tenta de bannir de son esprit la voix et la décision qu'elle exigeait d'elle implacablement. Ce n'était pas la première fois qu'elle entendait ces mots, cette question. Pas la première fois non plus en l'espace de plusieurs heures interminables qu'elle soulevait à regret une paupière lourde sur le calme glacial de sa cabane pour se retrouver face à l'horrible visage d'un monstre.

Un vampire.

— Choisis, murmura la créature en sifflant lentement le mot.

Le vampire était accroupi au-dessus d'elle à l'endroit où elle était étendue, recroquevillée et tremblante de froid devant le foyer éteint. Ses crocs brillaient au clair de lune, effilés comme des rasoirs, mortels. Leur pointe était toujours tachée de sang frais, son sang à elle, qu'il avait tiré à la morsure qu'il lui avait faite à la gorge quelques instants plus tôt.

Elle essaya de se lever, mais parvint à peine à fléchir ses muscles affaiblis. Elle tenta de parler, mais ne réussit qu'à gémir. Elle avait la gorge sèche comme du papier de verre et la langue épaisse et molle.

Dehors, l'hiver alaskain rugissait, mordant et inflexible. Et il n'y aurait eu personne pour l'entendre crier, même si elle avait essayé.

Cette créature pouvait la tuer à sa guise. Elle ne comprenait pas pourquoi elle ne l'avait pas encore fait. Elle ne comprenait pas pourquoi le vampire continuait à exiger d'elle une réponse à une question qu'elle s'était elle-même posée presque chaque jour au cours des quatre années qui venaient de s'écouler.

Depuis l'accident qui lui avait arraché son mari et sa petite fille.

Combien de fois s'était-elle dit qu'elle aurait préféré mourir avec eux sur cette route verglacée ? Tout aurait été tellement plus simple, moins douloureux, si ç'avait été le cas.

Elle ressentait comme du jugement dans les yeux inhumains qui la regardaient sans ciller dans le noir, brûlants à force de briller, les pupilles aussi étroites que celles d'un chat. L'immense vampire était nu, tête et corps imberbes recouverts de marques intriquées dont les motifs en arabesques semblaient pulser de couleurs vives tandis qu'il l'observait. Le silence se prolongea ; il la considérait patiemment comme il l'aurait fait d'un insecte piégé dans un bocal.

Quand il parla de nouveau, ses lèvres restèrent closes et les mots pénétrèrent dans le crâne de Jenna comme de la fumée, s'enfonçant profondément dans son esprit.

— *La décision t'appartient, femme. Alors, qu'est-ce que ce sera : la vie ou la mort ?*

— Va te faire foutre ! lâcha-t-elle, la voix éraillée et la bouche pâteuse.

De ses doigts dont la puissance évoquait un étau, le vampire lui attrapa le menton et la força à lui faire face. Puis il inclina la tête, ses yeux de chats dénués de toute émotion, et, le souffle court, parla à travers ses lèvres et ses crocs tachés de sang.

— Choisis. Le temps nous est compté.

Pas d'impatience dans son grognement, rien que de l'indifférence. Une apathie qui semblait signifier qu'il se fichait réellement de la réponse.

La rage la prit. Elle aurait voulu lui dire d'aller se faire voir, d'arrêter ses simagrées et de la tuer, si c'était ce qu'il avait l'intention de faire. Elle n'allait certainement pas se mettre à le supplier, bordel ! Elle était prête à lancer ce défi et la colère poussa ce dernier le long de sa gorge en feu jusqu'au bout de sa langue.

Mais les mots refusèrent de sortir.

Elle ne parvint pas à lui demander de la tuer. Et ce même alors que la mort était probablement le seul moyen pour elle d'échapper à la terreur qui la submergeait. La seule échappatoire à la souffrance qu'elle éprouvait de la perte des deux personnes qu'elle avait le plus aimées et face à l'existence sans but qui constituait son triste lot depuis leur disparition.

Il relâcha son menton et, avec un calme insupportable, la regarda retomber sur le sol. Le temps s'étira avec une lenteur impossible. Elle luttait pour animer sa voix, pour prononcer le mot qui la libérerait ou celui qui la condamnerait. Toujours accroupi près d'elle, il se balançait sur les talons et inclinait la tête en la regardant sans rien dire.

Puis, à la grande horreur de Jenna, il tendit le bras gauche et s'ouvrit l'avant-bras en y enfonçant profondément un ongle qui avait tout d'une griffe. Le sang jaillit et de lourdes gouttes écarlates vinrent éclater sur le plancher. Il plongea le doigt dans la plaie ouverte et se mit à fouiller au milieu des muscles et des tendons de son bras.

— Oh, mon Dieu ! Mais qu'est-ce que vous faites ?

Tous les sens de Jenna étaient en révolte. Son instinct lui disait que quelque chose d'horrible allait se produire, de plus affreux peut-être que sa captivité avec cette créature de cauchemar qui l'avait faite prisonnière il y avait des heures de ça pour se nourrir de son sang.

— Oh, Seigneur, non ! Je vous en prie ! Mais, bordel, qu'est-ce que vous faites ?

Il ne répondit pas, ne la regarda même pas avant d'avoir retiré de sa chair quelque chose de minuscule qu'il tenait à présent entre son pouce et son index sanglants. Puis, il cligna lentement une fois des yeux, avant de l'épingler d'un regard d'ambre hypnotique.

— La vie ou la mort ? cracha-t-il sans quitter Jenna de son regard impitoyable.

Il se pencha sur elle, la blessure qu'il s'était lui-même infligée toujours sanguinolente.

— Tu dois décider, maintenant !

Non, se dit-elle désespérément. *Non.*

Une vague de fureur se déclencha quelque part au fond de Jenna et elle ne put retenir un cri misérable.

— Non !

Elle leva les poings et se mit à marteler la chair dure et inhumaine des épaules de la créature. Soudain enragée, elle le roua de coups, y mettant toute la force qu'elle parvint à rassembler, avide de la douleur que provoquait en elle chaque impact.

— Salaud ! Non ! Fous le camp ! Ne me touche pas !

Mais elle avait beau le frapper sans relâche, aux épaules et même sur le crâne, il se collait de plus en plus à elle.

— Laisse-moi tranquille, putain ! Casse-toi !

Bientôt elle sentit l'obscurité l'envahir lourdement, comme un linceul gorgé d'eau qui ralentissait ses mouvements et ses pensées.

Ses muscles finirent par refuser de lui obéir. Mais elle continua avec des mouvements ralentis, comme si elle boxait au milieu d'un océan de goudron.

— Non, gémissait-elle, les yeux fermés à l'obscurité qui l'entourait. (Elle s'enfonçait de plus en plus dans un vide dépourvu de tout son, de tout poids, de toute fin.) Non… Laisse-moi partir. Salaud ! Laisse-moi…

Faisant appel au peu de force et de volonté qui lui restait, elle envoya un nouveau coup à la créature qui la maintenait au sol. Elle sentit le muscle épais absorber le choc. Alors elle s'accrocha à son geôlier, de tous ses doigts, de tous ses ongles. Et elle eut la surprise de sentir de l'étoffe se plisser dans ses mains. De la laine tricotée, chaude. Et pas la peau nue moite de la créature qui s'était introduite de force chez elle pour l'y retenir prisonnière.

Ce trouble fut comme un coup de semonce dans son esprit embrumé.

— Qui… ? Non, ne me touchez pas…

— Jenna, vous m'entendez ?

La chaude voix de baryton, si près de son visage, lui sembla familière. Et aussi curieusement apaisante.

Elle la renvoyait à quelque chose tout au fond d'elle-même, lui donnait quelque chose à quoi se raccrocher au milieu du sombre océan insondable qui l'entourait. Elle gémit, toujours perdue mais animée à présent d'un très vague espoir de survie.

La voix profonde qu'elle avait tant besoin de réentendre s'éleva de nouveau.

— Kade, Alex. Oh, putain, elle revient à elle. Je crois qu'elle a fini par se réveiller.

Jenna inspira avec difficulté, l'air lui manquait.

— Laissez-moi partir, murmura-t-elle, pas sûre de pouvoir se fier à ses impressions, de pouvoir se fier à quoi que ce soit désormais. Oh, mon Dieu… Non, s'il vous plaît, ne me touchez pas. Ne…

— Jenna ? (Non loin d'elle une voix féminine prenait forme. Ses inflexions étaient tendres, chargées d'inquiétude. Une amie.) Jenna, ma chérie, c'est moi, Alex. Tout va bien maintenant. Tu comprends ? Tu es en sûreté, je te le promets.

Lentement, les mots d'Alex firent leur chemin dans l'esprit de Jenna, apportant avec eux une impression de soulagement et de réconfort. Un sentiment de paix, malgré la terreur glacée qui parcourait encore ses veines.

Avec effort, elle ouvrit les yeux et se débarrassa en cillant du brouillard qui voilait ses perceptions. Elle distingua trois formes au-dessus d'elle, deux immenses, forcément masculines, l'autre grande et élancée, féminine. Sa meilleure amie, Alexandra Maguire.

— Que… Où suis…

— Chuuut, souffla Alex. Ne dis rien. Ménage-toi. Ça va. Tu es dans un endroit sûr. Tout va bien se passer maintenant.

Jenna cligna des yeux. Lentement, les silhouettes debout autour d'elle prenaient forme humaine. Se redressant à moitié, elle se rendit compte qu'elle tenait toujours fermement le pull de laine que portait le plus grand des deux mâles, l'immense Afro-Américain au crâne rasé et à la carrure de rugbyman, dont la voix chaude l'avait aidée à sortir de la terreur asphyxiante de son cauchemar.

L'homme qu'elle avait frappé sans relâche pendant Dieu savait combien de temps, car elle l'avait pris pour la créature infernale qui l'avait attaquée en Alaska.

— Eh, murmura-t-il, en esquissant un sourire attendri.

Ses yeux marron foncé restaient rivés sur les siens. Et, alors qu'elle relâchait sa prise sur son pull pour se rallonger sur le lit, son sourire s'agrandit.

— Content de voir que vous avez décidé de rejoindre le monde des vivants !

Jenna fronça les sourcils à cette plaisanterie, qui lui rappelait le choix terrible que lui avait imposé son agresseur. Elle laissa échapper un soupir rauque en luttant pour appréhender son nouvel environnement. Elle se sentait un peu comme Dorothy se réveillant dans la campagne du Kansas après son séjour au pays d'Oz.

Sauf que, dans ce scénario-ci, Oz avait été un pays de douleur ininterrompue, une sorte d'enfer plein de sang.

Mais au moins cette épreuve horrible avait-elle pris fin.

Elle regarda Alex.

— Où sommes-nous ?

Son amie s'approcha et lui posa un linge humide sur le front.

— Tu es en sûreté, Jenna. Ici, rien de mal ne pourra t'arriver.

— Où ? répéta Jenna avec insistance.

Un curieux sentiment de panique s'emparait d'elle. Certes le lit sur lequel elle était étendue, avec ses coussins épais et ses couvertures molletonnées, était luxueux, mais elle n'avait pas pu s'empêcher de remarquer les murs blancs, ainsi que la batterie de moniteurs et d'appareils de mesure installés dans la pièce.

— Qu'est-ce que c'est que cet endroit, un hôpital ?

— Pas vraiment, répondit Alex. Nous sommes à Boston, dans une installation privée. C'était le meilleur choix au niveau sécurité, pour toi comme pour nous tous.

Boston ? Une installation privée ? Cette explication par trop vague ne contribuait pas réellement à la faire se sentir mieux.

— Où est Zach ? J'ai besoin de le voir. Je dois lui parler.

À la mention du frère de Jenna, l'expression d'Alex s'altéra. Elle resta silencieuse un long moment. Trop longtemps. Elle jeta un regard par-dessus son épaule à l'autre homme. Avec ses cheveux noirs en épis, ses yeux gris acier pénétrants et ses pommettes anguleuses, il semblait vaguement familier à Jenna. Alex prononça son nom en murmurant :

— Kade…

— Je vais chercher Gideon, dit-il en caressant la joue d'Alex.

Cet homme – Kade – était à l'évidence un ami d'Alex. Un ami intime même. Alex et lui allaient ensemble ; malgré son esprit troublé, Jenna pouvait sentir l'amour profond qui les unissait. En s'écartant d'Alex, Kade jeta un regard à l'autre homme.

— Brock, assure-toi que tout reste calme ici pendant mon absence.

L'air grave, ce dernier acquiesça d'un signe de tête. Et pourtant, quand Jenna leva les yeux vers lui, il rencontra son regard avec le même calme souriant que celui avec lequel il l'avait accueillie à son réveil dans cet endroit bizarre.

Sentant une boule d'angoisse monter dans sa gorge, Jenna déglutit.

— Alex, dis-moi ce qui se passe. Je sais que j'ai été… attaquée. J'ai été mordue. Oh, Seigneur… il y avait une… une créature, qui est parvenue je ne sais comment à s'introduire chez moi et qui m'a attaquée.

Alex arborait une expression grave. En un geste tendre, elle posa une main sur celle de Jenna.

— Je sais, ma chérie, ce que tu as traversé a dû être terrible. Mais tu es là, maintenant. Dieu merci, tu as survécu.

Secouée par un sanglot, Jenna ferma les yeux.

— Alex, cette créature… elle s'est nourrie de mon sang !

Sans que Jenna s'en aperçoive, Brock s'était rapproché du lit. Il était à présent juste à côté d'elle et il tendit la main pour faire courir ses doigts le long de sa nuque. Ils étaient chauds et leur caresse d'une tendresse incroyable. L'apaisement qu'ils provoquaient était une sensation des plus étranges.

Quelque chose en elle aurait voulu rejeter ce contact non sollicité, mais il y avait une autre partie d'elle-même, une partie en manque et vulnérable qu'elle supportait mal d'avoir à reconnaître – et plus encore à laisser s'exprimer –, qui ne parvenait pas à refuser ce réconfort. Son pouls agité se calma sous la caresse rythmée de ces doigts qui allaient et venaient sur son cou.

— Ça va mieux ? demanda-t-il d'une voix tranquille en retirant sa main.

Elle laissa échapper un long soupir et hocha faiblement la tête.

— Il faut vraiment que je voie mon frère. Est-ce que Zach sait que je suis là ?

Après un silence pénible, Alex finit par desserrer les lèvres.

— Jenna, ma chérie, ne t'inquiète de rien ni de personne d'autre pour l'instant, d'accord ? Tu as eu trop de choses à supporter. Pour l'instant, concentrons-nous sur toi et tâchons de faire en sorte que tu ailles mieux. C'est ce que voudrait Zach lui aussi.

— Où est-il, Alex ?

Même si cela faisait des années que Jenna ne portait plus l'insigne et le badge de policier des Alaska State Troopers, elle savait quand quelqu'un tentait d'esquiver ses questions. Elle était capable de voir quand quelqu'un essayait de protéger une personne, de lui épargner une souffrance. Et c'était ce qu'Alex était justement en train de faire pour elle.

— Qu'est-il arrivé à mon frère ? Je veux le voir. Il lui est arrivé quelque chose, Alex. Je le vois bien à ta tête. Il faut que je sorte d'ici... maintenant.

Brock approcha de nouveau sa grande main, mais cette fois Jenna la repoussa. Elle avait juste eu un petit mouvement de poignet, mais la main de Brock vola comme si elle avait mis toute sa force – et plus encore – dans son mouvement.

— Qu'est-ce que... ?

Brock fronça les sourcils et quelque chose de brillant et de dangereux se mit à vibrer dans son regard sombre, avant de disparaître sans que Jenna se soit vraiment rendu compte de ce qu'elle avait vu.

À cet instant précis, Kade revint dans la pièce, accompagné de deux autres hommes. L'un, grand et mince, de carrure athlétique, avait une couronne de cheveux blonds ébouriffés et portait des lunettes de soleil bleu pâle qui lui tombaient sur le nez et lui donnaient un petit air de savant fou. L'autre, les cheveux noirs et l'air sinistre, pénétra dans la chambre comme un roi médiéval ; sa présence seule exigeait l'attention de tous et semblait rendre l'atmosphère électrique.

Jenna déglutit. En tant qu'ex-policière, elle avait été habituée à se retrouver devant des hommes qui faisaient deux fois sa taille sans ciller. Il en avait toujours fallu beaucoup pour l'intimider, mais en présence des près de cinq cents kilos de muscles et de force brute que représentaient les quatre hommes qui l'entouraient, pour ne rien dire de la menace qu'ils projetaient autour d'eux sans même avoir l'air de s'en rendre compte, elle eut beaucoup de mal à ne pas baisser les yeux devant les regards scrutateurs, presque méfiants, qu'ils lui adressaient tous.

Où qu'elle ait été amenée et qui qu'aient été ces hommes avec lesquels Kade était associé, Jenna eut l'impression très nette que la prétendue « installation privée » n'était absolument pas un hôpital. En tout cas, il était clair que ce n'était pas un club de loisirs.

— Et ça ne fait que quelques minutes qu'elle est réveillée ? demanda le blond, dont la voix était empreinte d'un soupçon d'accent anglais. (Brock et Alex hochèrent tous deux la tête et il s'approcha du lit.) Bonjour, Jenna. Je suis Gideon. Et voici Lucan, dit-il en désignant son impressionnant compagnon, qui se tenait à présent à côté de Brock de l'autre côté de la pièce. (Gideon la regardait en fronçant les sourcils au-dessus de ses lunettes.) Comment vous sentez-vous ?

Elle fronça à son tour les sourcils.

— Comme si je m'étais fait renverser par un bus. Un bus qui apparemment m'a tirée à travers le continent de l'Alaska à Boston.

— C'était le seul moyen, intervint Lucan d'un ton égal mais sans réplique. (C'était lui le chef, aucun doute n'était permis.) Vous savez trop de choses et vous aviez besoin de soins et d'une surveillance spécialisés.

Elle n'aimait pas du tout ce qu'elle entendait.

— Ce dont j'ai besoin, c'est de rentrer chez moi. Quoi que ce monstre m'ait fait subir, j'ai survécu. Et je n'aurai besoin d'aucune surveillance ni d'aucun soin parce que je me porte très bien.

— Non, déclara Lucan, péremptoire. Vous n'allez pas bien. Loin de là, en fait.

Même s'il avait dit ça sans la moindre cruauté ni la moindre menace dans la voix, une crainte glaciale s'insinua chez Jenna. Elle regarda Alex et Brock, les deux personnes qui lui avaient assuré à peine quelques minutes plus tôt qu'elle allait bien et qu'elle était en sécurité, qui de fait étaient parvenues à la faire se sentir en sûreté après le cauchemar dont elle avait encore le goût sur la langue. Mais ni l'un ni l'autre ne disait plus rien à présent.

Elle détourna le regard, blessée et vraiment effrayée à l'idée de ce que ce silence pouvait signifier.

— Je dois sortir d'ici. Je veux rentrer chez moi.

Mais quand elle lança les jambes par-dessus le bord du matelas pour se lever, ce ne fut ni Lucan, ni Brock, ni aucun des deux autres baraqués qui l'en empêchèrent, mais Alex. La meilleure amie de Jenna s'était avancée pour lui barrer le passage, son air grave plus efficace que toute la force brute prête à intervenir qui emplissait la pièce.

— Jen, il faut que tu m'écoutes, maintenant. Que tu nous écoutes tous. Il y a des choses que tu dois comprendre… à propos de ce qui est arrivé en Alaska, et de ce que nous devons encore élucider. Des trucs dont tu es la seule à détenir peut-être l'explication.

Jenna secoua la tête.

— Je ne sais pas de quoi tu parles. Tout ce que je sais, c'est que j'ai été retenue prisonnière et agressée – mordue et saignée, bon Dieu ! – par quelque chose de pire qu'un cauchemar. Et ce « quelque chose » est peut-être encore là-bas, à Harmony. Je ne peux pas rester ici assise à ne rien faire alors que le monstre qui m'a terrorisée est peut-être en train de faire subir les mêmes horreurs à mon frère ou à n'importe qui d'autre chez moi.

— Ça n'arrivera pas, dit Alex. La créature qui t'a attaquée, l'Ancien, est morte. Personne à Harmony ne risque plus rien de sa part désormais. Kade et les autres s'en sont assurés.

Le soulagement que ressentit Jenna à cette nouvelle fut de très courte durée car, malgré la bonne nouvelle que constituait la mort de son agresseur, elle sentait toujours une peur glaciale envahir son cœur.

— Et Zach ? Où est mon frère ?

Alex lança un regard à Kade et à Brock, qui tous deux s'étaient rapprochés du lit. Elle hocha légèrement la tête et, sous sa frange de cheveux blond foncé, ses yeux marron exprimaient une profonde tristesse.

— Oh, Jenna… Je suis vraiment désolée.

Jenna entendit les mots de son amie, mais ne voulut pas comprendre ce qu'ils signifiaient. Son frère, tout ce qui lui restait comme famille, était mort ?

— Non.

Elle avala le mot, sentant le chagrin envahir sa gorge tandis qu'Alex la prenait dans ses bras pour la réconforter.

Avec la peine surgirent des souvenirs : la voix d'Alex qui l'appelait depuis l'extérieur de la cabane dans laquelle la créature la dominait dans l'obscurité. Les cris de colère de Zach, chaque syllabe chargée d'une menace mortelle. Mais une menace dirigée contre qui ? Elle ne l'avait pas su alors. Et à présent elle n'était pas sûre que ça ait encore la moindre importance.

Il y avait eu un coup de feu à l'extérieur, une fraction de seconde avant que la créature ne bondisse à travers les panneaux de bois usés de la porte d'entrée et se précipite dans la neige. Elle se souvint des hurlements poussés par son frère. De la terreur absolue qui avait précédé le silence.

Puis… plus rien.

Elle s'arracha à l'étreinte d'Alex, ravalant ses larmes. Elle n'allait pas craquer comme ça, pas devant ces hommes à la mine sinistre qui la regardaient tous avec un mélange de pitié et d'intérêt prudent et inquisiteur.

— Je vais y aller maintenant.

Elle avait puisé profondément en son for intérieur pour en ramener le ton du flic avec lequel il ne faut pas plaisanter qui l'avait si bien servie lors de son passage dans la police.

Elle se leva et ne ressentit qu'un léger tremblement dans les jambes, rien de plus. La voyant pencher un peu de côté, Brock tendit la main comme pour l'empêcher de chuter, mais elle retrouva l'équilibre avant qu'il ait pu lui offrir cette aide non sollicitée.

Elle n'avait pas besoin qu'on la chouchoute, ça aurait risqué de l'affaiblir.

— Alex va me montrer la sortie.

Lucan se racla la gorge ostensiblement.

— Hum ! Je crains bien que non, intervint Gideon, avec une politesse toute britannique qui n'empêchait pas la fermeté. Maintenant que vous êtes enfin réveillée et cohérente, nous allons avoir besoin de votre aide.

— Mon aide ? (Elle fronça les sourcils.) Mon aide pour quoi ?

— Nous devons comprendre exactement ce qui s'est passé entre vous et l'Ancien pendant qu'il était avec vous. Et plus précisément s'il vous a dit des choses ou transmis des informations d'une quelconque autre façon.

Jenna ricana.

— Désolée, mais j'ai déjà traversé cette épreuve une fois. Je n'ai aucune envie de la revivre pour vous avec tous ses détails horribles. Merci, mais non. J'aimerais autant l'oublier complètement.

— Il y a quelque chose que vous devez voir, Jenna. (Cette fois, c'était Brock qui avait parlé. Sa voix était mesurée, plus soucieuse qu'impérative.) Je vous en prie, écoutez-nous jusqu'au bout.

Elle resta muette, ne sachant quoi dire, et Gideon profita de son silence indécis pour reprendre la parole.

— Nous vous observons depuis votre arrivée au complexe, énonça-t-il en rejoignant un panneau de commande monté sur le mur.

Il tapa quelque chose au clavier et un écran plat descendit du plafond. L'image vidéo qui s'y afficha semblait la représenter, endormie dans cette même chambre. Rien d'extraordinaire, rien d'autre qu'elle, allongée sur le lit.

— Ça commence à devenir intéressant vers la quarante-troisième heure.

Il saisit une nouvelle commande et la vidéo avança jusqu'au repère qu'il venait de mentionner. Jenna se regardait à l'écran, sentant monter en elle un sentiment d'inquiétude en voyant son double vidéo commencer à s'agiter et à se tordre avant de se mettre à frapper violemment le matelas. Elle murmurait quelque chose dans son sommeil, une suite de sons ; des mots et des phrases, elle en était certaine, même si elle était bien incapable d'en saisir le sens.

— Je ne comprends pas. Que se passe-t-il ?

— Nous espérons que vous pourrez nous le dire, déclara Lucan. Est-ce que vous reconnaissez la langue que vous parlez dans cet enregistrement ?

— Une langue ? Pour moi, c'est du charabia.

— Vous êtes bien sûre ? (Il ne semblait pas convaincu.) Gideon, l'extrait suivant.

La vidéo s'accéléra jusqu'à un autre épisode, qui déstabilisa Jenna encore plus que le premier. Éberluée, elle se vit lancer les poings dans tous les sens tout en débitant un discours qui n'avait aucun sens pour elle.

Il lui en fallait beaucoup pour se laisser impressionner, mais cette vidéo digne d'un service de psychiatrie était vraiment la goutte qui faisait déborder le vase.

— Arrêtez ce truc, murmura-t-elle. S'il vous plaît. Je ne veux pas en voir plus pour l'instant.

— Nous en avons des heures pleines, expliqua Lucan pendant que Gideon arrêtait la vidéo. Vous avez été sous observation vingt-quatre heures sur vingt-quatre depuis le début.

— Depuis le début, répéta Jenna. Mais depuis quand suis-je là ?

— Ça fait cinq jours, répondit Gideon. D'abord, nous avons cru que c'était un coma induit par les traumatismes que vous aviez subis, mais vos constantes sont restées normales tout le temps. Et vos analyses de sang sont normales elles aussi. D'un strict point de vue diagnostique, vous avez simplement… (il parut chercher le mot juste) dormi.

— Pendant cinq jours, dit-elle, histoire d'être sûre d'avoir bien compris. Personne ne dort comme ça cinq jours d'affilée. Il doit y avoir autre chose qui cloche chez moi. Seigneur, après tout ce qui s'est passé, je devrais voir un médecin, me faire admettre dans un véritable hôpital.

Lucan hocha gravement la tête.

— Gideon s'y connaît mieux que quiconque vous pourriez voir en surface. Ce truc ne peut être traité par la médecine humaine.

— La médecine humaine ? Mais qu'est-ce que ça veut dire enfin ?

— Jenna, dit Alex en lui prenant la main. Je sais que tu dois être troublée et effrayée. J'ai ressenti la même chose moi aussi il y a très peu de temps, même si je ne peux pas imaginer ce que tu as dû endurer. Mais il faut que tu sois forte maintenant. Tu dois nous faire confiance, me faire confiance quand je te dis que tu ne pourrais pas être en de meilleures mains. Nous allons t'aider. Nous allons trouver une solution, je te le promets.

— Une solution à quoi ? Dis-moi. Putain, j'ai besoin de savoir ce qui se passe vraiment !

— Montre-lui les radios, murmura Lucan à l'adresse de Gideon, qui tapa une série de touches sur le clavier du panneau de commande.

— La première a été prise quelques minutes après votre arrivée dans le complexe, expliqua-t-il alors qu'un crâne et le haut d'une colonne vertébrale apparaissaient à l'écran.

Tout en haut des vertèbres de Jenna, il y avait quelque chose de la taille d'un grain de riz qui brillait vivement.

Sa voix, quand elle l'eut enfin recouvrée, tremblait très légèrement.

— Qu'est-ce que c'est ?

— Nous ne savons pas vraiment, répondit Gideon avec beaucoup de douceur. (Il passa à l'image suivante.) Celle-ci a été prise vingt-quatre heures plus tard. On distingue comme des filaments qui ont commencé à se déployer à partir de l'objet.

Tandis qu'elle observait l'image, Jenna sentit les doigts d'Alex se serrer autour des siens. Une autre image apparut. Cette fois, les filaments émanant de l'objet brillant semblaient infiltrer sa moelle épinière.

— Oh, mon Dieu, murmura-t-elle, portant sa main libre à sa nuque. (Essayant de sentir l'éventuelle excroissance de ce truc qu'elle avait en elle, elle appuya au point de manquer s'étouffer.) C'est lui qui m'a fait ça ?

« La vie… ou la mort ? »

« La décision t'appartient, femme. »

Les mots du monstre lui revenaient en mémoire à présent, en même temps que le souvenir de la blessure qu'il s'était infligé à lui-même et de l'objet presque invisible qu'il était allé cueillir dans sa propre chair.

« La vie… ou la mort ? »

« Choisis ! »

— Il a mis quelque chose dans mon corps, murmura-t-elle.

Le léger déséquilibre qu'elle avait ressenti quelques instants plus tôt se manifesta de nouveau, plus fort cette fois. Ses genoux cédèrent, mais avant qu'elle ne se retrouve par terre, Brock et Alex l'avaient tous deux soutenue. Jenna ne pouvait détacher les yeux de la radio qui emplissait l'écran, aussi terrifiante qu'elle fût.

— Oh, mon Dieu, gémit-elle. Mais qu'est-ce que ce monstre m'a fait, bordel ?

Lucan la regarda intensément.

— C'est ce que nous avons bien l'intention de découvrir.

Chapitre 2

Debout à l'extérieur de la chambre quelques minutes plus tard, Brock et les autres guerriers regardaient Alex qui, assise sur le bord du lit, réconfortait son amie. Jenna n'avait pas eu de crise de nerfs et ne s'était pas non plus effondrée. Elle avait laissé Alex la prendre dans ses bras, mais ses yeux noisette étaient restés secs. Elle regardait devant elle, son expression indéchiffrable, comme vitrifiée par le choc.

Gideon se racla la gorge et, détournant le regard de la petite vitre de la porte de l'infirmerie, rompit le silence.

— L'un dans l'autre, ça s'est plutôt bien passé.

Brock grogna.

— Ouais, si l'on considère qu'elle vient juste d'émerger d'un sommeil de cinq jours pour apprendre que son frère est mort, qu'elle a été saignée par le papy de tous les suceurs de sang, qu'on l'a amenée ici contre sa volonté… Ah ! Et, au fait, on a trouvé incrusté dans votre moelle épinière un truc qui vient probablement d'une autre planète, alors, félicitations, il y a des chances pour que, par-dessus le marché, vous soyez désormais un cyborg. (Il lâcha un juron.) Seigneur, quel bordel !

— Oui, c'est vrai, dit Lucan. Mais ce serait encore bien pire si nous n'avions pas la situation en main. Tout ce que nous avons à faire maintenant, c'est de garder cette femelle tranquille et sous observation constante jusqu'à ce que nous comprenions mieux ce qu'est et comment agit l'implant, et ce qu'il peut éventuellement signifier pour nous. Sans parler du fait que l'Ancien doit avoir eu une raison de le lui mettre dans le corps. C'est une question qui réclame une réponse, et une réponse rapide.

Comme les autres, Brock acquiesça. Ce ne fut qu'un petit mouvement, mais faire jouer les muscles de son cou déclencha chez lui une douleur nouvelle. Il se pressa les tempes des doigts, attendant la fin de la crise.

À côté de lui, Kade fronça ses sourcils noirs au-dessus de ses yeux de loup gris acier.

— Ça va ?

— Nickel, murmura Brock, irrité par cette manifestation publique d'inquiétude, même si elle émanait du guerrier qui était pour lui comme un frère. (Et bien que la violence du traumatisme de Jenna le déchirât de l'intérieur, Brock se contenta de hausser les épaules.) C'est pas grand-chose. Rien que de très classique en tout cas.

— Ça fait presque une semaine d'affilée que tu absorbes la douleur de cette femelle, lui rappela Lucan. Si tu as besoin d'une pause…

Brock laissa filer un juron à voix basse.

— Il n'y a rien chez moi dont quelques heures de patrouille ce soir ne puissent venir à bout.

Son regard revint à la petite vitre de la porte. Comme tous les membres de la Lignée, Brock possédait un don qui lui était propre. Son aptitude à absorber la souffrance des humains avait aidé à maintenir Jenna en bon état depuis l'épreuve qu'elle avait eu à subir en Alaska, mais ce talent avait ses limites.

À présent qu'elle était consciente et en mesure de fournir à l'Ordre les informations dont ses membres avaient besoin sur ce qui s'était passé avec l'Ancien et sur le matériau extraterrestre qu'il lui avait implanté dans le corps, les problèmes de Jenna Darrow lui appartenaient en propre.

— Il y a quelque chose d'autre que vous devez tous savoir à propos de cette femelle, annonça Brock en la regardant balancer ses jambes nues par-dessus le bord du lit et se lever.

Il essaya de ne pas remarquer comment la chemise d'hôpital blanche remontait à mi-cuisses juste avant que ses pieds touchent le sol et de se concentrer sur la vitesse à laquelle elle trouva son équilibre. Après cinq jours passés à dormir à plat sur le dos, ses muscles absorbaient son poids presque sans problème.

— Elle est plus forte qu'elle ne devrait l'être. Il y a quelques minutes, alors qu'il n'y avait qu'Alex et moi dans la pièce avec elle, Jenna s'est mise à s'agiter parce qu'elle voulait voir son frère. Je me suis approché pour la toucher afin de la calmer et elle a repoussé ma main, me jetant comme si je ne pesais rien ou presque.

Kade leva un sourcil.

— Même si on ne tient pas compte de ton appartenance à la Lignée et des réflexes qui vont avec, tu dois bien faire soixante kilos de plus que cette femelle.

— C'est bien ce que je dis. (Brock ramena le regard sur Lucan et les autres.) Je ne pense pas qu'elle se soit rendu compte de la signification de son geste, mais il n'y a aucun doute sur la puissance dont elle a fait preuve sans même le vouloir. Et à part ça, elle marche sans aide alors qu'elle vient juste de se lever.

— Seigneur, lâcha Lucan, la mâchoire contractée.

— Sa douleur est plus forte maintenant qu'avant, aussi, ajouta Brock. Je ne sais pas ce qui se passe, mais, à présent qu'elle est éveillée, tout semble s'intensifier chez elle.

Une expression de plus en plus soucieuse sur le visage, Lucan se tourna vers Gideon.

— Et nous sommes certain qu'elle est humaine et pas Compagne de sang ?

— Cent pour cent *Homo sapiens*, confirma le petit génie de l'Ordre. J'ai demandé à Alexandra de faire un scan visuel de la peau de son amie juste après leur arrivée d'Alaska. Il n'y avait nulle part de tache de naissance en forme de goutte tombant dans un croissant de lune sur le corps de Jenna. Quant aux analyses de sang et d'ADN, tous les échantillons que j'ai prélevés étaient parfaitement normaux. J'ai fait des tests toutes les vingt-quatre heures et rien de notable n'en est sorti. Pour l'instant, à part la présence de l'implant, tout chez cette femme est parfaitement ordinaire.

Ordinaire ! Brock faillit ricaner en entendant ce mot pour le moins inadéquat. Bien sûr, ni Gideon ni aucun des autres guerriers n'avaient assisté à l'examen corporel complet subi par Jenna à son arrivée au complexe. Elle était alors déchirée par la douleur et n'avait pas arrêté de perdre et de reprendre conscience depuis le moment où Kade et Alex, ainsi que Brock et les autres membres de l'équipe qui les avaient rejoints en Alaska, avaient fait le voyage de retour sur Boston avec elle.

Comme il était le seul à pouvoir la stabiliser, Brock avait été chargé de rester au côté de Jenna pour garder la maîtrise de la situation du mieux possible. Son rôle aurait dû être purement professionnel, clinique et détaché. Un outil spécialisé qu'on garde à portée de main en cas d'urgence.

Et pourtant il avait eu une réaction étonnamment peu professionnelle à la vue du corps nu de Jenna. Cela s'était passé cinq jours auparavant, mais il se souvenait de chaque centimètre carré de sa peau ivoire comme s'il était en train de la regarder et, à cette évocation, son pouls s'emballa.

Il se rappelait chacune des courbes de son corps, le moindre grain de beauté, chaque cicatrice – des traces d'une césarienne jusqu'aux perforations et aux lacérations guéries qui parsemaient son torse et ses avant-bras, témoignages d'une autre épreuve terrible qui avait précédé celle qu'elle venait de subir.

Et son attitude n'avait rien eu de clinique et de détachée quand Jenna s'était mise à convulser sous la douleur quelques instants après qu'Alex eut fini de chercher sans succès la présence d'une tache de naissance prouvant que son amie était une Compagne de sang comme les autres femmes qui vivaient dans le complexe. Il avait placé les mains de chaque côté de son cou et absorbé sa douleur, bien trop conscient de la douceur de sa peau sous ses doigts. Il serra les poings comme le souvenir lui en revenait.

Il n'avait pas besoin de penser à cette femme, nue ou non. Sauf qu'à présent qu'il avait commencé, il n'y avait pas grand-chose d'autre à quoi il put penser. Et lorsqu'elle leva les yeux et croisa son regard à travers la petite vitre de la porte, une flèche incandescente le traversa.

C'était déjà assez dur de la désirer, mais ce qui le mettait vraiment hors de lui, c'était le sentiment protecteur qui suivait le désir. Ça l'avait pris en Alaska, lorsque lui et les autres guerriers l'avaient trouvée. Et ça n'avait pas faibli depuis qu'elle se trouvait au complexe. On aurait même pu dire que ce sentiment s'était renforcé à la voir se débattre au plus profond du sommeil étrange qui l'avait laissée inconsciente depuis que son épreuve aux mains de l'Ancien avait pris fin.

Le regard franc et direct de Jenna ne lâchait pas le sien. Il s'y lisait de la prudence, voire de la suspicion. Mais pas de faiblesse, pas plus que dans son menton légèrement relevé. Il était clair que Jenna Darrow était une femme forte, malgré tout ce qu'elle avait traversé, et il se demanda s'il n'aurait pas préféré une hystérique en larmes à cette femelle pleine de maîtrise dont le regard déterminé refusait de lâcher le sien.

Elle était calme et stoïque, aussi courageuse que belle, et cela la rendait d'autant plus attirante.

— Quand as-tu effectué les tests sanguins et ADN pour la dernière fois ? demanda Lucan, et cette question eut le mérite de donner une nouvelle direction aux pensées de Brock.

Gideon remonta sa manche de chemise pour regarder sa montre.

— J'ai fait le dernier prélèvement il y a à peu près sept heures de ça.

Lucan grogna en se détournant de la porte de l'infirmerie.

— Recommence tout maintenant. Et si les résultats ont changé ne serait-ce que d'un iota par rapport aux derniers, je veux le savoir immédiatement.

Gideon acquiesça.

— Étant donné ce que nous a dit Brock, j'aimerais aussi faire quelques tests d'effort et d'endurance. Toute information supplémentaire pourrait s'avérer cruciale pour comprendre ce à quoi nous avons affaire ici.

— C'est toi qui vois, rétorqua Lucan. Fais-le, c'est tout. Et vite. Cette situation a son importance, c'est clair, mais nous ne pouvons nous permettre de nous laisser retarder sur les autres.

Tous les guerriers présents inclinèrent la tête, conscients que la présence d'un humain dans le complexe était une complication dont l'Ordre n'avait vraiment pas besoin alors qu'il avait encore un dangereux ennemi dans la nature, à savoir Dragos, un aîné de la Lignée qu'il poursuivait depuis près d'un an.

Cela faisait de nombreuses décennies que Dragos complotait en grand secret sous plusieurs alias, faisant appel à de puissantes alliances clandestines. Comme l'avaient découvert les guerriers, ses opérations étaient multiples et concernaient de nombreux secteurs, et chacune d'entre elles fonctionnait en synergie avec les autres pour tendre vers un but unique : lui assurer une domination totale aussi bien sur la Lignée que sur l'humanité.

L'objectif principal de l'Ordre était sa destruction et le démantèlement rapide et permanent de toutes ses opérations. Il s'agissait de l'extirper complètement du paysage. Mais cela présentait certaines difficultés. L'individu avait disparu peu de temps auparavant et il se protégeait derrière toute une série d'écrans opaques grâce à ses alliés secrets non seulement au sein de la nation vampire, mais probablement aussi en dehors d'elle. Par ailleurs, Dragos disposait d'une armée d'assassins entraînés dont le nombre n'était pas connu et qui avaient tous été créés et élevés pour tuer. Ces mâles létaux étaient la progéniture directe de cet extraterrestre qui, jusqu'à sa fuite en Alaska quelques semaines auparavant et sa mort un peu plus tard, avait été le prisonnier de Dragos.

Brock reporta son regard sur la chambre, où Jenna s'était mise à marcher de long en large comme un lion en cage. Dire que l'Ordre avait de quoi s'occuper en ce moment était un euphémisme. Et, à présent qu'elle était réveillée, son rôle à lui, Brock, était terminé. Son don lui avait permis d'aider Jenna à traverser la semaine qui venait de s'écouler, mais désormais son sort dépendait de Gideon et de Lucan.

Dans la pièce, Alex s'écarta de son amie et rejoignit la porte. Elle l'ouvrit et sortit, son regard exprimant clairement son inquiétude.

— Comment va-t-elle ? demanda Kade en venant se coller à sa femme comme aimanté par elle.

C'était un couple récent, car ils s'étaient rencontrés pendant la mission de Kade en Alaska, mais à regarder le guerrier et sa jolie Compagne de sang pilote de brousse, il paraissait impossible qu'ils n'aient été ensemble que depuis deux semaines.

— Est-ce que Jenna a besoin de quoi que ce soit, mon cœur ?

— Elle est bouleversée, et ça peut se comprendre, répondit Alex en se lovant contre Kade comme il venait de le faire avec elle. Je pense qu'elle se sentira mieux après avoir pris une bonne douche et endossé des vêtements propres. Elle dit qu'elle est en train de devenir chèvre dans cette pièce et veut aller marcher pour se détendre les jambes. Je lui ai dit que j'allais demander si c'était possible.

Alex avait dit ça en regardant Lucan, adressant ainsi la requête directement au plus âgé des membres de l'Ordre, qui était aussi son fondateur et son chef.

— Jenna n'est pas prisonnière ici, déclara ce dernier. Elle est bien sûr libre de se laver, de s'habiller et de se promener.

— Merci, répondit Alex, la gratitude le disputant à présent à l'incertitude dans son regard. Je lui ai dit qu'elle ne serait pas considérée comme une prisonnière, mais elle n'a pas eu l'air de me croire. Après ce qu'elle a enduré, j'imagine que ça n'a rien d'étonnant. Je vais aller lui répéter ce que tu viens de dire, Lucan.

Alors qu'elle faisait demi-tour, le chef de l'Ordre se racla la gorge. La compagne de Kade lança un regard par-dessus son épaule et stoppa en voyant le regard sévère de Lucan.

— Jenna est libre d'aller et venir, comme de faire à peu près tout ce qu'elle désire… à condition toutefois qu'il y ait quelqu'un avec elle et qu'elle ne tente pas de quitter le complexe. Fais en sorte qu'elle ait tout ce dont elle peut avoir besoin. Quand elle sera prête pour sa balade dans le complexe, Brock la prendra en charge. Il sera responsable de son bien-être et s'assurera qu'elle ne se perde pas en route.

Brock eut bien du mal à ravaler un juron.

Fabuleux! se dit-il avec ironie, prêt à refuser la mission qui allait l'obliger à rester au plus près de Jenna Darrow.

Mais, au lieu de ça, il accepta l'ordre de Lucan d'un hochement de tête.

CHAPITRE 3

C'est en serrant les poings que Jenna plongea les mains au fond des poches du peignoir blanc dont elle venait de refermer la ceinture sur sa mince chemise d'hôpital. Elle avait les pieds qui flottaient dans les mules neuves qu'Alex avait trouvées dans le tiroir d'une commode dans l'infirmerie où elle s'était réveillée il y avait moins d'une heure de ça. Si les mules étaient trop grandes, c'était qu'elles étaient prévues pour un homme de grande taille comme l'étaient les vampires qui vivaient dans le complexe. Jenna se mit à traîner les pieds à côté de son amie le long d'un couloir de marbre blanc brillamment éclairé qui serpentait dans un dédale apparemment sans fin d'autres couloirs du même type.

Elle se sentait curieusement engourdie, pas seulement à cause du choc qu'avait provoqué chez elle l'annonce de la mort de son frère, mais aussi parce que le cauchemar dont elle s'était réveillée n'avait pas vraiment pris fin, même si elle avait survécu. La créature qui l'avait attaquée chez elle avait été tuée, à ce qu'on lui avait dit, mais elle n'était pas pour autant libérée de son emprise.

Après ce qu'elle avait vu sur les radios et sur les vidéos à l'infirmerie, elle savait que quelque chose de ce monstre la retenait encore sans pitié. Rien que ça aurait pu la faire hurler de terreur. Tout au fond d'elle-même, la peur et le chagrin bouillonnaient. Mais elle maintint fermement le couvercle sur l'hystérie qui menaçait de s'emparer d'elle, se refusant à laisser voir une telle faiblesse, même à sa meilleure amie.

Mais elle abritait aussi en elle un vrai calme, un calme qu'elle avait éprouvé dans l'infirmerie depuis le moment où Brock avait posé ses mains sur elle et lui avait promis qu'elle était en sûreté. C'était cette assurance et sa propre détermination à tenir le coup qui l'empêchaient de craquer tandis qu'elle parcourait le labyrinthe de couloirs au côté d'Alex.

— On y est presque, annonça Alex en faisant franchir un nouveau coin à Jenna pour rejoindre une autre longueur de couloir étincelant. Je me suis dit que tu serais plus à ton aise pour te laver et t'habiller dans l'appartement que Kade et moi occupons qu'à l'infirmerie.

Jenna parvint à hocher vaguement la tête, même si cela lui paraissait difficile d'imaginer un endroit où elle puisse être à son aise dans ce lieu étrange et étranger. Elle marchait doucement, son instinct de policier, quoique rouillé, la titillant tandis qu'elles passaient porte anonyme après porte anonyme dans les couloirs. Il n'y avait là pas la moindre fenêtre donnant sur l'extérieur, rien qui puisse indiquer où se situait l'installation ou ce qu'il pouvait bien y avoir au-delà de ses murs. Rien non plus qui permette de savoir s'il faisait jour ou nuit à l'extérieur.

Au-dessus de sa tête, dans ce couloir comme dans les autres, de petits dômes noirs dissimulaient ce qu'elle devinait être des caméras de surveillance. Tout ça était très high-tech, très privé et très sécurisé.

— C'est quoi cet endroit ? Un bâtiment gouvernemental ? demanda-t-elle, exprimant ses soupçons à voix haute. Certainement pas civil, en tout cas. C'est une installation militaire ?

Alex lui lança un regard hésitant et scrutateur.

— C'est encore plus sécurisé que tous ces trucs. Nous sommes à trente étages sous terre, pas loin de Boston.

— Ah, un bunker, alors, conclut Jenna, qui tentait toujours de comprendre. Mais si ce n'est ni gouvernemental ni militaire, c'est quoi ?

Alex réfléchit à sa réponse un peu plus qu'il ne paraissait nécessaire.

— Le complexe dans lequel nous sommes, comme le domaine clos qui est au-dessus en surface, appartient à l'Ordre.

— L'Ordre, répéta Jenna en se disant que l'explication d'Alex soulevait plus de questions sur l'endroit qu'elle ne donnait de réponses.

Elle ne s'était jamais trouvée dans un site de ce genre auparavant. Son équipement high-tech lui était parfaitement étranger. Tout ça était bien loin de tout ce qu'elle avait connu dans la cambrousse alaskaine ou même ailleurs dans le pays.

Pour en rajouter dans l'étrangeté, le sol de marbre blanc poli sous ses mules était incrusté d'une pierre noire brillante qui formait des motifs curieux, des arabesques et des formes géométriques complexes qui ressemblaient un peu à des tatouages tribaux.

Des dermoglyphes.

Le mot lui était venu à l'esprit elle ne savait d'où, comme une réponse à une question qu'elle n'aurait même pas su formuler. Il était bizarre, comme tout ce qui concernait cet endroit et les gens qui semblaient l'habiter. Et pourtant l'aplomb avec lequel son esprit venait de lui fournir le terme lui donnait l'impression qu'elle devait l'avoir pensé ou prononcé des milliers de fois.

Mais c'était impossible.

— Jenna, ça va ? (Alex s'arrêta dans le couloir quelques pas plus loin que le point où Jenna venait de se figer.) Tu es fatiguée ? On peut se reposer une minute, si tu en as besoin.

— Non, je vais bien. (Jenna sentit qu'elle fronçait les sourcils en lâchant du regard les dessins intriqués qui ornaient le sol lisse.) Je suis juste… un peu à côté de la plaque.

Et ça ne venait pas seulement de l'étrangeté de l'endroit où elle se trouvait. Tout lui paraissait différent, jusqu'à son propre corps. Quelque part dans sa tête elle savait bien qu'après avoir passé cinq jours inconsciente sur un lit d'hôpital elle aurait dû être épuisée par la distance qu'elle venait de parcourir, aussi peu importante qu'elle ait pu être.

Les muscles ne se remettaient pas de ce genre d'inactivité sans quelque douleur et sans un peu de rééducation. Elle le savait d'expérience, suite à l'accident qui, quatre ans plus tôt, l'avait envoyée dans une unité de soins intensifs de Fairbanks. Ce même accident qui avait coûté la vie à son mari et à sa petite fille.

Jenna se rappelait fort bien les semaines de rééducation pénible qu'il lui avait fallu endurer pour tenir de nouveau debout et réapprendre à marcher. Et pourtant, à présent, malgré l'épreuve dont elle venait à peine de sortir, ses membres lui semblaient solides et souples, absolument pas affectés par leur inactivité prolongée.

Et même, son corps lui paraissait curieusement revitalisé. Plus fort et pourtant d'une certaine façon pas tout à fait le sien.

— Rien de tout ça n'a de sens pour moi, murmura-t-elle alors qu'elle et Alex reprenaient leur progression dans le long couloir.

— Oh, Jen ! (Alex lui posa tendrement la main sur l'épaule.) Je connais le trouble que tu dois ressentir en ce moment. Crois-moi, je sais par quoi tu passes. J'aimerais tant que rien de tout ça ne te soit arrivé. J'aimerais qu'il y ait pour toi un moyen de revenir en arrière.

Jenna cligna lentement des yeux, consciente de la profondeur des regrets exprimés par son amie. Elle avait des questions, tant de questions, mais tandis qu'elles continuaient d'avancer leur parvint un mélange de voix qui provenait d'une salle aux parois vitrées un peu plus loin dans le couloir. Elle entendit la voix de baryton de Brock et les syllabes plus aériennes débitées rapidement avec un léger accent britannique par l'homme qui s'était présenté à elle comme Gideon.

Comme elles approchaient de la salle de réunion, elle s'aperçut que celui qui s'appelait Lucan était là aussi, ainsi que Kade et deux autres, dont la présence ne faisait que renforcer la vibration de puissance qui émanait de ces hommes vêtus de treillis noirs et à la ceinture garnie de nombreuses armes.

— C'est le labo, expliqua Alex. Tout l'équipement informatique que tu vois là est l'affaire de Gideon. Kade dit que c'est une espèce de génie pour tout ce qui a trait à la technologie. Probablement même un génie universel.

Alors qu'elles s'arrêtaient dans le couloir, Kade leva les yeux et regarda Alex avec insistance à travers la paroi vitrée. Il y avait comme de l'électricité dans ce regard et il aurait vraiment fallu que Jenna ait été étendue inconsciente sur son lit d'infirmerie pour ne pas sentir la chaleur partagée entre Alex et son homme.

Mais elle aussi avait droit à des regards de la part des autres vampires réunis dans la pièce vitrée. Lucan et Gideon se retournèrent tous deux vers elle, comme deux autres hommes immenses qu'elle ne reconnaissait pas. L'un d'entre eux était un blond à l'air sévère et aux yeux d'or dont le regard lui parut aussi froid et insensible qu'une lame de poignard. L'autre avait le teint très mat et une épaisse couronne de cheveux chocolat qui mettaient en valeur ses yeux topaze protégés par de longs cils ; toute une série de cicatrices zébraient la partie gauche de son visage, aux traits par ailleurs parfaits. Il y avait de la curiosité dans le regard de tous ces hommes, peut-être aussi un peu de méfiance.

— Ce sont le Chasseur et Rio, indiqua Alex en montrant le blond menaçant puis le brun aux cicatrices. Ils font eux aussi partie de l'Ordre.

Jenna hocha légèrement la tête, se sentant aussi peu à son aise devant ces hommes que lors de son premier jour dans les Alaska State Troopers, non seulement bleusaille, mais femelle de surcroît. Cependant, ce qu'elle ressentait là n'avait pas vraiment à voir avec une discrimination sexiste et de minables insécurités masculines. Elle avait suffisamment eu à se confronter à ce genre de stupidités pendant le temps qu'elle avait passé dans la police pour se rendre compte que c'était quelque chose de différent. Quelque chose de beaucoup plus profond.

Là, elle sentait qu'elle piétinait une terre sacrée. Sans que ce soit vraiment exprimé, elle comprit à la façon dont les cinq paires d'yeux l'étudiaient que, dans cet endroit, parmi ces gens, elle était d'une certaine façon l'ultime étrangère.

Même le regard sombre et enveloppant que Brock posait sur elle semblait la soupeser et dire qu'il n'était pas sûr d'être content de la voir là, malgré toute l'attention et toute la gentillesse qu'il lui avait manifestées à l'infirmerie.

Et Jenna ne lui aurait pas donné tort une seule seconde. Elle était en accord avec la vibration qu'elle recevait à travers les parois vitrées du labo. Sa place n'était pas là. Ces gens n'étaient pas sa communauté.

Non, il y avait clairement quelque chose dans chacun des visages durs et indéchiffrables tournés vers elle qui lui disait qu'ils n'étaient pas du tout de la même espèce qu'elle. Ils étaient quelque chose d'autre… quelque chose de différent.

Mais après ce qu'elle avait traversé dans sa cabane en Alaska, après ce qu'elle avait vu sur l'écran à l'infirmerie, pouvait-elle être certaine de ce qu'elle était elle-même à présent ?

La question lui fit froid dans le dos.

Elle ne voulait pas y penser. Elle pouvait à peine supporter l'idée que quelque chose d'aussi monstrueux et terrifiant que la créature qui l'avait gardée prisonnière chez elle pendant de longues heures d'affilée s'était nourrie d'elle. Et que cette même créature lui avait implanté un corps étranger dans la moelle épinière, bouleversant ainsi complètement sa vie ou du moins le peu qui en restait.

Qu'allait-elle devenir à présent ?

Comment pourrait-elle jamais redevenir la femme qu'elle était avant ?

Jenna faillit s'effondrer sous le poids de ces questions et de toutes celles qu'elle n'osait même pas se poser encore.

Pour ne rien arranger, le trouble qui ne l'avait pas quittée depuis qu'elle était sortie de l'infirmerie s'intensifiait. Tout, autour d'elle, semblait s'amplifier, depuis le léger bourdonnement des néons au-dessus de sa tête – des néons dont la luminosité était trop forte pour ses yeux sensibles – jusqu'aux battements accélérés de son cœur, qui paraissait vouloir passer en surrégime et pompait trop de sang dans ses veines. Sa peau paraissait trop tendue, enveloppant un corps qu'une nouvelle conscience étrange enflammait. Elle en avait senti les effets dès qu'elle avait ouvert les yeux à l'infirmerie et, au lieu de s'affaiblir, ils étaient de plus en plus nets.

Un nouveau pouvoir étrange semblait grandir en elle.

S'étendre, s'éveiller…

— Je me sens bizarre, déclara-t-elle à Alex alors que ses tempes se mettaient à battre au rythme de son cœur et que ses paumes devenaient moites dans les poches de son peignoir. Je crois qu'il faut que je sorte d'ici, que je prenne l'air.

Alex tendit la main et repoussa une mèche de cheveux du visage de Jenna.

— Mon appartement est juste un peu plus loin par là. Tu te sentiras beaucoup mieux après une bonne douche chaude, j'en suis sûre.

— D'accord, murmura Jenna, laissant Alex l'écarter du labo vitré et des regards troublants fixés sur elle.

Quelques mètres plus loin, dans une courbe du couloir, les portes d'un ascenseur s'ouvraient. Trois femmes portant des parkas et des bottes humides en sortirent. Elles étaient suivies par une fillette elle aussi chaudement équipée qui tenait en laisse une paire de chiens – un petit terrier tout excité qui ne payait pas de mine et la chienne de traîneau gris et blanc d'Alex, Luna, toujours aussi majestueuse, qui, visiblement, avait elle aussi fait le voyage depuis l'Alaska.

Dès que les yeux bleus perçants de Luna eurent repéré Alex et Jenna, elle s'élança vers elles. La fillette qui tenait les laisses lâcha un petit cri amusé et la capuche de sa parka lui tomba dans le dos, révélant une tignasse blonde au-dessus de son visage aux traits délicats.

— Salut, Alex ! lança-t-elle en riant tandis que Luna la traînait dans son sillage. On vient juste de rentrer d'une balade dehors. Ça caille sec là-haut !

S'accroupissant pour caresser la grosse tête de Luna, Alex fit un grand sourire à l'enfant.

— Merci de l'avoir emmenée. Je sais qu'elle aime ta compagnie, Mira.

La petite fille hocha la tête avec enthousiasme.

— Moi aussi, je l'aime. Et Harvard aussi.

Pour manifester son accord (ou son désaccord), le cabot aboya une fois et se mit à danser frénétiquement autour de Luna en agitant à toute vitesse sa petite queue boudinée.

— Bonjour, dit l'une des trois femmes. Je m'appelle Gabrielle. Ça fait plaisir de vous voir remise sur pied, Jenna.

— Oh, excusez-moi, intervint Alex, se relevant pour faire les présentations. Jenna, Gabrielle est la compagne de Lucan.

— Salut.

Jenna sortit la main de sa poche et la tendit pour serrer celle de la jolie jeune femme aux cheveux auburn. Une superbe Afro-Américaine qui se tenait au côté de Gabrielle tendit aussi la sienne avec un charmant sourire de bienvenue.

— Et je suis Savannah, dit-elle d'une voix de velours qui rassura immédiatement Jenna. Je suis sûre que vous avez déjà rencontré mon compagnon, Gideon.

Jenna acquiesça, se sentant bien mal armée pour les mondanités malgré la chaleur que lui manifestaient les autres femmes.

— Et voici Tess, ajouta Alex, montrant la dernière du trio, une blonde dans un état de grossesse avancé, dont les yeux vert d'eau dénotaient une sagesse qu'on n'aurait pas crue possible chez quelqu'un de son âge. C'est la compagne de Dante et leur fils doit naître très bientôt.

— Plus que quelques semaines, annonça Tess en tendant la main à Jenna, tout en posant doucement l'autre sur son ventre rebondi. Nous nous sommes tous fait beaucoup de souci pour vous depuis votre arrivée ici, Jenna. Avez-vous besoin de quoi que ce soit ? Si nous pouvons faire quelque chose, surtout n'hésitez pas à nous le dire.

— Pouvez-vous me ramener en arrière d'une semaine environ ? demanda Jenna, qui ne plaisantait qu'à moitié. J'aimerais vraiment effacer les derniers jours et retourner à ma vie en Alaska. Quelqu'un ici peut-il faire ça pour moi ?

Les femmes se regardèrent, gênées.

— J'ai bien peur que ce soit impossible, répondit Gabrielle. (Et, bien qu'on pût lire le regret sur son visage, la compagne de Lucan continua avec l'assurance sereine d'une femme consciente de sa propre autorité quoique peu encline à en abuser.) Ce que vous avez traversé est terrible, Jenna. Mais le seul moyen d'en sortir, c'est d'avancer. Je suis désolée.

— Pas autant que moi, répliqua Jenna.

Alex murmura quelques mots d'adieu aux autres femmes, puis elle grattouilla Luna derrière les oreilles et lui fit un rapide baiser sur la truffe avant d'entraîner Jenna plus loin dans le couloir. Celle-ci entendit alors à distance le bruit métallique de lames qu'on frotte les unes contre les autres et des rires étouffés au milieu d'un échange verbal animé entre au moins une femme et trois hommes.

Alors qu'elles passaient un coin, le bruit de voix et d'armes s'évanouit.

— Combien de personnes vivent ici ? demanda Jenna.

Alex inclina la tête, réfléchissant.

— L'Ordre comprend actuellement dix membres vivant dans le complexe. Tous, à l'exception de Brock, du Chasseur et de Chase, sont accouplés, ce qui fait sept femmes comme moi, plus Mira.

— Soit dix-huit personnes en tout, reprit Jenna après avoir fait l'addition dans sa tête.

— Dix-neuf maintenant, la corrigea Alex en lui lançant un regard par-dessus son épaule.

— Je ne suis qu'intérimaire, dit Jenna, qui s'arrêta derrière Alex devant une porte que rien ne distinguait des autres. Dès que l'un de tes nouveaux amis agents secrets aura déterminé le moyen de me débarrasser de ce truc que j'ai dans le cou, je m'en irai. Je n'ai rien à faire ici, Alex. Ma vie est en Alaska.

Devant le sourire de compassion qui flottait sur les lèvres d'Alex, le pouls de Jenna s'accéléra.

— Eh bien, voilà, nous y sommes, annonça Alex.

Elle ouvrit la porte, qui donnait sur un appartement privé, et fit signe à Jenna de la suivre à l'intérieur. Puis elle entra et alluma une lampe de table qui emplit le vaste espace d'une lumière tamisée. Alex paraissait gênée. Elle virevoltait dans la pièce en parlant trop fort.

— Je veux que tu te sentes chez toi, Jen. Détends-toi quelques minutes dans le salon si tu veux. Je vais te chercher des vêtements de rechange et régler la douche pour toi. À moins que tu ne préfères faire un somme ? Je pourrais te donner l'un des tee-shirts de Kade comme pyjama et rabattre les draps pour que tu puisses t'allonger sur le lit.

— Alex !

Alex disparut dans la chambre adjacente tout en continuant à babiller.

— Est-ce que tu as faim ? Veux-tu que je te prépare quelque chose à manger ?

Jenna avança jusqu'à la porte de la chambre.

— Dis-moi ce qui se passe ici. Je veux dire ce qui se passe vraiment.

Cette fois, Alex se tut.

Elle tourna lentement la tête et regarda Jenna pendant une bonne minute.

— Je veux juste savoir, dit Jenna. Putain, j'ai besoin de savoir. S'il te plaît, Alex, tu es mon amie. Dis-moi la vérité.

Alex laissa échapper un long soupir en secouant lentement la tête.

— Oh, Jen. Il y a tant de choses que tu ne sais pas. Des choses que je ne savais pas moi-même il y a à peine deux semaines, avant l'arrivée de Kade à Harmony.

Jenna restait là debout à regarder son amie d'habitude si directe lutter pour trouver ses mots.

— Dis-moi, Alex, de quoi s'agit-il ?

— De vampires, Jen, il s'agit de vampires. (Elle avait murmuré le mot mais son regard n'avait pas flanché.) Tu sais maintenant qu'ils existent. Tu as pu le constater par toi-même. Mais ce que tu ne sais pas, c'est qu'ils ne sont pas ce que nous ont appris les films d'horreur et les romans d'épouvante.

Jenna ricana.

— Le truc qui m'a attaqué était tout ce qu'il y a de plus horrible.

— Je sais, continua Alex, d'un ton implorant. Je ne peux pas excuser ce que l'Ancien t'a fait subir, bien sûr. Mais laisse-moi terminer. Il y a d'autres individus de son espèce qui ne sont pas si différents de nous, Jen. En surface, bien sûr, nous ne sommes pas tout à fait pareils. Leurs besoins vitaux sont différents, mais ils possèdent au fond d'eux un noyau d'humanité. Ils ont des familles et des amis. Ils sont capables d'infiniment d'amour, de gentillesse et d'honneur. Comme chez nous, il y a chez eux des gentils et des méchants.

À peine une semaine plus tôt, Jenna aurait éclaté de rire en entendant quelque chose d'aussi farfelu que ce qu'Alex était en train de lui raconter.

Mais tout avait changé depuis. Au point où elle en était à présent, cette semaine avait des allures de siècle. Jenna ne pouvait pas rire, ne pouvait même pas rétorquer quoi que ce soit à Alex tandis que celle-ci continuait, expliquant comment la Lignée, le nom collectif par lequel les vampires préféraient qu'on les appelle, était née et avait prospéré pendant des milliers d'années à l'ombre de l'humanité.

Jenna ne pouvait qu'écouter Alex lui raconter comment l'Ordre avait été fondé il y avait de ça des siècles par Lucan et une poignée d'autres, dont la plupart étaient morts depuis longtemps. Les hommes qui avaient leur quartier général dans ce complexe étaient tous des guerriers, y compris Kade et Brock, et même Gideon, le charmant geek du lot. C'étaient des vampires, surnaturels et létaux. Ils étaient quelque chose de différent, comme l'instinct de Jenna le lui avait suggéré.

Tous les membres de l'Ordre, jusqu'au dernier, s'étaient engagés à protéger aussi bien la race humaine que la Lignée, leur mission de base étant de faire la guerre aux vampires accros au sang, qu'ils appelaient des Renégats.

Jenna retint son souffle en entendant Alex lui avouer à voix basse que quand elle était enfant en Floride, sa mère et son jeune frère avaient été attaqués et tués par des Renégats et qu'elle et son père leur avaient échappé de peu.

— L'histoire que nous avons racontée à tout le monde à propos de maman et de Richie quand nous avons emménagé à Harmony n'était que ça, Jen, une histoire. C'était un mensonge auquel nous voulions tous deux croire. Je pense que papa y est parvenu, et puis la maladie d'Alzheimer s'est occupée du reste. J'aurais presque pu y croire moi aussi, jusqu'à ce que les meurtres commencent en Alaska. Alors j'ai compris que je ne pouvais plus fuir devant la réalité. Je devais lui faire face.

Jenna ferma les yeux, laissant toutes ces révélations incroyables faire leur chemin en elle. Elle les ressentait comme un lourd manteau qu'on lui aurait posé soudain sur les épaules. Elle ne pouvait nier l'épreuve qu'elle avait traversée, pas plus que la douleur insupportable que représentait ce qu'avait vécu sa meilleure amie dans son enfance. Mais, heureusement, pour Alex, tout ça était du passé. Elle avait poursuivi sa vie et elle avait fini par rencontrer le bonheur en la personne de Kade, ce qui n'était pas dénué d'ironie.

Jenna espérait qu'elle arriverait à dépasser le cauchemar qui avait été le sien, mais, quand elle pensait à l'objet inconnu qui flottait à la base de son crâne, elle ressentait le froid de chaînes la retenant prisonnière.

— Et moi ? s'entendit-elle murmurer. (Son ton de voix grimpa avec l'angoisse qui envahit ses veines.) Qu'en est-il du truc que j'ai en moi, Alex ? Qu'est-ce que c'est ? Comment vais-je m'en débarrasser ?

— Nous n'avons pas encore ces réponses, Jenna. (Alex se rapprocha, les sourcils froncés d'inquiétude.) Nous ne savons pas, mais je te promets que nous allons trouver un moyen de t'aider. Kade et le reste de l'Ordre feront tout ce qui est en leur pouvoir pour comprendre ce que c'est. Entre-temps, ils te protégeront et feront en sorte que tu ne manques de rien.

— Non. (Jenna croisa les bras comme pour se réchauffer.) Tout ce dont j'ai besoin, c'est d'être chez moi. Je veux rentrer à Harmony.

— Oh, Jen. (Alex secoua lentement la tête.) La vie que tu as connue en Alaska n'existe plus. Tout a changé à Harmony. Il a fallu prendre des précautions.

Ce qu'elle venait d'entendre ne plaisait pas du tout à Jenna.

— Mais de quoi tu parles ? Quelles précautions ? Qu'y a-t-il de changé ?

— L'Ordre a dû faire en sorte qu'il n'y ait pas de fuites à propos de l'Ancien et des événements étranges qui se sont produits dans la région. (Alex ne quittait pas Jenna des yeux.) Ils ont nettoyé la mémoire de tous les habitants de la semaine au cours de laquelle ont eu lieu les meurtres et les autres morts. Pour tous les gens là-bas, toi et moi avons quitté Harmony depuis des mois. Tu ne peux pas retourner sur place et risquer de provoquer de nombreuses questions. Ça nous retomberait dessus avec fracas.

Jenna s'efforça de ne pas craquer en assimilant tout ce qu'elle entendait. Des vampires et un quartier général clandestin. Un monde parallèle qui existait aux côtés du sien depuis des milliers d'années. Sa meilleure amie des deux dernières décennies qui avait à peine survécu à une attaque de vampires quand elle était enfant.

Et puis il y avait la partie du discours d'Alex qui la ramenait à un chagrin récent : les multiples homicides qui avaient eu lieu à Harmony, dont apparemment celui de son frère.

— Dis-moi ce qui est arrivé à Zach.

Le visage d'Alex exprima le regret.

— Il avait des secrets, Jen. Beaucoup de secrets. Il vaut peut-être mieux que tu ne saches pas tout…

— Dis-moi tout, l'interrompit Jenna, furieuse de se voir ainsi materner, même par Alex. Nous n'avons jamais eu pour habitude de nous raconter des histoires et il est hors de question pour moi de commencer maintenant.

Alex hocha la tête.

— Zach dealait de la drogue et vendait de l'alcool aux autochtones. Lui et Skeeter Arnold travaillaient ensemble depuis longtemps. Je ne l'ai compris que quand Zach… (Elle laissa échapper un soupir.) Quand j'ai confronté Zach à ce que je savais, il est devenu violent, Jen. Il m'a menacée de son arme.

Jenna ferma les yeux, malade à l'idée que son frère, son aîné, le flic décoré qu'elle avait essayé d'imiter presque toute sa vie, était en fait corrompu. Mais il était vrai que, bien que frère et sœur, ils n'avaient jamais été très proches et s'étaient éloignés de plus en plus l'un de l'autre ces dernières années.

Bon Dieu, combien de fois avait-elle insisté auprès de Zach pour qu'il regarde de plus près les activités douteuses de Skeeter Arnold dans la région ? À présent son peu d'empressement à le faire n'avait plus rien d'étonnant pour elle. Il se fichait pas mal de ce qui se passait en ville. Il était plus préoccupé par le besoin de se protéger. Jusqu'où serait-il allé pour éviter que son sale petit secret ne soit révélé au grand jour ?

— Est-ce qu'il t'a fait du mal, Alex ?

— Non, répondit cette dernière. Mais il aurait fini par m'en faire, Jen. J'ai filé sur ma motoneige pour rejoindre ta cabane et il m'a suivie. Quand nous sommes arrivés, il a tiré, plus pour me faire peur qu'autre chose. Ensuite tout est allé à une vitesse effrayante. Dans la seconde qui a suivi son coup de feu, l'Ancien s'est précipité à travers ta porte et l'a attaqué. De là, tout a été fini très vite pour lui.

Jenna resta le regard dans le vague un long moment, incapable de trouver ses mots.

— Seigneur, Alex ! Tout ce que tu me racontes là… Tout est vrai… hein ? Tout ?

— Oui. Tu as dit que tu voulais savoir. Alors je n'ai pas pu te cacher tout ça, et je crois que c'est mieux que tu comprennes ce qui s'est passé.

Jenna fit un pas en arrière et manqua de trébucher. Elle était soudain envahie par le trouble, submergée par une émotion qui l'empêchait de respirer correctement.

— Je dois… J'ai besoin d'être seule un moment…

Alex hocha la tête.

— Je sais à quel point ça doit être dur pour toi, Jenna, crois-moi.

Jenna se glissa vers la salle de bains, Alex à son côté, collée à elle comme si elle avait peur qu'elle ne défaille. Mais Jenna n'allait pas s'évanouir. Elle était abasourdie et secouée par ce qu'elle venait d'entendre, mais son corps et son esprit ne ressentaient aucune vraie faiblesse.

L'adrénaline affluait dans son corps, s'emparant de ses sens et mettant son instinct en alerte rouge. Il allait falloir lutter ou fuir. Elle se força à paraître calme en regardant Alex, un calme qu'elle ne ressentait absolument pas.

— Je crois que je vais prendre cette douche. J'ai juste… je veux être seule un petit moment. J'ai besoin de réfléchir…

— Bien sûr, acquiesça Alex en faisant entrer Jenna dans l'immense salle de bains. Prends tout le temps qu'il te faut. Je vais te chercher des vêtements et des chaussures et puis je serai juste là dehors si tu as besoin de moi.

Jenna hocha la tête et suivit des yeux Alex jusqu'à la porte, attendant qu'elle la ferme derrière elle. C'est seulement alors qu'elle se laissa aller aux larmes. Elles coulaient le long de ses joues, brûlantes comme de l'acide, même si le reste de son être lui semblait glacé jusqu'à la moelle.

Elle se sentait perdue et effrayée, aussi abattue qu'un animal pris au piège. Il fallait qu'elle sorte de cet endroit, même si elle devait métaphoriquement se bouffer un membre pour s'échapper en manipulant une amie à cette fin.

Jenna régla l'eau de l'immense douche à deux places. Comme la vapeur commençait à emplir la pièce, elle revit en pensée l'ascenseur qui avait amené les autres femmes et la fillette depuis l'extérieur.

Elle pensa à la liberté et à ce qu'il faudrait qu'elle fasse pour la retrouver.

— Encore deux foutues heures à tuer avant le coucher du soleil, annonça Brock en regardant la pendule au mur du labo comme s'il avait pu forcer la nuit à arriver. (Il s'écarta de la table de conférence sur laquelle il s'était appuyé, des fourmis dans les jambes, animé d'un vrai besoin de bouger.) Les jours sont peut-être courts à cette époque de l'année en Nouvelle-Angleterre, mais, bordel, qu'est-ce qu'ils peuvent se traîner par moments.

Il se mit à arpenter la pièce et sentit qu'on le regardait. Il n'y avait que lui, Kade et Gideon encore au labo. Lucan était parti retrouver Gabrielle, et le Chasseur et Rio rejoindre Renata, Nikolaï et Tegan dans la salle d'armes pour s'entraîner avant le début des patrouilles de nuit en ville. Il aurait bien dû aller avec eux. Au lieu de ça, il était resté au labo, curieux de voir les résultats des derniers tests sanguins effectués par Gideon sur Jenna.

Il s'arrêta devant un écran où défilaient des chiffres.

— Combien de temps encore, Gid ?

Pendant quelques secondes seul lui répondit le cliquetis des touches du clavier de Gideon.

— Je fais une dernière analyse ADN et on devrait avoir les premiers résultats.

Brock grogna. Impatient, il croisa les bras et reprit ses allées et venues dans la pièce.

— Tout va bien ?

En tournant la tête, Brock croisa le regard scrutateur de Kade. Il leva un sourcil.

— Ouais, pourquoi ?

Kade haussa les épaules.

— J'en sais rien, mec. Je n'ai pas l'habitude de te voir aussi fébrile.

— Fébrile ? (Brock avait répété le mot comme s'il s'agissait d'une insulte.) Merde ! Je vois pas de quoi tu veux parler. Je ne suis pas fébrile.

— Tu es fébrile, intervint Gideon sans cesser de taper sur son clavier. En fait, ça fait quelques heures que tu es carrément à l'ouest. Depuis que l'amie humaine d'Alex s'est réveillée.

Brock fronça les sourcils et sa déambulation se fit plus agitée encore. Bon Dieu, peut-être effectivement était-il au bord des nerfs, mais seulement parce qu'il n'en pouvait plus d'attendre qu'il fasse nuit pour pouvoir enfin partir en patrouille et faire ce qu'il avait été formé à faire. C'était tout. Ça n'avait rien à voir avec quoi que ce soit, ou qui que ce soit, d'autre.

S'il était distrait par la présence de Jenna Darrow, c'était parce qu'elle constituait une violation des règles de l'Ordre.

Ses membres n'avaient jamais permis qu'un humain demeure dans leur quartier général. Et tous les guerriers étaient bien conscients de ce fait, comme leur attitude l'avait clairement démontré lorsqu'elle était passée devant le labo avec Alex quelques minutes plus tôt. Et le fait que cette femelle humaine se trimballe avec dans le corps un élément extraterrestre – un élément indéterminé, qui pourrait ou non s'avérer dangereux pour l'Ordre et sa mission contre Dragos – rendait sa présence d'autant plus déstabilisante.

Jusqu'à un certain point, tout le monde, dans le complexe, était perturbé par Jenna. Et lui était comme les autres. En tout cas c'était ce qu'il se disait en passant une fois de plus derrière Gideon et son terminal avant de pousser un juron.

— Et merde, je me casse ! Si quoi que ce soit d'intéressant ressort de ces analyses de sang avant la tombée de la nuit, je serai dans la salle d'armes.

Il alla jusqu'à la porte du labo et stoppa devant le grand panneau de verre, qui s'ouvrit devant lui. Mais il avait à peine franchi le seuil qu'Alex arriva en courant depuis la direction où se trouvait l'appartement qu'elle occupait avec Kade.

— Elle est partie ! lâcha-t-elle en pénétrant dans la salle, visiblement bouleversée. Jenna… elle est partie !

Brock ne sut pas pourquoi cette nouvelle lui fit l'effet d'un coup de poing dans l'estomac.

— Où ça ?

— Je n'en sais rien, répondit Alex, l'air misérable.

Kade fut immédiatement au côté de sa compagne.

— Qu'est-ce qui s'est passé ?

Alex secoua la tête.

— Elle a pris une douche et s'est habillée. Quand elle est sortie de la salle de bains, elle a dit qu'elle était fatiguée. Elle m'a demandé si elle pouvait s'allonger sur le canapé. Je suis allée lui chercher un oreiller et une couverture dans le placard et quand je suis revenue elle était… partie. La porte de notre appartement était grande ouverte, mais il n'y avait plus trace de Jenna. J'ai regardé un peu partout ces dernières minutes, mais je n'ai pas pu la trouver. Je suis inquiète pour elle. Et je suis désolée, Kade. J'aurais dû être plus prudente. J'aurais dû…

— Mais non, dit-il en lui caressant doucement le bras. Tu n'as rien fait de mal.

— Peut-être que si. Je lui ai dit pour la Lignée et pour l'Ordre. Je lui ai tout dit à propos de Zach et sur ce que nous avons fait à Harmony avant de partir. Elle avait tant de questions, et j'ai pensé qu'elle avait le droit de savoir.

Brock réprima le juron qu'il avait sur le bout de la langue. Il savait très bien qu'il aurait eu lui aussi beaucoup de mal à mentir à Jenna.

Kade hocha la tête et, l'air calme, posa un baiser sur le front d'Alex.

— C'est OK. Tu as bien fait. Il vaut mieux qu'elle sache la vérité tout de suite.

— J'ai juste très peur que la vérité l'ait fait paniquer.

— Oh, bordel, murmura Gideon, qui était resté devant les batteries d'ordinateurs du complexe. (L'un des panneaux qui affichaient les données des détecteurs de mouvements du domaine était en train de s'illuminer comme un arbre de Noël.) Elle est dans le manoir en surface. Ou plutôt, elle était dans le manoir. On a une alerte sécurité sur une porte extérieure.

— Je croyais que la procédure exigeait que tous les points d'entrée en surface soient verrouillés, lâcha Brock, d'un ton de reproche involontaire.

— Constate par toi-même, rétorqua Gideon, en faisant pivoter le moniteur avant de s'équiper d'une oreillette Bluetooth et de composer un numéro abrégé. Lucan, nous avons un problème.

Tandis que Gideon mettait le chef de l'Ordre au courant des événements, Brock revint vers lui, suivi de Kade et d'Alex. L'une des caméras de sécurité installées dans le manoir renvoyait l'image d'une issue. On voyait à l'écran une barre de verrouillage en acier renforcé qui avait été tordue comme un morceau de guimauve et arrachée à ses montants. La porte était grande ouverte et le reflet du soleil sur la neige qui recouvrait la pelouse était presque aveuglant, même à l'écran.

— Nom de Dieu, marmonna Brock.

À côté de lui, Alex était bouche bée d'incrédulité. Kade restait silencieux, mais quand il se tourna vers Brock son regard était grave. Au téléphone, Gideon était à présent en train de donner des instructions urgentes à l'une des femmes les plus extraordinaires du complexe, Renata, pour qu'elle monte en surface le plus vite possible afin de ramener Jenna à l'intérieur.

— Je l'ai en visu, maintenant, disait-il. Elle est du côté est du domaine et se dirige à pied vers le sud-est. Si tu prends la porte de service sud, tu devrais pouvoir la rattraper avant qu'elle atteigne la clôture.

— La clôture, murmura Brock. Seigneur, ce truc délivre des décharges de plus de quatorze mille volts.

Gideon parlait toujours, informant Renata des déplacements de Jenna.

— Coupe le jus, dit Brock. Il faut couper le courant qui alimente la clôture !

Gideon se retourna avec un air dubitatif.

— Et la laisser filer hors du domaine ? Pas question, mec.

Brock savait que le guerrier avait raison. Il savait que le plus raisonnable pour l'Ordre était de faire en sorte que Jenna reste dans les limites du complexe. Mais l'idée qu'elle puisse se trouver exposée à une décharge d'électricité potentiellement mortelle était trop pour lui, elle était tout simplement inacceptable.

Il regarda l'image transmise par la caméra de sécurité et vit Jenna, vêtue d'un pull blanc et d'un jean, qui courait à toute vitesse dans la neige, les cheveux au vent, vers la limite du domaine. Directement sur la clôture de trois mètres de hauteur qui enserrait celui-ci de toutes parts.

— Gideon, grogna-t-il en voyant la silhouette de Jenna rapetisser à l'écran. Coupe ce foutu courant !

Et sans attendre que l'autre guerrier obéisse, Brock vint abattre la main sur le panneau de commande. Accompagnées par une série ininterrompue de bips sonores, des lampes se mirent à clignoter dessus pour prévenir de l'interruption de l'alimentation électrique de la clôture.

Un long silence emplit la pièce.

— Je la vois, intervint Renata dans le haut-parleur du labo. Je suis juste derrière elle.

Les trois guerriers observaient sur l'écran la compagne de Nikolaï qui se dépêchait dans les traces laissées par Jenna dans la neige. Il leur fallut attendre pour en savoir plus.

Finalement, Renata parla de nouveau, mais le juron qu'elle lâcha dans son micro n'était pas ce à quoi les présents s'étaient attendus.

— Oh, mon Dieu ! Non !

Brock sentit la peur l'envahir.

— Qu'est-ce qui se passe ?

— Parle, lança Gideon. Que se passe-t-il, Renata ?

— Trop tard, répondit-elle, d'une voix curieusement artificielle. Je suis arrivée trop tard... Elle a filé. Elle est partie.

Gideon inclina la tête du côté de Brock.

— Elle a franchi cette foutue clôture en grimpant, c'est ça ?

— En grimpant ? (Le rire de Renata tenait du soupir.) Non, pas en grimpant. Elle... ah, merde ! Croyez-le ou non, je viens juste de la voir sauter par-dessus.

Chapitre 4

Assise à l'arrière non éclairé d'une fourgonnette de livraison, Jenna sentait la route vibrer sous ses fesses et dans les semelles de ses chaussures trempées. D'où elle se trouvait, au milieu des caissettes et des cartons empilés qui sautaient comme elle à chaque déformation de la chaussée, lui parvenait de tous côtés une odeur de viande fumée et de sueur masculine. Elle avait l'estomac qui gargouillait, mais elle ne savait pas si c'était dû à l'adrénaline qui l'envahissait ou au mélange écœurant d'odeurs.

Elle ne savait pas clairement comment elle s'était débrouillée pour s'enfuir du domaine. Son esprit n'avait toujours pas digéré les révélations des heures précédentes et ses sens avaient passé le turbo depuis le moment où elle avait décidé de fuir. Même à présent, ce qu'elle voyait, ce qu'elle entendait, les mouvements qu'elle ressentait, comme ce que ses sens lui rapportaient, tout lui semblait faire partie d'un flou chaotique.

Devant, le conducteur et son passager discutaient avec animation dans une langue étrangère aux forts accents slaves. Ils n'avaient pas eu de difficulté à la comprendre quand elle leur avait demandé de l'emmener en ville après leur avoir fait signe dans la rue qui longeait le domaine et, sur le moment, cela lui avait suffi. Mais à présent qu'ils avaient fait quelques kilomètres, elle ne pouvait s'empêcher de constater qu'ils avaient arrêté de lui sourire et de lui faire la conversation dans leur anglais approximatif.

À présent, le conducteur lui lançait des regards furtifs dans son rétroviseur, et elle n'aimait pas le son des échanges entrecoupés de gloussements qu'ils avaient à voix basse.

— À combien de kilomètres est-on du centre ? demanda-t-elle en se raccrochant à une caisse de salamis alors que la fourgonnette tournait à gauche en passant à l'orange.

Elle sentit son estomac plonger, ses oreilles tinter et sa tête battre. Plissant les yeux, elle tenta de voir quelque chose à travers le pare-brise du véhicule qui filait vers les lueurs de la ville en cette fin d'après-midi d'hiver.

— À la station de bus, oui ? C'est là que vous deviez m'emmener. On en est loin ?

Pendant un instant, elle se demanda s'ils pouvaient l'entendre par-dessus le bruit du moteur, qui augmentait comme le conducteur accélérait, au point de lui paraître assourdissant. Mais le passager se tourna vers elle et lui dit quelque chose dans sa propre langue.

Quelque chose qui sembla amuser son Schumacher de copain derrière le volant.

Jenna sentit la peur lui nouer l'estomac.

— Vous savez quoi ? J'ai changé d'avis. Pas de station de bus. Emmenez-moi à la police. Po-lice, dit-elle en insistant sur les syllabes pour qu'il n'y ait pas de confusion possible. (Comme le conducteur lui lançait un regard mauvais dans le rétroviseur, elle se désigna de la main.) Je suis flic. Moi police.

Elle avait parlé avec l'intonation sans réplique qui lui venait naturellement quand c'était nécessaire, même après toutes ces années sans uniforme. Mais si la paire de rigolos avait saisi le sens de son intonation ou ce qu'elle leur disait, ils n'avaient pas l'air de la croire pour autant.

— Police ? (Le conducteur gloussa en regardant son copain.)

—Nassi, nuk duken si ajo e policisë për ju ?

—Non, répondit celui qui, apparemment, s'appelait Nassi en secouant la tête et en découvrant en souriant des dents gâtées.

Et, parcourant lentement du regard le corps de Jenna, il ajouta :

—Për mua, ajo duket si një copë e shijshme e gomarit.

Elle m'a tout l'air d'un bon coup.

Jenna se dit que le regard concupiscent que Nassi venait de lui destiner aurait suffi à lui faire comprendre ce qu'il disait, mais les mots aussi lui avaient soudain semblé tout à fait clairs. Incroyablement clairs ! Elle regarda les deux hommes qui se remettaient à parler entre eux dans leur langue natale. Elle observa leurs lèvres, étudia les sons qui auraient dû lui être parfaitement incompréhensibles et que, pourtant, elle comprenait.

—Je ne sais pas, toi, Gresa, mon ami, mais je me ferais bien un petit cul américain, ajouta Nassi, si sûr que son discours en langue étrangère passait bien au-dessus de la tête de Jenna qu'il eut le culot de la regarder droit dans les yeux en parlant. Ramenons cette salope au bureau et amusons-nous un peu avec elle.

—Ça me va, rit Gresa en accélérant encore pour rejoindre la circulation dense de l'une des principales voies d'accès à la ville.

Oh, mon Dieu !

Le nœud présent dans l'estomac de Jenna depuis quelques minutes déjà se serra encore.

L'accélération soudaine la fit retomber sur les fesses. Elle s'efforça de se raccrocher aux caisses, consciente du fait que ses chances de s'échapper du véhicule à cette vitesse étaient nulles. Si la chute hors de la fourgonnette ne la tuait pas, les voitures et les camions qui fusaient des deux côtés de la voie sur laquelle elle roulait n'y manqueraient pas.

Pour ne rien arranger, la tête commençait à lui tourner à cause des lumières et des bruits qui lui provenaient de l'extérieur du véhicule. Et les fumées d'échappement, associées à la puanteur qui régnait à l'intérieur, la rendaient nauséeuse, menaçant de la faire vomir. Tout son environnement lui paraissait amplifié, comme si le monde était devenu d'une manière ou d'une autre plus vivant, chargé de myriades de détails invisibles jusque-là.

Était-elle en train de perdre la boule ?

Après tout ce qu'elle venait de vivre, tout ce qu'elle avait vu et entendu, cela n'aurait rien eu de très étonnant.

Et alors qu'elle restait assise là, contre les caisses et les cartons, à écouter les deux hommes discuter du traitement qu'ils lui réservaient avec animation et force détails, elle comprit que sa santé mentale n'était pas la seule en jeu à ce moment-là. Si elle pouvait en croire sa maîtrise soudaine de leur langue, Nassi et son ami Gresa avaient des projets très violents pour elle une fois qu'ils l'auraient amenée à leur travail. Des projets qui faisaient appel à l'usage de couteaux, de chaînes et de murs insonorisés au-delà desquels personne n'entendrait ses cris.

Tandis que la fourgonnette quittait la route principale pour rejoindre un quartier miteux de la ville, ils se disputaient pour savoir lequel des deux serait le premier à lui faire sa fête. Plus ils s'enfonçaient dans ce qui avait l'air d'une zone industrielle, plus la chaussée rétrécissait et plus les lampadaires s'espaçaient. Les rues et les allées étaient bordées d'entrepôts et de longs bâtiments de brique rouge construits les uns sur les autres.

La fourgonnette de livraison cahotait sur de grands nids-de-poule et des plaques d'asphalte non jointives et ses pneus crissaient dans la boue à moitié gelée qui s'étalait de part et d'autre de la chaussée.

— *Home, sweet home*, déclara Nassi, revenant à l'anglais pour l'occasion en souriant à Jenna de toutes ses dents gâtées. La balade est finie. Il est temps pour nous de nous faire payer.

Les deux hommes riaient tandis que le conducteur garait la fourgonnette et coupait le contact. Nassi quitta son siège et se tourna pour passer à l'arrière. Jenna savait qu'elle n'aurait que quelques secondes pour agir, quelques précieuses secondes pour mettre hors d'état de nuire l'un des hommes, ou les deux, avant de s'enfuir.

Elle tâcha de trouver une position stable, se préparant pour le moment auquel elle savait ne pouvoir échapper.

Nassi s'approchait avec un grand sourire.

— Alors, qu'est-ce que tu as à offrir, hein ? Montre voir.

— Non, dit Jenna, secouant la tête et jouant les femmes sans défense. Non, je vous en prie.

Il gloussa avec voracité.

— J'aime une femme qui supplie, une femme qui sait où est sa place.

— Non, s'il vous plaît, ne faites pas ça, dit Jenna alors qu'il s'approchait encore plus près d'elle.

Il puait tellement l'alcool qu'elle faillit avoir un haut-le-cœur, mais elle ne le lâcha pas du regard. Lorsqu'il fut assez près, elle lança la main gauche paume ouverte comme pour le tenir à distance.

Elle savait qu'il allait lui attraper le poignet.

Elle comptait dessus et eut bien du mal à retenir un cri de triomphe quand il le fit pour la mettre debout.

Elle mit tout son poids dans le mouvement, exploitant la force brute de son assaillant pour se lancer contre lui. Avec le talon de sa main libre, elle vint le frapper fort sous le nez ce qui fit remonter son cartilage nasal dans le septum avec un bruit d'os qui se brise.

— Aïe ! hurla Nassi. *Putanë !* Sale pute, tu vas payer pour ça.

Le sang jaillit de son nez et Jenna en fut éclaboussée quand il se précipita sur elle. Elle feinta à gauche et lui échappa. Elle entendit alors l'autre homme fouiller dans le vide-poches entre les deux sièges avant de se lever.

Mais elle n'avait pas le temps de se soucier de lui. Nassi était furieux et, pour pouvoir sortir de la fourgonnette, il lui fallait d'abord se débarrasser de lui.

Elle réunit les mains en croisant les doigts et abattit les coudes sur le dos de son agresseur. Il hurla de douleur, toussant tout en essayant malhabilement de se saisir de Jenna. Elle esquiva une nouvelle fois, se mettant hors de portée comme s'il était incapable de se déplacer.

— *Puthje topa tuaj lamtumirë, ju copille shëmtuar!* lui murmura-t-elle, une menace qu'elle mit à exécution en lui lançant son genou dans l'entrejambe.

Nassi s'écroula au sol.

Avec un cri de victoire, Jenna se retourna, prête désormais à livrer bataille à son ami Gresa.

Elle ne vit pas l'arme que tenait l'homme avant d'être éblouie par l'éclair du coup de feu. Le bruit fut assourdissant. Elle cilla, ahurie et curieusement détachée, alors que la balle venait se loger dans sa chair.

— On a quelque chose ? demanda Lucan en pénétrant dans le labo, où Brock, Kade, Alex, Renata et Nikolaï étaient réunis autour du terminal de Gideon.

Arc-bouté sur le bureau, Brock scrutait le moniteur par-dessus l'épaule de Gideon. Il secoua la tête, l'air grave.

— Rien de tangible pour l'instant. On continue à parcourir les fichiers d'immatriculation pour tenter d'y repérer le numéro.

Jenna avait disparu depuis plus d'une heure. Leur meilleure piste venait de quelques secondes de surveillance vidéo captées par une caméra de sécurité montée sur la clôture sud du domaine.

À peu près au moment où Renata avait vu Jenna sauter par-dessus la clôture et disparaître, une fourgonnette de livraison blanche sans marquage particulier était passée dans la rue qui longeait le domaine. Gideon n'avait pu lire qu'une partie des plaques du véhicule, immatriculé dans le Massachusetts, avant qu'il tourne et disparaisse lui aussi. Depuis, il s'était introduit dans le système informatique du service des immatriculations de Boston et avait essayé de nombreuses combinaisons afin de découvrir à quel nom la fourgonnette était enregistrée et où elle pouvait se trouver.

Brock était certain que s'ils parvenaient à localiser ce véhicule, ils trouveraient Jenna à proximité.

— Que nos pistes soient sérieuses ou non, dès que le soleil se couchera, d'ici à une heure et demie au plus tard, il nous faudra commencer à patrouiller la ville, déclara Lucan. On ne peut pas se permettre de perdre cette femme sans avoir compris ce qu'elle peut signifier pour notre action.

— Et je ne peux pas me permettre de laisser quoi que ce soit de fâcheux arriver à ma meilleure amie, compléta Alex, mettant en lumière l'aspect émotionnel de toute la situation. Elle est bouleversée et elle souffre. Et si quelque chose de mal lui arrivait là dehors ? C'est quelqu'un de bien. Elle ne mérite rien de tout ça.

— Nous la retrouverons, dit Brock d'un ton ferme. Je te le promets.

Kade croisa son regard et hocha la tête solennellement. Après les circonstances ahurissantes de la fuite de Jenna, trouver la femme qui se baladait avec un petit bout de matériau extraterrestre dans le corps constituait une mission à laquelle aucun des guerriers ne tenterait de se soustraire. Il fallait retrouver Jenna Darrow à n'importe quel prix.

— Attendez, une minute, murmura Gideon. Voilà qui pourrait s'avérer intéressant. Je viens d'avoir une paire de correspondances sur la dernière séquence. L'une d'elles appartient à un garage automobile de Quincy.

— Et l'autre ? demanda Brock, en se penchant pour mieux voir.

— Un atelier de transformation de la viande de Southie [1], répondit Gideon. Une boîte du nom de *Butcher's Best*. Il semble qu'elle soit spécialisée dans la coupe à la demande et la livraison à domicile.

— Sérieusement ? intervint Renata, dont les cheveux noir de jais suivirent la tête avec un temps de retard quand elle se tourna vers les autres. Le directeur de banque qui vit un peu plus loin sur la route organise sa fête de Noël le week-end prochain. Rien d'étonnant à ce qu'une fourgonnette de livraison aille faire un tour chez lui.

— Non, c'est clair, confirma Lucan. Gideon, trouve-nous une adresse pour cette usine.

— C'est comme si c'était fait. (Il tapa quelques touches au clavier et l'adresse apparut à l'écran, accompagnée d'une vue satellite du quartier enrichie des noms de rues.) Et voilà, c'est là, dans les bas quartiers de Southie.

Brock avait les yeux rivés sur la carte affichée à l'écran. Il pivota et sortit du labo, chaque coup de talon de ses bottes sur le sol de marbre marquant sa détermination.

Kade jaillit du labo derrière lui dans le couloir.

— Qu'est-ce que tu fous, mec ? Le soleil n'est pas près de se coucher. Où vas-tu ?

Brock continua d'avancer.

— Je vais la chercher.

---

1. Surnom du quartier de South Boston. (*NdT*)

Chapitre 5

Le soleil commençait tout juste à plonger derrière la ligne des buildings de Boston quand Brock fit tourner l'un des 4 × 4 de l'Ordre dans une petite rue de Southie. Outre sa cape de cuir noir, il portait un treillis, des gants et des lunettes enveloppantes anti-UV. Âgé d'à peine plus d'un siècle et distant de plusieurs générations de Gen-1 comme Lucan, il avait une peau capable de supporter les rayons du soleil pendant un certain temps, mais il n'y avait pas un membre de son espèce qui ne traitât la lumière du jour avec toute la considération due à sa dangerosité.

Il n'avait pas l'intention de se laisser frire, mais l'idée de rester au complexe à attendre le crépuscule pendant qu'une femme innocente se baladait en ville seule et bouleversée lui avait été insupportable. Et il se félicita encore plus de sa décision lorsqu'il repéra la fourgonnette blanche au niveau de l'adresse que Gideon avait fini par découvrir. Avant même qu'il descende de la Rover, une odeur de sang humain fraîchement répandu lui parvint.

— Et merde, murmura-t-il en traversant la bouillasse gelée qui envahissait la chaussée pour rejoindre le véhicule.

Il jeta un coup d'œil par la fenêtre passager et son regard accrocha une douille sur le sol entre les sièges. L'odeur de cuivre de l'hémoglobine était encore plus forte, presque oppressante.

Membre de la Lignée, il ne pouvait pas contrôler ses réactions corporelles en présence de sang frais. Il sentit la salive affluer dans sa bouche et ses canines s'allonger pour finir en crocs contre sa langue.

Instinctivement, il inspira l'odeur dans ses narines afin de déterminer si le sang répandu dans le véhicule était celui de Jenna. Mais celle-ci n'était pas une Compagne de sang. Son sang n'avait pas un parfum unique comme celui d'Alex ou des autres femelles qui vivaient dans le complexe.

Un mâle de la Lignée pouvait repérer l'odeur d'une Compagne de sang à des kilomètres, aussi faible soit-elle. Mais si Jenna avait saigné sous son nez sans qu'il la voie, il aurait été incapable de dire si c'était elle ou n'importe quel autre *Homo sapiens* qui perdait son sang.

— Bordel, grogna-t-il, tournant la tête en direction de l'atelier de transformation tout proche. Le fait que quelqu'un ait récemment saigné dans la fourgonnette de livraison lui suffisait comme preuve que Jenna était probablement en danger.

À l'idée de ce qu'il risquait de trouver dans le petit bâtiment de brique rouge, il sentait la rage monter en lui. Tandis qu'il approchait de l'endroit, il entendit de la rue des voix d'hommes et le bourdonnement d'un système de ventilation sur le toit.

Brock se glissa jusqu'à une porte de côté et jeta un coup d'œil par sa petite fenêtre grillagée. Il ne vit que des caisses et des boîtes de matériaux d'emballage. Il se saisit de la poignée métallique, l'arracha et la jeta dans un tas de neige sale proche du seuil, puis il s'introduisit dans le bâtiment.

Il avança à travers la zone de stockage et celle de nettoyage, ses rangers silencieux sur le sol cimenté, vers le milieu de la petite usine. Le bruit des conversations augmentait à mesure qu'il progressait. Il y avait là au moins trois voix différentes, toutes masculines, toutes produisant les sonorités rugueuses d'une langue d'Europe de l'Est.

Il y avait quelque chose qui les avait déstabilisés. L'un des hommes criait ; il paraissait bouleversé et il toussait, la respiration sifflante.

Brock suivit la longue gouttière de drainage creusée dans le sol au centre de la salle où il se trouvait. Ses narines s'emplirent de la puanteur chimique des produits de nettoyage et de l'odeur écœurante du vieux sang animal et des épices.

Devant lui, une porte ouverte était masquée par un rideau de bandes plastiques verticales. Alors qu'il allait l'atteindre, un homme parlant par-dessus son épaule arriva de l'autre pièce. Il portait un tablier taché de sang et une charlotte plastique sur la tête et tenait un grand fendoir en main.

— Hé ! s'exclama-t-il en retournant la tête et en voyant Brock devant lui. Qu'est-ce que tu fais ici, connard ? Propriété privée ! Casse-toi !

Brock fit un pas menaçant vers lui.

— Où est la femme ?

— Hein ? (Le type paru désarçonné un instant, puis se ressaisit et brandit son fendoir devant le visage de Brock.) Pas de femme ici. Fous le camp !

Brock alla très vite, faisant sauter la lame de la main de l'homme et le prenant à la gorge avant qu'il ait l'occasion de crier. Puis il serra, lâcha le cadavre, en fit le tour et passa au-delà du rideau de plastique dans la principale salle de découpe.

Dans cette zone du bâtiment, des quartiers de bœuf et de porc pendaient à de grands crochets. La pièce était froide et envahie par l'odeur du sang animal et la puanteur de la mort. Mais il y avait là en plus une odeur de sang humain fraîchement répandu. Brock repéra dans un bureau vitré un homme qui était assis seul sur un tabouret et se tenait un chiffon plein de sang sous le nez.

En quelques enjambées il fut à la porte du bureau, qu'il ouvrit à la volée.

— Où est-elle ?

— Bordel, qu'est-ce que… ? (L'homme se leva précipitamment. Sa voix fortement accentuée était affectée d'un zézaiement qui devait être dû à son nez cassé.) Qu'est-ce qui se passe ? Je ne sais pas de quoi vous parlez.

— Ben voyons ! (Brock tendit la main et prit le type au col de sa chemise couverte de sang. Il le souleva à plusieurs centimètres du sol de ciment.) Tu as embarqué une femme en banlieue. Dis-moi ce que tu as fait d'elle.

— Mais qui êtes-vous ? coassa l'homme, dont les yeux s'écarquillaient tandis qu'il tentait – sans succès – de se libérer. Je vous en prie, lâchez-moi.

— Dis-moi où elle est et je ne te tuerai peut-être pas.

— S'il vous plaît ! pleurnicha l'homme. Je vous en supplie, ne me faites pas de mal !

Brock ricana, puis son ouïe fine repéra un bruit de pas rapides mais discrets derrière les tables et l'équipement de découpe dans la salle adjacente. Il leva les yeux… juste à temps pour voir l'éclat d'un canon de pistolet dirigé vers lui.

Le coup partit, brisant en mille morceaux la paroi vitrée du bureau avant de finir sa course dans le gras de son épaule.

Brock rugit, pas du fait de la douleur, mais de fureur.

Il riva son regard sur le salopard qui lui avait tiré dessus. De marron foncé, ses yeux venaient de passer à la couleur d'ambre en fusion qui révélait son autre nature, létale celle-là. Il retroussa les lèvres sur ses dents et ses crocs et rugit de rage.

Il entendit un cri suraigu. L'homme au pistolet tournait les talons et filait sans demander son reste.

— Oh, Seigneur ! gémit l'humain à la respiration sifflante que Brock tenait toujours à la gorge. J'ai rien fait à elle, je jure ! La salope a cassé mon nez, mais je l'ai pas touchée. G-Gresa, bredouilla-t-il en levant la main pour indiquer la direction qu'avait prise son copain en fuyant. Lui a tiré sur elle, pas moi.

À cette mauvaise nouvelle, Brock réagit en serrant les doigts sur la fragile trachée humaine.

— On lui a tiré dessus ? Dis-moi où elle est, bordel. Maintenant !

— La chambre froide, lâcha l'homme. Oh, merde. Ne me tuez pas, je vous en supplie !

Brock serra encore un peu, puis projeta le pleurnichard contre le mur du fond. L'humain cria de douleur et glissa, finissant en tas au sol.

— Tu ferais mieux de prier pour qu'elle aille bien, éructa Brock, ou tu regretteras que je ne t'aie pas tué tout de suite.

Jenna était recroquevillée sur le sol de la grande chambre froide. Ses dents s'entrechoquaient et elle tremblait de tous ses membres.

Soudain elle entendit un véritable raffut de l'autre côté de la porte d'acier derrière laquelle elle était prisonnière. Une lourde chute, des cris… un coup de feu et un fracas de verre brisé. Puis un rugissement si puissant et si menaçant qu'il lui fit relever la tête juste au moment où elle commençait à être trop lourde, comme ses paupières qu'elle n'arrivait plus à maintenir ouvertes.

Elle tendit l'oreille. Le silence était revenu et se prolongeait.

Mais à présent il y avait quelqu'un qui s'approchait de sa prison de froid. Elle n'eut pas besoin de reconnaître un bruit de pas à l'extérieur pour le savoir.

Puis elle entendit le loquet protester faiblement et un instant plus tard le panneau d'acier fut complètement arraché à ses gonds avec un gémissement métallique assourdissant. Un nuage de vapeur se précipita par l'ouverture, entourant un type énorme, un homme vêtu de noir de la tête aux pieds.

Stupéfaite, elle se rendit soudain compte que ce n'était pas un homme. C'était un vampire.

Brock.

Son visage était tellement tendu qu'elle eut du mal à le reconnaître. Les immenses crocs blancs qui brillaient derrière ses lèvres ne démentaient pas de son expression grave et rageuse. Sa respiration était hachée. Quand il se mit à parcourir des yeux l'espace embrumé à sa recherche, les deux charbons ardents qui étincelaient derrière une paire de lunettes de soleil enveloppantes diffusaient une chaleur que Jenna ressentit aussi sûrement que si elle les avait touchés.

Elle aurait voulu ne pas ressentir le soulagement qui l'envahit quand il pénétra dans la chambre froide pour venir s'accroupir à côté d'elle dans le coin où elle gisait au sol toute tremblante de froid. Elle aurait voulu faire taire cette voix intérieure qui lui disait qu'il était son ami, quelqu'un qui allait l'aider. Quelqu'un dont elle avait besoin à ce moment précis. Peut-être la seule personne capable de l'aider.

Elle ouvrit la bouche pour lui dire qu'elle allait bien, mais il n'en sortit qu'un mince filet de voix. Ses yeux de braise la transperçaient à travers le filtre de ses verres fumés. Il regarda vers le bas et siffla quand il vit sa cuisse blessée et le sang qui avait trempé la jambe de son jean et formé une petite mare sous elle.

— Ne parlez pas, dit-il en se débarrassant de ses gants et en posant les doigts de chaque côté du cou de Jenna. (Ce contact, léger mais réconfortant, sembla la réchauffer complètement. Le froid la quitta, emmenant avec lui la douleur due à sa blessure par balle.) Tout va bien se passer maintenant, Jenna. Je vais vous sortir de là.

Il enleva sa cape noire et la lui mit autour des épaules. Jenna soupira en sentant la chaleur de son corps et son odeur si virile de cuir et d'épices l'envelopper. Comme il se penchait en arrière, elle vit que son épaule avait été trouée par une balle.

— Vous saignez aussi, murmura-t-elle, plus inquiète de sa blessure que du fait que son sauveur était un vampire.

Il haussa les épaules.

— Ne vous inquiétez pas pour moi, je survivrai. Il en faut plus que ça pour arrêter un membre de mon espèce. Vous, en revanche…

La façon qu'il eut de dire ça, le regard grave qu'il arbora quand ses yeux masqués se rivèrent à la cuisse ensanglantée de Jenna lui parurent presque accusateurs.

— Allons, dit-il en la prenant dans ses bras. Je vous tiens maintenant.

Il la porta hors de la chambre froide comme si elle n'avait été qu'un petit tas de plumes. Avec son mètre soixante-douze et la forme qu'elle tenait, sans compter son passé de garçon manqué, Jenna n'avait jamais été le genre de femme à se laisser traiter comme une fragile princesse de conte de fées. Et en tant qu'ancien flic elle ne s'était jamais attendue à ça de la part d'un homme, pas plus qu'elle ne l'aurait voulu, d'ailleurs.

Elle avait toujours joué le rôle protecteur, toujours été en première ligne face au danger. Elle ne supportait pas d'être aussi vulnérable à cet instant, mais c'était tellement bon de sentir les bras solides de Brock sous elle qu'elle ne parvenait pas à se forcer à se considérer offensée. Elle s'accrocha bien à lui tandis qu'il retraversait la petite usine, en longeant les carcasses suspendues et un corps meurtri et sans vie au sol.

Jenna détourna la tête et enfonça son visage dans la poitrine musclée de Brock tandis qu'ils parcouraient la dernière salle et sortaient dans la rue. Le crépuscule était là et l'allée couverte de neige et ses bâtiments bas baignaient dans une lumière bleutée.

Comme Brock franchissait le seuil, un 4 × 4 noir étincelant arriva d'une rue transversale. Il s'arrêta au bord du trottoir et Kade en jaillit.

—Ah, merde, grogna le compagnon d'Alex. Ça sent le sang.

—On lui a tiré dessus, annonça Brock d'une voix sinistre.

Kade s'approcha.

—Ça va ? demanda-t-il à Jenna, ses yeux gris acier émettant une vague lueur jaune dans l'obscurité naissante. (Jenna fit un signe de tête affirmatif, les yeux fixés sur les pointes de ses crocs qui se profilaient derrière sa lèvre supérieure.) Niko et Renata sont avec moi, ajouta-t-il à l'intention de Brock. Quelle est la situation à l'intérieur ?

Brock grogna, l'humour noir perçant derrière le ton menaçant de sa voix.

—Sanglante.

—Rien d'étonnant, répondit Kade en lui glissant un regard scrutateur. Tu ne m'as pas l'air en si bon état non plus, mec. Joli trou à l'épaule. Nous devons ramener Jenna au complexe avant qu'elle perde plus de sang. Renata est au volant de la Rover. Elle peut la ramener pendant que nous autres nettoyons les lieux.

—Cette femme est sous ma responsabilité, dit Brock, dont Jenna entendit la poitrine vibrer sous son oreille. Elle reste avec moi. Je vais la ramener au complexe.

Jenna surprit l'expression étonnée de Kade devant la déclaration de Brock. Il fronça les sourcils mais se tut quand Brock passa devant lui pour rejoindre le 4 × 4, la jeune femme toujours dans les bras.

Chapitre 6

— Comment ça va là au fond ? demanda Renata à Brock de derrière le volant de la Rover noire tandis que le véhicule filait de South Boston en direction du complexe de l'Ordre. (Ses yeux verts s'inscrivaient sous ses sourcils froncés dans le rétroviseur.) On en a pour une quinzaine de minutes. Ça va aller ?

— Ouais, répondit Brock en baissant les yeux vers Jenna, qu'il avait allongée sur ses genoux et la banquette arrière. (Il avait coupé l'une des ceintures de sécurité pour s'en servir comme garrot autour de sa cuisse, espérant que cela aiderait à limiter la perte de sang.) Elle tient le coup.

Elle avait les yeux fermés. Ses lèvres légèrement écartées étaient encore bleues à cause du froid auquel elle avait été soumise. Son corps tremblait toujours sous la cape de cuir de Brock, même s'il pensait que c'était plus en réaction au choc subi qu'à une douleur réelle. Son don de vampire s'en assurait. Une paume contre sa nuque, l'autre caressant sa tempe, il absorbait en lui la douleur de Jenna.

Renata se racla la gorge et le regarda avec insistance dans le miroir.

— Et toi, mon grand ? Beaucoup de sang là derrière. Tu es sûr que tu ne préférerais pas conduire et que je m'occupe d'elle jusqu'à ce que nous soyons au complexe ? Tu n'as qu'à le dire et je m'arrête. Ça ne prendra pas plus d'une minute.

— Reste au volant. Je maîtrise la situation, répliqua Brock, tout en se demandant si la Compagne de sang de Niko, qui était une fine mouche, le croirait, dans la mesure où il avait grogné sa réponse à travers des dents serrées et des crocs complètement sortis.

Il avait eu du mal à contenir sa réaction au saignement de Jenna quand il l'avait trouvée dans l'atelier. Et à présent qu'il était coincé avec elle dans un petit espace, sentant à travers le cuir de sa cape la chaleur de son sang qui coulait et profondément conscient de son odeur cuivrée, sans compter chacun des battements de cœur qui expulsait encore plus de sang de sa blessure, Brock vivait un enfer personnel à l'arrière du 4 × 4.

Il appartenait à la Lignée, et aucun individu de son espèce ne pouvait résister à l'appel du sang humain frais. Pour ne rien arranger, il ne s'était pas nourri depuis… bordel, il ne se souvenait même pas exactement quand. Ça devait probablement faire pas loin d'une semaine, ce qui aurait déjà été critique dans des conditions optimales. Et l'on était loin de conditions optimales.

Brock se concentra sur l'absorption de la douleur de Jenna. C'était ainsi plus facile de ne pas penser à sa soif. Et ça l'aidait aussi à ne pas remarquer combien sa peau était douce et à quel point les courbes de son corps s'adaptaient au sien.

La seule chose qui empêchait son corps d'avoir une autre sorte de réaction était la douleur qu'il prenait sur lui et celle, beaucoup plus modeste, que lui occasionnait sa propre blessure. Mais, malgré cela, il ne pouvait complètement ignorer l'inconfort de son pantalon de treillis soudain trop serré, ni la façon dont le léger battement du pouls de Jenna contre les doigts qu'il avait posés sur sa nuque le tentait de poser la bouche à leur place.

Le poussait à la goûter, de toutes les manières dont un vampire pouvait désirer une femme.

Il eut beaucoup mal à se débarrasser de ces pensées. Jenna était pour lui un objet de mission, rien de plus. Et puis, elle était humaine, avec la fragilité et la brève durée de vie que cela impliquait. Même si, s'il était honnête avec lui-même, il devait bien admettre qu'il préférait depuis longtemps les mortelles à leurs sœurs Compagnes de sang.

Et quand il était question de relations amoureuses, il tâchait de garder les choses informelles. Rien de trop permanent. Rien qui pût durer assez longtemps pour qu'il se retrouve à devoir laisser tomber une femme qui avait fini par compter sur lui.

Ouais, ce chemin-là, il l'avait déjà parcouru ; il avait déjà fait ça. Et, s'il en était besoin, il en gardait une culpabilité et une haine de lui suffisantes pour le prouver. Il n'avait aucune envie de revivre ça.

Avant que ses souvenirs ne l'entraînent vers les ombres de ses échecs passés, Brock leva les yeux et aperçut la grille d'entrée du complexe de l'Ordre devant eux. Renata annonça leur arrivée à Gideon dans son oreillette et, quand la Rover s'arrêta devant la haute porte métallique, elle s'ouvrit grand pour les laisser passer.

— Gideon dit que l'infirmerie est prête et nous attend, annonça-t-elle en rejoignant le garage qui abritait la flotte de l'Ordre à l'arrière du manoir.

En guise de réponse, Brock se contenta d'un grognement, car ses crocs le gênaient pour parler. Tout l'arrière de la Rover était baigné d'une lueur ambrée, celle de ses yeux transformés, qui émettaient de la lumière comme un feu de joie même à travers les verres teintés de ses lunettes.

Renata gara la voiture dans le grand hangar, puis en fit le tour pour aller aider Brock à sortir Jenna de l'arrière.

Ils rejoignirent ensuite l'ascenseur qui allait les descendre jusqu'au quartier général souterrain de l'Ordre. Quand les portes se refermèrent dans le chuintement des vérins hydrauliques, Jenna bougea.

— Posez-moi par terre, marmonna-t-elle, s'agitant un peu dans les bras de Brock comme si elle était fâchée de son aide. Je n'ai pas mal. Je peux tenir debout toute seule. Je peux marcher…

— Non, vous ne pouvez pas, l'interrompit-il d'une voix rauque au ton brusque. Votre corps a subi un choc. Votre jambe a besoin de soins. Vous n'irez nulle part en marchant.

Bien qu'encore un peu dans les vapes, Jenna lui lança un regard noir, mais garda les bras autour de son cou quand l'ascenseur s'arrêta au niveau du complexe souterrain. Brock en sortit et se mit à marcher rapidement dans le couloir. Renata suivit le mouvement, les semelles de ses rangers marquant un contrepoint au bruit mou que faisait le sang provenant de la blessure de Jenna en gouttant sur le sol.

Alors qu'ils passaient un coude du couloir qui les menait à l'infirmerie, ils croisèrent Lucan. Celui-ci s'arrêta net, les deux pieds bien écartés, poings fermés de chaque côté du corps. Brock distingua à peine le frémissement des narines du Gen-1 sous l'effet de l'odeur de sang frais qui envahissait le couloir.

Lucan braqua son regard sur la femme ensanglantée ; l'iris gris de ses yeux étincela de petits éclairs lumineux et ses pupilles se réduisirent vivement à deux fentes félines.

— Nom de Dieu !

— Ouais, approuva Brock d'un ton traînant. Blessure par balle à la cuisse droite, calibre .45 sans trou de sortie. J'ai fait un garrot mais elle a perdu beaucoup de sang entre ici et l'endroit de Southie où je l'ai trouvée.

— Pas possible ! lâcha Lucan, dont les crocs étaient à présent bien visibles, leurs pointes étincelantes. (Il laissa échapper un juron d'une voix rauque.) Vas-y, alors. Ils l'attendent à l'infirmerie.

Brock hocha la tête et dépassa le chef de l'Ordre. À l'infirmerie, Gideon et Tess avaient préparé une table d'opération. En voyant Jenna, le visage de Gideon pâlit un peu et, lorsqu'il serra les mâchoires, on vit un muscle vibrer dans sa joue maigre.

— Pose-la là-dessus, dit Tess, debout de l'autre côté de la table, réagissant en voyant que Gideon, d'habitude calme et posé et qui avait recousu bon nombre de blessures des autres guerriers, semblait perdre ses moyens devant un patient humain d'où s'échappaient les globules rouges comme d'un robinet.

— Oh, putain, lança Gideon, son accent britannique paraissant prendre le dessus pour une fois. Ça fait beaucoup de sang. Tess, est-ce que tu peux…

— Oui, l'interrompit-elle, je peux m'en arranger toute seule.

— D'accord, alors, répondit-il, visiblement affecté. Eh bien… je crois que je… je vais attendre dans le couloir.

Alors que Gideon sortait, Brock posa Jenna sur la table d'acier poli. Comme il ne faisait pas mine de sortir à son tour, Tess lui adressa un regard interrogateur.

— Tu es blessé aussi ?

— Ce n'est rien, répondit-il en haussant les épaules.

Elle serra les lèvres, pas vraiment convaincue.

— Peut-être Gideon devrait-il s'assurer de ça.

— Ce n'est rien, répéta Brock, d'une voix impatiente. (Il enleva ses lunettes de soleil et les coinça dans le col de sa chemise noire.) Et Jenna ? C'est grave comment ?

Tess la regarda et grimaça.

— Laisse-moi regarder. C'est vraiment dommage que mon don ait disparu à cause du bébé; sinon j'aurais pu la guérir en quelques secondes, alors qu'il va falloir une heure, voire plus, pour arrêter le plus gros de l'hémorragie.

Avant de devenir la compagne de Dante et de s'installer dans le complexe de l'Ordre, Tess avait été une vétérinaire douée et pleine d'amour pour les animaux. Depuis, elle avait endossé un rôle essentiel comme bras droit de Gideon à l'infirmerie, s'occupant d'une clientèle beaucoup plus corpulente, et certainement beaucoup moins facile, que celle à laquelle elle avait eu affaire dans sa clinique en ville.

En tant que Compagne de sang, elle possédait également un don extraordinaire, qu'elle était la seule à avoir et qu'elle transmettrait à son fils, comme la mère de Brock lui avait transmis le sien. Tess avait un pouvoir de guérison, qui allait bien au-delà du pouvoir de soulagement de Brock, dont les effets n'étaient que temporaires. Tess, elle, pouvait rétablir la santé de tous les êtres vivants et même les ramener à la vie si nécessaire.

Ou pour être plus précis, elle disposait de ce talent avant que la grossesse ne l'étouffe provisoirement.

Mais elle restait un excellent médecin et Jenna n'aurait pas pu se trouver en de meilleures mains. Malgré tout, Brock avait du mal à s'écarter de la table d'opération, en dépit de la soif de sang qui lui tordait les tripes.

Il resta là sans bouger, tandis que Tess se brossait les mains, retirait le garrot de fortune, puis faisait un rapide examen de la blessure. Elle demanda à Renata de rester à proximité et de l'assister, puis s'adressa d'un ton rassurant à Jenna, lui expliquant ce qu'elle allait devoir faire pour extraire la balle et soigner la plaie.

— La bonne nouvelle, c'est qu'il n'y a pas d'os endommagé et que, autant que je puisse en juger, il sera assez facile d'enlever la balle et de réparer l'artère qu'elle a tranchée. (Elle fit une pause.) La mauvaise, c'est que nous ne sommes pas vraiment équipés ici pour ce type de blessure, j'entends par là une blessure humaine. En fait, vous avez été le premier patient n'appartenant pas à la Lignée à séjourner dans cette infirmerie.

Le regard de Jenna passa à Brock comme pour avoir confirmation de ce qu'elle entendait.

— J'en ai de la chance de me retrouver coincée dans un hosto pour vampires.

Tess esquissa un sourire plein de compassion.

— Nous allons bien nous occuper de vous, je vous le promets. Malheureusement, nous n'avons d'ordinaire pas besoin d'anesthésier nos patients. Les guerriers s'en passent très bien quand ils viennent ici se faire recoudre et celles d'entre nous qui sont en couple ont leur lien de sang pour les aider à guérir. Mais je peux vous donner un…

— Laisse-moi aider, l'interrompit Brock, qui faisait déjà le tour de la table pour se poster à côté de Jenna. (Il maintint le regard inquisiteur de Tess.) Je me fiche du sang. Je ferai avec. Laisse-moi l'aider.

— Entendu, répondit Tess avec douceur. Allons-y alors.

Brock regarda sans ciller Tess prendre une paire de ciseaux du plateau à instruments et commencer à couper les vêtements déchirés de Jenna. Centimètre par centimètre, depuis sa cheville droite jusqu'à sa hanche, le jean imbibé de sang s'ouvrit. En quelques minutes, il ne restait plus pour couvrir le bas du corps de Jenna qu'une minuscule culotte de coton blanc.

Brock déglutit plusieurs fois bruyamment pour encaisser les assauts combinés sur ses sens de tant de peau douce dénudée et de l'odeur cuivrée du sang de Jenna.

Il avait même dû grogner pour exprimer sa soif, parce que dans le même moment, Jenna ouvrit les paupières, surprise. Il devait certainement avoir un aspect effrayant, penché sur la table d'opération, les yeux rivés sur elle, tous les muscles et tendons de son corps bandés à se rompre. Mais Jenna ne détourna pas le regard, ne cilla pas un instant, et il vit dans ses yeux noisette quelque chose de la courageuse policière que, d'après ce qu'il avait entendu dire, elle avait un temps été.

— Renata, dit Tess. Pourrais-tu m'aider à déplacer Jenna un petit peu pour que nous puissions nous débarrasser de ces vêtements ?

Les deux Compagnes de sang travaillaient en tandem à enlever le jean ensanglanté de Jenna et la cape irrécupérable de Brock, tandis que lui ne pouvait que rester là, debout, immobilisé par la soif et quelque chose d'autre d'encore plus profond.

— OK, annonça Tess en observant son regard brûlant avec l'air de celle qui sait de quoi il retourne. (Elle s'était brossé et séché les mains de nouveau et tirait une paire de gants chirurgicaux de leur boîte sur la table roulante.) Je suis prête quand tu l'es, Brock.

Il tendit les mains vers Jenna et en posa les paumes sur les côtés de son cou. Elle tressaillit à ce contact, son regard peu assuré montant à la rencontre du sien comme si elle allait s'écarter brusquement.

— Fermez les yeux, lui dit-il, obligé de faire un effort pour masquer la soif qui rendait sa voix rauque. Il n'y en a pas pour longtemps.

La poitrine de Jenna se soulevait et retombait en un mouvement rapide, ses yeux toujours rivés sur ceux de Brock, pas vraiment confiants.

Et pourquoi se serait-elle montrée confiante ? Il était de la même espèce que la créature qui l'avait terrorisée en Alaska.

Et, vu l'aspect qu'il devait avoir à présent, c'était déjà un petit miracle qu'elle ne saute pas à bas de la table pour s'attaquer à lui avec l'un des scalpels que Tess avait si bien rangés sur son plateau d'instruments.

Mais alors qu'il la regardait encore, Jenna expira doucement et ferma les yeux. Il sentit le solide battement de son pouls sous son pouce… puis la première douleur fulgurante quand Tess commença à nettoyer et à s'occuper de sa blessure.

Brock mit toute sa concentration à faire en sorte qu'elle se sente le mieux possible, faisant jouer son don sur la brûlure acide des antiseptiques et le tranchant des instruments chirurgicaux qui fouillaient la plaie. Il avalait la douleur de Jenna, vaguement conscient du travail efficace que faisait Tess pour aller chercher la balle au fond du muscle de la cuisse de Jenna.

— Je l'ai, murmura Tess. (Le morceau de plomb fit un bruit métallique en tombant dans un haricot d'acier poli.) Le plus dur est fait. Le reste, c'est de la balade.

Brock grogna. Il pouvait supporter la douleur sans problème. Toutes les nuits ou presque, un ou plusieurs des guerriers de retour de patrouille devaient se faire soigner une blessure par balle. Mais Jenna, elle, n'avait pas signé pour cette merde, ex-flic ou pas. Elle n'avait pas demandé à participer aux combats de l'Ordre. Enfin… il se demandait bien pourquoi il se souciait de tout ça.

Il ressentait beaucoup de choses qu'il n'avait aucun droit de ressentir.

La soif continuait à le secouer comme un ouragan, attisée par deux foyers puissants aux exigences aussi féroces l'un que l'autre. Leur céder aurait été une erreur, surtout à présent. En particulier parce que l'objet de son double désir était une femme que l'Ordre devait garder en sûreté. Et garder dans son camp, au moins jusqu'à ce que ses membres puissent déterminer ce qu'elle pouvait représenter dans leur lutte contre Dragos.

Et malgré tout, il la voulait.

Il se sentait protecteur à son égard, même s'il savait qu'il ne faisait pas l'affaire et même si elle semblait renâcler à l'idée d'avoir besoin de l'aide de qui que ce soit. Lucan lui avait confié la responsabilité de Jenna, mais Brock n'aurait pu nier qu'elle était devenue avant tout pour lui l'objet d'une mission personnelle. Depuis le moment où il avait posé les yeux sur elle pour la première fois en Alaska, après que l'Ancien l'eut tourmentée pendant des jours d'affilée dans sa propre maison, il s'était senti émotionnellement investi dans sa protection.

Ça craint, tout ça, se morigéna-t-il. C'était une très mauvaise idée de s'impliquer personnellement dans un truc qui aurait dû rester strictement professionnel.

N'avait-il pas appris cette leçon à ses dépens là-bas à Détroit ?

S'impliquer personnellement dans une mission quelle qu'elle soit était le meilleur moyen d'échouer.

Il avait dû s'écouler plusieurs minutes tandis qu'il rêvassait aux années passées entre ce chapitre sombre de sa vie et là où il en était à présent. Il était vaguement conscient de Tess, qui opérait en silence, concentrée, et de Renata, qui l'assistait en lui passant les instruments et les autres éléments dont elle avait besoin. Ce ne fut que lorsque la dernière suture fut en place et que Tess fut en train de se brosser les mains qu'il se rendit compte qu'il touchait encore Jenna, qu'il continuait à caresser du pouce la ligne de sa carotide.

Il se racla la gorge et enleva sa main. Lorsqu'il parla, ce fut d'une voix rauque.

— Est-ce que nous avons fini ici, Docteur ?

Tess s'arrêta de brosser et tourna la tête pour le regarder par-dessus son épaule.

— Et ta blessure ?

— Ça va, dit-il.

Il n'avait pas l'intention de traîner là plus longtemps que nécessaire et, à part ça, son métabolisme de membre de la Lignée lui permettrait de se remettre en un rien de temps.

Tess haussa les épaules.

— Alors, nous en avons fini.

Depuis la table à côté de lui, Jenna trouva son regard et ne le lâcha plus. Ses lèvres, toujours pâles et bleutées à cause du choc et du froid, s'écartèrent sur une expiration. Elle déglutit et tenta de nouveau de parler.

— Brock… merci…

— Je me casse, dit-il d'un ton volontairement sarcastique.

Il s'écarta à reculons de la table, puis, avec un juron qui n'était destiné qu'à lui seul, il tourna les talons et sortit de l'infirmerie.

Chapitre 7

Au volant d'une des Rover noires de l'Ordre, Brock passa les grilles du domaine et fonça seul dans la nuit. Normalement, les guerriers patrouillaient en équipes, mais, là, franchement, il savait qu'il aurait fait un bien piètre compagnon.

Ses veines palpitaient d'agressivité et la soif qui s'en était prise à lui dans l'infirmerie auprès de Jenna n'était pas pour améliorer son comportement. Il avait besoin de sentir la chaussée sous ses rangers et une arme dans sa main. Vu la manière dont s'était déroulée la nuit pour lui jusque-là, il en était au point où il aurait presque accueilli avec soulagement le froid glacial du vent qui régnait en ce début décembre, alors que d'habitude il ne cessait de râler contre.

N'importe quoi, pourvu que cela le distraie des besoins qui le mettaient à la torture.

Pour se changer les idées, il sortit son portable de la poche de son treillis et composa le numéro abrégé qui lui permettait d'appeler Kade.

— *Nettoyage à sec Soleil*, j'écoute, répondit le guerrier d'un ton ironique. Alors, comment ça se passe au ranch ?

Brock se contenta de grogner.

Kade gloussa.

— À ce point-là ? Quand quelqu'un a-t-il ramené un humain sanglant au complexe pour la dernière fois, hein ? Ou un humain tout court, d'ailleurs.

— Ç'a été un peu tendu pendant un instant, reconnut Brock. Heureusement, Tess a pris les choses en main et s'est occupée de Jenna. Ça va aller pour elle.

— Content de l'entendre. Alex ne nous l'aurait pas pardonné sinon.

En fait, Brock ne tenait vraiment pas à parler de Jenna, ou de la responsabilité de sa sécurité. Il fronça les sourcils. Il continuait à s'enfoncer dans la ville, scrutant du regard les rues et les allées, à la recherche de malfrats ou de connards, n'importe quelle excuse pour se garer et aller faire le coup de poing. Humains ou vampires, il s'en foutait pas mal, du moment qu'ils savaient se battre un peu.

— Et l'atelier, ç'en est où ? demanda-t-il à Kade.

— Comme si rien ne s'était passé, mec. Niko et moi nous sommes débarrassés du corps, du verre cassé et de tout le sang. La chambre froide où ils avaient enfermé Jenna avait l'air d'avoir été utilisée pour l'abattage des bêtes.

Brock serra la mâchoire en revivant comme s'il y était encore le moment où il l'avait trouvée. Et il sentit sa colère monter encore d'un cran en pensant aux deux salopards qui lui avaient fait du mal.

— Et les témoins ? (Pendant l'éternité que dura la demi-seconde de silence qui lui répondit, Brock lâcha un juron.) Les deux types qui ont ramassé Jenna hors du domaine et l'ont amenée là-bas ? J'en ai laissé un à demi conscient dans un bureau devant la chambre froide, et l'autre s'est fait la malle après m'avoir tiré dessus et aperçu mes crocs.

— Oh, putain ! s'exclama Kade. Il n'y avait personne dans le bâtiment à part le cadavre que nous avons fait disparaître. Nous ne savions rien d'éventuels témoins, mec.

Ouais, sûr! Parce que dans le feu de l'action, avec Jenna qui saignait et tremblait dans ses bras, Brock avait oublié de les mentionner.

— Et, meeerde! lâcha-t-il en tapant du poing sur le tableau de bord de la Rover. C'est ma faute. J'ai merdé. J'aurais dû vous dire qu'il y avait des vivants à contenir.

— T'affole pas, dit Kade. Nous ne sommes pas loin. Je vais dire à Niko de faire demi-tour. On peut rattraper tes deux fuyards et nettoyer leur mémoire de tout le truc.

— Inutile, je suis déjà sur le coup. (Brock vira sec à gauche à l'intersection suivante et accéléra vers South Boston.) Je te dirai dès que j'aurai la situation en main.

— Tu es sûr? demanda Kade. Si tu veux un coup de main…

— Je t'appellerai quand ce sera réglé.

Avant que son frère d'armes ne puisse commenter le ton létal de Brock, celui-ci referma le clapet de son portable et le fourra dans sa poche tandis que la Rover fonçait dans les bas quartiers de la ville.

Quand il arriva à proximité de l'atelier de transformation de la viande, son pouls battait sous l'effet de son besoin de violence. Il gara le véhicule dans une allée transversale et traversa les parcelles enneigées qui la jouxtaient pour arriver derrière le bâtiment. Il y avait de la lumière à l'intérieur et il entendait à travers les murs de brique le grondement étouffé des voix de deux hommes qui criaient avec un fort accent; l'un d'eux était proche de l'hystérie.

Brock sauta silencieusement sur le toit du vieux bâtiment et rejoignit une verrière couverte par endroits de neige gelée qui donnait sur l'usine. Les deux connards qu'il venait voir marchaient de long en large parmi les quartiers de bœuf suspendus, partageant une bouteille de mauvaise vodka et fumant des cigarettes qu'ils tenaient dans des doigts tremblants.

— Je te le dis, Gresa, criait celui dont le nez était cassé. Il faut qu'on appelle les flics !

Le tireur – Gresa, donc – prit une grande gorgée de vodka, puis secoua gravement la tête.

— Pour leur dire quoi, Nassi ? Regarde autour de toi ! Est-ce que tu vois la moindre preuve de ce que nous croyons avoir vu ce soir ? Moi, je te dis que rien ne s'est passé. Alors, pas de flics.

— Je sais ce que j'ai vu, insista Nassi, dont la voix continuait à monter dans les aigus. Il faut qu'on le dise à quelqu'un !

Gresa le rejoignit et lui flanqua la bouteille dans la main. Tandis que Nassi buvait, son ami montra l'usine autour d'eux.

— Il n'y a pas de sang, aucun signe de bagarre. Aucun signe non plus de Majko.

— Il est mort ! hulula Nassi. (Il dit quelques mots dans sa langue natale avant de revenir à son mauvais anglais.) J'ai vu son corps, et toi aussi ! Il était là quand nous avons fui le bâtiment. Je sais que tu l'as vu, Gresa ! Et si cet homme, ce… je ne sais pas quoi, l'avait emporté ? Et s'il revenait pour nous maintenant aussi ?

L'homme qui avait tiré sur Jenna et sur Brock passa la main dans son dos à la ceinture et en ramena son pistolet. Il le secoua devant lui comme un trophée.

— S'il revient, j'ai ça. Je lui ai tiré dessus une fois, je peux recommencer. Et la prochaine fois je le tuerai.

Nassi porta de nouveau le goulot à ses lèvres et but d'un coup ce qui restait. Puis il lâcha la bouteille vide à ses pieds.

— Tu es un idiot, Gresa. Et je crois que tu vas bientôt être un idiot mort. Mais pas moi. Je m'en vais. Je quitte ce boulot merdique et je rentre chez moi.

Il fila hors du champ de vision de Brock, son compagnon sur les talons.

Le temps que les deux hommes arrivent à la porte de l'atelier qui donnait sur la rue sombre, Brock les attendait. Il s'était laissé tomber du toit une seconde plus tôt et se tenait à présent devant la porte, leur bloquant le chemin.

— Alors, on s'en va ? demanda-t-il avec un sourire qui leur laissa voir ses crocs en plein. Je peux peut-être vous déposer.

Tous deux hurlèrent et leurs cris de terreur totale furent doux à l'oreille de Brock.

Il bondit sur le premier des hommes, celui au nez cassé. Plantant ses crocs dans sa gorge vulnérable, Brock ne but pas, il tua. Puis il repoussa le corps inerte dans la neige, avant de tourner la tête vers celui qui avait logé une balle dans la cuisse de Jenna.

Gresa hurla de nouveau. Dans sa main, son pistolet tremblait violemment. Si Brock avait été humain, ou distrait comme il l'avait été plus tôt dans l'atelier, quand sa rage contre Nassi lui avait fait manquer le fait qu'on le visait avec un pistolet de l'autre côté de la salle, peut-être Gresa aurait-il pu lui tirer dessus une nouvelle fois.

Il essaya bien de le faire, mais son tir était malhabile et mal dirigé.

Et Brock, lui, se déplaçant à la vitesse de l'éclair, plongea pour mettre Gresa à terre. La balle alla se perdre dans l'obscurité.

D'un mouvement de bras, Brock cassa le poignet du tireur et le plaqua au sol.

— Ta mort sera moins rapide, ironisa-t-il avec un rictus félin qui découvrit ses dents et ses crocs.

La lumière d'ambre de ses yeux transformés épinglait l'assaillant de Jenna comme un papillon.

Gresa pleurnichait et sanglotait, puis il se remit à hurler de terreur quand Brock se pencha et planta ses mâchoires autour de l'artère qui battait à un rythme effréné dans le cou de l'humain. Brock aspira le sang parfumé par l'alcool dans sa bouche, se nourrissant pour apaiser sa rage et sa soif.

Il but, et but encore.

Le sang le nourrissait, mais c'était la rage, la vengeance qu'il exerçait pour ce que ces hommes avaient fait à une femme innocente, à Jenna, qui le satisfaisait vraiment.

Brock s'écarta et rugit son triomphe le visage tourné vers le ciel étoilé. Un chaud ruisseau de sang coulait le long de son menton. Il se nourrit encore, puis attrapa le crâne de l'humain entre ses mains et tourna sauvagement, lui brisant ainsi la nuque.

Lorsque tout fut fini, lorsque ce qui restait de sa fureur et de sa soif eut commencé à se calmer et qu'il n'eut plus qu'à s'occuper des corps, Brock jeta un regard plus objectif sur le carnage qu'il venait de faire. Il avait été total.

Un vrai massacre.

— Seigneur, cracha-t-il, s'accroupissant et se passant la main sur le crâne.

Eh bien ! Si c'était ça rester professionnel quand il était question de Jenna Darrow…

Si ç'avait été un test, il venait juste de le rater dans les grandes largeurs.

Chapitre 8

— J'espère que tout le monde a faim, dit Alex en passant la porte battante de la cuisine dans le manoir du domaine, avec dans une main un grand saladier de fruits fraîchement préparés et dans l'autre un panier de biscuits aux herbes aromatiques encore fumants.

Elle les posa tous les deux devant Jenna et Tess, à qui, comme les autres femmes du complexe, elle avait intimé de rester assises et de se laisser servir le petit déjeuner.

— Comment ça va, Jen ? demanda Alex. As-tu besoin de quoi que ce soit ? Si tu veux allonger ta jambe en hauteur, je peux aller chercher une ottomane dans l'autre pièce.

Jenna secoua la tête.

— Tout va bien. (Sa jambe allait beaucoup mieux depuis l'opération de la nuit précédente et elle souffrait peu.) Ce n'est vraiment pas la peine de se faire tant de souci pour moi.

— Parole de flic de brousse, ironisa Alice avec un petit geste de dédain de la main et en roulant des yeux à l'intention de Tess. Juste une petite blessure par balle, pas de quoi faire un fromage.

Jenna gloussa.

— Vu la semaine que je viens de vivre, une balle dans la cuisse est probablement le moindre de mes soucis.

Elle ne disait pas ça pour attirer la compassion. Elle se contentait d'énoncer un fait.

Tess posa doucement la main sur le poignet de Jenna, qui fut surprise par sa chaleur et l'empathie sincère que révélait le regard de la jeune femme.

— Aucune d'entre nous ne peut prétendre savoir ce que vous avez enduré, Jenna, mais j'espère que vous comprenez que nous sommes là pour vous, maintenant. Vous êtes parmi des amis… Nous sommes toutes et tous vos amis.

Jenna résista à l'impression de réconfort que produisaient les mots de Tess sur elle. Elle ne voulait pas relâcher sa garde dans ce lieu, parmi Alex et ces étrangères qui avaient l'air si gentilles.

Pas plus qu'avec Brock.

Surtout pas avec Brock.

Elle était encore sous le choc de son sauvetage inattendu de la veille en ville. Ç'avait été une erreur de filer comme elle l'avait fait, mal préparée et émotionnellement ébranlée. Cela ne faisait pourtant pas si longtemps qu'elle avait quitté son boulot de flic : elle aurait dû se rappeler que le meilleur moyen de se faire avoir était de filer sans réfléchir en territoire inconnu. Mais tout ce à quoi elle avait pensé avant de s'enfuir du complexe, ç'avait été à ce besoin vital d'échapper à cette nouvelle réalité si sombre.

Sous l'emprise de ses seules émotions, elle avait fait une erreur de jugement classique chez les débutants et avait fini par avoir besoin de renforts pour sauver ses miches. Que ces renforts soient venus sous la forme d'un vampire, à la fois prodigieux et effrayant, elle n'était pas sûre de jamais réussir à bien le comprendre.

Au fond d'elle-même, elle savait que Brock lui avait sauvé la vie la nuit précédente. Et quelque chose en elle aurait souhaité qu'il ne l'ait pas fait. Elle ne voulait pas lui devoir quoi que ce soit. Elle n'aimait pas être redevable à quiconque et certainement pas à un homme qu'on ne pouvait même pas ranger dans la catégorie des humains.

Dieu, quel bordel était devenue sa vie !

Ses pensées de plus en plus sombres, Jenna dégagea sa main de l'étreinte légère de Tess et se laissa aller contre le dossier de sa chaise.

Tess ne la poussa pas à parler. Elle se contenta de se pencher au-dessus de la table pour respirer la vapeur qui s'élevait des biscuits.

— Hmm, laissa-t-elle échapper, son bras gracieux venant soutenir son gros bedon. Est-ce que c'est la recette de Dylan au basilic et au cheddar ?

— À la demande générale, répondit Alex avec enthousiasme. Et il y a d'autres délices en cuisine, dont le fabuleux pain perdu à la crème brûlée de Savannah. D'ailleurs, je ferais bien de retourner en chercher.

Tandis qu'Alex tournait les talons et disparaissait dans la cuisine, Tess lança à Jenna un regard malicieux.

— On n'a rien vécu tant qu'on n'a pas essayé les biscuits de Dylan et le pain perdu de Savannah. Un vrai délice, vous pouvez me croire !

Jenna se fendit d'un sourire poli.

— Ça paraît tentant. Je n'ai jamais été très douée pour la cuisine. Mon plat le plus élaboré était une omelette d'orignal fumé avec du gruyère, des épinards et des patates rouges.

— De la viande d'orignal ? répéta Tess en riant. Eh bien, je peux vous garantir qu'aucune d'entre nous n'a jamais rien mangé de tel. Peut-être pourrez-vous nous en préparer un de ces jours ?

— Peut-être, répondit Jenna, sans se mouiller, en haussant légèrement les épaules.

S'il n'y avait pas eu le truc étranger qu'on lui avait implanté dans la nuque et, à présent, la blessure par balle qui allait l'immobiliser Dieu seul savait pour quelle durée, elle aurait déjà quitté cet endroit. Elle ne savait pas combien de temps il lui faudrait encore rester, mais dès qu'elle serait de nouveau en mesure de marcher correctement, elle ferait de sa présence de l'histoire ancienne. Et tant pis si l'Ordre pensait avoir besoin d'elle ; elle n'avait pas l'intention de s'attarder pour jouer les cobayes.

Elle avait toujours beaucoup de mal à croire qu'elle se trouvait vraiment là, dans un complexe secret quasi militaire peuplé par une troupe de guerriers vampires et les femmes adorables et apparemment tout à fait saines d'esprit qui semblaient parfaitement heureuses d'avoir fait de ces derniers leurs compagnons et de cet endroit leur foyer.

Et le côté surréaliste de cette histoire ne fit que s'accroître un peu plus quand Alex et le reste des femelles de l'Ordre – cinq femmes jeunes d'une beauté lumineuse et la petite fille blonde prénommée Mira – sortirent de la cuisine avec les autres plats du petit déjeuner. Elles bavardaient tranquillement entre elles, aussi à l'aise que si elles avaient vécu ensemble depuis toujours.

Elles formaient une famille, y compris Alex, même si cela faisait à peine une semaine qu'elle était arrivée, en même temps que Jenna.

Une ambiance détendue s'installa dans la salle à manger, tandis que circulaient les assiettes à liseré d'or chargées de toutes sortes de mets délicieux. On remplissait à ras bord les verres de cristal avec des jus de fruits et, bientôt, du café noir fraîchement torréfié fuma dans les tasses de porcelaine tendre.

Jenna observait tout cela avec attention et en silence. Une jatte de sirop d'érable chaud et des ramequins de beurre mou faisaient le tour de la table, avec des arrêts prolongés devant la petite Mira, qui trempait son pain perdu dans le sirop et étalait le beurre sur ses biscuits comme s'il s'était agi de sucre glace, avant de les engloutir en deux bouchées et de passer à la suite avec le même enthousiasme.

Jenna sourit malgré elle devant l'appétit d'ogre que manifestait l'enfant, avec un accès de mélancolie, voire de culpabilité, en pensant à sa propre fille. Libby avait été une petite si circonspecte, si bien élevée et si sérieuse, et ce dès son plus jeune âge.

Mon Dieu, que n'aurait-elle donné à ce moment pour avoir Libby en train de profiter de quelque chose d'aussi simple qu'un petit déjeuner en face d'elle à la table !

Les doigts couverts de sucre, Mira souleva son verre de jus d'orange et but une grande gorgée. Puis elle le reposa sur la table en se laissant aller à un soupir de contentement.

— Est-ce que je peux avoir de la crème fouettée pour mes pêches ? demanda-t-elle en rivant ses yeux violets étranges sur ceux de Jenna.

Un instant, Jenna se sentit comme prisonnière de ce regard. Puis elle se secoua et prit le bol de porcelaine devant son assiette pour le tendre à Mira.

— Est-ce que je peux, s'il vous plaît, avoir de la crème fouettée pour mes pêches ? corrigea Renata qui était assise à droite de la petite fille.

La brune à l'air peu commode fit un clin d'œil affectueux, tout ce qu'il y avait de plus maternel, à Mira, tout en interceptant la jatte que Jenna était en train de lui faire passer.

— Est-ce que je peux, s'il vous plaît ? rectifia Mira, que la réprimande ne semblait pas gêner plus que ça.

Jenna coupa un morceau de pain perdu dans son assiette et le mit en bouche. Tess n'avait pas menti : c'était délicieux, carrément décadent. Elle eut du mal à ne pas grogner de plaisir en savourant son goût de crème et de vanille.

— Alors ? Vous aimez ça ? demanda Savannah, qui était assise à l'une des extrémités de la longue table.

— C'est absolument délicieux, murmura Jenna, dont les papilles vibraient encore de bonheur. (Elle jeta un coup d'œil à la ronde.) Merci de me laisser partager tout ça avec vous. Je n'ai jamais vu autant de nourriture de ma vie.

— Vous imaginiez-vous que nous allions vous laisser mourir de faim ? demanda Gabrielle depuis l'autre bout de la table, avec un sourire amical et engageant.

— Je ne sais pas trop ce que j'ai pensé, répondit Jenna avec sincérité. Pour être honnête, je ne sais pas vraiment comment analyser tout ça pour l'instant.

Gabrielle hocha lentement la tête, l'air sage et le port altier, même si elle était sans aucun doute plus jeune que Jenna, qui avait trente-trois ans.

— C'est bien compréhensible. Vous avez traversé de sacrées épreuves et votre situation parmi nous est unique.

— Ma situation, répéta Jenna en poussant distraitement un morceau de pain imbibé de sirop d'érable dans son assiette. Vous voulez dire le corps étranger logé à la base de mon crâne ?

— Oui, ça, acquiesça Gabrielle avec douceur. Mais aussi le fait que vous avez eu la chance que votre vie soit épargnée par l'Ancien. Le fait qu'il se soit nourri à votre veine et vous ait laissée en vie est…

— Unique, intervint une autre des femmes, assise à côté de Gabrielle. (Elle arborait une crinière de cheveux roux et son joli visage était parsemé de taches de son.) Si vous saviez de quoi il est capable… Si vous aviez la moindre idée de ce qui est arrivé à tant d'autres… (Sa voix se fit traînante et elle fut prise d'un léger tremblement, visible dans la main avec laquelle elle tenait sa fourchette.) C'est un vrai miracle que vous soyez encore en vie, Jenna.

— Dylan a raison, approuva Tess. Depuis à peu près un an que l'Ordre a découvert que l'Ancien avait été réveillé, nous avons cherché à le localiser, lui et Dragos, le fils de pute responsable du retour de cet être malfaisant dans le monde.

— Je ne suis pas sûre de savoir lequel est le pire des deux, l'interrompit Renata. L'Ancien est responsable de la perte de nombreuses vies, mais c'est Dragos, son petit-fils sadique, qui tirait toutes les ficelles.

— Vous voulez dire que cette créature a des descendants ? demanda Jenna, incapable de contenir son dégoût.

Gabrielle prit une gorgée de café, puis reposa doucement sa tasse.

— Cette créature et plusieurs autres comme elle sont à l'origine de toute la Lignée sur Terre.

— Sur Terre ? parvint à articuler Jenna après un rire incrédule. Vous êtes en train de parler d'extraterrestres maintenant ? Ce vampire qui m'a attaquée…

— N'était pas de ce monde, compléta Savannah. C'est vrai. Pas plus difficile à croire que l'existence même des vampires, si vous voulez mon avis, mais c'est la vérité toute nue. Après s'être écrasés sur Terre il y a quelques milliers d'années, les Anciens en ont conquis une partie et se sont mis à violer les femmes de l'époque. À force, quelques-unes de leurs victimes sont tombées enceintes de ce qui allait devenir la première génération de la Lignée.

— Et tout ça vous paraît réel à toutes ? demanda Jenna, toujours incrédule. (Elle jeta un regard à Alex à côté d'elle.) Toi aussi, tu crois à ça ?

Alex hocha la tête.

— Maintenant que je connais Kade et tout le monde ici au complexe, comment ferais-je pour ne pas le croire ? J'ai aussi vu l'Ancien de mes propres yeux, juste avant qu'il ne soit tué en tombant d'une falaise en Alaska.

— Et qu'en est-il de cet autre individu… Dragos ? demanda Jenna, désireuse malgré elle de recoller les pièces du puzzle si c'était possible. Quel est son rôle là-dedans ?

Dylan fut la première à répondre.

— En fait, Dragos avait réveillé l'Ancien beaucoup plus tôt que nous ne l'imaginions. Des décennies avant. Il l'avait secrètement emprisonné et s'était servi de lui pour créer une nouvelle génération de Gen-1, les membres les plus puissants de la Lignée, puisqu'ils descendent directement des Anciens et que leur sang n'est pas génétiquement dilué, comme l'est celui des générations suivantes.

— Dragos a créé une véritable armée de membres les plus puissants et les plus létaux de l'espèce, ajouta Renata. Élevés sous sa surveillance personnelle, entraînés à devenir des tueurs sans pitié, ces assassins lui sont tout dévoués et il peut faire appel à eux à tout moment pour remplir n'importe quelle mission pour son compte.

Gabrielle acquiesça.

— Et pour créer ces Gen-1, Dragos avait également besoin d'une réserve de femmes fertiles à faire saillir par l'Ancien.

— Des Compagnes de sang, compléta Alex.

Jenna tourna les yeux vers son amie.

— Et qui sont-elles, ces Compagnes de sang ?

— Ce sont des femmes nées avec un ADN et des caractéristiques sanguines hors du commun qui les rendent capables de partager un lien de vie avec les membres de la Lignée et de porter leurs fils, répondit Tess, la main nonchalamment posée sur le dessus de son ventre rebondi. Des femmes comme nous toutes rassemblées ici autour de cette table.

Sous le choc de ce qu'elle venait d'entendre, Jenna sentit son estomac se serrer.

— Êtes-vous en train de dire que je…

— Non, l'interrompit Tess en secouant la tête. Vous êtes mortelle, vous n'êtes pas une Compagne de sang. Votre formule sanguine est normale et vous ne portez pas la marque que nous portons toutes.

Voyant Jenna froncer les sourcils, Tess tendit sa main droite, qui portait une petite marque rouge entre le pouce et l'index. C'était un petit croissant de lune, avec ce qui ressemblait à une larme tombant en son centre.

— Vous avez toutes le même tatouage ?

— Ce n'est pas un tatouage, expliqua Alex. C'est une tache de naissance, Jenna. Toutes les Compagnes de sang sont nées avec la même quelque part sur leur corps. La mienne est sur la hanche.

— Nous ne sommes pas très nombreuses dans le monde, dit Savannah. La Lignée considère toutes les Compagnes de sang comme sacrées, mais pas Dragos. Ça fait des années qu'il enlève des femmes et les retient prisonnières, dans le seul but, d'après ce que nous en savons, d'engendrer ses assassins Gen-1. Beaucoup d'entre elles ont été tuées, soit par Dragos lui-même, soit par l'Ancien.

— Comment savez-vous ça ? demanda Jenna, horrifiée par ce qu'elle venait d'entendre.

Un peu plus loin de son côté de la table, Dylan se racla la gorge.

— Je les ai vues. Je veux dire les mortes.

Le flic qui sommeillait en Jenna fut soudain sur le qui-vive.

— Si vous avez des cadavres, vous avez des preuves tangibles et un motif raisonnable et suffisant pour dénoncer ce connard, Dragos, aux autorités.

Dylan secoua la tête.

— Je n'ai pas vu les corps. J'ai vu les mortes. Elles… m'apparaissent parfois. Il leur arrive même de me parler.

Jenna ne savait plus si elle devait éclater de rire ou se résoudre à tous ces mystères.

— Vous voyez des gens qui sont morts ?

— Chaque Compagne de sang a un don ou une aptitude particulière qui la distingue de toutes les autres, expliqua Tess. Le don de Dylan est de pouvoir communiquer avec des Compagnes de sang mortes.

Renata se pencha, les avant-bras posés sur la table.

— Grâce au talent de Dylan, nous sommes sûrs que Dragos est responsable de la mort de nombreuses Compagnes de sang. Et, grâce à une autre amie de l'Ordre, Claire Samuels, dont le don nous a permis de localiser la base de Dragos il y a quelques mois, nous savons qu'il en détient encore beaucoup d'autres. Depuis, il a gagné la clandestinité. À présent, l'objectif principal de l'Ordre, outre d'en finir le plus vite possible avec ce salopard, est de trouver son nouveau quartier général et de mettre ses victimes en sécurité.

— Nous avons aidé de notre mieux, mais c'est difficile de repérer une cible mobile, reprit Dylan. Nous épluchons les dossiers de personnes disparues en ligne, à la recherche de visages que je reconnaîtrais. Et, le jour, nous visitons des centres d'accueil, des orphelinats, des refuges… enfin tous les endroits où nous avons une chance de trouver une piste concernant des jeunes femmes disparues.

Renata hocha la tête.

— En particulier celles douées de facultés de perception extrasensorielles ou autres aptitudes sortant de l'ordinaire, qui ont des chances d'être des Compagnes de sang.

— On a beau faire ce que nous pouvons, dit Gabrielle, nous n'avons pas trouvé d'indice décisif pour l'instant. C'est comme s'il nous manquait la clé qui permet de débloquer tout le truc et que, tant que nous ne l'aurons pas trouvée, ce que nous faisons revenait à tourner en rond.

— Eh bien, il faut continuer, dit Jenna, chez qui le flic un peu rouillé comprenait bien la frustration qu'il y avait à suivre des pistes qui ne menaient nulle part. Le meilleur allié de l'enquêteur est bien souvent sa persévérance.

— Déjà, nous n'avons plus à nous soucier de l'Ancien, déclara Savannah. C'est un combat de moins à mener.

L'approbation de chacune des participantes fit comme un chœur autour de la table.

— Mais pourquoi l'Ancien vous a-t-il laissé la vie, Jenna ?

La question émanait d'Élise, la petite blonde à cheveux courts qui faisait face à Tess, la plus réservée du groupe, qui, malgré son apparence de plante fragile, possédait le regard franc et intransigeant d'un guerrier. Étant donné l'entourage auquel les femmes du complexe avaient affaire, elle avait probablement besoin de cette force intérieure.

Jenna baissa les yeux sur son assiette et réfléchit à la réponse qu'elle allait faire. Il lui fallut un long moment pour trouver les mots.

— Il m'a forcée à choisir.

— Comment ça ? demanda Savannah en levant un sourcil interrogateur.

« Qu'est-ce que ce sera ? »

« La vie… ou la mort ? »

Dans le silence qui se prolongeait, Jenna sentit huit paires d'yeux braquées sur elle. Se forçant à faire face aux questions non formulées qui semblaient suspendues dans l'air, elle leva les yeux, redressa le menton et énonça rapidement une réponse succincte.

— Je voulais mourir. C'est ce que j'aurais préféré, particulièrement à ce moment-là. Il le savait, j'en suis certaine. Mais, pour une raison ou pour une autre, il semblait vouloir jouer avec moi ; alors il m'a forcée à décider si oui ou non il allait me tuer cette nuit-là.

— Oh, Jen, c'est affreux ! (La voix d'Alex était montée un peu dans les aigus. Elle posa son bras autour des épaules de Jenna comme pour la protéger.) Quel salopard cruel !

— Et alors, relança Élise, vous avez dit à l'Ancien de vous laisser vivre et c'est ce qu'il a fait, juste comme ça ?

Se remémorant cet instant avec une clarté insupportable, Jenna secoua lentement la tête.

— Je lui ai dit que je voulais vivre et la seule chose dont je me souvienne, c'est de l'avoir vu s'ouvrir le bras et en extraire ce truc, ce petit bout de je ne sais-quoi, qui est désormais à l'intérieur de mon corps.

Jenna sentit, plus qu'elle ne les vit, les subtils échanges de regards autour de la table.

— Croyez-vous que ça pourrait avoir un rapport ? demanda-t-elle en s'adressant au groupe dans son ensemble. (Elle essaya de calmer l'accès de peur qu'elle sentait soudain prendre possession de sa poitrine.) Croyez-vous que le fait qu'il m'ait implanté cet objet a quelque chose à voir avec celui que je vive ou que je meure ?

Alex lui prit la main pour la rassurer, mais ce fut Tess qui parla avant tout le monde.

— Gideon pourra peut-être faire de nouveaux tests et nous aider à répondre à cette question.

Jenna déglutit, puis hocha la tête.

Elle ne toucha plus à son assiette jusqu'à la fin du repas.

Dans un coin peu éclairé de la luxueuse suite présidentielle d'un grand hôtel de Boston où les lourds doubles-rideaux bloquaient toute lumière solaire, le mâle de la Lignée connu sous le nom de Dragos était assis dans un fauteuil tapissé de soie et tambourinait des ongles sur le guéridon d'acajou à côté de lui. Le manque de ponctualité le rendait impatient et l'impatience, mortellement dangereux.

— S'il n'est pas là d'ici à une minute, l'un de vous le tuera, dit-il à la paire d'assassins Gen-1 debout derrière lui comme des dogues de deux mètres de haut.

Il avait à peine fini de parler qu'on entendit le tintement de la porte de l'ascenseur privatif qui débouchait dans l'entrée de la suite annoncer l'arrivée d'un visiteur. Dragos ne bougea pas de son siège, attendant en observant un silence irrité qu'un des membres de sa garde personnelle, qu'il avait comme les autres lui-même façonné, lui amène l'un de ses lieutenants vampires pour son audience privée.

Le nouveau venu eut le bon sens de baisser la tête à l'instant où son regard rencontra celui de Dragos.

— Je vous prie de m'excuser de vous avoir fait attendre, sire, dit-il.

Puis il ajouta en chargeant chaque syllabe du plus profond mépris :

— La ville grouille d'humains. Des touristes et des gens faisant leurs achats de Noël. (Il ôta ses gants de cuir noir et les fourra dans la poche de son manteau de cachemire.) Mon chauffeur a dû faire une dizaine de fois le tour de l'hôtel avant de pouvoir se rapprocher des portes de service en sous-sol.

Dragos n'avait pas cessé de tambouriner sur le guéridon.

— Un problème avec l'entrée principale ?

Son lieutenant, vampire de deuxième génération comme l'était lui-même Dragos, pâlit légèrement.

— On est en plein milieu de journée, sire. Avec ce soleil, j'aurais grillé en un rien de temps.

Imperturbable, Dragos garda les yeux braqués sur lui. Lui non plus n'était pas satisfait des inconvénients liés à ce lieu de rendez-vous. Il aurait préféré de loin le confort et la sécurité de sa propre résidence. Mais ce n'était plus possible. Pas depuis que l'Ordre avait commencé à jouer les trouble-fête et l'avait forcé à courir se mettre à couvert.

Par peur d'être repéré, il ne permettait plus à aucun de ses associés civils de savoir où se situait son nouveau quartier général. Par précaution supplémentaire, aucun d'entre eux ne savait non plus où se trouvaient ses autres sites et son personnel. Il ne pouvait courir le risque qu'un de ses lieutenants, s'il devait tomber aux mains de l'Ordre, finisse par le compromettre dans l'espoir de s'épargner la colère de Lucan.

Rien que penser à Lucan Thorne et à ses chevaliers blancs autoproclamés lui mettait l'amertume à la bouche. Tout ce pour quoi il avait tant œuvré – sa vision d'un avenir dont il pouvait à peine attendre de jouir – avait été gâché par les agissements de l'Ordre. Ils l'avaient forcé à s'enfuir la queue basse, forcé à détruire le centre nerveux de son opération, un laboratoire scientifique haut de gamme, qui lui avait coûté des centaines de millions de dollars et des décennies d'efforts de mise au point.

Et il n'en restait plus désormais que des cendres et des gravats au milieu d'une épaisse forêt du Connecticut.

À présent, au lieu de jouir de la puissance et des privilèges auxquels il avait été habitué pendant des siècles, Dragos devait se dissimuler et regarder sans cesse par-dessus son épaule pour s'assurer que ses ennemis ne se rapprochaient pas de lui. Et il n'aimait pas ça du tout.

La dernière contrariété lui avait été imposée en Alaska, avec la fuite de l'Ancien, son outil le plus précieux et le plus irremplaçable dans sa quête de domination totale. Ç'avait déjà été assez dur que l'Ancien soit parvenu à s'échapper au cours de son transport vers sa nouvelle prison, mais le désastre avait été complet quand l'Ordre était parvenu non seulement à découvrir son laboratoire en Alaska, mais aussi à retrouver l'extraterrestre fugitif.

Dragos avait perdu deux de ses atouts sous les coups de l'Ordre. Il n'était clairement pas prêt à les laisser lui prendre quoi que ce soit d'autre.

— Je veux de bonnes nouvelles, déclara-t-il à son lieutenant, un regard furieux braqué sur lui de sous ses sourcils froncés. Où en êtes-vous de la tâche que je vous ai assignée ?

— Tout est en place, sire. La cible et ses proches viennent juste de rentrer cette semaine d'un séjour à l'étranger.

Dragos grogna. La cible en question était l'un des aînés de la Lignée qui approchait de mille ans. C'était un Gen-1, raison précise pour laquelle Dragos l'avait en ligne de mire. Outre son dessein de mettre hors d'état de nuire Lucan Thorne et sa bande de guerriers, Dragos était revenu à l'un des objectifs initiaux de son opération, à savoir l'élimination systématique de tous les Gen-1 de la planète.

Que Lucan et un autre membre fondateur de l'Ordre, Tegan, aient tous deux été des Gen-1 ne faisait que rendre la réalisation de cet objectif plus désirable, et aussi plus impérative. En retirant de la circulation tous les Gen-1, exceptés les assassins qu'il avait élevés et entraînés à le servir inconditionnellement, Dragos et les autres membres de la deuxième génération de l'espèce deviendraient par défaut les vampires les plus puissants au monde.

Et si, ou plutôt quand Dragos serait fatigué de partager l'avenir qu'il aurait seul construit et mis en œuvre, il ferait appel à sa garde prétorienne pour éliminer également tous les vampires de deuxième génération encore vivants.

Blasé, il resta silencieux tandis que son lieutenant s'empressait de lui faire son rapport sur un plan que Dragos lui-même avait mis au point de main de maître quelques jours auparavant. Étape par étape, tactique après tactique, l'autre mâle exposa toute l'opération en détail, lui assurant que rien n'avait été laissé au hasard.

— Le Gen-1 et sa famille sont sous notre surveillance permanente, jour et nuit, depuis leur retour chez eux, dit le lieutenant. Nous sommes prêts à lancer l'opération quand vous le voudrez, sire.

Dragos fit un vague hochement de tête.

— Allez-y.

— Bien, sire.

Dragos prit presque autant de plaisir à la retraite tout en courbettes de son lieutenant qu'à l'idée que le coup qu'il s'apprêtait à frapper ferait bien comprendre à l'Ordre que, s'il était en difficulté, il était loin d'être hors-jeu.

En fait, sa présence dans cet hôtel chic de Boston, et ainsi à l'un des rendez-vous importants qu'il avait fallu des semaines pour arranger entre lui et un petit groupe d'humains influents, allait renforcer sa position sur le chemin de la gloire qui finirait par lui échoir. Il pouvait déjà presque sentir le parfum du succès.

— Ah, encore une chose, lança-t-il à l'adresse de son associé arrivé au seuil de la pièce.

— Oui, sire ?

— Si vous échouez, dit-il d'un ton faussement plaisant, je vous arrache le cœur.

Le visage du vampire devint aussi blanc que le tapis qui couvrait le sol comme de la neige.

— Je n'échouerai pas, sire.

Dragos sourit, découvrant ses dents et ses crocs.

— Faites ce qu'il faut pour.

Chapitre 9

Après le bordel sanglant de sa nuit en ville, Brock considérait comme une victoire personnelle d'être parvenu à éviter Jenna dans le complexe pendant l'essentiel de la journée qui avait suivi. Une fois les corps des deux hommes immergés dans les eaux dormantes et glacées d'un bras mort de la Mystic River, il était resté dehors presque jusqu'à l'aube, essayant de se débarrasser de la rage qui semblait l'avoir poursuivi toute la nuit.

Même quelques heures après son retour au complexe ce matin-là, le sentiment de fureur injustifié et involontaire qui s'emparait de lui chaque fois qu'il pensait à la violence à laquelle cette femme innocente avait été exposée faisait vibrer ses muscles sous la force de son agressivité. Deux bonnes heures passées à suer en s'entraînant au travail du couteau dans la salle d'armes l'avaient aidé à émousser sa colère. Comme l'avait fait la douche brûlante de quarante minutes qu'il s'était imposée après.

Il aurait pu se sentir bien, penser qu'il avait de nouveau la tête sur les épaules, s'il n'y avait eu le double uppercut assené par Gideon quelques minutes plus tard.

Le premier fut la nouvelle que Jenna, en descendant de la salle à manger du manoir, où elle avait pris le petit déjeuner avec les autres femmes du complexe, était venue lui demander de faire une nouvelle batterie de tests sanguins et d'analyses de tissus. Elle s'était souvenue de quelque chose à propos du temps qu'elle avait passé en compagnie de l'Ancien, quelque chose qui, d'après Gideon, l'avait bien secouée, malgré sa résistance.

Le second était venu juste après les premiers résultats des analyses des nouveaux prélèvements.

La formulation sanguine et l'ADN de Jenna avaient changé de façon significative depuis les analyses précédentes.

La veille, les résultats étaient normaux. Ce jour-là aucun ne l'était plus.

— Quoi que semblent indiquer ces résultats, nous devons éviter les conclusions hâtives, venait de dire Lucan de sa voix posée et grave.

— Peut-être faudrait-il refaire une batterie d'analyses, dit Tess, la seule des femelles présentes dans le labo à ce moment-là. (Elle leva les yeux des résultats troublants qu'elle tenait en main pour regarder Lucan, Brock et les autres membres de l'Ordre, qui avaient été convoqués pour parler des découvertes de Gideon.) Qu'est-ce que je fais ? Je vais chercher Jenna et je la ramène à l'infirmerie pour de nouveaux prélèvements ?

— Tu peux toujours, dit Gideon. Mais de nouvelles analyses ne vont rien changer. (Il enleva ses lunettes aux verres bleu pâle et les jeta sur son clavier. Puis il se pinça le haut du nez et secoua lentement la tête.) Ce genre de mutation de l'ADN et de réplication cellulaire ne se produit tout simplement pas. Le corps humain n'est pas assez avancé pour gérer les exigences que des modifications de cette importance auraient sur ses organes et ses artères, sans parler de l'impact qu'aurait un tel truc sur le système nerveux central.

Brock, les bras croisés, était appuyé au mur à côté de Kade, de Dante et de Rio. Il ne disait rien, luttant pour comprendre tout ce qu'il voyait et entendait. Lucan avait conseillé de ne pas se précipiter sur des conclusions, mais il était très difficile de ne pas considérer que, dès à présent, le bien-être de Jenna était sérieusement remis en question.

— Je ne pige pas, dit Nikolaï depuis l'autre côté du labo, où il était assis à la grande table avec Tegan et le Chasseur. Pourquoi maintenant ? Je veux dire… si tout était normal avant, pourquoi une telle quantité de mutations dans son sang et son ADN d'un coup ?

Gideon haussa les épaules.

— Ça vient peut-être du fait que jusqu'à hier elle était dans un sommeil profond, un quasi-coma. Nous avons su dès son réveil que sa force musculaire avait augmenté. Brock l'a constaté de visu, et nous aussi quand elle a fui le complexe. Les changements cellulaires que nous constatons maintenant ont peut-être été une réaction différée à son réveil. Se retrouver consciente et alerte a pu jouer le rôle d'un interrupteur dans son corps.

— Hier soir, elle s'est fait tirer dessus, ajouta Brock en réprimant un grognement furieux. Est-ce que ça pourrait avoir un rapport avec les changements que nous voyons dans ses analyses de sang maintenant ?

— Qui sait ? J'imagine que tout est possible. Ce n'est pas comme si moi ou quelqu'un d'autre dans cette pièce avions déjà vu ça avant.

— Ouais, acquiesça Brock. Et c'est vraiment chiant !

Au fond du labo, le dossier de sa chaise incliné vers l'arrière et ses pieds bottés posés sur la grande table de conférence, Sterling Chase se racla la gorge.

— Tout bien considéré, ce n'est peut-être pas une si bonne idée de laisser cette femme aller et venir à sa guise dans le complexe. On en sait trop peu sur elle pour l'instant. Pour autant qu'on sache, elle pourrait être une foutue bombe à retardement sur pattes.

Personne ne dit rien pendant un long moment. Ce silence rendait Brock furieux. Et il en voulait à Chase de mettre sur le tapis ce qu'aucun des guerriers ne voulait envisager.

— Et tu suggères quoi, demanda Lucan en lançant un regard grave au mâle qui avait passé des décennies dans l'Agence du maintien de l'ordre, organisme lourdement bureaucratique de la Lignée, avant de rejoindre l'Ordre.

Chase souleva un sourcil blond.

— S'il ne tenait qu'à moi, je l'éloignerais du complexe sans attendre. Je l'enfermerais dans un endroit sûr le plus loin possible, au moins tant que nous n'aurions pas eu l'occasion d'en finir avec Dragos une bonne fois pour toutes.

Brock poussa un grognement lourd d'animosité.

— Jenna reste ici.

Gideon remit ses lunettes et hocha la tête en direction de Brock.

— Je suis d'accord. Je ne me sentirais pas à l'aise de l'éloigner maintenant. J'aimerais garder un œil sur elle, mieux comprendre ce qui lui arrive, au moins sur les plans cellulaire et neurologique.

— Comme vous voudrez, répliqua Chase avec son accent traînant. Mais, si vous vous plantez, on va tous y passer.

— Elle reste, répéta Brock en plantant un regard peu amène dans les yeux de l'ex-Agent, qui souriait d'un air ironique à l'autre bout de la table.

— Tu bandes pour cette femelle depuis que tu as posé les yeux sur elle, fit-il remarquer, d'un ton léger mais avec sur le visage une expression de défi marquée. Tu as quelque chose à prouver, mec ? De quoi s'agit-il ? Tu es juste un de ces couillons prêts à craquer pour une damoiselle en détresse ? Le saint patron des causes perdues. C'est ça ?

Brock franchit la table d'un saut périlleux pour prendre Chase à la gorge. Mais celui-ci l'avait vu venir et une demi-seconde plus tard les deux grands mâles étaient debout face à face, les yeux dans les yeux, prêts à s'affronter en un combat qu'aucun des deux ne pourrait gagner.

Brock sentit de fortes mains l'arracher à la confrontation. C'étaient Kade et Tegan, présents avant même qu'il puisse donner à Chase le coup de poing qu'il avait bien mérité. Et derrière Chase se trouvaient Lucan et le Chasseur, prêts comme le reste des guerriers à calmer la situation si l'un ou l'autre des adversaires cherchait à tout prix à l'envenimer.

Transperçant Chase du regard, Brock se laissa arracher à son camarade, mais pas de gaieté de cœur. Une fois de plus, il réfléchit à la nature antagoniste et agressive de Sterling Chase et il se demanda ce qui le conduisait à être si volatil, alors qu'il était par ailleurs si compétent et qu'il avait été si longtemps rigide auparavant.

Et il se dit que s'il y avait une bombe à retardement dans le complexe, c'était peut-être plutôt lui.

— Mais qu'est-ce qu'ils foutent, bordel ?

Jenna ne s'était pas rendu compte qu'elle avait exprimé sa frustration à haute voix avant qu'Alex tende la main pour prendre la sienne et la serre pour la rassurer.

— Gideon a dit qu'il voulait faire des tests supplémentaires sur tes prélèvements. Je suis sûre qu'on va savoir très vite maintenant.

Jenna laissa échapper un profond soupir. Canne en main, même si elle en avait désormais à peine besoin, elle se leva du canapé sur lequel elle était assise et boitilla jusqu'à l'autre bout du salon de l'appartement. C'est là qu'Alex et Tess l'avaient amenée après la prise de sang à l'infirmerie quelques heures plus tôt, lui disant qu'on lui avait attribué l'usage de ces quartiers pour la durée de son séjour dans le complexe.

C'était certes une sérieuse amélioration par rapport à sa chambre à l'infirmerie. L'endroit était spacieux et confortable, avec d'énormes sièges de cuir et des tables de bois sombre méticuleusement polies et libres de tout désordre. De grandes bibliothèques étaient garnies de classiques, philosophiques, politiques ou encore historiques. Des bouquins sérieux qui semblaient contraster avec l'étagère pleine d'ouvrages de littérature commerciale soigneusement rangés (*Seigneur, ils sont même par ordre alphabétique !*) qui cohabitaient avec eux.

Jenna laissa son regard errer le long des tranches sur les titres et les noms des auteurs. Toute distraction susceptible de l'empêcher de s'attarder trop longtemps sur ce qui pouvait bien retarder les réponses qu'elle attendait de Gideon et des autres était la bienvenue.

— Ça fait plus d'une heure que Tess est là-bas, fit-elle malgré tout remarquer en tirant au hasard un livre sur les chanteuses de jazz rangé au rayon « histoire ». Elle le feuilleta distraitement, plus pour s'occuper les mains que par intérêt réel pour l'ouvrage.

Alors qu'elle passait un chapitre consacré aux clubs des années 1920, une vieille photo jaunie tomba du livre. Jenna la rattrapa avant qu'elle n'atteigne le sol. Le visage rayonnant d'une jolie jeune femme vêtue de satin brillant et de fourrures chatoyantes lui faisait face. Avec ses grands yeux en amande et sa peau de porcelaine qui semblait luire sur le fond de ses longs cheveux noir de jais, elle était superbe et avait quelque chose d'exotique, particulièrement dans le décor du club de jazz qu'on distinguait derrière elle.

Sa propre vie plongeant dans la confusion et l'inquiétude, Jenna fut frappée par la jubilation qui se lisait dans le sourire de la jeune femme. Cette joie était si pure, si franche, qu'elle lui fit presque mal. Elle aussi avait connu ce genre de bonheur à une époque, non ? Dieu, depuis combien de temps ne s'était-elle pas sentie au moins à moitié aussi vivante que la jeune femme de la photo ?

— Je ne supporte plus de ne pas savoir. Ça me rend folle.

— Je sais, Jen, mais…

— Et merde… Je n'attendrai pas une minute de plus ici, conclut Jenna en se retournant vers son amie. (L'extrémité de sa canne fit un bruit sourd sur le tapis tandis qu'elle rejoignait la porte.) À l'heure qu'il est, ils doivent forcément avoir une partie des résultats. Je dois savoir ce qui se passe. J'y vais.

— Jenna, attends ! tenta de la retenir Alex derrière elle.

Mais elle était déjà dans le couloir, marchant aussi vite que le lui permettaient sa canne et la douleur que lui renvoyait sa cuisse à chaque pas.

— Jenna ! appela Alex, qui se mit à la suivre dans le couloir vide.

Jenna poursuivit son chemin, franchissant coude après coude le dallage de marbre blanc. Sa jambe la lançait à présent, mais elle s'en fichait. S'étant débarrassée de sa canne, qui ne faisait que la ralentir, c'était tout juste si elle ne courait pas vers les voix étouffées qui lui parvenaient d'un peu plus loin dans le couloir. Et c'est pantelante qu'elle parvint à la paroi vitrée du labo, un film de sueur dû à la douleur perlant au-dessus de sa lèvre supérieure et sur son front.

Elle repéra Brock avant tous les autres dans le groupe aux airs solennels. Ses traits étaient tirés, les tendons de son cou durs comme des câbles et sa bouche serrée en une ligne sinistre, presque menaçante. Il était debout au fond de la salle, entouré par plusieurs autres guerriers, tous visiblement nerveux, et ce d'autant plus à présent qu'elle était là. Gideon et Tess étaient serrés l'un contre l'autre près de la batterie d'ordinateurs à l'entrée du labo.

Tous s'étaient figés et la regardaient fixement.

Jenna sentit le poids de leurs regards comme une charge réelle. Son cœur tressauta dans sa poitrine. À l'évidence, ils avaient les résultats de ses analyses et ils étaient mauvais. Mais à quel point ?

Leurs expressions étaient indéchiffrables, tous l'observant prudemment et silencieusement tandis qu'elle ralentissait le pas et s'arrêtait devant les larges portes vitrées du labo.

Mon Dieu, ils la regardaient à présent comme s'ils ne l'avaient jamais vue !

Non, ce n'était pas cela : ils la regardaient comme s'ils s'étaient attendus à ce qu'elle soit déjà morte.

Comme si elle était un fantôme.

La peur lui nouait l'estomac, mais elle n'allait pas renoncer pour autant.

— Laissez-moi entrer, exigea-t-elle, furieuse et terrifiée à la fois. Bordel, ouvrez cette putain de porte et dites-moi ce qu'il y a !

Elle leva le poing, mais avant qu'elle ait l'occasion de l'abattre sur la porte, elle s'ouvrit avec un léger sifflement. Elle fonça à l'intérieur, Alex sur les talons.

— Dites-moi, répéta Jenna en promenant son regard d'un visage à l'autre. (Elle s'attarda sur celui de Brock, la seule personne dans la pièce, à part Alex, envers laquelle elle éprouvait une certaine confiance.) Je vous en prie… J'ai besoin de savoir ce que vous avez trouvé.

— Il y a eu des changements dans votre sang, dit Brock d'une voix incroyablement grave, et trop douce. Dans votre ADN aussi.

— Des changements ? (Jenna déglutit.) Quel genre de changements ?

— Des anomalies, intervint Gideon. (Quand elle pivota la tête pour le regarder, elle fut frappée par l'inquiétude qui se lisait dans les yeux du guerrier. Il parlait avec retenue et lui rappelait beaucoup trop un médecin en train de distiller la pire des nouvelles à un patient.) Nous avons trouvé des réplications cellulaires bizarres, Jenna. Des mutations qui sont transmises à votre ADN et se multiplient à un rythme très rapide. Ces mutations n'apparaissaient pas lors des analyses précédentes.

Elle secoua la tête, à la fois à cause de la confusion qu'elle ressentait et par un réflexe de négation de ce qu'elle croyait avoir entendu.

— Je ne comprends pas. Êtes-vous en train de parler d'une maladie quelconque ? Est-ce que cette créature m'a infectée avec quelque chose quand elle m'a mordue ?

— Rien de tout cela, répondit Gideon. (Il lança un regard anxieux à Lucan.) En tout cas, pas exactement.

— Alors quoi, exactement ? cria-t-elle presque. (La réponse frappa son esprit moins d'une seconde plus tard.) Oh, Seigneur ! Ce truc dans ma nuque. (Elle posa la main sur l'endroit où l'Ancien lui avait implanté cet objet non identifié gros comme un grain de riz.) Ce truc qu'il m'a collé à l'intérieur du corps est responsable. C'est ça, non ?

Gideon approuva d'un petit signe de tête.

— C'est une forme de biotechnologie, rien que la Lignée ou l'humanité soient en mesure de créer. D'après les dernières radios que nous avons faites aujourd'hui, il semble aussi que l'implant soit en train de s'intégrer à votre moelle épinière de plus en plus vite.

— Enlevez-le !

Les regards des grands mâles présents dans la pièce se firent gênés. Même Tess était étrangement silencieuse, évitant de croiser celui de Jenna.

— Ce n'est pas aussi simple, finit par répondre Gideon. Vous devriez peut-être voir la radio vous-même.

Avant qu'elle ait pu se demander si elle voulait ou non voir la preuve de ce qu'on lui racontait, l'image de son crâne et de sa colonne vertébrale apparut en grand sur un moniteur monté au mur devant elle. Elle remarqua immédiatement le grain de riz qui luisait au cœur de sa première vertèbre cervicale. Les ramifications filaires déjà présentes la veille étaient plus nombreuses sur ce nouveau cliché.

Il y en avait au moins plusieurs centaines de plus, chaque brin venant se tisser de manière intriquée – et inextricable – dans et autour de sa moelle épinière.

Gideon se racla la gorge.

— Comme je le disais, l'objet est apparemment constitué d'une association de matériau génétique et d'éléments de haute technologie. Je n'ai jamais rien vu de tel, pas plus que je n'ai été capable de trouver trace de la moindre recherche scientifique humaine qui ait un rapport, aussi mince soit-il, avec ça. Étant donné la transformation biologique que nous constatons dans votre ADN, il semblerait que la source du matériau génétique soit l'Ancien lui-même.

Ce qui signifiait que son corps abritait un morceau de cette créature. Et qu'il s'y développait.

Son cœur se mit à battre la chamade. Elle sentait son sang pompé et précipité dans ses veines, imaginait les cellules mutantes se frayer un chemin dans son corps à chaque battement de son pouls, croissant et se multipliant, la dévorant de l'intérieur.

— Enlevez-le-moi, supplia-t-elle d'une voix qui montait dans les aigus. Arrachez-moi ce putain de truc tout de suite, ou je m'en chargerai seule !

Sous l'action du désespoir, qui la rendait un peu folle, elle tendit les deux mains et se mit à pincer sa nuque avec ses ongles.

Elle ne vit même pas Brock quitter son emplacement à l'autre bout du labo, mais en moins de temps qu'il ne faut pour le dire il fut à ses côtés, ses grandes mains posées autour des doigts de Jenna. Ses grands yeux marron trouvèrent son regard et ne le lâchèrent plus.

— Doucement, maintenant, chuchota-t-il en détachant de sa nuque gentiment, mais fermement, les mains de Jenna, qu'il garda au chaud dans les siennes. Respirez, Jenna.

Ses poumons s'emplirent, puis se relâchèrent avec un sanglot.

— Lâchez-moi. S'il vous plaît, laissez-moi seule, tous.

Elle s'écarta et tenta de s'en aller, mais son pouls se mit à battre lourdement, ses oreilles à tinter et la salle à tourner rapidement autour d'elle. Une vague de nausée la submergea, masquant tout d'un brouillard épais.

— Je vous tiens, murmura la voix apaisante de Brock tout près de son oreille.

Elle sentit ses pieds quitter le sol et, pour la deuxième fois en deux jours, se retrouva enveloppée dans le cocon de ses bras.

Chapitre 10

Il ne se perdit pas en explications sur ce qu'il était en train de faire et où il l'emmenait. Il se contenta de quitter le labo et de la ramener le long du couloir qu'elle venait de parcourir avec Alex derrière elle quelques minutes plus tôt.

— Lâchez-moi ! exigea Jenna, toujours pâteuse, les oreilles tintant à chacune des longues enjambées de Brock.

Elle se décala dans ses bras, essayant d'ignorer à quel point un geste si limité lui retournait la tête et les boyaux. Elle laissa retomber son crâne sur l'avant-bras musclé de Brock, lâchant malgré elle un grognement de douleur.

— Je vous ai dit de me poser, bordel.

Il grogna, mais sans s'arrêter.

— J'avais bien entendu.

Elle ferma les yeux, mais seulement parce qu'il était trop dur de les garder ouverts et de voir le plafond du couloir se tordre et se mouvoir au-dessus d'elle tandis que Brock la transportait plus avant dans le complexe. Au bout d'un moment, il ralentit le pas, puis tourna brusquement et lorsque Jenna rouvrit les yeux elle s'aperçut qu'il l'avait ramenée dans l'appartement qui était ponctuellement le sien.

— S'il vous plaît, posez-moi, murmura-t-elle, la langue pâteuse, la gorge sèche. (Elle avait l'impression d'avoir un marteau-piqueur derrière les yeux et le tintement de ses oreilles s'était transformé en un chuintement suraigu qui semblait vouloir lui ouvrir le crâne en deux.) Oh, mon Dieu, lâcha-t-elle, incapable de masquer sa souffrance. Ça fait si mal…

— Ça va aller, souffla Brock doucement. Tout va bien se passer maintenant.

— Non, tout ne va pas bien se passer. (Elle gémit, humiliée par le son de sa propre faiblesse et le fait que Brock puisse la voir dans cet état.) Qu'est-ce qui m'arrive ? Qu'est-ce qu'il m'a fait ?

— Ça n'a pas d'importance pour l'instant, chuchota Brock, qui bridait trop sa voix, parlait d'un ton trop calme pour qu'elle le croie. Occupons-nous d'abord de ce problème ponctuel.

Il traversa la pièce et s'agenouilla pour la déposer sur le canapé. Jenna se laissa aller en arrière tandis qu'il lui étendait les jambes avec douceur. Elle avait beau être accablée par la souffrance et l'inquiétude, elle ne s'en rendait pas moins compte de la tendresse de ces fortes mains qui étaient probablement capables d'arracher la vie avec un effort de volonté minimal de la part de leur possesseur.

— Détendez-vous, dit-il, et il rapprocha ces mains à la fois si puissantes et si douces du visage de Jenna. (Il se pencha sur elle et caressa légèrement sa joue, la forçant à ne pas le lâcher des yeux.) Maintenant contentez-vous de vous détendre et de respirer, Jenna. Pouvez-vous faire ça pour moi ?

Elle s'était déjà calmée un peu, se laissant aller au son de son nom sur les lèvres de Brock, à la chaleur légère de ses doigts qui passaient lentement de sa joue à sa mâchoire, puis, plus bas, le long de son cou. Et, comme il prenait sa nuque dans une main pour venir lui masser très doucement le haut de la poitrine de l'autre, sa respiration commença à s'apaiser.

— C'est ça, murmura-t-il, le regard toujours rivé sur celui de Jenna, si intense et pourtant si incroyablement tendre en même temps. Laissez partir la douleur et détendez-vous. Vous êtes en sécurité, Jenna. Vous pouvez me faire confiance.

Elle ne savait pas pourquoi ces mots la touchaient tant. Peut-être la souffrance l'avait-elle amollie ? Peut-être était-ce la peur de l'inconnu, le gouffre béant d'incertitude qui était devenu son lot depuis cette horrible nuit glaciale en Alaska ?

Ou peut-être était-ce simplement que cela faisait bien longtemps – quatre années de solitude – qu'elle n'avait pas ressenti le toucher à la fois ferme et chaud d'un homme sur son corps, même s'il n'était offert que pour la réconforter.

Il s'était écoulé quatre années vides depuis qu'elle s'était convaincue qu'elle n'avait pas besoin de tendresse ou d'intimité. Quatre années interminables qu'elle n'avait pas ressenti ce que c'était d'être une femme de chair et de sang, ce que c'était d'être désirée, et qu'elle ne s'était pas sentie capable d'ouvrir de nouveau son cœur.

Jenna ferma les yeux quand elle sentit les larmes les brûler. Elle repoussa la marée d'émotions qui se levait en elle à l'improviste et se concentra sur la chaleur apaisante des doigts de Brock sur sa peau. Elle laissa sa voix la submerger, ses mots et son toucher travailler ensemble à lui faire traverser l'angoisse provoquée par l'étrange traumatisme qui avait semblé la déchirer entièrement.

— C'est bien, Jenna. Respirez, c'est tout.

Quand il lui parla, elle sentit l'étau dans lequel elle avait le crâne se desserrer un peu. Il lui caressait les tempes des pouces, ses doigts largement écartés dans ses cheveux, maintenant sa tête en une étreinte confortable. Le sifflement perçant qu'elle entendait commença à s'estomper, puis finit par disparaître complètement.

— Oui, c'est ça, murmura Brock, sa voix de plus en plus profonde, à peine plus qu'un grognement. Laissez-vous aller, Jenna. Donnez-moi le reste.

Elle laissa échapper un long soupir de soulagement, incapable de le retenir tant que Brock lui caressait le visage et le cou. Elle gémit, accueillant le plaisir qui annihilait lentement sa souffrance.

— Ça fait du bien, chuchota-t-elle, incapable de résister au besoin d'aller à la rencontre de sa caresse. La douleur devient supportable.

— C'est bien, Jenna. (Il inspira avec difficulté, puis expira en grognant.) Laissez-la partir complètement maintenant.

Quand il parla, Jenna sentit un tremblement au bout des doigts de Brock. Elle ouvrit brusquement les yeux et resta bouche bée en voyant dans quel état il était.

Les tendons de son cou étaient comme rigidifiés et ses mâchoires tellement serrées que c'était un vrai miracle que ses dents n'éclatent pas. Un muscle battait furieusement dans sa joue émaciée. Des perles de sueur brillaient sur son front et sa lèvre supérieure.

Il souffrait.

Il souffrait atrocement, comme elle juste avant que sa caresse ait semblé avoir calmé sa douleur.

Et soudain, elle comprit.

Il ne se contentait pas de la calmer avec les mains. D'une manière ou d'une autre, il extirpait la douleur de son corps. Il l'aspirait, l'absorbait volontairement en lui.

Offusquée à cette idée, mais plus encore gênée d'être restée là allongée à s'imaginer que sa caresse était autre chose que de la pitié, Jenna se dégagea et se redressa d'un coup en position assise sur le canapé. Elle se mit à respirer fort sous le coup de l'indignation, les yeux plongés dans ceux de Brock, dans lesquels s'allumaient des étincelles d'ambre.

— Mais qu'est-ce que vous croyez faire, là ? jeta-t-elle en se levant brusquement.

Le muscle qui battait dans sa mâchoire tressaillit lorsqu'il se leva pour lui faire face.

— Vous aider.

En une seconde une foule d'images défila dans sa tête, souvenir soudain et précis de ce qui avait suivi la captivité que lui avait imposée la créature qui s'était introduite dans sa cabane en Alaska.

À ce moment-là aussi elle avait souffert. Elle avait été terrifiée et choquée, sous le coup d'une impression de confusion et d'horreur telle qu'elle avait cru en mourir.

Et elle se souvint des mains chaudes et attentionnées qui l'avaient réconfortée. Le visage grave d'un bel étranger qui était entré dans sa vie comme un ange noir et l'avait gardée en sécurité, l'avait protégée et calmée, alors que tout, dans son monde, avait été précipité dans le chaos.

— Vous étiez là, murmura-t-elle, abasourdie de ne s'en rendre compte qu'à ce moment. En Alaska, après le départ de l'Ancien. Vous êtes resté avec moi. Là-bas aussi, vous m'avez enlevé ma douleur. Et plus tard, après mon arrivée ici, au complexe. Mon Dieu… Êtes-vous resté près de moi tout le temps que j'ai été à l'infirmerie ?

Il gardait les yeux rivés sur elle, sombres et mystérieux.

— J'étais le seul à pouvoir vous aider.

— Mais qui vous a demandé de le faire ? lui lança-t-elle avec une rudesse intentionnelle, anxieuse de se débarrasser de la chaleur qui la traversait encore malgré elle.

C'était déjà assez qu'il ait cru nécessaire de la dorloter comme une enfant tout le long de son épreuve prolongée. Mais c'était encore pire qu'il se croie obligé de continuer à le faire. Elle n'allait sûrement pas lui laisser croire une seule seconde qu'elle avait réellement apprécié ce contact.

Son expression toujours marquée par ce qu'il venait de faire pour elle quelques instants plus tôt, il secoua la tête et laissa échapper un juron.

— Pour une femme qui ne veut l'aide de personne, vous paraissez pourtant en avoir sacrément besoin.

Elle eut du mal à résister à l'envie de lui dire ce qu'il pouvait faire de son avis.

— Je peux me débrouiller toute seule.

— Comme la nuit dernière en ville ? Comme il y a quelques minutes au labo, juste avant que mes bras soient la seule chose séparant encore votre tête de mule du sol ?

Elle se sentit humiliée comme si elle venait de recevoir une gifle.

— Vous savez quoi ? Épargnez-nous tous les deux : dispensez-vous de me faire des faveurs à l'avenir.

Elle tourna les talons et se mit en marche vers la porte, restée ouverte sur le couloir. Chacun des pas miraculeusement sans douleur qu'elle faisait accroissait sa colère envers Brock et ne faisait que renforcer sa détermination à mettre la plus grande distance possible entre eux.

Mais alors qu'elle n'était plus qu'à un mètre du seuil, il fut devant elle, lui bloquant le chemin, même si elle ne l'avait ni vu ni entendu bouger.

Elle s'arrêta net, bouche bée, surprise par la vitesse surnaturelle qu'il avait manifestement à sa disposition.

— Écartez-vous, dit-elle en essayant de passer à côté de lui.

Il fit un pas de côté pour se retrouver de nouveau devant elle. À l'intensité de son regard, Jenna comprit qu'il voulait dire quelque chose de plus, mais elle ne voulait rien entendre. Elle avait besoin d'être seule.

Elle avait besoin d'espace pour penser à tout ce qui lui était arrivé… tout ce qui lui arrivait encore et qui devenait de plus en plus terrifiant.

— Sortez de mon chemin, intima-t-elle, furieuse du léger tremblement qu'elle sentait dans sa voix.

Brock leva lentement une main et vint dégager une mèche folle de son front. C'était un geste tendre, la manifestation d'une gentillesse dont elle avait tant besoin mais qu'elle avait trop peur d'accepter.

— Vous êtes dans notre monde maintenant, Jenna. Et que vous le vouliez ou non, vous y êtes jusqu'au cou.

Tandis qu'il parlait, elle regardait sa bouche, fâchée de se sentir si obnubilée par les mouvements de ses lèvres pleines et sensuelles. Il était toujours en train de supporter sa douleur. Elle le voyait à la légère palpitation de ses narines quand il inspirait et relâchait l'air en contrôlant son expiration. La tension de son beau visage et de son cou puissant n'avait pas non plus disparu.

Le voir porter une charge qui lui appartenait la fit se sentir petite et impuissante.

Toute sa vie, elle avait lutté pour se sentir à la hauteur, d'abord de son père et de son frère, Zach, qui lui avaient tous deux fait comprendre sans ménagement qu'ils doutaient qu'elle ait ce qu'il fallait pour faire le métier de policier. Plus tard, elle s'était efforcée d'être une épouse et une mère parfaites. La force, la discipline et l'aptitude, telles étaient les fondations sur lesquelles reposait sa vie entière.

L'incroyable, c'était que, debout devant Brock, ce n'était pas le fait qu'il soit quelque chose de plus qu'humain, quelque chose de dangereux et défiant l'entendement, qui lui faisait désirer que la terre s'ouvre pour l'engloutir. C'était la crainte qu'il puisse voir au travers de la coquille de colère qu'elle portait comme une armure et comprendre quelle ratée, seule et effrayée, elle était vraiment.

Le silence se prolongeait. Brock secoua de nouveau légèrement la tête. Il la considéra lentement, ses yeux parcourant tout son visage avant de revenir à son regard.

— Il y a pire que d'avoir besoin de s'appuyer sur quelqu'un de temps en temps, Jenna.

— Bordel ! J'ai dit hors de mon chemin !

Mue par toute la colère et toute la peur qu'elle avait en elle à ce moment-là, elle le repoussa, paumes en avant contre sa large poitrine.

Et Brock fut projeté en arrière de plusieurs mètres, allant presque s'écraser contre le mur opposé du couloir.

Jenna perdit le souffle, abasourdie par ce qu'elle venait de faire.

Horrifiée.

Avec ses près de deux mètres et ses quelque cent vingt kilos de muscle, Brock était une vraie force de la nature. Quelque chose de beaucoup plus puissant qu'elle, de beaucoup plus puissant que tout ce qu'elle avait connu jusqu'ici.

Et elle venait juste de le repousser physiquement à plusieurs mètres de là.

Il écarquilla les yeux de surprise.

— Seigneur, murmura-t-il, avec dans la voix plus d'étonnement que de colère.

Jenna tendit les mains devant elle et les contempla comme si elles appartenaient à quelqu'un d'autre.

— Oh, mon Dieu ! Comment est-ce que j'ai… Que s'est-il passé au juste ?

— Tout va bien, déclara Brock en revenant vers elle avec toujours le même calme énervant.

— Brock, je suis désolée. Je ne voulais vraiment pas…

— Je sais, répondit-il avec un petit signe de tête. Ne vous inquiétez pas. Vous ne m'avez pas fait mal.

Jenna sentit l'hystérie la gagner. D'abord, il y avait eu cette nouvelle terrible que l'implant modifiait son ADN et, à présent, ça : une force qui ne pouvait absolument pas être la sienne et qui pourtant l'était. Elle repensa à la façon dont elle s'était enfuie du domaine et aux étranges capacités linguistiques qu'elle semblait avoir acquises depuis que l'Ancien lui avait laissé un petit morceau de lui-même au cœur de sa moelle épinière.

— Mais qu'est-ce qui m'arrive, Brock ? Quand est-ce que tout ça finira ?

Il prit ses mains tremblantes dans les siennes et les maintint fermement.

— Quoi qu'il soit en train de se passer, vous n'avez pas besoin de traverser ça toute seule. Vous devez le comprendre.

Elle ne savait pas s'il parlait au nom de tous les occupants du complexe ou seulement au sien propre. Elle n'avait plus de voix et ne pouvait donc lui demander de préciser sa pensée. Elle se dit que ce qu'il voulait dire exactement n'avait pas d'importance, mais cela n'empêcha pas son cœur de se mettre à battre la chamade quand elle leva les yeux vers lui. Sous la chaleur de ses insondables yeux marron, elle sentit fondre les pires de ses peurs.

Elle se sentit réchauffée et protégée. Elle aurait bien voulu nier ces impressions, mais, tant que Brock lui tenait les mains et gardait son regard dans le sien, elle en était incapable.

Au bout d'un long moment, il fronça les sourcils et lui lâcha lentement les mains, laissant ses paumes remonter le long des bras de Jenna. C'était une caresse sensuelle, trop prolongée pour ne pas la qualifier au moins d'intime. Jenna le savait et elle vit qu'il le savait aussi.

Les yeux sombres de Brock semblèrent devenir encore plus profonds, comme s'ils avalaient Jenna. Son regard descendit lentement jusqu'à sa bouche et y demeura tandis que la respiration de la jeune femme se transformait en une succession de petits soupirs.

Elle savait qu'il lui fallait s'écarter de lui. Il n'y avait pas de raisons pour qu'ils restent si près l'un de l'autre, leurs corps séparés d'à peine quelques centimètres. Leurs bouches encore plus proches. Il aurait suffi qu'il incline légèrement la tête vers le bas et qu'elle en fasse autant vers le haut pour que leurs lèvres se rejoignent.

Elle sentit son pouls s'emballer à la perspective d'embrasser Brock.

Pourtant, c'était vraiment la dernière chose à laquelle elle aurait pu penser quand il l'avait portée dans cette pièce. Et même quelques instants plus tôt, quand sa peur et sa colère l'avaient poussée à feuler et à gronder comme un animal sauvage pris au piège d'un chasseur.

Mais à présent, alors qu'il était si proche d'elle qu'elle pouvait sentir la chaleur de son corps irradier vers elle et que l'odeur épicée de sa peau lui donnait l'envie de poser sa tête contre lui et de la respirer, le désir caché d'embrasser Brock se répandait en elle à chaque palpitation de son cœur.

Peut-être savait-il ce qu'elle ressentait ?

Et peut-être ressentait-il la même chose ?

Il laissa échapper un juron bien senti, puis fit un petit pas en arrière en la regardant fixement, l'air renfrogné.

— Ah, bordel… Jenna…

Quand il tendit ses grandes mains pour venir encadrer tendrement son visage, il sembla à Jenna que tout l'air de la pièce s'en était soudain échappé. Elle cessa de respirer mais son cœur continua à sauter dans sa poitrine, à un rythme tellement soutenu qu'elle crut qu'il allait exploser.

Elle attendit, à la fois terrorisée et folle d'espoir, stupéfaite par l'impérieux besoin qu'elle avait de sentir les lèvres de Brock sur les siennes.

Brock se passa rapidement la langue sur les lèvres et ce mouvement donna à Jenna un aperçu des extrémités pointues de ses crocs, qui brillaient comme des diamants. Il jura de nouveau, puis s'écarta encore, laissant une colonne d'air froid s'installer devant elle là où irradiait la chaleur de son corps une seconde auparavant.

— Je ne devrais pas être là en ce moment, murmura-t-il d'une voix pâteuse. Et vous avez besoin de vous reposer. Mettez-vous à l'aise. S'il n'y a pas assez de couvertures sur le lit, vous en trouverez d'autres dans mon dressing à côté de la salle de bains. Servez-vous de ce que vous voulez.

Jenna se secoua pour revenir en mode conversation courante.

— C'est euh…, c'est votre appartement ?

Il hocha vaguement la tête, déjà dans le couloir.

— C'était. Maintenant c'est le vôtre.

— Attendez une minute. Et vous ? Vous avez autre part où loger ?

— Ne vous inquiétez pas de ça, répondit-il, se retournant pour la regarder appuyée au chambranle de la porte. Reposez-vous, Jenna. On se verra plus tard.

Quelques instants après, alors que Brock se tenait devant la porte de l'une des dernières suites du complexe, son sang n'avait pas cessé de bouillir dans ses veines. Il frappa.

— Tu es onze minutes en avance, énonça la voix profonde et neutre du mâle de la Lignée qui se trouvait de l'autre côté de la porte.

Celle-ci s'ouvrit et Brock se retrouva transpercé par le regard indéchiffrable d'une paire d'yeux dorés.

— C'est le facteur, dit-il en guise de salut tout en soulevant le grand sac de cuir qui contenait toutes les affaires personnelles qu'il avait récupérées dans ses quartiers un peu plus tôt dans la journée. Et qu'est-ce que tu veux dire avec tes onze minutes d'avance ? Ne me dis pas que tu vas être un de ces colocataires qui minutent tout, mec. Vu que Chase et toi avez pris les deux dernières suites du complexe, mes options sont limitées. À la vérité, si Harvard et moi devions partager une piaule, je ne suis pas sûr que nous finirions tous deux la semaine.

Le Chasseur ne répondit rien et Brock, passant devant lui, alla jusqu'à la chambre. Aussi discret qu'un fantôme, le grand Gen-1 le suivit.

— J'ai cru que c'était quelqu'un d'autre, finit-il par expliquer.

— Ah oui ?

Brock tourna la tête, le regard exprimant un intérêt sincère pour le dernier arrivé des membres de l'Ordre, de loin le plus secret d'entre eux. Sans compter le fait qu'il ne demandait pas mieux que d'écarter les pensées par trop brûlantes qu'il nourrissait à l'égard de Jenna Darrow.

— Qui attendais-tu d'autre que moi ?

— C'est sans importance, répondit le Chasseur.

— Ah bon, d'accord. (Brock haussa les épaules.) Je cherchais juste à entretenir la conversation, c'est tout.

Le Gen-1 resta impassible, une expression absolument neutre sur le visage. Ce qui n'avait rien d'étonnant si l'on pensait à la façon dont il avait été élevé pour devenir l'un des assassins de Dragos. Ce type n'avait même pas de nom à lui ! Comme le reste des soldats de l'armée personnelle que Dragos avait fait engendrer par l'Ancien, il n'avait que l'intitulé de sa fonction : le Chasseur.

Il avait rejoint l'Ordre quelques mois plus tôt, après que Brock, Nikolaï et d'autres guerriers eurent lancé un raid sur une réunion de Dragos et de ses lieutenants. Le Chasseur avait été affranchi au cours de l'accrochage et il s'était retourné contre son maître et associé aux efforts de l'Ordre pour mettre à bas Dragos.

Brock s'arrêta devant la paire de grands lits installés de part et d'autre de la modeste chambre, la faisait ressembler à un dortoir. Ils étaient tous deux faits avec une précision toute militaire, couverture beige et draps blancs bordés sans le moindre pli, un unique oreiller à la tête.

— Alors, lequel veux-tu que je prenne ?

— Ça m'est égal.

Brock revint au visage impavide et aux yeux d'or au regard indéchiffrable.

— Alors dis-moi dans lequel tu dors d'habitude et je prendrai l'autre.

L'expression du Chasseur ne changea pas d'un iota.

— C'est du mobilier. Ils me sont indifférents tous les deux.

— Indifférents, maugréa Brock après avoir lâché un juron à voix basse. Tu peux répéter ça, mec ? Peut-être pourrais-tu me donner quelques conseils à propos de ton attitude « rien à foutre de rien ». J'ai le sentiment que ça pourrait m'être sacrément utile de temps en temps. En particulier quand il est question de femmes.

Jetant son sac sur le lit à sa gauche, il se passa la main sur le visage et le dessus de la tête et poussa un grognement chargé de la frustration et du désir accumulés qu'il réprimait depuis qu'il s'était forcé à fuir Jenna et une tentation dont il n'avait vraiment pas besoin.

— Et merde, lâcha-t-il, le corps vibrant de nouveau rien qu'à l'évocation de son beau visage levé vers le sien.

S'il n'avait pas su que c'était impossible, il aurait cru qu'elle n'attendait qu'une chose : qu'il l'embrasse. Tout ce qu'il y avait de mâle en lui lui avait crié ça à ce moment-là, mais il savait que c'était la dernière chose dont Jenna avait besoin.

Elle était troublée et vulnérable et il se considérait comme au-dessus de l'attitude consistant à tirer avantage de cet état juste parce que sa libido le poussait vers elle. Bien sûr, ça ne réglait pas le problème de la trique monstrueuse que le fait de penser à elle suffisait à faire renaître chez lui, sans que son souci de se montrer honorable puisse y changer quoi que ce soit.

— Ouais, eh ben c'est pas gagné ! s'admonesta-t-il sans indulgence à voix haute. Maintenant il va te falloir te tremper dans un bain d'eau glacée pendant une semaine pour l'avoir jouée chevalier.

— Il y a quelque chose qui ne va pas ? demanda le Chasseur, surprenant Brock, qui avait un instant oublié sa présence dans la pièce.

— Ouais, répliqua Brock avec un petit rire d'autodérision. Il y a quelque chose qui ne va pas, tu peux le dire. Si tu veux tout savoir, il y a quelque chose qui ne va pas depuis l'instant où j'ai posé les yeux sur elle pour la première fois.

— La femelle humaine, répondit le Chasseur avec un ton grave et compréhensif. Il est clair qu'elle constitue un problème pour toi.

Brock poussa un soupir dépourvu d'humour.

— Tu crois vraiment ?

— Oui.

Il n'y avait aucune trace de jugement dans cette réponse. C'était juste une constatation. Le Chasseur s'exprimait comme une machine : précision absolue, pas de sentiment.

— J'imagine que tout le monde est arrivé à la même conclusion aujourd'hui au labo, quand tu as laissé Chase provoquer ta colère avec ses commentaires au sujet de ton attachement à cette femme. Tes actions ont montré une faiblesse dans ta formation et, pire, un manque de maîtrise de soi. Tu as réagi maladroitement.

— Merci d'avoir remarqué, rétorqua Brock, conscient que le sarcasme échappait complètement à l'imperturbable Chasseur, pas au fait du tout de la vie en société. Rappelle-moi de te foutre la trempe de ta vie si tu te relâches jamais suffisamment pour avoir une femme dans la peau.

Le Chasseur ne réagit pas, se contentant de regarder Brock sans une once d'émotion.

— Cela n'arrivera pas.

— Merde, dit Brock, en secouant la tête devant le soldat Gen-1 dont le régime éducatif avait été basé sur l'abandon et la punition. Pour dire ça avec tant de conviction, tu n'as à l'évidence jamais rencontré de femme à la hauteur.

Le Chasseur resta imperturbable. Il arborait une expression détachée. Mais, plus Brock le regardait, plus la vérité se faisait jour en lui.

— Oh, bon Dieu ! As-tu jamais été avec une femme, Chasseur ? Seigneur… tu es vierge, non ?

Le Gen-1 garda ses yeux d'or rivés sur ceux de Brock comme s'il considérait comme un test de sa volonté de ne pas laisser le fait d'avoir été percé à jour l'affecter. Et Brock dut reconnaître que pas une émotion ne se lisait dans son regard troublant, pas plus que dans les traits parfaitement disciplinés de son visage.

La seule chose qui fit tressaillir le Chasseur fut le glissement feutré de pantoufles qui leur parvint du couloir. Une voix d'enfant, celle de Mira, appela dans le salon.

— Chasseur, tu es là ?

Sans s'excuser, ce dernier se retourna et alla à la rencontre de la petite fille.

— Le moment est mal choisi, Brock l'entendit-il lui dire de sa profonde voix de baryton.

— Mais tu ne veux pas savoir ce qui arrive quand Harry met le manteau d'invisibilité ? demanda Mira, dont la voix ordinairement enjouée laissait transparaître la déception. C'est l'un de mes passages favoris. Il faut que tu écoutes ce chapitre. Tu vas l'adorer.

— Elle a raison, c'est l'une des meilleures parties du bouquin.

Brock sortit de la chambre, pas très sûr de ce qui le faisait sourire le plus de la découverte de la virginité de l'assassin Gen-1 ou de l'idée tout aussi amusante que le rendez-vous qu'il venait visiblement de compromettre en venant déposer ses affaires était l'heure de lecture du Chasseur avec la plus jeune occupante du complexe.

Il fit un clin d'œil et un sourire à Mira, qui se laissait tomber sur le canapé et ouvrait le livre à l'endroit où elle s'était arrêtée lors de la séance précédente.

— Tranquillise-toi, dit-il au Chasseur, qui restait là debout, raide comme une statue. Je ne révélerai tes secrets à personne.

Puis, sans attendre une éventuelle réaction du Gen-1, il sortit dans le couloir sous son regard fixe.

Chapitre 11

— Croisez les doigts, les filles, mais je crois que nous venons de trouver la piste que nous cherchions.

Dylan raccrocha le téléphone et fit pivoter sa chaise pour faire face à Jenna, Alex, Renata et Savannah, qui étaient rassemblées avec elle dans la salle de réunion des Compagnes de sang depuis une paire d'heures.

En fait, le lieu était beaucoup plus qu'une salle de réunion. Il n'y avait là pas moins d'une demi-douzaine d'ordinateurs installés sur une longue table au fond de la pièce. Des dossiers cartonnés, classés dans des boîtes par situation géographique, avaient été rangés dans une haute bibliothèque pour en faciliter l'accès. Et les murs étaient presque entièrement couverts de cartes de la Nouvelle-Angleterre, surlignées et garnies de punaises ainsi que de graphiques récapitulant leurs enquêtes, qui n'auraient pas déparé, loin de là, sur ceux d'une unité de traitement des affaires non résolues de la police. Au milieu de ces cartes et de ces graphiques figuraient plusieurs portraits de jeunes femmes dessinés d'une main experte, les visages de quelques-unes de ces disparues que les membres de l'Ordre et leurs Compagnes de sang zélées avaient la ferme intention de retrouver.

Certes non, pensa Jenna en regardant autour d'elle, il ne s'agissait pas que d'une simple salle de réunion.

C'était un lieu consacré à la stratégie, à l'action, à la guerre.

Jenna appréciait l'énergie qui se manifestait là, surtout après les résultats inquiétants de ses analyses de sang. Après le départ de Brock, elle avait sauté sur l'occasion de sortir de son appartement, où ses pensées s'étaient mises à tourner autour des moments chauds qu'ils y avaient vécus sans qu'elle s'y soit attendue. C'était Alex qui était venue la chercher peu après et qui l'avait entraînée jusqu'à la salle d'opération des Compagnes de sang pour qu'elle ne reste pas seule.

Au début, elle ne voulait pas s'impliquer dans le travail qu'avaient entrepris les femmes de l'Ordre, mais, à rester assise là au milieu d'elles, il était presque impossible au flic qu'elle était de ne pas flairer l'odeur d'une bonne vieille quête aux infos. Et tandis que Dylan rejoignait une imprimante laser pour y ramasser la feuille qui en sortait, elle se redressa dans le siège qu'elle occupait devant la vaste table de conférence.

— Qu'as-tu trouvé ? demanda Savannah à Dylan.

Dylan plaqua la page imprimée sur la table devant les autres femmes.

— Sœur Margaret Mary Howland.

Jenna et les autres se penchèrent pour regarder l'image scannée. C'était celle d'une photo de groupe où figuraient une dizaine de jeunes femmes et de jeunes filles. À l'aspect de leurs vêtements, elle devait dater d'une vingtaine d'années. Le groupe était réuni devant les marches d'un large perron couvert dans le genre de pose qu'on demandait parfois aux enfants des écoles pour une photo annuelle. Mais, dans ce cas précis, ce n'était pas une école qui figurait en arrière-plan mais une vaste maison sans prétention qu'un écriteau accroché à l'avant-toit présentait comme le « foyer pour jeunes femmes Saint-Jean » du Queens à New York.

À côté du groupe se tenait une femme d'âge mûr au visage empreint de bonté, qui portait une croix en pendentif et une robe d'été toute simple. En un geste plein de tendresse, elle avait posé un bras autour des frêles épaules d'une des plus jeunes filles, dont le visage tourné vers elle arborait une expression rayonnante d'affection.

— C'est elle, dit Dylan, en montrant la femme au sourire maternel et au bras protecteur. Sœur Margaret.

— Et qui est-elle ? demanda Jenna, incapable de maîtriser sa curiosité.

Dylan la regarda.

— À cet instant, pour peu qu'elle soit encore en vie, cette femme est peut-être notre meilleur atout pour en savoir plus sur les Compagnes de sang qui ont disparu ou qui sont mortes aux mains de Dragos.

Jenna secoua doucement la tête.

— Je ne comprends pas.

— Certaines des femmes qu'il a tuées, et très probablement nombre de celles qu'il retient encore prisonnières, venaient de centres d'accueil pour jeunes fugueuses, expliqua Dylan. Vous voyez, il n'est pas rare que les Compagnes de sang se sentent désemparées et pas à leur place dans la société des mortels. La plupart d'entre nous n'ont pas la moindre idée de l'ampleur de leurs différences et encore moins de leurs raisons. À part notre tache de naissance commune et nos ressemblances biologiques, nous avons toutes une capacité extrasensorielle qui nous est propre.

— Rien à voir avec ce qu'on nous montre dans les shows télévisés ou dans les pubs pour les consultations parapsychologiques par téléphone, intervint Savannah. Il s'agit de vraies perceptions extrasensorielles, qui sont souvent le moyen le plus sûr de repérer une Compagne de sang.

Dylan hocha la tête.

— Parfois ces talents sont une vraie bénédiction, mais souvent ils représentent plutôt une malédiction. Ç'a été le cas par exemple pour le mien, mais heureusement j'avais une mère qui m'adorait. Grâce à elle, j'avais beau me sentir paumée et effrayée, j'avais toujours la ressource de rentrer chez moi.

— Mais tout le monde n'a pas cette chance, ajouta Renata. Pour Mira et moi, ç'a été toute une série d'orphelinats montréalais. Et il nous est arrivé de dormir dans la rue.

Jenna écoutait en silence, consciente de la chance qu'elle avait eue de naître dans une famille normale et plutôt soudée, au sein de laquelle son problème majeur avait été de lutter avec son frère pour avoir sa part d'approbation et d'affection parentales. Elle ne pouvait s'imaginer ce que sa vie aurait été si elle avait eu le genre de galères auxquelles devaient faire face les femmes nées avec la tache de la larme tombant dans un croissant de lune. Ses propres problèmes, aussi incompréhensibles qu'ils soient, semblaient pâlir un peu en comparaison. Sans parler de ce que celles qui étaient mortes ou disparues avaient dû endurer.

— Alors vous pensez que Dragos choisit comme proies les jeunes femmes qui finissent dans ce genre de foyers ? demanda-t-elle.

— Nous en avons même la certitude, dit Dylan. Ma mère travaillait dans un centre pour fugueuses de New York. C'est une longue histoire, que je ne raconterai pas maintenant, mais en gros il s'est trouvé que le foyer pour lequel elle travaillait était financé et dirigé par Dragos lui-même.

— Oh, mon Dieu, lâcha Jenna.

— Il se cachait derrière un pseudo, se faisant appeler Fodil Radgess quand il circulait dans les sphères de la société humaine, ce qui fait que personne n'a vraiment su qui il était… avant qu'il soit trop tard. (Dylan prit une forte inspiration, comme si elle avait besoin de se fortifier avant de continuer.) Quand il s'est rendu compte qu'il avait été démasqué et que l'Ordre refermait son étau sur lui, il a tué ma mère.

— Je suis désolée, murmura Jenna tout à fait sincèrement. Perdre quelqu'un qu'on aime aux mains de ce genre d'être maléfique…

Aussitôt ces mots sortis de sa bouche, quelque chose de glacé se mit à bouillonner violemment en elle. En tant qu'ancienne policière, elle connaissait le goût amer de l'injustice et le besoin de rétablir le bon droit. Mais elle se modéra en se disant que le combat de l'Ordre contre son ennemi, Dragos, n'était pas le sien. Elle avait ses propres batailles à mener.

— Je suis sûre que Dragos finira par avoir ce qu'il mérite, énonça-t-elle sentencieusement.

C'était un peu faiblard comme déclaration, et un peu froid. Mais elle espérait sincèrement que cela finirait par se réaliser. Assise au milieu de ces femmes qu'elle avait appris à connaître toutes un peu mieux au cours du peu de temps qu'elle avait passé dans le complexe, Jenna priait que l'Ordre réussisse à vaincre Dragos. L'idée qu'un être aussi pervers puisse rester en circulation lui était intolérable.

Elle prit le tirage sur la table et contempla l'expression chaleureuse de la religieuse debout comme un bon berger au côté de son troupeau vulnérable.

— Comment croyez-vous que cette femme, sœur Margaret, va pouvoir vous aider ?

— Dans les centres d'accueil, le personnel change souvent, expliqua Dylan. Celui où travaillait ma mère ne faisait pas exception à la règle. C'est une amie et collègue à elle qui vient de me donner le nom de sœur Margaret et de m'envoyer cette photo. Elle dit que la sœur est partie en retraite il y a quelques années, mais qu'elle a été volontaire dans plusieurs foyers de New York dès les années 1970, ce qui en fait le genre de personne que nous avons besoin d'interroger.

— Quelqu'un qui a passé beaucoup de temps dans les foyers et qui serait capable d'identifier des femmes y ayant séjourné à partir d'un portrait-robot, dit Savannah en montrant de la main les visages accrochés aux murs.

Jenna hocha la tête.

— Et ces dessins représentent des femmes qui ont séjourné dans des centres d'accueil ?

— Ces portraits, dit Alex derrière Jenna, sont ceux de Compagnes de sang prisonnières de Dragos au moment où nous parlons.

— Tu veux dire qu'elles sont toujours vivantes ?

— En tout cas elles l'étaient il y a quelques semaines, intervint Renata d'une voix sombre. Une amie de l'Ordre, Claire Samuels, grâce à son don de Compagne de sang, s'introduire dans les rêves d'autrui, a eu la chance de localiser le quartier général de Dragos. Elle a vu les captives, une vingtaine en tout, enfermées dans des cellules au cœur de son laboratoire. Dragos a déplacé ses opérations avant que nous puissions les sauver, mais Claire a travaillé avec un dessinateur spécialisé pour recréer les visages qu'elle a vus.

— En fait, c'est ce qu'elle est en train de faire en ce moment même, accompagnée d'Élise, dit Alex. Élise a beaucoup d'amis dans la communauté civile de la Lignée ici à Boston. Elle et Claire travaillent sur quelques nouveaux portraits à partir de ce que Claire a vu ce jour-là dans le repaire de Dragos.

— Et une fois que nous avons des représentations des prisonnières, ajouta Dylan, nous pouvons commencer à chercher des noms et essayer de retrouver de la famille. Enfin, tout ce qui peut nous aider à savoir qui sont ces femmes.

— Et les bases de données de personnes disparues ? demanda Jenna. Est-ce que vous avez comparé les portraits aux profils entrés dans les bases d'organismes comme le Centre national pour la recherche des personnes disparues ?

— Nous l'avons fait, et ça n'a rien donné nulle part, répondit Dylan. Beaucoup de ces femmes et de ces jeunes filles dans les foyers sont non seulement des fugueuses mais aussi des orphelines. Beaucoup sont abandonnées. Certaines ont choisi de couper tous les liens avec leur famille et leurs amis. Le résultat est toujours le même : il n'y a personne qui les cherche ou à qui elles manquent, et donc il n'y a pas de demandes de recherche.

Renata poussa un léger grognement d'assentiment.

— Quand on n'a rien ni personne, on peut disparaître et c'est comme si on n'avait jamais existé, déclara-t-elle.

Et on sentait qu'elle parlait d'expérience.

Du fait des années qu'elle avait passées dans la police en Alaska, Jenna savait combien c'était vrai. Les gens pouvaient se volatiliser sans laisser la moindre trace dans les grandes villes comme dans de petites communautés de l'intérieur. Cela arrivait tous les jours, même si elle n'aurait jamais imaginé que cela puisse arriver pour les raisons que Dylan, Savannah, Renata et les autres venaient de lui exposer.

— Alors quel est le plan une fois identifiées les Compagnes de sang disparues ?

— Dès que nous aurons un lien personnel suffisant ne serait-ce qu'avec l'une d'entre elles, répondit Savannah, Claire tentera de la contacter en rêve et, avec un peu de chance, rapportera des informations permettant de la localiser avec ses compagnes d'infortune.

Jenna avait l'habitude de comprendre et d'assimiler rapidement les faits, mais, là, elle commençait à sentir sa tête tourner. Et elle ne pouvait s'empêcher de chercher des solutions aux problèmes qui lui étaient exposés.

—Attendez une minute. Si le don de Claire l'a menée au repaire de Dragos une fois, pourquoi ne peut-elle pas tout simplement recommencer ?

—Pour que son don fonctionne, il faut qu'elle ait une forme de lien émotionnel ou personnel avec la personne qu'elle cherche à trouver en rêve, répondit Dylan. Cette fois-là, son lien n'était pas avec Dragos, mais avec quelqu'un d'autre.

—Son compagnon d'alors, Wilhelm Roth, compléta Renata, crachant presque ce nom comme s'il s'était agi d'une malédiction. C'était un individu vil, mais à côté de celle de Dragos, sa cruauté n'était rien. Il n'est pas question que nous laissions Claire tenter de se brancher directement à Dragos. Ce serait du suicide.

—Bien, bien. Où en sommes-nous alors ? demanda Jenna, à qui le mot « nous » échappa malgré elle. (Quand elle s'en rendit compte, il était trop tard pour le retirer et elle était de toute façon trop intriguée pour prétendre le contraire.) Comment voyez-vous l'évolution de la situation ?

—Espérons que nous trouverons sœur Margaret et qu'elle nous aidera à avancer, dit Dylan.

—Sait-on comment prendre contact avec elle ? demanda Renata.

Dylan se montra plus réservée.

—Malheureusement, nous ne sommes même pas sûres qu'elle soit encore en vie. L'amie de ma mère m'a dit que si c'était le cas, elle devait avoir dans les quatre-vingts ans. La seule bonne nouvelle, c'est que son couvent était situé à Boston, et qu'il y a donc une chance qu'elle soit dans le coin. Tout ce dont nous disposons, c'est son numéro de Sécurité sociale.

—Donne-le à Gideon, dit Savannah. Je suis sûre qu'il pourra pirater un ordinateur du Gouvernement quelque part et récupérer les infos dont nous avons besoin sur elle.

— C'était bien mon intention, répliqua Dylan avec un sourire.

Jenna envisagea un instant de proposer son aide pour localiser la bonne sœur. Elle avait toujours des amis dans la police et quelques agences fédérales. Il suffirait d'un coup de fil ou d'un e-mail pour jouer de son influence et demander une faveur ici ou là. Mais les femmes de l'Ordre semblaient avoir la situation bien en main.

Et, tandis que Dylan décrochait le téléphone posé à côté de son ordinateur pour appeler le labo, elle se rappela à l'ordre : il valait mieux pour elle ne pas se mêler de tout ça de trop près.

Quelques instants plus tard, Gideon et Rio les rejoignaient. Les deux guerriers eurent droit à un résumé de ce que Dylan avait découvert. Avant même qu'elle finisse, Gideon s'était assis devant l'ordinateur et s'était mis à la tâche.

Jenna regarda de sa place à la table pendant que tous les autres – Savannah, Renata, Alex, Rio et Dylan – se rassemblaient autour de Gideon pour le voir exercer ses talents de magicien de l'informatique. Savannah avait eu raison ; il ne lui fallut pas plus de quelques minutes pour s'introduire dans un site du Gouvernement américain, pourtant protégé par un pare-feu, et commencer à télécharger les dossiers dont ils avaient besoin.

— Sœur Margaret Mary Howland, vivante et en bonne santé, à en croire la Sécurité sociale, annonça-t-il. Elle a encaissé le mois dernier son chèque de retraite pour un montant de deux cent quatre-vingt-dix-huit dollars et des brouettes à une adresse de Gloucester. J'ai envoyé tout ça à l'imprimante.

Dylan esquissa un large sourire.

— Gideon, tu es un vrai dieu de l'informatique !

— Je fais de mon mieux. (Il bondit de sa chaise et, attrapant Savannah par la taille, l'embrassa fougueusement.) Dis-moi que je t'épate, bébé !

— Tu m'épates, répondit-elle en minaudant, tout en riant et en lui envoyant une tape sur l'épaule.

Il sourit et adressa un regard malicieux à Jenna par-dessus les verres bleu pâle de ses lunettes.

— Elle m'aime, déclara-t-il en serrant d'encore plus près sa superbe compagne. En fait, elle est folle de moi. Elle est incapable de vivre sans moi. Et là, tout ce qu'elle veut c'est me mettre dans son lit séance tenante pour soumettre mon corps à ses jeux pernicieux.

— Ah, ah ! Dans tes rêves, oui ! répliqua Savannah, mais elle avait l'œil brillant en le regardant.

— Dommage que nous n'ayons pas eu autant de chance pour trouver une piste sur TerraGlobal, dit Rio, dont le bras venait d'entourer les épaules de Dylan en un geste d'intimité instinctive.

Renata fronça les sourcils.

— Toujours rien de ce côté-là, alors ?

— Pas grand-chose, confirma Gideon. TerraGlobal Partners est le nom d'une société derrière laquelle nous pensons que Dragos dissimule certaines de ses opérations secrètes, ajouta-t-il en voyant le regard interrogateur de Jenna.

Alex intervint à son tour.

— Tu te souviens de cette compagnie minière qui s'était établie pas très loin d'Harmony il y a quelques mois ? Coldstream Mining ? (Comme Jenna hochait la tête, elle continua.) Elle appartenait à Dragos. Nous croyons qu'il voulait en faire le lieu de détention de l'Ancien une fois celui-ci acheminé en Alaska. Mais nous savons tous comment ça s'est terminé.

— Nous avons réussi à remonter la filière depuis la compagnie minière jusqu'à TerraGlobal, ajouta Rio. Mais nous ne sommes pas parvenus à aller plus loin. Nous savons que TerraGlobal a de nombreuses couches. Mais les éplucher nous prend un temps fou. Entre-temps, Dragos s'enfouit plus profondément, à chaque instant plus loin de notre portée.

— Vous finirez par l'avoir, dit Jenna. (Elle essaya d'ignorer la petite accélération de son pouls qui l'incitait à s'armer et à mener la bataille.) Il faut que vous l'ayez, alors vous l'aurez.

— Ouais, répondit Rio, dont le visage scarifié reflétait la détermination quand il hocha la tête avant de plonger le regard dans les yeux de Dylan. Un jour, nous finirons bien par tenir ce fils de pute. Et il paiera pour tout ce qu'il a fait.

Dylan sourit tristement et se nicha plus profondément sous son bras puissant en essayant sans succès d'étouffer un bâillement.

— Allez, viens, dit-il, en écartant une mèche rousse rebelle de ses yeux. Tu as bossé de nombreuses heures d'affilée sur ce truc. Maintenant, je t'emmène au lit.

— Pas une mauvaise idée, ça, dit Renata. La nuit va tomber tôt et je parie que Niko est encore en train de tester de nouvelles balles dans la salle d'armes. Il est temps de récupérer mon mec.

Elle salua tout le monde et sortit, bientôt suivie par Dylan et Rio, puis Savannah et Gideon.

— Tu veux venir passer un petit moment avec Kade et moi ? demanda Alex.

Jenna secoua la tête.

— Non, ça va, merci. Je crois que je vais rester là quelques minutes, histoire de me détendre un peu. La journée a été longue et bizarre.

Alex sourit avec compassion.

— Bon, et bien, si tu as besoin de quoi que ce soit, tu sais où me trouver. OK ?

Jenna hocha la tête.

— Je vais bien. Mais merci quand même.

Elle regarda son amie tourner lentement les talons et disparaître dans le couloir. Quand il n'y eut plus que calme et solitude dans la pièce, Jenna se leva et alla jusqu'à l'un des murs couverts de cartes, de graphiques et de portraits.

C'était remarquable, ce que les membres de l'Ordre et leurs compagnes essayaient de faire. C'était un boulot important, plus important que tout ce que Jenna pourrait jamais avoir eu à faire dans la brousse alaskaine, ou n'importe où d'autre d'ailleurs.

Si tout ce qu'elle avait appris ces deux derniers jours était vrai, alors la tâche que s'était assignée l'Ordre ne consistait en rien de moins qu'à sauver le monde.

— Seigneur, murmura Jenna, frappée par l'énormité de ce que cela représentait.

Elle voulait aider.

Si elle le pouvait, ne serait-ce que de la façon la plus modeste, elle devait le faire.

Ou bien ?

Jenna faisait les cent pas dans la salle d'opération, envahie par un combat intérieur. Elle n'était pas prête à participer à un truc de cette ampleur. Pas alors qu'elle avait tellement de choses à régler pour elle-même. Avec son frère mort, il ne lui restait pas la moindre famille. Elle avait vécu en Alaska toute sa vie, et à présent ça aussi avait disparu, tout un pan de son existence avait été effacé pour aider l'Ordre à préserver ses secrets au cœur de sa lutte contre son ennemi juré.

Quant à son futur, elle ne pouvait même pas commencer à l'imaginer. Le truc extraterrestre qu'on lui avait implanté dans le corps constituait un problème qu'elle n'aurait jamais envisagé et elle aurait beau souhaiter sa disparition, rien n'y ferait. Même Gideon, avec ses facultés mentales hors du commun, semblait incapable de l'arracher à cette situation inextricable.

Et puis il y avait Brock. De tout ce qui lui était arrivé entre l'intrusion de l'Ancien dans sa cabane et la façon – inattendue de la part de certains mais globalement très supportable – dont tous, au sein du quartier général de l'Ordre, semblaient l'avoir acceptée, Brock restait l'élément qu'elle était le moins préparée à gérer.

Elle n'était absolument pas prête à reconnaître ce qu'il lui inspirait. Des sentiments qu'elle n'avait pas éprouvés depuis des années et ne voulait certainement pas éprouver à ce moment précis.

Il n'y avait plus aucune certitude dans sa vie, et la dernière chose dont elle avait besoin était de s'impliquer plus loin dans les difficultés auxquelles les guerriers et leurs compagnes avaient à faire face.

Et pourtant Jenna se retrouva en train de s'avancer vers l'ordinateur le plus proche. Elle s'assit au clavier et, après avoir lancé un navigateur Internet, se connecta à un site d'e-mail gratuit, sur lequel elle se créa un compte.

Puis elle ouvrit une nouvelle fenêtre de message et tapa l'adresse électronique de l'un de ses amis, qui travaillait au bureau du FBI d'Anchorage. Elle lui posait une unique question, en lui demandant comme une faveur personnelle d'enquêter confidentiellement.

Enfin, inspirant un grand coup, elle cliqua sur « Envoi».

Chapitre 12

Dans les douches qui jouxtaient la salle d'armes, Brock tâtonna derrière lui pour faire passer la température de l'eau de chaude à bouillante. Les mains posées sur la porte de teck de la cabine, la tête tombant sur la poitrine, il reçut avec reconnaissance la cascade brûlante sur ses épaules et sur son dos. De lourds nuages de vapeur roulaient autour de lui, du carrelage à ses pieds jusqu'à sa tête.

— Seigneur, cracha Kade, qui se douchait deux cabines plus loin. Deux heures d'entraînement au corps à corps ne t'ont pas suffi ? Maintenant, tu ressens le besoin de te faire bouillir vivant ?

Brock grogna en se passant la main sur le visage tandis que l'eau fumante continuait à battre ses muscles trop tendus. Il avait trouvé Kade dans la salle d'armes avec Niko et Chase après avoir déposé ses affaires dans les quartiers qu'il partageait désormais avec le Chasseur. Il lui avait paru raisonnable de considérer que quelques passes d'armes viriles et un peu d'entraînement au corps à corps suffiraient à venir à bout de sa nervosité et de son manque de concentration. Ç'aurait dû être le cas, mais ça ne l'avait pas été.

— Qu'est-ce qui t'arrive, mec ?

— Je ne vois pas de quoi tu veux parler, répondit Brock en se redressant légèrement pour mettre sa tête directement sous le jet de la douche.

Le ricanement de Kade se répercuta sur les murs carrelés de la salle.

— Ben voyons !

— Merde, lâcha Brock. D'où me vient l'impression que tu vas m'éclairer sur ce point ?

Il entendit le grincement d'un robinet qu'on ferme, suivit par un claquement de porte. Kade venait de sortir de sa cabine de douche. Quelques minutes plus tard, sa voix parvint à Brock depuis l'espace commun du vestiaire.

— Est-ce que tu vas finir par me raconter ce qui s'est passé hier soir dans l'atelier de Southie ?

Brock ferma les yeux et laissa échapper quelque chose qui ressemblait à un grognement, même à ses propres oreilles.

— Rien à raconter. Il y avait quelques points de détail à régler. Je les ai réglés.

— Ouais, dit Kade. C'est bien ce que je pensais.

Lorsque Brock leva la tête, il vit par-dessus la porte de sa douche Kade, habillé de pied en cap d'une chemise noire et d'un jean, dos appuyé contre la paroi opposée. Le guerrier plissait les yeux, l'air de celui qui a tout compris.

Brock avait trop de respect pour son ami pour tenter de lui faire prendre des vessies pour des lanternes.

— Ces humains étaient des ordures prêtes à faire du mal à une femme innocente. Tu t'attendais à ce que je ferme les yeux sur ce genre de violence ?

— Non. (Kade riva les yeux dans le vide, puis hocha la tête.) Si je me retrouvais face à face avec quiconque aurait touché à Alex, je sais que je tuerais le salopard. C'est ce que tu as fait, n'est-ce pas ? Tu as tué ces hommes ?

— Ce n'étaient pas vraiment des hommes, maugréa Brock. C'étaient des chiens enragés, et ce qu'ils ont fait à Jenna – en pensant ne pas avoir à en répondre –, ce n'était probablement pas la première fois qu'ils le faisaient à une femme. Et je doute que Jenna aurait été la dernière à le subir. Alors, oui, je les ai éliminés.

Pendant un long moment, Kade ne dit rien. Il se contenta de regarder Brock, même quand celui-ci eut remis la tête sous le jet furieux de la douche, ne ressentant pas le besoin de s'expliquer plus avant. Pas même devant son ami le plus proche au sein de l'Ordre.

— Bon Dieu, murmura Kade après un long silence. Tu tiens à elle, n'est-ce pas ?

Brock secoua la tête, autant pour dire « non » que pour éliminer l'eau qu'il avait sur le visage.

— Lucan m'en a confié la responsabilité. Je fais simplement ce qu'on attend de moi. C'est juste une mission de plus, pas différente des autres.

— Oh, bien sûr ! Aucun doute là-dessus, répondit Kade avec un large sourire. J'ai eu une mission du même genre à remplir là-haut en Alaska il n'y a pas très longtemps. J'ai dû t'en toucher un mot une ou deux fois, non ?

— Ce n'est pas la même chose, grommela Brock. Ce qu'il y a entre toi et Alex… n'est pas la même chose du tout. D'abord, Alex est une Compagne de sang. Il n'y a aucune chance que les choses deviennent sérieuses avec Jenna. Je ne suis pas du genre à m'installer dans la durée et, en outre, elle est humaine.

Kade fronça intensément les sourcils.

— Je ne crois pas que qui que ce soit d'entre nous soit sûr de ce qu'elle est exactement à l'heure actuelle.

C'est avec un sentiment d'inquiétude renouvelé, pas seulement à l'égard de Jenna mais aussi pour le reste de la Lignée, que Brock considéra la réalité de ce que venait de dire Kade. Quoi qu'il ait été en train d'arriver à Jenna, il semblait que cela se soit mis à s'accélérer ce jour-là. Il ne pouvait nier que la nouvelle des changements métaboliques qu'elle subissait le troublait. Sans parler du fait que le foutu petit corps étranger s'enfonçait de plus en plus profondément en elle, infiltrant son organisme au point que même Gideon ne semblait pas capable d'y faire quoi que ce soit.

Brock lâcha un juron à voix basse sous le déluge sans pitié de la douche.

— Si ton intention est de m'aider à me sentir mieux avec tout ça, surtout n'hésite pas à arrêter les frais quand tu veux.

Kade gloussa. Il était clair qu'il s'amusait.

— Je ne pense pas que tu puisses te confier à ton nouveau compagnon de chambrée, alors me voilà, prêt à te montrer que je me soucie de toi.

— Je suis touché, maugréa Brock. Et maintenant, casse-toi et laisse-moi m'ébouillanter en paix.

— Avec plaisir. Toute cette conversation sur les missions et les femmes me rappelle que je me suis laissé aller à négliger les devoirs importants qui m'appellent dans mes appartements.

Brock grogna.

— Mon meilleur souvenir à Alex.

Kade se contenta d'un grand sourire pour accompagner son salut et se dirigea vers la sortie.

Après son départ, Brock ne traîna que quelques minutes de plus sous la douche. Le jour était déjà bien avancé, mais il était trop énervé pour dormir. Et le rappel des changements biologiques intervenus chez Jenna ne lui laissait pas l'esprit en repos.

Il se sécha, puis enfila un tee-shirt gris et un jean sombre. Enfin il remit ses bottes de cuir noir, soudain désireux de retourner à la salle d'armes pour se défouler encore jusqu'au coucher du soleil, moment où il pourrait de nouveau s'échapper du complexe. Mais l'exercice ne l'avait pas vraiment aidé quelques instants plus tôt et il doutait qu'il puisse en être autrement à présent.

Ne sachant pas vraiment ce qui pourrait le calmer, Brock se retrouva en train d'arpenter le couloir central du complexe en direction du labo. Tout était calme, désert, ce qui n'avait rien d'étonnant à cette heure du jour, à laquelle les guerriers en couple devaient être au lit avec leur femelle et le reste des occupants du complexe en train de prendre un peu de repos avant le début des patrouilles au coucher du soleil.

C'était probablement ce que Brock aurait dû faire lui aussi, mais il était plus intéressé de savoir si Gideon avait appris quelque chose de plus des résultats d'analyse de sang de Jenna. Mais, alors qu'il prenait l'embranchement qui allait le mener au labo, il perçut du mouvement dans une autre des salles de réunion du complexe.

Attiré par un bruit de papiers qu'on feuillette, il s'arrêta devant la porte ouverte du centre opérationnel des Compagnes de sang.

Jenna était là, seule.

Assise à la table de conférence, avec plusieurs dossiers étalés devant elle et quelques autres empilés proprement à côté, elle était penchée sur un bloc, stylo en main et complètement absorbée par ce qu'elle était en train de faire. Au début, elle ne sembla pas se rendre compte de la présence de Brock. Puis sa main s'arrêta à mi-page et elle leva les yeux. Elle pivota pour voir qui se tenait dans l'embrasure de la porte et ses cheveux bruns soyeux suivirent harmonieusement le mouvement de sa tête.

Ç'aurait dû être pour lui le signal de la fuite. Il appartenait à la Lignée. Il aurait pu disparaître avant que ses yeux humains enregistrent sa présence. Mais, pour quelque raison stupide qu'il ne voulut pas s'attarder à analyser, il fit un pas dans la pièce et se racla la gorge.

En le voyant, Jenna écarquilla ses yeux noisette.

— Salut, dit-il.

Elle sourit timidement, clairement prise au dépourvu. Et pourquoi ne l'aurait-elle pas été, vu la façon dont il l'avait quittée la dernière fois qu'ils s'étaient vus ?

— Je pensais que tout le monde était parti se coucher.

— C'est bien le cas.

Il avança dans la salle et jeta un rapide coup d'œil circulaire aux documents qu'elle avait étalés devant elle.

— Il semble que Dylan et les autres aient déjà réussi à vous embaucher.

Elle haussa les épaules sans conviction.

— J'étais juste… en train de regarder quelques trucs. De comparer des notes sur certains des dossiers, de jeter quelques idées sur le papier.

Brock s'assit dans la chaise à côté de celle de Jenna.

— Ça va leur faire plaisir, dit-il, impressionné à l'idée qu'elle donne un coup de main. (Il tendit la main vers le bloc-notes de Jenna.) Vous permettez que je jette un coup d'œil ?

— Ce n'est pas grand-chose en fait, dit-elle. Mais parfois un regard neuf peut aider.

Il lut l'écriture précise et soignée qui emplissait presque toute la page. À en croire le déroulé logique de ses notes et la liste de suggestions qu'elle avait élaborée sur la façon d'enquêter sur les personnes disparues que Dylan et les autres Compagnes de sang recherchaient depuis quelques mois, son esprit semblait fonctionner de manière tout aussi précise et organisée.

— C'est du bon boulot, déclara-t-il. (Ce n'était pas de la flatterie, juste une constatation.) On voit que vous êtes une excellente policière.

Nouveau haussement d'épaules dépréciateur.

— Je ne fais plus partie de la police. Ça fait longtemps que je l'ai quittée.

Il la regarda dire ça, entendit la nuance de regret dans le ton de sa voix.

— Ce n'est pas pour autant que vous n'êtes plus bonne dans votre partie.

— Ça fait un moment que je ne le suis plus. Il s'est passé quelque chose et j'ai… j'ai perdu mon talent. (Elle jeta un regard vers lui sans se démonter.) Au cours d'un accident de voiture il y a quatre ans, mon mari et ma fille de six ans sont morts tous les deux, mais moi, je ne sais pas trop pourquoi, j'ai survécu.

Brock hocha légèrement la tête.

— Je sais. Je suis désolé.

Elle sembla troublée par sa compassion, comme si elle ne savait pas vraiment quoi en faire. Peut-être aurait-il été plus facile pour elle de parler de cette tragédie à sa façon, sans savoir qu'il en avait déjà entendu parler. À présent, elle le regardait d'un air incertain, comme si elle avait peur qu'il la juge.

— J'ai… lutté pour accepter la disparition de Mitch et de Libby. Pendant longtemps, et encore maintenant, j'ai eu du mal à savoir comment j'étais censée aller de l'avant.

— Vous vivez, déclara Brock. C'est tout ce que vous pouvez faire.

Elle acquiesça de la tête, mais elle avait quelque chose de lointain dans le regard.

— À vous entendre, ça paraît simple.

— Pas simple, nécessaire. (Il la regarda triturer distraitement une agrafe brisée sur l'un des rapports.) C'est pour ça que vous avez démissionné de la police ? Parce que vous ne saviez plus comment vivre après l'accident ?

Les yeux rivés sur la table encombrée devant elle, elle fronça les sourcils et resta silencieuse un long moment.

— J'ai démissionné parce que je ne pouvais plus remplir ma fonction. Chaque fois que je devais traiter un problème de circulation, même quelque chose d'aussi anodin qu'un pare-chocs éraflé ou un pneu crevé, je tremblais tellement en arrivant sur les lieux que je pouvais à peine sortir de voiture pour proposer mon aide. Quant aux appels vraiment sérieux, les accidents graves ou les problèmes conjugaux, qui viraient souvent aux coups, ils me donnaient des maux de ventre pendant plusieurs jours consécutifs. Toute l'expérience acquise lors de ma formation ou au cours de mes années de boulot avait volé en éclats lorsque ce dix-huit roues chargé de bois de charpente avait percuté notre voiture après sa glissade sur l'autoroute gelée, et ainsi labouré ma vie.

Elle tourna alors vers lui un regard vert plus déterminé que jamais.

— J'ai laissé tomber le boulot de policier parce que je savais que je ne pouvais plus le faire comme il devait l'être et que je ne voulais pas que qui que ce soit comptant sur moi puisse avoir à payer les conséquences d'une négligence de ma part. Voilà pourquoi j'ai démissionné.

Dès leur première rencontre, Brock avait développé le plus grand respect pour le courage et la résistance de Jenna. À présent, son admiration était encore montée d'un cran, voire plus.

— Vous vous faisiez du souci pour votre travail et les gens qui comptaient sur vous. C'est une marque non pas de faiblesse, mais bien au contraire de force. Et à l'évidence, vous aimiez beaucoup votre boulot. Et d'après moi c'est toujours le cas.

Il ne savait pas pourquoi une observation si innocente la touchait à ce point, mais il aurait fallu qu'il soit aveugle pour ne pas voir la réaction de défense qui traversa son regard. Elle détourna les yeux tout de suite, comme si elle s'en était elle-même rendu compte, et lorsqu'elle reprit la parole, ce fut sans colère dans la voix, juste de la résignation.

— Vous en connaissez un rayon sur mon compte, hein ? J'imagine qu'il n'y a désormais plus grand-chose que vous et l'Ordre ne sachiez pas.

— Alex nous a indiqué l'essentiel, admit-il. Après ce qui s'est passé en Alaska, il y avait des choses que nous avions besoin de savoir.

Elle poussa un grognement.

— Vous voulez dire après que je me suis mise à parler en extraterrestre dans mon sommeil et que je suis devenue la pupille involontaire de l'Ordre.

— Ouais, c'est ça, reconnut-il, restant assis alors qu'elle se levait et s'éloignait de lui en croisant les bras.

Il constata qu'elle avait complètement laissé tomber la canne que Tess et Gideon lui avaient prescrite et que sa jambe blessée ne la faisait plus boiter que très légèrement.

— Il semble que votre blessure guérisse bien.

— Ça va beaucoup mieux. (Elle lui adressa un vague hochement de tête.) En fait, ce n'était pas si grave que ça.

Brock inclina la tête comme s'il était d'accord, mais il se rappelait beaucoup trop bien la gravité réelle de la blessure par balle qu'elle avait subie. Si elle guérissait à un rythme accéléré, il était probable que ça avait à voir avec les réplications d'ADN qu'avait découvertes Gideon.

— Je suis heureux que vous alliez mieux, déclara-t-il, pensant qu'il était inutile et malvenu de lui rappeler le corps étranger qui était en train de se fondre en elle.

Elle ne se détourna pas et son regard s'adoucit.

— Merci pour ce que vous avez fait pour moi hier soir, pour être venu me chercher et m'avoir sortie de cet horrible endroit. Je crois que vous m'avez sauvé la vie. En fait, j'en suis même sûre, Brock.

— N'en parlons plus.

Bon Dieu ! Il espérait bien qu'elle n'aurait jamais vent de la sauvagerie avec laquelle il s'était occupé de ses agresseurs. Elle ne serait pas en train de le remercier si elle avait été le témoin de la brutalité avec laquelle il avait assouvi à la fois sa soif de sang et sa rage sur ces deux ordures. Si Jenna avait su ce dont il était capable, elle l'aurait sans aucun doute vu avec les mêmes yeux que ceux qu'elle avait eus pour l'Ancien qui l'avait attaquée.

Il ne savait pas vraiment pourquoi ça le préoccupait tant que ça. Il ne voulait pas qu'elle le voie comme un monstre, voilà tout, en tout cas pas tant qu'il était chargé de sa protection pour le compte de l'Ordre. Il fallait qu'elle ait confiance en lui et, en tant que son protecteur désigné, il devait s'assurer que ce soit le cas. Il avait un boulot à faire et il n'allait pas se défiler devant ses responsabilités.

Mais son problème avec Jenna était plus profond, et il le savait. Simplement, il n'avait pas l'intention de l'analyser pour l'instant, pas plus que dans un avenir proche d'ailleurs.

Il la regarda se décaler vers le mur de cartes et de graphiques qui reprenaient un certain nombre des informations rassemblées par l'Ordre dans sa recherche des Compagnes de sang qu'on soupçonnait Dragos d'avoir enlevées.

— Elles font un boulot formidable, murmura Jenna. Dylan, Savannah, Renata, Tess… toutes les femmes que j'ai rencontrées ici sont vraiment incroyables.

— Oui, c'est vrai, acquiesça Brock. (Il se leva et rejoignit Jenna devant le mur.) L'Ordre a toujours constitué une force avec laquelle il fallait compter, mais au cours de l'année qui s'est écoulée depuis mon arrivée, j'ai vu cette force redoubler d'efficacité grâce à l'implication des femmes de ce complexe.

Il eut du mal à déchiffrer le regard qu'elle lui lança.

— Qu'est-ce qu'il y a ? demanda-t-il.

— Rien. (Elle esquissa un sourire et secoua légèrement la tête.) C'est juste que je suis surprise d'entendre ça. La plupart des hommes que j'ai fréquentés au boulot – jusqu'à mon propre père et mon propre frère – auraient préféré manger leur badge plutôt que d'admettre avoir gagné quoi que ce soit à travailler avec une femme.

— Je ne porte pas de badge, répondit Brock en lui rendant son sourire. Et je ne fais pas partie de la plupart des hommes.

Elle rit doucement sans détourner le regard.

— Non, non, ça, c'est sûr. Et pourtant vous êtes l'un des rares ici à ne pas avoir de Compagne de sang.

Il réfléchit un instant à ce commentaire, plus qu'un peu surpris par l'intérêt qu'elle lui portait à un niveau personnel.

— Le boulot, c'est une chose. Se lier par le sang à une compagne en est une autre. C'est le genre de deal à durée infinie et je suis allergique aux relations à long terme.

Jenna ne le lâchait pas de ses yeux intelligents.

— Et pourquoi donc ?

Il n'aurait pas été difficile de lui fournir une réponse tout à la fois creuse et charmante, le genre de conneries désinvoltes qu'il avait l'habitude de servir à Kade et aux autres guerriers chaque fois que le sujet venait sur le tapis. Mais il ne pouvait pas regarder Jenna dans les yeux sans être autre chose que parfaitement honnête, quelle que soit l'impression que ça pouvait lui donner de lui.

— Le long terme signifie pour moi trop de risques de décevoir. Alors je fais de mon mieux pour l'éviter.

Elle ne dit plus rien pendant un long moment, se contentant de lui faire face en silence, les bras toujours croisés, de nombreuses émotions inexprimées venant approfondir la couleur de ses yeux.

— Ouais, je sais ce que vous voulez dire, finit-elle par répondre, la voix un peu rauque, à peine plus qu'un murmure. Je sais tout ce qu'il y a à savoir sur comment décevoir les gens.

— Vous n'arriverez pas à me faire croire ça.

Il ne pouvait pas imaginer cette femme capable et assurée rater quoi que ce soit qu'elle ait décidé de mener à bien.

— Vous pouvez me croire, répliqua-t-elle simplement avant de tourner les talons et de rejoindre l'autre mur, sur lequel quelques portraits au crayon avaient été placardés à côté de fiches et de cartes imprimées.

Lorsqu'elle reprit la parole, ce fut avec une désinvolture forcée.

— Alors, est-ce que cette allergie aux relations durables est quelque chose de nouveau pour vous ou est-ce que vous avez toujours évité de vous engager ?

Il eut instantanément à l'esprit l'image d'yeux sombres et brillants et le son d'un rire espiègle et musical qu'il lui arrivait encore parfois d'entendre, comme ceux d'un fantôme caché dans les recoins inexplorés de sa mémoire.

— Il y a eu quelqu'un une fois. Enfin… il aurait pu y avoir quelqu'un. Elle est morte il y a longtemps.

Le remords se peignit sur le visage de Jenna.

— Brock, je suis désolée, je ne voulais pas prendre à la légère…

Il haussa les épaules.

— Pas besoin de vous excuser. C'est de l'histoire ancienne. Ça fait des lustres.

Il se rendit alors compte que ça faisait en fait presque un siècle et fut impressionné de constater que tant de temps s'était écoulé depuis que sa négligence avait coûté la vie à quelqu'un qu'il était censé protéger.

Jenna revint alors vers lui et s'assit sur le bord de la longue table.

— Que lui est-il arrivé ?

— Elle a été assassinée. À l'époque, je travaillais comme garde du corps pour le Havrobscur de sa famille. J'étais responsable de sa sécurité, mais j'ai merdé. Elle a disparu pendant mon tour de garde. Son corps a refait surface des mois plus tard. Il avait été martyrisé et jeté dans un bras de rivière pollué. Elle était méconnaissable.

— Oh, mon Dieu ! (La voix de Jenna était douce et la compassion se lisait sur son visage.) C'est affreux !

— Ouais, c'était affreux, confirma-t-il, se rappelant trop bien l'horreur de ce qu'on lui avait fait subir, avant et après l'avoir tuée. Et six mois passés dans l'eau n'avaient pas rendu ses restes plus agréables à regarder !

— Je suis désolée, répéta Jenna.

Et elle vint poser la main sur le bras de Brock.

Il tenta d'ignorer la décharge subite qui le parcourut à ce contact. Mais essayer de faire taire son attraction envers elle, c'était comme demander au feu de ne pas brûler. Comme il brûlait à présent en regardant son biceps, où la main pâle de Jenna reposait toujours sur sa peau noire.

Lorsqu'il leva les yeux vers ceux de Jenna, il comprit à son inspiration brièvement interrompue qu'ils devaient être parsemés de paillettes d'ambre, transformation qui trahissait le désir qu'il avait d'elle. Elle déglutit mais ne détourna pas le regard.

Et surtout, Dieu soit loué, elle ne retira pas non plus sa main, pas même lorsque se forma dans la gorge de Brock le sourd grognement qui accompagnait la transformation.

Il eut soudain un flash lui rappelant ce qui s'était passé entre eux à peine quelques heures plus tôt dans son appartement. Comme en cet instant, ils n'avaient été qu'à quelques centimètres l'un de l'autre et il s'était demandé si Jenna avait eu envie de l'embrasser. Il n'avait pas trop su quoi penser de ses sentiments envers lui, de la possibilité qu'elle ait ressenti quelque chose de proche du désir qu'il avait pour elle. Mais à présent il avait un besoin de savoir qui le stupéfiait.

Pour s'assurer qu'il n'était pas en train de se faire des idées, et garantir ainsi au moins sa propre santé mentale, il vint poser sa main libre sur celle de Jenna. Puis il se positionna face à elle devant la table.

Elle ne fit pas mine de vouloir s'écarter. Pas Jenna ! Elle le regardait droit dans les yeux, avec un air de défi, comme il aurait dû s'y attendre.

— Je ne sais vraiment pas comment gérer tout ça, dit-elle d'une voix douce. Ce qui m'est arrivé depuis cette nuit-là en Alaska… toutes ces questions qui resteront peut-être sans réponse. Ça, je peux le gérer. D'une façon ou d'une autre j'apprendrai à le gérer. Mais vous… ça… (Elle baissa alors brièvement les yeux vers leurs mains posées l'une sur l'autre.) Je ne suis pas très douée dans ce domaine. Mon mari est mort depuis des années. Il n'y a eu personne depuis. Je n'ai jamais été prête pour ça. Je n'ai pas voulu…

— Jenna.

Brock lui souleva le menton tout doucement.

— Est-ce que vous seriez d'accord pour que je vous embrasse ?

Les lèvres de Jenna formèrent un petit sourire tremblant qu'il ne put résister à goûter. Il pencha la tête et l'embrassa doucement, la laissant progressivement s'habituer malgré l'intensité de son propre désir.

Même si elle venait de s'avouer un peu à cours d'expérience, il ne s'en serait pas douté en sentant la sensualité qui émanait de ses lèvres. Son baiser, à la fois doux et direct, don et acceptation, le mit en feu. Il s'avança encore jusqu'à se trouver entre les jambes de Jenna, avide de sentir son corps contre le sien tandis qu'il faisait glisser sa langue le long de ses lèvres veloutées. Il fit courir ses mains sur ses flancs et l'aida à s'asseoir sur la table de conférence quand sa cuisse blessée se mit à trembler sous elle.

Ce baiser avait été une erreur. Il avait cru pouvoir en rester là, juste un baiser, rien de plus, mais à présent qu'il avait commencé, il ne savait pas où il allait trouver la force de s'arrêter.

Et à en croire son abandon dans ses bras, ses gémissements de plaisir et ses petits soupirs saccadés alors que leur baiser se transformait en quelque chose de beaucoup plus chaud, il était certain qu'elle en voulait plus elle aussi.

Mais apparemment, il s'était trompé sur toute la ligne !

Ce ne fut que quand il sentit son visage mouillé qu'il se rendit compte qu'elle pleurait.

— Oh, Seigneur, lâcha-t-il en s'écartant immédiatement.

Il vit les larmes sur son visage et se sentit nul tout d'un coup.

— Je suis désolé. J'ai été trop vite…

Elle secoua la tête, visiblement affectée, mais elle ne dit rien.

— Dites-moi que je ne vous ai pas fait mal, Jenna.

— Bordel ! (Elle ravala un sanglot.) Je ne peux pas faire ça. Je suis désolée, tout est de ma faute. Je n'aurais jamais dû vous laisser…

Sans finir sa phrase, elle le repoussa loin d'elle, et c'est tout juste si elle ne courut pas pour rejoindre le couloir.

Brock resta figé un instant, tout le corps tendu et douloureux, à vif de désir. Il devait la laisser partir. Oublier l'incident comme un désastre évité de justesse et se sortir de la tête la si tentante Jenna Darrow.

Ouais, c'était exactement ce qu'il devait faire, et il en était parfaitement conscient.

Mais avant même que cette pensée ait fini de se former dans sa tête, il était déjà à mi-chemin dans le couloir à suivre les bruits étouffés des pleurs de Jenna jusqu'à son ancien appartement.

Chapitre 13

Alors qu'elle s'enfuyait en ravalant ses larmes, Jenna se sentait profondément lâche et hypocrite. Elle avait laissé Brock croire qu'elle ne voulait pas de lui. Il devait même penser qu'il s'était en quelque sorte imposé à elle avec ce baiser, alors que celui-ci l'avait presque fait fondre sur la table de conférence. Elle l'avait laissé se dire qu'il avait fait quelque chose de mal, voire qu'il l'avait blessée, et ça, c'était vraiment trop injuste de sa part.

Et pourtant elle ne pouvait s'empêcher de courir. Il lui fallait absolument mettre le plus de distance possible entre eux. C'était vital, car il lui faisait ressentir trop de choses. Des choses auxquelles elle n'était pas préparée. Des choses dont elle avait tellement envie mais qu'elle ne méritait pas.

Alors elle courait, plus terrifiée qu'elle ne l'avait jamais été et furieuse de la lâcheté qui la poussait en avant. Quand elle atteignit son appartement, elle tremblait et elle était à bout de souffle, les larmes coulant en ruisseaux brûlants sur ses joues.

— Jenna !

Le son de sa voix profonde derrière elle lui fit l'effet d'une caresse chaude sur la peau. Elle se retourna pour lui faire face, surprise qu'il l'ait rejointe aussi vite et aussi discrètement. Mais bon, il n'était pas humain. Ce n'était pas vraiment un homme, et c'était quelque chose qu'elle dut se répéter alors qu'il se tenait si proche d'elle, sa taille imposante, l'intensité de son regard sombre faisant réagir tout ce qui était femme en elle.

Sa bouche était encore brûlante de son baiser, son pouls battait encore la chamade et elle sentait toujours la chaleur qu'il avait fait naître entre ses jambes.

Comme s'il avait su tout ça, Brock se rapprocha d'elle et lui prit la main sans rien dire. Les mots étaient inutiles. Malgré ses larmes qui coulaient toujours et le tremblement de ses membres, elle ne pouvait dissimuler qu'elle le désirait.

Elle ne résista pas quand il l'attira contre lui dans la chaleur de son corps. Dans le réconfort de ses bras.

— J'ai peur, murmura-t-elle.

Des mots qui pourtant ne lui venaient pas naturellement, qu'elle n'avait pas prononcés facilement.

Le regard rivé à celui de Jenna, Brock lui caressa doucement la joue.

— Vous n'avez pas à avoir peur de moi. Je ne vous ferai pas de mal, Jenna.

Elle le croyait, et ce avant même qu'il incline la tête pour balayer ses lèvres d'un baiser douloureux à force de tendresse. Même si c'était incroyable, impossible, elle avait confiance en cet homme qui n'en était pas un. Elle avait besoin de ses mains sur elle, d'être à nouveau connectée à quelqu'un, même si elle n'était pas prête du tout à réfléchir au-delà de la nécessité physique de toucher et d'être touchée.

— Tout va bien, murmura-t-il tout contre sa bouche. Vous êtes en sécurité avec moi, je vous le promets.

Jenna ferma les yeux en se laissant pénétrer par ses mots, les mêmes mots que ceux avec lesquels il l'avait calmée dans l'obscurité de sa petite maison en Alaska, et puis de nouveau à l'infirmerie du complexe. C'était Brock qui avait constitué son lien continu avec le monde des vivants après l'épreuve qu'elle avait subie aux mains de l'Ancien. Son seul recours pendant les cauchemars sans fin qu'elle avait faits au cours des journées qui avaient suivi son arrivée dans cet endroit étrange, transformée de tant de manières épouvantables.

Et à présent… ?

À présent elle n'était pas sûre de savoir où était la place de Brock dans la confusion qui régnait désormais sur son existence. Elle n'était pas prête à y penser. Pas plus qu'elle n'était sûre d'être prête à s'abandonner aux sentiments qu'il éveillait en elle.

Elle s'écarta légèrement, le doute et la honte resurgissant à partir de ce qui chez elle était toujours en deuil, de cette blessure ouverte de son âme dont elle avait pourtant depuis longtemps accepté qu'elle risquait de ne jamais se refermer.

Posant le front contre la poitrine si chaude et si ferme de Brock, Jenna inspira le parfum fortifiant de son tee-shirt gris imprégné de son odeur exotique. Puis elle laissa échapper un lent soupir étouffé.

— Est-ce que je les ai assez aimés ? Voilà ce que je ne cesse de me demander depuis cette nuit chez moi…

Brock lui caressait doucement le dos tout en maintenant son étreinte pleine de compassion. C'était ce calme, cette force, dont elle avait besoin pour revivre ces moments douloureux au cours desquels l'Ancien l'avait forcée à décider elle-même de son destin.

— Il m'a obligée à choisir, Brock. Cette dernière nuit dans ma cabane, j'ai cru qu'il allait me tuer, mais il ne l'a pas fait. Je n'aurais pas lutté. Il le savait, je pense.

En fait, elle en était sûre. Elle allait très mal le soir où l'Ancien avait envahi sa maison. Il avait vu la bouteille de whisky presque vide au sol à côté d'elle et le pistolet chargé qu'elle avait eu en main, mais aussi la boîte de photos qu'elle sortait chaque année à la date anniversaire de l'accident qui l'avait privée de sa famille et l'avait laissée continuer seule le chemin.

— Il savait que j'étais prête à mourir, mais au lieu de me tuer, il m'a forcée à prononcer les mots à haute voix, à lui dire ce que je préférais, la vie ou la mort. C'était une vraie torture, une espèce de jeu pervers auquel il m'a forcée à participer malgré moi.

Brock laissa échapper un juron à voix basse, mais ses mains restèrent chaudes et apaisantes contre le dos de Jenna.

— Il m'a obligée à choisir, répéta-t-elle en se rappelant chaque minute de l'épreuve qu'elle avait subie.

Mais pire encore que de subir un emprisonnement interminable, de découvrir que son ravisseur n'était pas de cette planète ou de se faire sucer le sang avait été le moment où elle avait entendu sa propre voix rauque prononcer les mots qui lui avaient paru arrachés aux tréfonds les plus honteux de son âme.

« Je veux vivre. Oh, mon Dieu… je vous en supplie, laissez-moi la vie. Je ne veux pas mourir ! »

Jenna ravala la boule d'angoisse qui lui obstruait la gorge.

— Je continue à me dire que je ne les aimais pas assez, murmura-t-elle sur un ton misérable. Je continue à me dire que si je les avais vraiment aimés, je serais morte avec eux. Et que, quand l'Ancien m'a forcée à choisir entre la vie et la mort, mon choix aurait été différent.

Elle étouffa un sanglot et Brock lui prit le menton avec douceur. Puis il le releva pour qu'elle croise son regard.

— Vous avez survécu, dit-il d'une voix ferme mais d'une tendresse infinie. C'est tout ce que vous avez fait. Personne ne vous le reprocherait, surtout pas eux.

Elle ferma les yeux, sentant le poids de son remords s'alléger un peu sous l'effet des paroles apaisantes de Brock. Mais le vide qu'elle ressentait dans son cœur était un endroit froid et nu, qui s'agrandissait malgré son étreinte réconfortante. Sa chaleur et sa douceur infusaient à travers sa peau comme un baume, ajoutant une émotion renforcée au désir que la proximité de son corps n'avait rien fait pour atténuer. Elle se recroquevilla dans l'abri de ses bras en posant la joue contre ce corps musclé à la force tranquille.

— Je peux l'enlever, Jenna.

Elle sentit sa bouche chaude se poser sur ses cheveux, son souffle, puis un baiser sur le haut de la tête.

— Je peux me charger de votre chagrin, si vous le désirez.

Il y avait quelque chose en elle qui se révoltait à cette idée. La femme forte, la policière expérimentée, celle qui était toujours montée en première ligne dans n'importe quelle situation répugnait à l'idée qu'elle pourrait ne pas être capable de supporter seule son chagrin. Elle n'avait jamais eu besoin d'aide, et elle n'en demanderait pas, jamais. Ce genre de faiblesse était exclue.

Elle s'écarta, prête à refuser. Mais quand elle ouvrit les lèvres pour parler, les mots se coincèrent dans sa gorge. Elle riva les yeux sur le beau visage de Brock, puis dans son regard pénétrant, qui semblait voir profondément en elle.

— Quand vous êtes-vous autorisé le bonheur pour la dernière fois, Jenna ? (Il lui caressa la joue avec tant de légèreté et de déférence qu'elle en frissonna.) Quand avez-vous ressenti du plaisir pour la dernière fois ?

La grande main de Brock descendit le long du cou de Jenna. Sa paume et ses longs doigts irradiaient la chaleur. Il lui prit la nuque, son pouce caressant la petite surface de peau sensible sous son oreille, et elle sentit son pouls s'accélérer.

Il l'amena alors jusqu'à lui en lui penchant la tête en arrière pour l'embrasser lentement et profondément. Le doux mélange de leurs bouches lui fit bouillir le sang. Elle sentit le feu se concentrer entre ses jambes en un violent désir.

— Si ce n'est pas ce que tu veux, murmura-t-il tout contre ses lèvres, il suffit que tu me le dises. Je m'arrêterai tout de suite, à n'importe quel moment…

— Non. (Elle secoua la tête et leva la main pour la poser sur la mâchoire carrée de Brock.) Je le veux. Je te veux… si fort même que ça me fout une trouille bleue.

Brock sourit lentement, révélant ses dents blanches et ses crocs de plus en plus longs. Jenna garda les yeux rivés sur ses lèvres sensuelles, consciente que l'instinct de survie basique des humains aurait dû être en train de lui envoyer toute une batterie de signaux l'alertant du danger mortel qu'il y avait à s'approcher de trop près de ces canines acérées.

Mais elle n'avait pas peur du tout. En fait, son esprit reconnaissait la transformation de Brock et l'acceptait, même si ça paraissait inexplicable. Elle ressentait même de l'excitation en voyant ses iris marron étinceler de paillettes ambrées.

Au-dessus du col de son tee-shirt ras-du-cou et au-dessous des manches courtes qui moulaient ses biceps musclés et lisses, les dermoglyphes de Brock pulsaient de couleurs. Les marques caractéristiques des membres de la Lignée passaient de leur nuance de bronze habituelle au bordeaux, à l'or et au pourpre. Jenna fit courir les doigts sur les arabesques et les arcs effilés de ces dessins, émerveillée de leur étrange beauté.

— Tout ce que je croyais savoir est différent désormais, songea-t-elle à haute voix, tandis qu'installée dans le cercle de ses bras elle suivait du doigt les glyphes qui couraient le long de son avant-bras massif. Tout a changé. J'ai changé et je ne suis même pas sûre de jamais pouvoir comprendre ces changements. (Elle leva les yeux.) Je ne veux pas que ma vie devienne encore plus confuse. Je ne crois pas pouvoir gérer ça en plus de tout le reste.

Il ne la lâcha pas du regard, un regard où ne se reflétait aucun jugement, seulement de la patience et un contrôle infaillible.

— Ressens-tu de la confusion, maintenant, quand je te touche… ou quand je t'embrasse ?

— Non, répondit-elle, surprise de ce constat.

— Bien !

Il inclina la tête et reprit la bouche de Jenna, suçotant sa lèvre inférieure, la prenant entre les dents, tout en lui caressant le dos. Puis il posa les mains sur la courbe de ses fesses, appuya d'un geste possessif et pressa son corps électrifié contre son sexe raidi. Il vint titiller le creux de son cou, ses lèvres chaudes et humides contre sa peau. Lorsqu'il reprit la parole, sa voix était plus rauque qu'avant, vibrant du même appétit que celui qui rugissait en elle.

— Accepte de ressentir le plaisir, Jenna. Si tu le veux, ça n'a pas besoin d'être autre chose entre nous. Pas de contrainte, pas d'attaches. Pas de promesses que ni l'un ni l'autre ne serions prêts à faire.

Oh, mon Dieu ! Cela avait l'air si bon, si tentant de céder au désir qui crépitait entre eux depuis qu'elle s'était réveillée dans le complexe de l'Ordre. Elle n'était pas prête à ouvrir de nouveau son cœur, peut-être même ne serait-elle jamais prête à faire preuve d'une telle vulnérabilité, mais elle ne savait pas si elle était assez forte pour résister au cadeau que Brock lui faisait là.

Il l'embrassa à la base du cou.

— Donne-moi le reste pour l'instant. Oublie tout sauf ça.

— Oui, souffla-t-elle, incapable de retenir un halètement sous les caresses de Brock.

Sous l'effet de ses mains expertes, elle sentait l'énergie affluer dans ses veines tandis que le talent surnaturel de Brock la débarrassait du poids persistant de son chagrin, de sa culpabilité et de sa confusion. Quant à sa bouche, chaude et habile, elle ne laissait que sensation et désir dans son sillage.

Il remonta de baiser en baiser le long de la gorge de Jenna, puis redescendit en suivant de même sa mâchoire, pour finalement retrouver sa bouche. Jenna accueillit avec bonheur cette manifestation passionnée et s'ouvrit à lui quand sa langue vint lui caresser les lèvres. Il grogna quand elle l'aspira, et gronda son approbation de mâle quand elle lui passa les doigts derrière la tête pour le maintenir plus fermement contre sa bouche.

Mon Dieu! Elle ne s'était pas rendu compte à quel point le toucher d'un homme lui avait manqué. Elle était restée si longtemps sans contact intime, se privant volontairement de tout rapport sexuel et même de toute jouissance. Pendant quatre ans, elle s'était convaincue qu'elle n'en voulait pas et qu'elle ne les méritait pas, et c'était là une autopunition de plus pour avoir survécu à l'accident qui avait tué ceux qu'elle aimait plus que tout au monde.

Elle s'était crue immunisée contre le désir, et pourtant, à présent, avec Brock, toutes ces barrières un temps infranchissables s'écroulaient autour d'elle comme les murs d'un château de cartes. Elle était incapable de ressentir la moindre culpabilité pour le plaisir qu'il était en train de lui procurer. Elle ne savait pas si c'était dû au puissant talent de Brock pour absorber son angoisse ou à la force de son propre désir réprimé. Tout ce qu'elle savait, c'était avec quelle intensité croissante son corps réagissait, un afflux de plaisir et une anticipation grandissante qui la laissaient pantelante et avide de la suite.

Brock glissa ses grandes mains sur ses épaules, puis rejoignit lentement ses seins. Jenna sentit ses tétons pointer douloureusement contre son soutien-gorge sous l'effet du massage délicieux qu'il leur faisait subir. Elle gémit. Désireuse d'un contact plus direct, elle lui attrapa la main et le guida sous le coton léger de son corsage. Il ne lui en fallut pas plus. En moins d'une seconde, il avait dégrafé l'attache frontale du soutien-gorge et couvrait la peau nue de Jenna de ses paumes brûlantes.

Tout en la caressant, il titilla ses tétons à présent durs comme du diamant.

— C'est mieux comme ça ? murmura-t-il juste sous son oreille. Dis-moi si tu aimes ça ?

— Oh, mon Dieu… Oui !

C'était si bon qu'elle parvenait à peine à articuler.

Jenna rejeta la tête en arrière avec un gémissement de plaisir alors que la sensation s'inscrivait en elle de plus en plus fort. Brock continua à l'embrasser et à la caresser tout en lui enlevant lentement son corsage. Il mit autant de soin à la débarrasser de son soutien-gorge ouvert, en faisant glisser les bretelles le long de ses épaules puis de ses bras. Et soudain elle se retrouva à moitié nue devant lui. Elle eut bien l'envie instinctive de se couvrir pour masquer les cicatrices qui parsemaient son torse suite à l'accident et celle de son abdomen qui lui rappelait quotidiennement combien la naissance de Libby avait été difficile, mais cela ne dura qu'un instant.

Pas plus que le temps qu'il lui fallut pour lever les yeux et croiser le regard de Brock.

— Tu es belle, dit-il en lui prenant doucement les mains pour les éloigner de son corps avant qu'elle ait l'occasion de se sentir gauche ou gênée par son compliment ou le regard direct qu'il posait sur elle.

Elle ne s'était jamais vue comme particulièrement belle. Sûre d'elle et efficace, physiquement apte et forte. Ça, c'étaient des mots qu'elle comprenait et pouvait faire siens. Des mots qui l'avaient guidée tout au long de ses trente-trois ans de vie ou presque, et même au long de son mariage.

Mais belle ? Le terme lui paraissait aussi étranger que la langue bizarre qu'elle s'était entendue utiliser sur l'enregistrement vidéo de son séjour à l'infirmerie.

Brock, lui, était beau. Même s'il fallait reconnaître que c'était une façon étrange de décrire la force de la nature qui se tenait devant elle à cet instant.

Il n'y avait plus dans ses yeux la moindre trace du velours marron qui constituait d'ordinaire ses iris. Tout avait été dévoré par la lueur d'ambre qui chauffait à présent les joues de Jenna comme une flamme nue. Ses pupilles s'étaient réduites à des fentes étroites et ses joues étaient anguleuses, sa peau noire au grain parfait faisant ressortir ses longs crocs acérés et menaçants.

Ces yeux incandescents rivés sur elle, il enleva son tee-shirt et le laissa tomber à côté d'elle. Il avait un torse incroyable, véritable mur de muscles parfaitement dessinés que couvrait un motif intriqué de glyphes animés de pulsations colorées. Elle ne put résister à l'envie de toucher sa peau, juste pour voir si celle-ci donnait la même impression de satiné au toucher qu'à la vue. Elle était encore plus douce qu'elle ne l'avait imaginé, mais la force brute qu'elle recouvrait était indéniable.

Brock semblait tout aussi dangereux que lorsqu'il était venu à son secours en ville, mais au lieu d'irradier de froide animosité comme cette nuit-là, il vibrait à présent de quelque chose de très différent, bien que tout aussi agressif et intense, le désir. Et ce désir était entièrement dirigé vers elle.

— Tu es… Bon Dieu, Jenna ! lâcha-t-il d'une voix rauque en suivant son épaule du doigt avant de faire le tour d'un de ses tétons rose foncé. Tu n'as pas la moindre idée de combien tu es belle, n'est-ce pas ?

Elle ne répondit pas, ne sachant pas vraiment quoi dire. Au lieu de ça, elle se rapprocha et attira sa tête vers elle pour un nouveau baiser torride. Peau contre peau, ses seins pratiquement écrasés contre les pectoraux saillants de Brock, Jenna se consumait presque de désir. Son cœur se mit à battre la chamade et son souffle à s'accélérer tandis que Brock descendait la main pour déboutonner et faire glisser la fermeture Éclair de son jean. Et quand il glissa les mains entre la taille dégrafée de son pantalon et la peau de ses hanches, pour ensuite le faire descendre par-dessus sa culotte blanche, elle se mordit la lèvre inférieure.

Brock s'accroupit alors pour descendre le jean encore plus bas. Il y alla tout doucement au niveau de sa blessure, attentif à ne pas défaire le bandage qui enserrait sa cuisse.

— Est-ce que ça va ? demanda-t-il en levant les yeux vers elle, sa voix profonde si rauque qu'elle la reconnut à peine. Si ça fait mal, je peux aspirer la douleur.

Jenna secoua la tête.

— Ça ne fait pas mal, vraiment. Ça va.

La lumière ambrée de ses yeux s'estompa quand il les baissa pour retourner à sa tâche. Une fois le pantalon de Jenna ôté, il s'assit sur les talons et la regarda en faisant monter et descendre ses mains le long de ses jambes.

— Tu es belle, tellement belle, répéta-t-il, avant de venir poser les lèvres sur le triangle de coton blanc entre ses cuisses, seul vêtement qui la couvrait encore.

Jenna laissa échapper un soupir quand il attrapa le tissu entre ses dents et ses crocs. Avec un regard lourd de sens vers elle, lui caressant toujours les jambes, il tira sur le coton avant de le laisser claquer doucement en place contre sa chair surchauffée. Il le suivit de la bouche, l'embrassant de nouveau, avec plus de détermination cette fois, puis dégagea le mince bout de tissu vers le bas pour venir nicher son visage profondément dans son entrejambe.

Les mains posées fermement sur les fesses de Jenna, il se mit à l'explorer des lèvres et de la langue, dents et crocs venant effleurer la chair brûlante de son sexe. Il la débarrassa de sa culotte, puis lui écarta les jambes et revint à la charge. Il glissa alors une main entre ses cuisses, ajoutant l'habileté de ses doigts à l'expertise troublante de sa bouche. Jenna tremblait, perdue dans un monde de sensations et près d'éclater.

— Oh, mon Dieu, lâcha-t-elle, frissonnant sous l'effet de ses doigts rugueux qui la pénétraient lentement tandis que sa bouche ne faisait qu'exacerber son désir.

Elle se mit à se balancer contre lui, envahie par la chaleur.

— Oh, bon Dieu… Brock, ne t'arrête pas !

Il grogna contre son sexe, un long ronronnement de joie purement masculine qui se répercuta dans la chair et les os de Jenna jusqu'au plus profond d'elle-même. L'orgasme arriva sur elle comme un ouragan. Il la secoua violemment et s'empara d'elle pour l'enlever dans les airs. Elle explosait de plaisir, consciente de sensations brillantes comme de la poussière d'étoiles au-dessus d'elle alors qu'elle montait toujours plus haut, des vagues de joie pure la traversant l'une après l'autre.

C'est complètement détendue qu'elle revint doucement à la réalité. Détendue et épuisée, même si son corps continuait à vibrer de sensations. Et Brock l'embrassait et la caressait toujours, lui arrachant jusqu'au plus petit tressaillement restant tandis qu'elle serrait ses puissantes épaules et haletait sous l'effet de chaque petite réplique de jouissance.

— Je crois que j'avais bien besoin de ça, chuchota-t-elle, avant de tressauter sous l'effet de son gloussement contre sa chair à vif.

Il lui embrassa l'intérieur des cuisses, puis les mordilla et ses jambes se mirent à vaciller un peu. Elle se laissa aller en avant, retombant sur le large dos de Brock.

— Oh, mon Dieu. Je ne me doutais pas que j'en avais tellement besoin.

— Tu m'en vois ravi, déclara-t-il. Et je n'en ai pas fini avec toi.

Il se déplaça sous elle, l'entoura d'un bras et l'installa sur son épaule droite.

— Accroche-toi !

Elle n'avait pas le choix. Avant qu'elle comprenne ce qu'il allait faire, il s'était levé comme si elle n'avait été qu'un petit tas de plumes. Elle s'accrocha comme il le lui avait ordonné et ne put qu'admirer la puissance brute qui se dégageait de lui tandis qu'il rejoignait avec elle la chambre attenante, vêtu uniquement de son jean, les muscles de son dos se mouvant et se tendant à chaque enjambée, parfait ensemble de beauté formelle et de machinerie bien huilée.

Aucun doute là-dessus, il était beau.

Et le corps déjà électrique de Jenna se mit à grésiller d'une nouvelle chaleur quand elle se rendit compte qu'il la transportait directement au grand lit.

Il écarta le couvre-lit et le drap, puis la posa au bord du matelas. Avec un désir croissant, Jenna le regarda déboutonner son jean noir et l'enlever. Il ne portait rien dessous. Des glyphes intriqués parcouraient son torse et ses hanches étroites pour rejoindre ses cuisses musclées. Leurs couleurs, qui pulsaient et changeaient sans cesse, détournèrent brièvement le regard de Jenna de son érection.

Il s'avança vers elle dans toute la gloire de sa nudité ravageuse et elle déglutit. Même si ça paraissait impossible, l'éclat de ses yeux s'était encore intensifié, et ses crocs semblaient à présent immenses.

Il s'arrêta à côté du lit, se renfrognant alors qu'elle ne le lâchait pas du regard.

— As-tu peur de moi… dans cet état ?

Elle secoua légèrement la tête.

— Non, je n'ai pas peur.

— Si tu t'inquiètes d'une éventuelle grossesse…

Elle secoua de nouveau la tête.

— Les blessures internes que j'ai subies lors de l'accident se sont chargées de ça. Je ne peux plus tomber enceinte. De toute façon, j'ai cru comprendre que l'ADN des membres de la Lignée ne peut se mélanger à celui des humains.

— C'est juste, confirma-t-il. Et pour le reste, tu peux être tranquille avec moi. Il n'y a pas de maladies transmissibles chez nous.

Jenna hocha la tête.

— J'ai confiance en toi, Brock.

Ses traits se détendirent mais il resta immobile.

— Si tu n'es pas sûre… si ce n'est pas ce que tu veux, alors ce que je t'ai dit plus tôt est toujours valable. On peut s'arrêter à n'importe quel moment. (Il gloussa.) Je crois bien que ça risquerait de me tuer d'arrêter maintenant, alors que tu es tellement désirable là sur mon lit, mais je le ferais. Avec l'aide de Dieu, j'y arriverais.

Elle sourit, touchée de ce que quelqu'un de si puissant fasse preuve de tant d'honneur et d'humilité. Elle repoussa drap et couvre-lit plus loin pour lui faire de la place.

— Je ne veux pas arrêter.

Un large sourire se forma sur ses lèvres. En grognant, il s'avança et monta sur le lit à côté d'elle. Au début, ils se contentèrent de se toucher et de se caresser, s'embrassant tendrement, apprenant à connaître le corps de l'autre. Brock se montra patient, même si la tension qu'elle sentait dans son corps lui disait bien qu'il était tenaillé par le besoin de jouir à son tour. Il était doux et attentionné, la traitant comme une maîtresse adorée même s'ils étaient tombés d'accord sur le fait que cet épisode ne pouvait être qu'un événement sans importance et qu'il n'impliquait aucun lien sentimental entre eux.

Il paraissait incroyable à Jenna que cet homme qu'elle connaissait à peine, ce mâle de la Lignée qui aurait dû normalement la faire crever de trouille, puisse en fait lui être si familier, si intime même. Mais Brock était loin d'être un étranger pour elle. Il avait été à ses côtés pendant une épreuve cauchemardesque, puis de nouveau lors des jours qu'il lui avait fallu pour récupérer ici au complexe. Et il l'avait suivie le soir où elle s'était retrouvée seule et blessée en ville pour jouer son rôle d'improbable ange noir sauveur.

— Pourquoi as-tu fait ça ? demanda-t-elle calmement tout en suivant des doigts les dermoglyphes qui parcouraient ses épaules et son torse. Pourquoi es-tu resté avec moi en Alaska, et puis tous ces jours que j'ai passés à l'infirmerie ici ?

Il resta silencieux un moment, sourcils froncés au-dessus de ses yeux d'ambre.

— J'étais furieux de voir ce qui t'était arrivé. Tu étais une innocente prise entre deux feux. Tu es humaine. Tu n'as pas mérité de te retrouver au cœur de notre guerre.

— Je suis une grande fille. Je peux gérer ça, répliqua-t-elle, une réponse automatique, qui ne la convainquait plus elle-même. (Et ce particulièrement après les résultats inquiétants de ses dernières analyses de sang.) Et maintenant ? Je veux dire, ce que nous sommes en train de faire. Est-ce que ça fait aussi partie de ton protocole « soyons gentil avec la pauvre petite humaine » ?

— Non ! Bordel, non ! (Son froncement de sourcil s'accentua au point qu'elle se demanda si elle ne l'avait pas mis en colère.) Tu crois qu'il s'agit de pitié ? C'est l'impression que ça t'a donné ?

Il expira bruyamment et entrouvrit les lèvres pour laisser apparaître les extrémités pointues de ses crocs tout en faisant rouler Jenna sur le dos et en se positionnant à cheval sur elle.

— Au cas où tu ne l'aurais pas remarqué, je brûle pour toi, ma belle. Plus chaud et je ne serais plus que cendres !

Pour bien faire comprendre son argument il avança les hanches, vint poser son membre entre les plis du sexe de Jenna et balança le bassin d'avant en arrière deux ou trois fois, laissant son pénis la pénétrer pour l'exciter. Puis il cala un bras sous sa jambe, qu'il amena sur son épaule et tournant le visage vers sa cuisse, il vint lui en mordiller la peau tendre.

— Il s'agit de nécessité absolue, pas de pitié, poursuivit-il, la voix râpeuse, en la pénétrant lentement et profondément.

Jenna n'aurait pas pu trouver à lui répondre, même si elle avait essayé. La sensation extraordinaire qu'il lui procurait en l'emplissant et en la dilatant plus avant à chaque coup de rein était si forte qu'elle en avait le souffle coupé. Elle s'accrocha à lui des deux mains quand il vint prendre sa bouche pour un baiser ardent en continuant à se balancer au-dessus d'elle, imprimant un tempo infernal et exigeant à son corps.

Elle sentait déjà un nouvel orgasme arriver. Elle ne pouvait plus résister. Elle jouit furieusement, tous les sens éclatés, mais aussi affûtés. Elle sentit son sang se précipiter dans ses veines, le pouls furieux de Brock, aussi, qui tambourinait sous ses doigts et dans chacune de ses terminaisons nerveuses. Elle eut les oreilles soudain pleines de son cri de libération, avec en arrière-plan sonore le frottement de leurs corps contre le drap. Les odeurs de sexe, de savon et de sueur fraîche sur sa peau brûlante l'enivraient. Le goût de la bouche de Brock sur ses lèvres ne faisait qu'augmenter son désir.

Elle avait faim, d'une façon qu'elle ne comprenait pas.

Elle avait faim de lui, si intensément qu'elle avait l'impression que cela la tordait de l'intérieur.

Elle voulait le goûter. Goûter la puissance de ce qu'il était.

Pantelante après son orgasme, elle s'écarta de sa bouche. Il murmura un juron agressif, ses coups de rein devinrent plus intenses, les veines et les tendons ressortant sur son cou et ses épaules comme des câbles épais sous la peau.

Sans le lâcher, Jenna laissa sa tête retomber en arrière un moment, essayant de se perdre dans le rythme de leurs corps. Et de ne pas penser à l'appétence qui gagnait au plus profond d'elle-même, cet élan troublant et pourtant irrésistible qui ramenait sans cesse son regard vers le cou de taureau de Brock, vers les veines chargées de sang qui battaient comme des tambours de guerre à ses oreilles.

Elle colla le visage dans son cou puissant et fit courir sa langue sur le pouls battant qu'elle y trouva. Il grogna, une expression de plaisir qui ne fit qu'accroître l'incendie qui s'était déclenché en elle. Elle s'aventura un peu plus loin, refermant les dents sur sa peau. Il lâcha un juron bien senti, et elle mordit encore plus, consciente de la tension qui parcourait soudain le corps de Brock. Il était à la limite à présent, les bras raides comme du marbre de part et d'autre de Jenna, chacun de ses coups de rein plus marqué.

Elle serra plus fort encore la peau tendre entre ses dents.

Elle continua à mordre jusqu'à ce qu'il devienne frénétique, fou de passion…

Et jusqu'à ce qu'elle ait sur la langue le goût de la première goutte de son sang.

Chapitre 14

Il ne sut pas ce qui l'avait fait basculer alors qu'il fonçait vers l'orgasme, la chaleur de Jenna autour de son sexe ou sa soudaine morsure dans son cou.

Ensemble, les deux sensations s'avérèrent cataclysmiques.

Brock passa les mains dans le dos de Jenna et l'écrasa sous lui tandis que la pression montait et montait encore avant l'explosion finale. Crocs et dents découverts, il lança la tête en arrière avec un cri guttural en jouissant, fort, vite et longtemps.

Il n'avait jamais connu d'orgasme aussi intense. Et alors même que la sensation le parcourait, il fut impuissant à satisfaire son désir pour elle. Loin de là. Son sexe resta tendu en elle, continuant à aller et venir, comme obéissant à une volonté propre, tandis que le parfum à la fois franc et subtil du corps de Jenna se mélangeait à celui de son sang à lui.

Il alla poser la main à l'endroit où il sentait la brûlure de sa petite morsure. Ses doigts revinrent collants du sang qui ruisselait à présent sur sa poitrine.

— Seigneur, lâcha-t-il, la voix serrée de surprise et d'une excitation bien trop forte.

— Je suis désolée, murmura-t-elle, l'air horrifié. Je ne voulais pas…

Lorsqu'il regarda Jenna, la lueur ambrée de ses yeux transformés joua sur son joli visage avant de s'arrêter sur ses lèvres, ses somptueuses lèvres gonflées de baisers. Il y avait là aussi des traces luisantes de son sang.

Tout ce qu'il y avait de vampire en lui se concentra sur cette tache à la fois sombre et brillante, et il sentit une soif sauvage éclater en lui. Et ce fut encore pire quand elle vint effacer les traces écarlates du bout rose de sa langue.

La soif se mit alors à le tenailler. Il était déjà dangereux à cause de son désir sexuel et voilà que se déclenchait une autre faim. Il se retint, même si tous les élans sauvages qui l'animaient lui intimaient de prendre cette femme de toutes les manières dont les gens de sa race pouvaient le faire.

S'obligeant à calmer le jeu avant que les choses n'échappent encore plus à son contrôle, il se retira et balança les jambes par-dessus le bord du lit avec un juron. Le sol était froid sous ses pieds, glacé sous sa peau brûlante couverte de sueur. Lorsque Jenna lui posa légèrement la main sur le dos, ce contact le traversa comme la foudre.

— Brock, ça va ?

— Il faut que j'y aille, déclara-t-il, alors qu'il aurait préféré s'arracher la langue.

C'était horriblement difficile pour lui de quitter le lit avec Jenna si proche, si nue et si belle à quelques centimètres. Et qui en plus le touchait avec une inquiétude, certes inutile, mais pleine de douceur.

C'était pour elle qu'il avait proposé avec tant de bienveillance, persuadé qu'il était de tout contrôler parfaitement, ce rapport sexuel. En tout cas, c'était ce dont il s'était convaincu quand il l'avait embrassée dans le centre opérationnel des Compagnes de sang et avait compris combien de temps elle était restée seule, sans personne pour la toucher. Mais cela s'était avéré égoïste de sa part.

En fait, il l'avait désirée, et il s'était attendu qu'il suffise de la mettre dans son lit pour se la sortir de la tête, de la peau.

Il avait cru que cela se passerait comme lors de n'importe lequel de ses autres flirts agréables et sans complications avec des femelles humaines. Il n'aurait pas pu se tromper plus lourdement. Au lieu de calmer son attraction envers Jenna, lui faire l'amour n'avait qu'accru son désir d'elle. Il la voulait encore, et plus fort que jamais.

— Je ne peux pas rester, marmonna-t-il.

Cette affirmation était plus un encouragement qu'il se prodiguait qu'une explication destinée à Jenna. Sans la regarder, conscient qu'il serait incapable de trouver la force de s'en aller s'il le faisait, il se leva. Il ramassa son jean et l'enfila en hâte.

— Le crépuscule est proche. Il faut que j'aille voir les feuilles de route, que je prépare mes armes et mes munitions…

— C'est bon, tu n'as pas à te justifier, lâcha-t-elle derrière lui. Je n'allais pas te demander un câlin ou quoi que ce soit d'autre.

Il se retourna pour lui faire face. Il fut soulagé de ne lire ni jugement ni colère sur son visage, pas plus que dans le regard assuré qui s'accrocha au sien, mais il ne fut pas entièrement dupe de la rigidité soigneusement calculée de sa mâchoire. Elle était probablement destinée à la faire paraître endurcie, imperturbable… bref, à montrer l'assurance tranquille qui disait qu'elle ne renoncerait jamais devant la difficulté.

S'ils en avaient été à leur première rencontre, il aurait pu croire à ce regard. Mais ce qu'il vit à cet instant, ce fut la vulnérabilité qui se cachait derrière ce masque de « celle à qui on ne la faisait pas ».

— Ne crois surtout pas que tout ça ait été une erreur, Jenna. Je ne veux pas que tu regrettes ce qui vient de se passer.

Elle haussa les épaules.

— Qu'y aurait-il à regretter ? C'était juste un rapport sexuel.

Un rapport sexuel incroyable, à en perdre la tête, corrigea-t-il en son for intérieur, mais il se garda bien de faire part à Jenna de cette pensée, qui suffisait à l'exciter encore plus fort. Dieu, il allait lui falloir une douche bien froide, et vite. Ou alors une baignoire emplie de glace, à renouveler pendant une semaine.

— Ouais. (Il se racla la gorge.) Il faut vraiment que j'y aille maintenant. Si ta jambe ne te laisse pas tranquille, ou si tu as besoin de quoi que ce soit d'autre… n'importe quoi que je puisse faire pour toi, fais-le-moi savoir. D'accord ?

Elle hocha la tête, mais il comprit à la lueur de défiance dans son regard et à son menton légèrement relevé qu'elle ne lui demanderait jamais rien. Si elle avait hésité avant d'accepter son aide jusque-là, désormais elle serait bien décidée à refuser la moindre offre de sa part.

Et s'il s'était demandé si ce qui venait de se passer était une erreur, à présent il prenait la réponse en pleine face.

— On se verra plus tard, lança-t-il, avec le sentiment d'être aussi nul que l'était cette réplique finale.

Il n'attendit pas qu'elle lui jette de ne pas trop y compter ou autre chose d'encore plus lapidaire. Il tourna les talons et quitta la chambre en attrapant son tee-shirt au passage, avant de franchir la porte de l'appartement tout en se traitant de connard.

Avec un grognement de dédain pour elle-même, Jenna se laissa retomber sur le matelas alors que la porte se refermait sur Brock dans l'autre pièce. Elle avait toujours eu un don pour faire peur aux hommes, avec ou sans pistolet chargé en main, mais faire fuir un mâle formidable comme Brock – un vampire, bon Dieu, un vampire ! – en un sauve-qui-peut post-coït aurait dû lui valoir un prix quelconque.

Il avait dit qu'il ne voulait pas qu'elle croie que se retrouver nue avec lui avait été une erreur. Qu'il ne voulait pas qu'elle le regrette. Et pourtant l'expression qui se lisait sur son visage quand il l'avait regardée semblait contredire ces belles paroles. Quant à la façon qu'il avait eue de foutre le camp, elle ne laissait guère de doute non plus.

— Juste une baise, murmura-t-elle pour elle-même. Passe à autre chose.

Elle ne savait pas vraiment pourquoi elle se sentait piquée au vif et embarrassée à ce point. Elle aurait dû au moins éprouver de la reconnaissance pour la libération d'une frustration sexuelle considérable. À l'évidence, elle en avait eu bien besoin. Elle n'avait pas le souvenir d'avoir jamais été aussi excitée et d'avoir jamais perdu le contrôle à ce point. Et elle avait beau être repue, son corps vibrait toujours. Tous ses sens semblaient réglés sur une fréquence supérieure à la normale. Sa peau paraissait avoir une vie propre : sensible à l'excès, elle la picotait et paraissait trop serrée pour son corps.

Et puis il y avait le nœud de ses émotions. Elle était fortement troublée par cette curiosité encore vive qui lui avait fait mordre Brock, au point même de le faire saigner. Elle avait toujours sur la langue le goût étrange de ce sang, à la fois épicé et doux, aussi exotique et mystérieux que l'homme lui-même.

Elle eut l'impression passagère qu'elle aurait dû être horrifiée par ce qu'elle avait fait – d'ailleurs, elle l'avait été juste après –, mais alors qu'elle était allongée là, seule dans le lit de Brock, il y avait quelque chose en elle, une part sombre et torturée, qui en aurait voulu encore plus.

Mais à quoi penses-tu, bordel ? Elle devait être en train de perdre la boule pour avoir de telles pensées, sans parler de la façon dont elle avait suivi son instinct.

Ou peut-être ce qui la poussait était-il encore pire… ?

— Oh, merde ! lâcha-t-elle à haute voix.

Jenna se redressa dans le lit, prise soudain d'une inquiétude folle.

Sa formule sanguine et son ADN avaient commencé à se modifier du fait de l'implant qu'elle avait en elle. Et si ce n'étaient pas les seules choses à changer chez elle ?

La peur vissée au ventre, elle sauta à bas du lit et fila à la salle de bains, dont elle alluma toutes les lampes. Puis, penchée au-dessus de la console de marbre, elle retroussa sa lèvre supérieure, les yeux rivés sur le grand miroir.

Pas de crocs.

Merci, mon Dieu !

Le miroir ne lui renvoyait que son habituel reflet, celui de sa propre dentition très humaine et sans intérêt particulier. Mais elle n'avait jamais été aussi heureuse de poser les yeux dessus depuis le jour où on lui avait enlevé son appareil dentaire à l'âge de treize ans, époque difficile où, garçon manqué trop grand et trop dur, elle avait dû botter le cul à tout un tas de collégiens qui se permettaient de se moquer de sa « bouche d'acier » et de son premier soutien-gorge. Elle sentit monter en elle un rire de dérision quasi hystérique. Elle aurait pu s'éviter bien des efforts et des hématomes si elle avait eu l'occasion de confronter ses bourreaux de cour de récré à une paire de crocs effilés !

Elle laissa échapper un long soupir et s'appuya à la console. Elle avait l'air normale, c'était déjà ça, mais à l'intérieur elle était différente. Elle le savait, et elle n'avait pas besoin de voir le résultat des dernières analyses de sang effectuées par Gideon pour comprendre que quelque chose de très étrange se déroulait sous sa peau.

Dans ses os.

Dans le sang qui semblait se précipiter comme des coulées de lave dans ses veines.

Elle porta la main à sa nuque et passa les doigts sous ses cheveux à l'endroit où l'Ancien avait pratiqué son incision et implanté en elle son morceau de biotechnologie monstrueuse. La blessure avait guéri. Elle n'en sentait plus la moindre trace sur sa peau. Mais elle avait vu les radios ; elle savait qu'il était là, irradiant chaque jour plus loin dans sa moelle épinière et dans son système nerveux. Infiltrant jusqu'à son ADN.

Devenant petit à petit une partie d'elle-même.

— Oh, mon Dieu, murmura-t-elle, sentant une vague de nausée l'envahir.

À quel point sa vie pouvait-elle devenir encore plus troublée qu'elle ne l'était déjà ? Elle avait ce truc énorme à gérer et cela ne l'avait pas empêchée de coucher avec Brock. Mais, qui sait, peut-être justement avait-elle eu besoin de ça à cause de tout ce qu'elle avait eu à gérer d'autre ces derniers temps ?

Il n'était en tout cas pas question de rester là à se demander ce qu'il pouvait bien penser d'elle à présent. C'était parfaitement inutile, mais se le dire ne l'empêchait malheureusement pas de penser à lui.

Et tandis qu'elle enlevait le pansement de sa cuisse et ouvrait la douche, elle se dit qu'elle n'avait pas besoin de Brock ou de qui que ce soit d'autre pour l'aider à faire face aux épreuves qu'elle avait devant elle. Cela faisait bien longtemps qu'elle était seule. Elle savait ce que c'était de se battre, de traverser les mauvais jours sans aide extérieure.

Mais elle ne s'en appuyait pas moins sur le souvenir de la force de Brock, de la puissance apaisante de ses mains expertes et de ses mots tendres lui assurant qu'elle n'était pas seule, qu'avec lui elle était en sécurité.

— Je n'ai pas besoin de lui, chuchota-t-elle à la pièce vide. Je n'ai besoin de personne.

Il y avait un léger tremblement dans sa voix, un soupçon de peur qu'elle se reprocha immédiatement.

Elle inspira brusquement et lâcha un juron.

Puis elle entra dans la douche et ferma les yeux sous le jet d'eau chaude. Elle laissa la vapeur l'envelopper complètement et le rythme de l'eau couvrir les sanglots qui la secouaient doucement.

Brock n'aurait pas dû être surpris de se retrouver nez à nez avec l'un des autres guerriers, car la nuit approchait en surface et la plupart d'entre eux allaient bientôt partir en patrouille en ville. Mais, si on lui avait donné le choix, Sterling Chase aurait été probablement le dernier qu'il aurait accepté de rencontrer en sortant de la salle de douches, où il venait de passer une heure sous un jet d'eau glacée.

L'ex-Agent du maintien de l'ordre était en train de nettoyer ses pistolets et autres mitraillettes à une table de la salle d'armes. Il leva les yeux de son travail lorsque Brock passa, déjà vêtu de son treillis noir et de ses rangers, prêt à attaquer les missions de la nuit.

— Apparemment nous faisons équipe cette nuit, annonça Chase de sa voix traînante. Lucan envoie Kade et Niko à Rhode Island. Quelque chose à voir avec des renseignements récupérés par Reichen lors de son récent séjour en Europe. Ils partent dès le coucher du soleil.

Brock grogna. Lui et Chase, partenaires de patrouille ? Cette journée allait de mal en pis !

— Merci de m'en avoir informé. J'essaierai de ne pas te tuer par accident pendant qu'on cherchera les méchants.

Chase lui jeta un regard glacial.

— J'en ai autant à ton service.

— Merde, lâcha Brock. Lequel d'entre nous l'a mis de mauvais poil ?

Chase souleva un sourcil interrogateur sous ses cheveux blonds coupés ras.

— Lucan, précisa Brock. Je ne vois pas pourquoi il nous ferait faire équipe, si ce n'est pour mettre les points sur les « i » à l'un d'entre nous ou aux deux.

— En fait, c'est moi qui le lui ai suggéré.

Cet aveu n'améliorait pas vraiment les choses. Brock se figea, sourcils froncés par la suspicion.

— Tu as suggéré à Lucan de nous faire faire équipe ?

Chase hocha la tête.

— C'est bien ça. Prends-le comme une offre de paix. Je suis allé trop loin tout à l'heure à propos de toi et de l'humaine. Je n'aurais pas dû dire ce que j'ai dit.

Brock, incrédule, gardait les yeux rivés sur Chase, plus que prêt à en venir aux mains s'il décelait le moindre soupçon de duplicité chez le mâle arrogant qui lui faisait face.

— Laisse-moi te dire un truc, Harvard. Je ne sais pas trop à quel jeu tu joues, mais je te déconseille de te foutre de ma gueule.

— Je ne joue pas, répliqua Chase, le regard de ses yeux bleus impavide, clair et franc à la stupéfaction de Brock. La façon dont j'ai agi n'était pas digne de moi et je te prie de m'en excuser.

Brock se calma, levant toutefois le menton d'un air de défi tout en examinant la surprenante sincérité qui transparaissait dans les mots de Chase.

— D'accord, énonça-t-il lentement, attentif à ne pas se laisser amollir trop vite.

Il avait participé à suffisamment de missions avec Sterling Chase et l'avait assez vu opérer pour savoir que ce mâle pouvait être un vrai serpent, tant en combat armé qu'en paroles. Il était dangereux, et ce n'était pas parce qu'il lui tendait à présent la main en une trêve apparente que Brock ne devait pas se garder de lui tourner le dos.

— OK, murmura-t-il encore. Excuses acceptées, mec.

Chase hocha la tête et retourna à ses armes.

— À propos, cette coupure que tu as au cou saigne.

Brock grogna un juron et porta les doigts à la petite morsure que Jenna lui avait laissée. Il n'y avait là qu'une faible trace de sang, mais moins aurait encore été de trop pour échapper à un membre de la Lignée. Et, trêve ou non, c'était bien de Chase de ne pas laisser passer ça sans commentaire.

— Je serai prêt d'ici au coucher du soleil, déclara Brock, les yeux braqués sur la tête blonde penchée, qui ne trahit pas la moindre réaction en réponse, l'attention de Chase restant rivée sur le boulot étalé sur la table devant lui.

Brock pivota et rejoignit le couloir. Il n'avait pas eu besoin qu'on lui signale le témoignage de ce qui s'était passé entre lui et Jenna. Elle était restée présente à son esprit, régnant sur l'essentiel de ses pensées, depuis qu'il l'avait laissée dans son appartement.

Les excuses de Chase lui firent prendre conscience que lui aussi devait en faire.

Il ne voulait pas laisser les choses où elles en étaient restées avec Jenna. Il se demandait en effet s'il avait été parfaitement honnête dans la façon qu'il avait eue de la poursuivre de ses assiduités, en la rattrapant après qu'elle l'avait fui au bord des larmes. Certes, il lui avait ôté son chagrin grâce à son don, mais est-ce que ça ne l'avait pas rendue aussi plus à l'écoute du besoin qu'il avait lui-même d'elle ?

Malgré son fort désir d'elle, il n'avait pas eu l'intention de la manipuler pour la mettre dans son lit. Et, s'il l'avait séduite, il n'y avait eu aucun doute sur le désir de Jenna une fois les choses lancées. Il n'en fallait pas beaucoup à Brock pour revivre l'impression que lui avaient laissée les mains de Jenna sur sa peau, douces mais néanmoins exigeantes. Brûlante sur la sienne, sa bouche avait su donner et prendre, à le rendre fou. Et son corps l'avait accueilli comme un fourreau de satin, un souvenir qui suffisait à le faire bander de nouveau.

Et puis, quand il avait senti la pression de ses dents humaines sur sa gorge…

Oh, bon Dieu !

Il n'avait jamais rien connu d'aussi excitant.

Il n'avait jamais connu de femme aussi excitante que Jenna, et les éléments de comparaison ne lui manquaient pas vraiment, car il n'avait pas précisément vécu la vie d'un moine jusque-là. Les femelles humaines étaient depuis longtemps ses préférées, car elles constituaient une diversion plaisante sans risque d'attaches. Jamais il n'avait été tenté de passer plus de quelques nuits d'affilée avec ses maîtresses humaines. À présent, il se demandait s'il n'avait pas envisagé une relation avec Jenna Darrow sur les mêmes bases. Au fond de lui, il devait bien admettre qu'il avait espéré pouvoir la garder dans la même petite case si bien définie.

Mais désormais il était bien décidé à refermer le couvercle de son attirance pour elle et à la fuir tant qu'il le pouvait encore.

Restait le problème de l'état dans lequel il avait laissé les choses entre eux.

Même si elle était fâchée contre lui, et elle avait toutes les raisons de l'être, il voulait qu'elle sache qu'il était désolé. Pas pour le sexe, qui avait été si brûlant qu'il était surprenant qu'ils n'aient pas fini tous deux en cendres, mais pour être parti comme ça sans avoir le courage de revenir sur sa propre faiblesse par la suite. Il voulait rectifier le tir afin qu'ils puissent passer à autre chose.

Quelle autre chose, l'amitié ?

Bon Dieu, il n'était même pas sûr de savoir comment procéder. Il pouvait compter ses amis sur les doigts d'une main, et aucun d'entre eux n'était humain. Aucun n'était une femelle qui le mettait en feu rien qu'en se tenant dans la même pièce que lui.

Et malgré tout il se retrouva debout devant la porte de son ancien appartement, le poing fermé prêt à frapper. Ce qu'il fit doucement. Mais sans réponse.

Un instant, il se demanda s'il ne devrait pas tout simplement faire demi-tour et tout laisser tomber, effacer purement et simplement cet épisode avec Jenna en le considérant comme une erreur de jugement qu'il ne répéterait pas. Mais avant qu'il ait décidé quel serait l'affront le plus sévère, entrer sans y être invité ou se débiner de nouveau, il avait ouvert la porte.

L'appartement était plongé dans l'obscurité. Tandis qu'il le traversait sans faire de bruit, il sentit une odeur de shampooing et de la vapeur émanant de la salle de bains qui se dissipait dans l'air. Il entra dans la chambre, toujours sans aucun bruit. Jenna était allongée endormie dans son lit, couchée en chien de fusil en lui tournant le dos. Il alla jusqu'à elle et l'observa un moment en écoutant le rythme tranquille de sa respiration.

Il eut soudain très envie de se glisser à côté d'elle, mais il se contint, quoique très difficilement.

Les cheveux noirs de Jenna s'étalaient sur l'oreiller en mèches humides et brillantes. Il tendit la main, vint en soulever une du bout des doigts, attentif à ce que ce contact ne la dérange pas. Il lui faudrait attendre pour faire ses excuses. Peut-être même ne voudrait-elle pas les écouter ?

Ouais, peut-être que le mieux pour lui comme pour elle serait qu'il en reste désormais à des rapports strictement professionnels pour le temps qui restait à Jenna au sein du complexe. Aucun doute : c'était là l'attitude la plus raisonnable, le plan le plus sûr pour eux deux, mais tout spécialement pour elle. À trop s'approcher de quelqu'un dont on lui avait confié la protection, il risquait de manquer de rigueur dans son boulot.

Ça lui était déjà arrivé et une jeune femme pleine de vie en était morte. Il n'avait pas l'intention de mettre Jenna en danger de la même façon. Certes, elle était résistante et capable de se débrouiller, rien à voir avec l'innocente ingénue qui avait mis sa confiance en Brock et en avait payé le prix de sa vie. Mais tant qu'il serait chargé du bien-être de Jenna et de sa protection, il allait lui falloir la garder à distance. Il s'en faisait la promesse et il avait bien l'intention de la tenir.

Il y avait d'ailleurs peu de chances qu'elle ne soit pas d'accord, après la façon dont il avait tout gâché entre eux dans cette même pièce.

Il laissa la mèche humide retomber sur l'oreiller. Puis, sans un mot, sans un bruit, il s'écarta du lit et quitta l'appartement aussi discrètement qu'il y était entré… inconscient du fait que, dans le calme de la chambre, Jenna avait ouvert les yeux et que, retenant sa respiration, elle l'avait écouté fuir pour la deuxième fois de la journée.

Chapitre 15

— Terre à Jenna. Tout va bien pour vous ?

— Hein ? Oh ! Oui, oui, ça va.

S'arrachant aux pensées qui lui avaient ravi sa concentration toute la soirée, Jenna leva les yeux vers Alex. Ça durait depuis l'intrusion inattendue de Brock dans sa chambre quelques heures plus tôt. Pour ne rien dire de la fantastique séance de jambes en l'air qui avait précédé.

— J'imagine que j'ai la tête à autre chose.

— C'est bien pour ça que j'ai posé la question, répliqua Alex. Tu as été ailleurs dès le moment où tu es venue te mettre à table avec moi ici ce soir.

— Je suis désolée. Rien de grave. Tout va bien.

Jenna prit sa fourchette et se mit à jouer avec un morceau de saumon dans son assiette. Elle n'avait pas faim, mais quand Alex était venue la chercher pour un petit dîner à deux dans son appartement, Jenna n'avait pu nier qu'elle était heureuse de la compagnie que lui proposait sa meilleure amie. Elle aurait voulu prétendre, ne serait-ce que pour quelques heures, que les choses étaient toujours ce qu'elles étaient encore quelques semaines plus tôt en Alaska, avant qu'elle ait appris la corruption de son frère et sa mort, avant qu'elle ait su pour les vampires, les biotechnologies extraterrestres et les mutations d'ADN accélérées.

Avant qu'elle ait aggravé tous ses problèmes en couchant avec Brock.

— Coucou ! (De l'autre côté de la table, Alex la regardait par-dessus le bord de son verre de bière.) Pour ton information, tu remets ça, Jen. Qu'est-ce qui t'arrive ?

— J'imagine que tu veux « dire à part ce qui semble évident », répondit Jenna en poussant son assiette de côté et en se laissant aller sur le dossier de sa chaise.

Elle regarda intensément son amie, la personne la plus compatissante qu'elle ait connue, celle qui l'avait le plus soutenue, la seule, à part Brock, à lui avoir donné la force de traverser les pires épreuves de son existence. Jenna se rendait compte qu'elle devait à Alex plus qu'une façade de tranquillité factice. Sans compter le fait que son amie avait le don de repérer les craques grâce au détecteur de mensonge intégré qu'elle devait à son état de Compagne de sang.

Jenna prit une profonde inspiration et laissa échapper un soupir.

— Il y a eu un truc il y a quelques heures, un truc entre Brock et moi.

— Un truc… ?

Alex l'observa en silence pendant un moment, puis demanda en fronçant les sourcils :

— Tu veux dire que…

— Ouais, c'est exactement ce que je veux dire. (Jenna se leva et se mit à débarrasser son couvert.) J'étais seule dans la salle d'opération, après que tout le monde avait été se coucher. Brock est entré et nous avons commencé à discuter, puis à nous embrasser. La situation est devenue très vite très intense. Je ne crois pas que nous ayons prévu ça ni l'un ni l'autre.

Alex la suivit dans la cuisine.

— Toi et Brock, vous avez couché ensemble ? demanda-t-elle. Vous avez fait l'amour dans la salle d'opération ?

— Dieu, non ! Là, on s'est seulement embrassés. Contre la table de conférence. Nous n'avons fait l'amour que plus tard, dans son appartement. Ou, plutôt, mon appartement.

Jenna se sentit rougir. Elle n'avait pas pour habitude de discuter de sa vie intime, essentiellement parce que cela faisait longtemps qu'elle n'en avait plus eu. Et certainement jamais de rapport sexuel aussi explosif que celui qu'elle avait partagé avec Brock.

— Oh, bon Dieu, ne m'oblige pas à te donner tous les détails. Dis quelque chose, Alex…

Son amie la regardait, l'air un peu hébété.

— Je suis, euh…

— Choquée ? Déçue ? Tu peux me le dire, déclara Jenna, essayant de deviner ce que son amie devait penser d'elle.

Après tout, Alex savait à quel point elle avait évité tout ce qui pouvait ressembler à une relation suivie ou intime au cours des années qui avaient suivi l'accident. Tout ça pour finir au lit avec l'un des guerriers de l'Ordre qu'elle ne connaissait que depuis quelques jours.

— Tu dois penser que je suis pitoyable. Moi en tout cas je le pense !

— Non, Jenna ! (Alex la prit par les épaules, la forçant à la regarder.) Je ne pense rien de tout ça. Je suis surprise… quoique, après tout, pas tant que ça. Il était évident pour moi que ça passait entre toi et Brock, même avant qu'on t'amène ici dans le complexe. Et Kade m'a bien dit deux ou trois fois que Brock était très attiré par toi et qu'il se faisait du souci pour toi.

— Vraiment ? (Elle sentit sa curiosité naître malgré elle.) Il a parlé de moi à Kade. Quand ? Qu'est-ce qu'il a dit ?

Elle se sentit soudain comme une adolescente tentant d'en savoir plus sur un beau mec aperçu dans la cour.

— Oh, mon Dieu… Laisse tomber. Je ne veux pas savoir. Ça n'a aucune importance. Ce qui s'est passé entre nous ne veut rien dire. En fait, j'aimerais autant tout oublier à ce sujet.

Si seulement ç'avait été aussi simple de ne plus y penser.

Le regard d'Alex était tendre et ses mots furent prudents.

— Est-ce que c'est aussi ce que Brock pense ? Que faire l'amour ne voulait rien dire ? Que vous devriez faire comme si rien ne s'était passé ?

Jenna repensa aux moments incroyablement passionnés qu'ils avaient partagés et aux mots tendres qu'avait prononcés Brock ensuite. Il lui avait dit qu'il ne voulait pas qu'elle regrette quoi que ce soit. Qu'il ne voulait pas qu'elle considère ça comme une erreur. Des mots gentils et attentionnés offerts à peine quelques instants avant qu'il fuie la chambre en la laissant assise seule et en pleine confusion.

— Nous sommes tombés d'accord dès le début que ça ne mènerait nulle part en particulier, que ça ne supposait pas le moindre lien entre nous, s'entendit-elle murmurer en se détournant pour débarrasser d'autres assiettes.

Elle ne voulait pas penser aux moments merveilleux passés dans les bras de Brock, ni à la soif troublante qu'il avait déclenchée en elle.

— Ce n'était rien que du sexe, Alex, et juste l'affaire d'une fois. Je veux dire, ce n'est pas comme si je n'avais à me soucier de rien d'autre de plus important, n'est-ce pas ? Je ne vais pas tout rendre plus compliqué en m'impliquant dans une relation avec lui, qu'elle soit physique ou autre.

Son argument lui sembla intelligent et raisonnable. Quant à savoir si c'était son amie qu'elle essayait de convaincre, ou bien elle-même, elle n'en savait trop rien.

Alex sortit de la cuisine derrière elle.

— Je pense que tu tiens déjà à lui, Jen. Je pense que Brock est devenu important pour toi et que ça te terrifie.

Jenna pivota sur elle-même, frappée d'entendre prononcée à haute voix la vérité toute nue.

— Je ne veux pas ressentir quoi que ce soit pour lui. Je ne peux pas, Alex.

— Est-ce que ce serait si terrible si c'était le cas ?

— Oui, répliqua Jenna avec force. Ma vie est assez incertaine comme ça. Ce serait complètement stupide de ma part de tomber amoureuse de lui, non ?

Alex sourit avec compassion.

— Je pense que tu pourrais faire pire. Brock est un homme bien.

Jenna secoua la tête.

— Mais il n'est même pas complètement humain, soit dit en passant au cas où toi ou moi serions tentées d'oublier ce détail. Quoique je devrais probablement remettre en question ma propre humanité, vu la façon dont je l'ai mordu cet après-midi.

Alex ouvrit de grands yeux.

— Tu l'as mordu ?

Comme il était trop tard pour revenir sur ce qu'elle venait de laisser échapper, Jenna se tapota le côté du cou avec un doigt.

— Quand nous étions au lit. Je ne sais pas ce qui m'a pris. J'imagine que je me suis laissé emporter, et je l'ai tout simplement… mordu. Assez fort pour qu'il saigne.

— Oh, murmura Alex en observant son amie. Et quelle impression est-ce que ça t'a fait ?

Jenna laissa échapper un petit soupir.

— Ç'a été un truc de folie, une impulsion. Et ç'a été très gênant, si tu veux tout savoir. Brock a dû être aussi de cet avis, car il a filé sans demander son reste.

— Est-ce que tu as reparlé avec lui depuis ?

— Non, et j'espère ne pas avoir à le faire. Comme je le disais, il vaut probablement mieux pour lui comme pour moi que nous oubliions cette histoire.

Mais tout en disant ça, elle ne put s'empêcher de repenser à l'instant où elle s'était rendu compte qu'il était revenu dans la chambre après qu'elle s'était douchée et mise au lit. Comme elle avait espéré l'entendre lui parler, quoi qu'il ait pu dire, pendant les quelques minutes si tranquilles qu'il avait passé à la regarder dans le noir, certain qu'elle dormait et ne savait pas qu'il était là.

Et à présent, alors qu'elle venait d'essayer de persuader Alex, et de se persuader elle-même, qu'elle maîtrisait la situation avec Brock, le souvenir de leur étreinte passionnée lui fouettait les sangs.

— Ç'a été une erreur, murmura-t-elle. Je ne vais pas encore aggraver la situation en imaginant que ç'a été autre chose. Tout ce que je peux faire maintenant, c'est m'arranger pour que ça ne se répète pas.

En s'entendant parler, elle trouva qu'elle avait l'air si sûre d'elle qu'elle fut certaine que son amie la croirait. Mais lorsqu'elle regarda Alex – sa meilleure amie, qui avait été auprès d'elle lors de ses plus grands bonheurs comme lors des pires tragédies qui l'avaient frappée –, elle lut dans ses yeux une compréhension amusée.

— Allez, Jenna. Finissons de débarrasser, et puis nous irons voir comment Dylan et les autres s'en sortent avec leurs enquêtes.

— Ça fait presque une demi-heure qu'on poireaute là, mec. Je ne pense pas que ton gars finisse par se montrer.

Brock, qui était assis au volant de la Rover à l'arrêt, tourna la tête vers Chase.

— Combien de temps est-ce qu'on est censés attendre ce connard ?

Chase parcourut du regard le parking de Dorchester vide et couvert de neige où devait avoir lieu le rendez-vous avec l'un de ses contacts au sein de l'Agence du maintien de l'ordre.

— Il a dû se passer un truc. Mathias Rowan est un type bien. Il ne m'a jamais posé de lapin. Laissons-lui encore quelques minutes.

Brock laissa échapper un grognement d'impatience et monta le chauffage du 4 × 4. Il n'avait pas été enthousiaste à l'idée de faire équipe avec Chase pour la patrouille nocturne, mais il l'était encore moins à celle que leur boulot en ville inclue une rencontre avec l'un des membres de l'organisation de la Lignée chargée de fait du maintien de l'ordre. L'Agence et l'Ordre nourrissaient depuis longtemps une méfiance mutuelle, due principalement à un désaccord sur le travail de police et les sanctions à appliquer aux contrevenants au sein de la nation vampire.

Brock aurait été incapable de dire si l'Agence du maintien de l'ordre avait jamais été efficace, car cela faisait belle lurette que cet organisme était devenu beaucoup plus politique que quoi que ce soit d'autre et que sa façon de traiter les problèmes faisait essentiellement appel au cirage de bottes et à la langue de bois, deux méthodes complètement absentes du manuel de l'Ordre.

— Bordel, je hais l'hiver, murmura Brock alors que les quelques flocons qui étaient tombés jusque-là se transformaient en chute de neige abondante. Une bourrasque de vent glacé vint percuter le flanc du véhicule en hurlant à travers le parking désert.

À dire le vrai, la mauvaise humeur de Brock avait beaucoup à voir avec la façon dont il avait tout gâché avec Jenna. Il ne pouvait s'empêcher de se demander comment elle allait et ce qu'elle pouvait bien penser. Il aurait voulu savoir si elle le méprisait, ce qu'elle aurait parfaitement été en droit de faire. Il attendait avec impatience que la mission en cours s'achève afin de rentrer au complexe et de vérifier par lui-même qu'elle allait bien.

— Ton Rowan a intérêt à ne pas se foutre de notre gueule, grommela-t-il. Je n'ai pas l'habitude de rester assis à me geler le cul pour n'importe qui, et encore moins pour un matamore condescendant de l'Agence.

Chase lui glissa un regard lourd de sens.

— Que tu le croies ou non, il y a quelques types bien à l'Agence, et Mathias Rowan est l'un d'entre eux. Ça fait maintenant des mois qu'il est mes yeux et mes oreilles là-bas. Si on veut avoir une vraie chance de détecter les alliés éventuels de Dragos au sein de l'Agence, on a besoin de Rowan dans notre camp.

Brock hocha la tête d'un petit coup sec et se laissa aller sur son dossier pour reprendre l'attente. Chase avait probablement raison en ce qui concernait son vieil allié. Peu nombreux devaient être les membres de l'Agence du maintien de l'ordre prêts à admettre qu'il y avait des failles dans les fondations de leur organisation, des failles qui avaient permis à un cancer comme Dragos d'opérer en secret au cœur de l'Agence pendant des décennies. Dragos s'était caché derrière un alias, accumulant pouvoir et informations, recrutant un nombre inconnu de disciples prêts à tuer pour lui, et à mourir pour lui le cas échéant. Avant que l'Ordre ne le démasque quelques mois plus tôt, suite à quoi il était passé à la clandestinité, il était même parvenu à l'un des postes de direction de l'Agence.

Même si Dragos avait quitté l'Agence, l'Ordre était certain qu'il n'avait pas coupé tous les liens qu'il avait avec elle. Il restait sûrement des Agents qui continuaient à partager ses dangereux desseins et à faire partie de la conspiration, se dissimulant sous plusieurs couches administratives qui empêchaient Brock et les autres guerriers de venir les déloger en force.

L'un des principaux objectifs assignés à Chase depuis la fuite de Dragos avait été de commencer à soulever ces couches à l'Agence. Pour s'approcher de Dragos, il faudrait que l'Ordre s'approche de ses lieutenants sans déclencher la moindre alarme. Un seul faux pas risquait de le conduire à se terrer encore plus profondément.

L'opération, tout ce qu'il y avait de plus secrète, était rendue encore plus délicate par le fait que les meilleurs espoirs de l'Ordre reposaient dans les mains instables de Sterling Chase et dans sa confiance en un vieil ami dont il était le seul à garantir la loyauté.

Sur le tableau de bord côté passager, le portable de Chase se mit soudain à vibrer.

— Ça doit être Rowan, dit ce dernier en répondant. Ouais. On t'attend. Tu es où ?

Brock regardait la neige virevolter de l'autre côté du pare-brise tout en écoutant la moitié d'une conversation qui ne paraissait pas chargée de bonnes nouvelles.

— Ah, putain… Y a des morts ?

Chase se tut un instant, puis lâcha un juron à voix basse. Devant le regard interrogateur de Brock, il expliqua la situation.

— Il a dû répondre à un appel. Un gosse d'un Havrobscur a laissé une discussion s'envenimer pendant une fête. Il y a eu un échange de coups, suivi d'un repas de sang dehors dans la rue. Un humain est mort et un autre s'est enfui à pied, en sang.

— Seigneur, murmura Brock.

Un humain mort et un repas de sang dans un espace public, ce n'était déjà pas triste, mais un témoin dans la nature… Il n'était pas difficile d'imaginer l'hystérie qu'un humain blessé pouvait provoquer en hurlant « vampire » partout à la ronde. Sans parler de ce que ce même humain en sang risquait de déclencher chez les membres de l'espèce de Brock.

Le parfum des globules rouges frais serait une véritable balise pour tous les membres de la Lignée présents dans un rayon de trois kilomètres. Et qu'à Dieu ne plaise qu'il y ait encore des Renégats en ville. Le moindre effluve émanant d'une blessure ouverte suffisait à lancer ces déchets de la nation vampire accros au sang dans une chasse à l'homme frénétique.

Les traits de Chase s'étaient crispés.

— Dis-moi que tes types ont coincé le fuyard, reprit-il au téléphone.

Au juron qui suivit, Brock comprit que la réponse était négative.

— Bordel, Mathias. Tu sais aussi bien que moi que nous devons récupérer cet humain. Si tu as besoin de rameuter la division de Boston dans son entier pour ça, eh bien fais-le. Qui y a-t-il d'autre de l'Agence avec toi, là ?

Brock observait et écoutait Chase au téléphone, voyant apparaître un aspect de son coéquipier qu'il ne connaissait pas. L'ancien Agent se montrait froid et directif, logique et précis. La tête brûlée aux actes imprévisibles à laquelle Brock s'était habitué au sein de l'Ordre semblait avoir cédé la place à un chef tranchant et capable à côté de lui dans la Rover.

Il avait entendu dire que Chase avait été l'un des jeunes prodiges de l'Agence avant de rejoindre l'Ordre, même si Brock n'y croyait pas une seconde après l'année qu'il avait passée à travailler à ses côtés. À présent, il sentait un nouveau respect grandir en lui pour l'ex-Agent, ainsi qu'une vraie curiosité quant à l'autre aspect du personnage, plus sombre, qui ne semblait jamais loin de la surface.

— Où es-tu, Mathias ? (Tout en parlant à son contact de l'Agence, Chase fit signe à Brock de démarrer.) Écoute, tu me laisses m'inquiéter de savoir s'il faut que l'Ordre s'occupe de cette histoire ou non. Je ne te demande pas la permission et toi et moi n'avons jamais eu cette conversation, vu ? On en reparle quand j'arrive. On est déjà en route.

Brock rejoignit la rue et suivit les indications de Chase, qui venait d'interrompre les protestations audibles de Mathias Rowan avant de fourrer le portable dans sa poche de manteau. Ils filaient vers le centre-ville et les quais du port industriel, où les jeunes noctambules, humains comme vampires, se retrouvaient pour des raves de fin de nuit et des after plus confidentielles.

Ils n'eurent aucun mal à trouver la scène du meurtre. Deux berlines étaient garées le long d'un entrepôt. Plusieurs mâles de la Lignée en costume et manteau noirs se tenaient devant une grande forme immobile allongée dans la neige sale du terrain qui jouxtait l'entrepôt.

— Ce sont eux, dit Chase. Je reconnais la plupart d'entre eux.

Brock tourna, observant le groupe alors que toutes les têtes se tournaient vers le véhicule approchant.

— Ouais, c'est bien eux, lâcha-t-il en jaugeant les Agents d'un regard. Inutiles et désemparés. Lequel est Rowan ?

Il aurait pu s'épargner la question. À peine venait-il de la poser que l'un des membres du groupe se détacha des autres pour venir vers eux d'un bon pas tandis qu'ils sortaient de la Rover. L'Agent Mathias Rowan était aussi grand et aussi large que n'importe lequel des guerriers de l'Ordre et ses fortes épaules ressortaient sous le lourd manteau de laine noire taillé sur mesure. Ses yeux vert clair brillaient d'intelligence et d'irritation et il avait le visage tendu.

— On a cru comprendre que vous autres à l'Agence vous aviez un petit problème ce soir, déclara Chase en prenant soin de parler assez fort pour que le reste des Agents l'entende aussi bien que Rowan. On s'est dit que vous pourriez avoir besoin d'un coup de main.

— Tu es complètement malade, ou quoi ? grogna Rowan à voix basse à l'intention de Chase. Tu dois bien savoir que n'importe lequel de ces Agents préférerait t'arracher les jambes que de te voir mettre les pieds dans leur enquête.

— Ah ouais ? rétorqua Chase avec un sourire provocateur. La nuit n'a pas été très riche en événements jusqu'ici. Ça pourrait être cool de les laisser tenter l'aventure.

— Chase, bordel, reprit Rowan toujours à voix basse. Je t'ai dit de ne pas venir.

— Il fut un temps où c'était moi qui donnais les ordres et toi qui les exécutais, Mathias, grommela Chase.

— Ce n'est plus le cas. (Rowan fronçait les sourcils mais il n'y avait aucune animosité dans son regard.) Nous avons lancé trois Agents à la poursuite du fuyard ; ils vont le retrouver. Le bâtiment a été évacué de tous les humains présents et tous ceux susceptibles d'avoir été témoins de quelque chose ont vu leur mémoire nettoyée de toute la nuit. Tout est maîtrisé.

— Tiens, tiens… ce putain de Sterling Chase !

L'apostrophe méprisante portait sur la bise à travers le terrain industriel envahi par les flocons depuis l'endroit d'où deux des autres Agents venaient de quitter le groupe pour les rejoindre.

Chase plissa les yeux, le regard rivé sur le grand mâle qui précédait l'autre.

— Freyne, grogna-t-il, crachant le nom comme s'il n'en supportait pas le goût. J'aurais dû savoir que ce connard serait là.

— Vous interférez dans une mission officielle de l'Agence, dit à ce moment-là Mathias Rowan, à haute et intelligible voix à présent, de façon que tout le monde l'entende bien.

Il jeta un regard d'avertissement à Chase, mais continua à s'adresser à lui avec l'arrogance qui semblait faire partie du paquetage des membres de l'Agence du maintien de l'ordre comme leurs costumes à la mode et leurs souliers vernis.

— Cet incident ne concerne pas l'Ordre. C'est une affaire de Havrobscur et nous maîtrisons la situation.

Avec un sourire carnassier en direction des deux nouveaux arrivants, Chase fit le tour de son ami en ne lui accordant guère plus qu'un regard de côté. Brock le suivit, muscles bandés, prêt au combat en constatant la menace qui émanait des deux Agents venus les affronter.

— Seigneur, c'est bien toi, dit celui qui s'appelait Freyne, les lèvres retroussées en un rictus. Et moi qui pensais qu'on ne te verrait plus après que tu eus descendu ton Renégat de neveu l'an dernier.

Brock se tendit, pris au dépourvu par le commentaire et sa cruauté délibérée. Il ressentit une indignation violente, mais Chase ne sembla pas surpris par ce rappel sans cœur. Il ignora la raillerie, un effort qui dut lui demander un self-control incroyable à en juger par la façon dont il serra les mâchoires en dépassant ses anciens collègues pour rejoindre la scène du meurtre.

Brock resta à la hauteur de Chase, traversant les tourbillons de neige, passant à grandes enjambées à côté d'une berline où attendait le jeune vampire qui s'était laissé aller à sa soif de sang. Brock sentit le poids du regard du gamin de Havrobscur tandis qu'ils dépassaient la voiture, leur image se réfléchissant dans la vitre, deux mâles lourdement armés en treillis noirs et longs manteaux de cuir, à l'évidence des membres de l'Ordre.

Devant l'entrepôt, à l'endroit où avait eu lieu la lutte, la neige était écarlate. On venait de mettre le corps sans vie de l'humain assassiné dans une housse mortuaire et on était en train de le charger dans un autre véhicule de l'Agence garé à proximité. Le sang, mort, n'était plus d'aucune utilité, mais son odeur cuivrée était toujours puissante dans l'air glacé et Brock sentit ses gencives le titiller là où ses crocs commençaient à poindre.

Derrière eux, des pas crissèrent dans la neige et le gravier. Freyne se racla la gorge, apparemment incapable d'en rester là.

— Tu sais, Chase, je vais être franc avec toi. Personne ne peut te reprocher d'avoir descendu le gosse.

— Agent Freyne, intima Mathias Rowan.

Mais son avertissement resta ignoré.

— Ce n'est pas comme s'il ne l'avait pas cherché, hein, Chase ? Je veux dire, merde, après tout le gamin était un Renégat, et il n'y a qu'un bon moyen de traiter cette engeance, le même que pour un chien enragé.

Chase semblait tout aussi déterminé à ne pas réagir que l'autre à le provoquer.

— Par ici, dit-il à Brock en lui montrant du doigt une trace constituée de grosses éclaboussures qui s'éloignait de la scène du crime.

Brock hocha la tête. Il avait déjà repéré le chemin emprunté par le fuyard. Et bien qu'il eût voulu sauter au cou de l'Agent Freyne, histoire de lui faire ravaler sa suffisance d'un cran ou deux, si Chase avait choisi de l'ignorer, il ferait son possible pour en faire autant.

— Il semble bien que notre homme ait filé vers les quais.

— Ouais, acquiesça Chase. Mais à en juger par la quantité de sang qu'il perd, il est trop faible pour aller bien loin.

L'épuisement l'empêchera de faire plus de quelques centaines de mètres.

Brock regarda Chase.

— Ce qui veut dire que si la zone a été balayée et qu'on n'a encore trouvé personne…

— … il doit se cacher quelque part non loin d'ici, acheva Chase.

Ils étaient sur le point de partir en chasse quand Freyne gloussa derrière eux.

— Si tu veux mon avis, loger une balle dans le crâne du gosse relevait d'un acte de miséricorde. Mais on peut se demander si sa mère a ressenti les choses de la même façon… vu que tu as tué son fils sous ses propres yeux.

Chase se figea. Brock lui jeta un coup d'œil et vit un muscle battre dangereusement dans sa mâchoire crispée.

Tandis que le reste du petit groupe s'écartait, Mathias Rowan, tremblant de colère, vint se placer devant son Agent.

— Bon Dieu, Freyne, je t'ai dit de la fermer. C'est un ordre !

Mais le fils de pute n'avait pas l'intention d'en rester là. Il fit le tour de son supérieur hiérarchique et fit directement face à Chase.

— C'est Élise que je plains le plus. Cette pauvre femme si douce. Déjà qu'elle avait perdu ton frère Quentin, victime du devoir, il y a toutes ces années, voilà que tu lui tues son fils devant elle. Rien d'étonnant à ce qu'elle ait cherché un réconfort, même parmi ces brutes de l'Ordre. (Freyne produisit un son obscène avec la gorge.) Une belle femelle qui aurait pu mettre dans son lit n'importe quel mâle. J'y aurais bien goûté moi-même. Je suis d'ailleurs surpris que tu ne l'aies jamais fait.

Chase laissa échapper un rugissement qui fit trembler le sol et se précipita sur Freyne si vite que Brock lui-même ne put suivre son mouvement des yeux. Les deux grands mâles allèrent s'écraser dans le gravier et la neige, Freyne coincé sous Chase qui lui martelait le visage d'une pluie de coups.

L'Agent répliqua mais il n'était pas de taille face à la rage de Chase. Les voyant lutter de près, Brock se dit qu'il n'était pas sûr que qui que ce soit ait pu résister à la fureur sauvage qui semblait s'échapper de Chase tandis qu'il assenait coup après coup à son adversaire.

Aucun des autres Agents ne fit le moindre geste pour tenter de mettre un terme à l'altercation, Mathias Rowan moins que tout autre. Il resta là, silencieux, stoïque, et le reste de ses subordonnés semblaient calquer leur attitude sur la sienne. Ils auraient laissé Chase tuer Freyne mais, que ce dernier l'ait mérité ou non, Brock, lui, ne pouvait se permettre de laisser le combat aller jusqu'à un terme trop prévisible.

Il fit un pas en avant et posa une main sur l'épaule de son collègue guerrier.

— Chase, mon vieux. Ça suffit.

Chase continua à pilonner le visage de son ennemi, même si celui-ci avait cessé de lutter. Les crocs immenses, les yeux brillant de l'ambre de sa fureur, Chase ne semblait pas vouloir, ou pouvoir, calmer la bête en lui.

Alors que son poing en sang reculait avant de frapper encore une fois, Brock l'attrapa dans ses mains et le retint de toutes ses forces, refusant de laisser le marteau retomber. Chase tourna un regard sauvage sur lui et lâcha un juron furieux.

Brock secoua lentement la tête.

— Allons, Harvard. Lâche-le maintenant. Il ne mérite même pas de mourir, pas comme ça.

Chase lui jeta un regard dur et retroussa les lèvres sur ses crocs. Il poussa un grognement animal puis revint au mâle ensanglanté et crachotant qu'il maintenait toujours sous lui à moitié inconscient dans la neige boueuse.

Brock sentit Chase relâcher un peu le poing qu'il lui avait bloqué.

— C'est ça, mec. Tu vaux mieux que ça, mieux que lui.

Un portable sonna à proximité. Du coin de l'œil, Brock vit Rowan porter le sien à l'oreille et se détourner pour prendre l'appel. Chase continuait d'écumer, toujours dangereux, pas encore prêt à laisser aller Freyne.

— Ils l'ont eu, annonça l'Agent Rowan, dont la déclaration tranquille fit baisser un peu la tension ambiante. Deux de mes Agents ont trouvé le fuyard caché sous un camion de livraison sur les quais. Ils ont nettoyé sa mémoire de ce dont il a été témoin et vont le larguer près d'un hôpital de l'autre côté de la ville.

Brock acquiesça.

— Tu entends ça, Chase ? C'est fini. On en a terminé ici.

Il lâcha le poing de Chase, lui faisant confiance pour ne pas laisser son animosité reprendre le dessus avec Freyne ou les autres Agents toujours rassemblés autour d'eux à les regarder avec anxiété sans rien dire.

— Lâche-le, Chase, cette histoire est terminée.

— Pour le moment, finit par maugréer Chase d'une voix rauque et sinistre. Il renifla et secoua l'épaule pour que Brock enlève la main qu'il y avait posée. Toujours sous l'emprise de sa fureur, il envoya un dernier coup dans le visage de Freyne avant de sauter sur ses pieds.

— La prochaine fois que je te vois, gronda-t-il, tu es un homme mort.

— Allez, Harvard.

Brock l'entraîna loin du site de la bagarre, conscient du regard lourd de sous-entendus que leur jetait Mathias Rowan tandis qu'ils rejoignaient la Rover.

— Et voilà pour les relations diplomatiques avec l'Agence, mon vieux !

Chase ne répondit rien. Il suivait Brock deux pas derrière lui, la respiration saccadée, le corps irradiant d'agressivité.

— J'espère que nous n'aurons pas besoin de ce pont, là derrière nous, parce que j'ai bien peur que tu ne viennes de le brûler, dit Brock alors qu'ils atteignaient leur véhicule.

Chase ne répliqua pas. Tout était calme derrière Brock. Trop calme, en fait.

Il se retourna. Il n'y avait plus personne derrière lui. Chase était parti, disparu sans excuse ni explication dans la nuit enneigée.

Chapitre 16

Une paire d'heures après son dîner avec Alex, Jenna se retrouva dans la salle d'opération des Compagnes de sang, assise à la table même contre laquelle Brock et elle avaient ouvert une porte qu'aucun des deux n'avait probablement été préparé à franchir. Mais elle essayait de ne pas y penser. Elle essayait de ne pas penser à la bouche sensuelle de Brock contre la sienne, à ses mains expertes, qui lui avaient donné un plaisir si intense tout en la débarrassant de son chagrin et de ses inhibitions.

À la place, elle focalisait son attention sur la discussion en cours entre les femmes de l'Ordre réunies dans la pièce pour faire le point sur leur mission de localisation des captives de Dragos. Seule Tess manquait à l'appel, car la Compagne de sang enceinte s'était apparemment fait excuser pour se reposer dans l'appartement qu'elle partageait avec Dante, où elle tenait par la même occasion compagnie à la petite Mira.

— Elle ne se sent pas mal, n'est-ce pas ? demanda Alex. Vous ne pensez pas que le bébé puisse être en avance ?

Posant les coudes sur la table, Savannah secoua doucement la tête.

— Tess dit qu'elle va très bien, qu'elle est juste un peu fatiguée. Ce qui est compréhensible. Elle n'est plus qu'à quelques semaines de son terme.

Elle avait prononcé cette dernière phrase d'un ton hésitant et son regard dériva lentement vers Jenna, qui lut dans ses yeux une curiosité silencieuse. C'est alors que Jenna se rendit compte que Savannah avait à présent les paumes appuyées sur la table. Ses minces sourcils noirs remontèrent légèrement et il fut soudain évident à son demi-sourire que son don de psychométrie venait de lui raconter, sans aucun doute dans les plus petits détails, le baiser passionné que Jenna et Brock avaient partagé à l'endroit même.

Quand elle vit que Jenna commençait à détourner la tête, embarrassée, Savannah esquissa un sourire amusé et lui fit un petit signe de tête comme pour dire qu'elle l'approuvait.

— Vous savez que Dante a ouvert les paris sur la date de l'accouchement, intervint Dylan. Rio et moi avons misé sur un bébé de Noël.

Renata secoua la tête et les mèches folles de sa chevelure noire s'agitèrent autour de son menton.

— La nuit de la Saint-Sylvestre, vous verrez. Le fils de Dante ne raterait jamais une occasion de faire la fête.

À l'autre bout de la table, Gabrielle se mit à rire.

— Lucan n'admettra jamais qu'il est tout excité à l'idée d'un bébé dans le complexe, mais je sais de source sûre que cinq dollars ont été misés il y a peu sur le 20 décembre.

— Est-ce que cette date correspond à quelque chose de spécial ? demanda Jenna, prise par l'excitation générale et sincèrement désireuse d'avoir une réponse à sa question.

— C'est son anniversaire, dit Élise en riant à son tour. Et Tegan, lui, a misé cent dollars sur le 4 février, tout en sachant très bien qu'il n'avait aucune chance.

— Le 4 février, répéta Savannah, hochant calmement la tête d'un air entendu.

Élise afficha un sourire tendre et nostalgique.

— La nuit où Tegan m'a trouvée en train de donner la chasse à des Renégats dans Boston et a tenté de me retenir.

Dylan tendit la main et vint presser celle d'Élise.

— Et le reste, comme on dit, appartient à l'histoire.

Tandis que le bavardage sur le quotidien cédait la place à des discussions plus sérieuses sur les pistes à suivre et les nouvelles stratégies à définir, Jenna sentait son respect grandir pour les compagnes intelligentes et déterminées des guerriers de l'Ordre. Et même si Savannah venait de dire que l'épuisement de Tess n'avait rien d'inquiétant, elle se prit à se faire du souci pour elle et eut le sentiment qu'il manquait à l'assemblée l'une de ses composantes les plus dynamiques.

En observant tranquillement les visages des femmes présentes avec elle dans la pièce, Jenna se rendit soudain compte que d'une manière ou d'une autre elle en était venue à les considérer toutes comme des amies. Ces femmes comptaient pour elle, et leurs objectifs aussi. Elle avait beau se dire fermement qu'elle n'avait pas sa place là, parmi ces gens, elle se rendait compte qu'elle voulait les voir réussir.

Elle voulait voir l'Ordre défaire Dragos et il y avait une part d'elle-même, une part très déterminée, qui voulait participer à cette entreprise.

Jenna tendit une oreille attentive à l'exposé d'Élise à propos des nouveaux portraits sur lesquels Claire Samuels et elle avaient travaillé avec l'artiste qu'elle connaissait dans le Havrobscur local.

— Nous devrions avoir fini d'ici à deux jours des portraits exploitables. Claire a été extraordinaire, s'assurant que chaque détail soit bien comme elle s'en souvient de sa marche en rêve dans le labo de Dragos. Elle a des notes précises et une incroyable mémoire.

— C'est bien, dit Renata. Nous allons avoir besoin de toute l'aide possible. Malheureusement, Dylan et moi sommes tombées sur une difficulté imprévue en ce qui concerne sœur Margaret.

— Elle vit dans une maison pour bonnes sœurs retraitées à Gloucester, intervint Dylan. J'ai parlé à l'administratrice et lui ai expliqué que ma mère et sœur Margaret avaient travaillé ensemble dans un centre d'accueil pour jeunes fugueuses de New York. Je n'ai rien dit de ce que nous cherchons vraiment, bien entendu. J'ai présenté ça comme une requête personnelle et j'ai demandé s'il serait possible de rendre visite à la sœur pour discuter de ses années de bénévolat et peut-être échanger quelques souvenirs sur ma mère. La bonne nouvelle, c'est que sœur Margaret adore la compagnie.

— Où est la difficulté, alors ? demanda Jenna, incapable de ne pas faire sienne cette nouvelle piste.

— La démence sénile, répondit Renata.

Dylan hocha la tête.

— Sœur Margaret en souffre depuis deux ans. L'administratrice m'a dit qu'il y avait de fortes chances qu'elle ne puisse pas se souvenir de grand-chose à propos de ma mère et de son travail au centre d'accueil.

— Mais ça vaut quand même la peine d'essayer, non ? dit Jenna en regardant les autres femmes. Je veux dire, au point où nous en sommes n'importe quelle piste est une bonne piste. Il y a des vies en jeu et nous devons faire feu de tout bois, tout faire pour trouver ces femmes et les libérer.

Plus d'une tête se tourna dans sa direction avec surprise. Peut-être certaines d'entre elles trouvèrent-elles étrange qu'elle s'associe à leurs efforts pour localiser les Compagnes de sang disparues, mais aucune ne le mentionna.

C'est le regard tendre de Savannah qui s'attarda le plus longuement sur elle, et elle put y lire de la gratitude, de l'amitié et de l'acceptation.

C'étaient cette acceptation toute naturelle, cette gentillesse et cet esprit communautaire qu'elle avait ressentis chez chacune de ces femmes si particulières depuis le jour de son réveil qui nouaient la gorge de Jenna d'émotion à présent. Elle était stupéfaite, presque suffoquée d'avoir, ne serait-ce que pour une seconde, l'impression de faire partie d'un groupe aussi soudé et aussi chaleureux que l'extraordinaire famille élargie qui vivait et travaillait dans cet endroit.

— Très bien. Au travail, lança Dylan au bout d'un moment. Il y a beaucoup à faire.

Une par une, elles retournèrent à leurs tâches, certaines reprenant des dossiers ouverts, d'autres s'installant devant les nombreux ordinateurs présents dans la salle. Jenna se dirigea vers l'un des PC inoccupés et lança un navigateur Web.

Dès qu'elle se fut connectée à son site d'e-mail, elle vit qu'une réponse de son ami du bureau de la division du FBI d'Anchorage l'attendait dans sa boîte. Elle cliqua sur la ligne du message et parcourut rapidement des yeux son contenu.

— Euh, dites, les filles, lança-t-elle avec une petite secousse d'excitation et de triomphe tout en relisant la réponse de son ami. Vous vous souvenez que vous étiez à la recherche d'infos sur TerraGlobal Partners ?

— La société écran de Dragos, confirma Dylan qui rejoignait déjà Jenna pour voir ce qu'elle avait trouvé.

Alex et les autres suivirent sans tarder.

— Et bien, Jen ? questionna Alex.

— Et bien nous ne sommes pas les seules à nous y intéresser.

Jenna leva les yeux vers les visages concentrés rassemblés autour d'elle.

— Un vieux copain d'Anchorage a fait une enquête rapide pour moi. Et il est tombé sur quelque chose.

Savannah partit d'un petit rire incrédule en lisant l'e-mail affiché à l'écran.

— Le FBI a une enquête en cours sur TerraGlobal ?

— D'après mon ami, c'est assez récent. Elle est dirigée par quelqu'un de leur bureau de New York.

Gabrielle esquissa un sourire approbateur à l'intention de Jenna.

— Beau boulot. On ferait mieux d'informer Lucan de ce que tu as découvert.

La soirée n'était pas terminée mais déjà il considérait qu'elle serait un succès.

Dans l'obscurité de son hélicoptère privé, Dragos souriait de satisfaction tandis que son pilote laissait derrière eux le paysage hivernal aux millions de lumières de l'industrieuse capitale pour survoler vers le nord les eaux sombres de l'Atlantique pour la deuxième apparition qu'il avait programmée pour ce soir-là. Il était impatient d'y être, l'anticipation d'une nouvelle victoire accélérant son sang dans ses veines.

Cela faisait quelque temps déjà qu'il cultivait ses alliés les plus précieux et rassemblait ses atouts en préparation de la guerre qu'il entendait mener non seulement contre sa propre race, une race de lâches suffisants et impuissants qui ne méritaient rien d'autre que de se voir écrasés sous sa botte, mais également contre le monde dans son ensemble.

Les événements privés de ce soir-là étaient essentiels à son objectif, mais n'étaient que les prémices de ce que serait l'offensive massive qu'il se préparait à lancer contre la Lignée et l'humanité tout entière. Si l'Ordre ne craignait chez lui qu'une profonde ingérence dans les structures de pouvoir de la Lignée, ses membres allaient avoir la surprise de leur vie. Et ce très bientôt.

— Combien de temps avant qu'on se pose à Manhattan ? demanda-t-il à son Laquais pilote.

— Cinquante-deux minutes, sire. Nous sommes exactement dans les temps.

Dragos grogna son approbation et se laisser aller dans son fauteuil pendant le reste du vol. Il aurait pu être tenté de considérer la soirée comme parfaite, n'eût été une petite contrariété qui lui restait en travers de la gorge, une nouvelle agaçante qui lui était parvenue plus tôt dans la journée.

Il semblait bien qu'un gratte-papier quelconque travaillant pour les Fédéraux en Alaska était en train de fouiner dans ses affaires en se renseignant sur TerraGlobal Partners. Ça, il le devait à l'Ordre. Évidemment, ce n'était pas tous les jours qu'une compagnie minière, factice ou non, partait en fumée comme l'avait fait sa petite opération du fin fond de l'Alaska par la faute des guerriers de Lucan.

Ce qui faisait qu'à présent Dragos devait supporter les agissements d'un fonctionnaire probablement féru d'environnement et en tout cas désireux de faire avancer sa carrière en se lançant aux basques d'une méchante holding pour Dieu seul savait quel crime.

Après tout, qu'ils creusent, pensa-t-il, crânement persuadé qu'il était à l'abri de toute répercussion potentielle. Il y avait suffisamment de couches entre lui et TerraGlobal pour le maintenir à l'abri de policiers humains fouineurs ou de politiciens d'arrière-plan assoiffés de célébrité. Et sinon, il avait de toute façon des relais bien placés qui s'assureraient de la protection de ses intérêts. Et tout ça n'était que peu de chose par rapport à son projet global.

Il était hors de portée, chaque jour plus intouchable.

Et bientôt plus rien ne pourrait l'arrêter.

C'est ce sentiment de puissance qui lui fit répondre sans irritation quand l'un de ses lieutenants l'appela sur son portable.

— Dites-moi où l'on en est.

— Tout est en ordre, sire. Mes hommes sont en place comme prévu et prêts à mettre en œuvre l'étape suivante du plan demain au coucher du soleil.

— Parfait, répondit Dragos. Tenez-moi au courant quand ce sera fait.

— Bien entendu, sire.

Dragos referma le clapet de son téléphone d'un coup sec et le remit dans la poche de son manteau. Cette soirée allait constituer un pas triomphal vers l'avenir doré qu'il avait conçu il y avait si longtemps. Mais l'attaque prévue pour le lendemain contre l'Ordre, le coup de vipère qu'ils ne verraient jamais venir, serait une victoire encore plus douce.

Reposant sa tête en arrière et fermant les yeux, Dragos laissa cette pensée l'envahir et savoura la promesse de l'imminente destruction de l'Ordre.

Chapitre 17

À peu près une heure avant l'aube, Brock revint seul au complexe. Il n'aimait pas du tout l'idée d'avoir laissé un équipier de patrouille derrière lui, mais après avoir consacré l'essentiel de sa nuit à chercher Chase sans succès, il ne voyait pas quoi faire de plus. Où que Chase ait filé après son altercation avec l'Agent du maintien de l'ordre dans la soirée, il ne tenait à l'évidence pas à ce qu'on le retrouve. Certes, ce n'était pas la première fois qu'il manquait à l'appel après une patrouille, mais ça n'en rendait pas sa disparition plus facile pour Brock.

L'inquiétude que provoquait celle-ci chez lui l'avait mis de méchante humeur quand il ouvrit la porte des quartiers qu'il partageait avec le Chasseur et entra dans la première pièce, qui était plongée dans l'obscurité et le silence. Pas gêné par l'absence de lumière, qui ne faisait que renforcer son acuité visuelle, Brock enleva son manteau de cuir et le posa sur le canapé avant de traverser le salon pour passer dans la chambre.

L'endroit était si sombre et si silencieux qu'il crut que le Chasseur n'était pas encore rentré, mais en y pénétrant il eut droit au spectacle des glyphes de Gen-1 qui couvraient le corps nu du mâle de la tête aux pieds.

— Seigneur, lâcha Brock, qui détourna le regard de la vision inattendue, et absolument pas désirée, de la nudité frontale de son colocataire.

— Bordel, mec !

Le Chasseur se tenait debout, son dos puissant appuyé au mur du fond, les yeux fermés. Il était immobile comme une statue, sa respiration quasi imperceptible, ses bras musclés relâchés à ses côtés. Même s'il ouvrit les yeux en entendant Brock, l'immense mâle ne sembla ni étonné ni même le moins du monde perturbé.

— Je dormais, dit-il d'un ton neutre. Maintenant, je suis reposé.

— Tant mieux, ironisa Brock de sa voix traînante en tournant le dos au Chasseur. Que dirais-tu de te foutre quelques vêtements sur le dos ? Je viens juste d'apprendre sur ton compte des choses que je n'avais vraiment pas besoin de connaître.

— Mon sommeil est plus réparateur si je ne suis pas engoncé dans des vêtements, expliqua le Chasseur toujours sur le même ton.

Brock ricana.

— Ouais, c'est pareil chez moi, mais je ne suis pas sûr que tu apprécierais d'avoir à contempler mon cul nu, ou quoi que ce soit d'autre, plus que moi le tien. Bon Dieu, couvre ce truc tu veux !

Secouant la tête, Brock défit son ceinturon et le jeta sur l'un des lits toujours faits. Il se rappela la réponse que lui avait donnée le Chasseur quand il lui avait demandé dans lequel il dormait et lui jeta un coup d'œil par-dessus son épaule. Il était en train d'enfiler un pantalon de jogging.

Le Chasseur… ce mâle de la Lignée né et éduqué pour devenir une machine à tuer pour Dragos. Un individu élevé dans une solitude extrême, privé de tout contact et de toute compagnie, à part celle du Laquais affecté à sa surveillance.

Soudain il comprit pourquoi le Chasseur se fichait pas mal du lit que lui, Brock, prendrait.

— Tu dors toujours comme ça ? interrogea-t-il en montrant l'endroit où le Chasseur s'était dressé contre le mur.

L'étrange Gen-1 haussa vaguement les épaules.

— Il m'arrive aussi de dormir par terre.

— Ça m'étonnerait que ce soit très confortable !

— Le confort ne sert à rien. En avoir besoin est un signe de faiblesse et il l'accroît.

Brock assimila cet exposé clinique puis jura à voix basse.

— Mais qu'est-ce que Dragos et tous ces salauds t'ont fait subir pendant toutes ces années où tu les as servis ?

Des yeux d'or fixes rencontrèrent son regard outragé à travers l'obscurité.

— Ils m'ont rendu fort.

Brock hocha la tête avec solennité en pensant à l'éducation et à la discipline cruelles qui avaient constitué tout l'univers du Chasseur.

— Assez fort pour les détruire.

— Jusqu'au dernier, répondit le Gen-1 sans la moindre émotion apparente.

Et pourtant la sentence était sans appel.

— Tu veux te venger de ce qu'ils t'ont fait ?

Le Chasseur secoua lentement la tête.

— Je veux que justice soit faite, dit-il, pour ce qu'ils ont infligé à ceux qui étaient incapables de se défendre.

Brock resta silencieux un long moment, conscient de la froide détermination qui émanait de l'autre mâle. Il partageait ce besoin de justice et, comme le Chasseur, comme tous les guerriers qui s'étaient mis au service de l'Ordre, il n'aurait pas de repos tant que Dragos et tous ceux qui le suivaient dans son projet fou n'auraient pas été éliminés.

— Tu nous fais honneur, déclara-t-il, une expression que la Lignée ne réservait qu'aux événements les plus solennels. L'Ordre a de la chance de t'avoir dans son camp.

Le Chasseur sembla décontenancé, mais Brock ne sut pas bien si c'était à cause de la louange elle-même ou du lien qu'elle impliquait. Une étincelle de doute traversa le regard pailleté d'or et, quand Brock tendit la main pour donner une bourrade au Chasseur, le Gen-1 se retira vivement, évitant le contact comme s'il avait pu le brûler.

Il n'expliqua pas sa dérobade, pas plus que Brock ne lui demanda de le faire, même si la question restait posée.

— OK, reprit Brock, je me sauve. Il faut que je vérifie un truc avec Gideon.

Le Chasseur le regarda fixement.

— Tu t'inquiètes pour ta femelle ?

— Je devrais ?

Brock aurait voulu corriger l'emploi du possessif, mais il était trop occupé à se rendre compte que son sang n'avait fait qu'un tour.

— Elle va bien ? Dis-moi ce qui se passe ! Est-ce qu'il lui est arrivé quelque chose pendant que j'étais en patrouille ?

— Je ne sais rien d'un éventuel problème de santé concernant l'humaine, répondit le Chasseur, dont le calme rendait Brock fou. Je faisais référence à son enquête sur TerraGlobal.

— TerraGlobal, répéta Brock, l'angoisse au ventre. C'est l'une des holdings de Dragos.

— Exact.

— Seigneur ! Tu veux dire qu'elle les a contactés ?

Le Chasseur secoua légèrement la tête.

— Elle a envoyé un e-mail à quelqu'un qu'elle connaît en Alaska, un agent fédéral, qui a fait une recherche sur TerraGlobal pour elle. Une unité new-yorkaise du FBI a réagi. Ils s'occupent de TerraGlobal et ont accepté de la recevoir pour discuter de l'enquête qu'ils mènent dessus.

— Nom de Dieu ! Dis-moi que tu plaisantes.

On ne pouvait lire aucune trace d'humour sur le visage de l'autre mâle, ce qui ne surprit d'ailleurs pas Brock.

— D'après ce que j'ai compris, la rencontre est déjà prévue pour aujourd'hui dans les bureaux new-yorkais du FBI. Lucan a demandé à Renata d'accompagner Jenna.

Plus il en entendait, plus Brock se sentait nerveux et agité. Il se mit à faire les cent pas sans chercher à dissimuler son inquiétude.

— Qui Jenna va-t-elle rencontrer à New York ? Est-ce qu'on sait au moins si cette enquête du FBI sur TerraGlobal est réglo ? Bon Dieu, mais à quoi elle pensait, bordel, en se laissant entraîner dans cette histoire de merde ? Tu sais ce que… Laisse tomber, je vais aller lui poser la question moi-même.

En deux enjambées, il fut dans le couloir. Le pouls battant la chamade, l'adrénaline pulsant dans ses veines, il n'avait vraiment pas la tête à se retrouver face à face avec son équipier de patrouille errant.

Et c'est pourtant cet instant précis que choisit Chase pour arriver dans le même couloir que Brock. Il était dans un état épouvantable. Ses yeux bleus lançaient toujours des éclairs d'ambre et ses pupilles n'avaient toujours pas retrouvé leur arrondi. Il respirait avec difficulté, chaque inspiration sifflant à travers ses dents et ses crocs. Il avait des traînées de crasse et de sang séché sur le visage, et aussi dans les cheveux. Ses vêtements étaient déchirés par endroits et tachés de trucs indéfinissables.

À son apparence et à son odeur, on aurait dit qu'il venait de traverser un champ de bataille.

— Mais où étais-tu, putain ? demanda Brock. Je t'ai cherché dans tout Boston.

Chase lui lança un regard brûlant et retroussa les lèvres en un rictus sauvage, mais il n'offrit aucune explication. Il continua sa route, bousculant Brock au passage de l'épaule, le défiant presque de réagir. Si Brock n'avait été aussi inquiet au sujet de Jenna et des conséquences du lièvre qu'elle semblait avoir soulevé, il aurait fait sa fête à cet arrogant fils de pute.

— Connard, grogna-t-il au lieu de ça, tandis que l'ex-Agent continuait son chemin d'une démarche assurée sans sortir de son silence de pierre.

En entendant le coup brusque frappé à la porte de son appartement, Jenna se leva d'un bond du canapé, inquiète. Il était tôt le matin, à peine plus de 6 heures à en croire la pendule de la chaîne hi-fi qui laissait échapper de la musique douce de l'autre côté du salon. De toute façon, elle n'avait pas dormi au cours des quelques heures qui avaient suivi sa conversation avec Lucan et Gideon.

Et elle ne serait certainement pas non plus capable de dormir pendant le temps qui lui restait avant la rencontre importante qu'elle devait avoir dans la journée avec l'agent du FBI à New York.

L'agent spécial Philippe Cho s'était montré plutôt agréable au téléphone quand elle avait appelé pour lui parler et elle aurait dû être contente de l'avoir trouvé disponible et prêt à la rencontrer au sujet de son enquête sur TerraGlobal. C'était loin d'être la première fois qu'elle avait une réunion avec des gens de la sécurité intérieure et elle ne savait pas trop pourquoi cela la rendait si nerveuse. Bien sûr, elle n'avait jamais eu à défendre un tel enjeu dans ces occasions jusqu'ici.

Elle voulait mener cette mission à bien et ne pouvait s'empêcher de sentir le poids du monde, le sien comme celui de l'Ordre d'ailleurs, reposer sur ses épaules. Cela faisait tellement longtemps qu'elle n'avait pas fait de travail de police, et voilà qu'elle devait faire un sans-faute dans quelques heures à peine. Ce qui faisait qu'après tout il était peut-être logique qu'elle se sente un peu anxieuse.

On frappa de nouveau à la porte, plus sèchement cette fois, avec une exigence renouvelée.

— Une seconde, j'arrive.

Avec la télécommande, elle coupa le son de la chaîne, sur laquelle passait un vieux Bessie Smith qui était dans le lecteur de CD qu'elle avait allumé un moment plus tôt pour passer le temps. Elle traversa la pièce et ouvrit la porte.

Brock attendait dans le couloir, et elle fut prise complètement au dépourvu. Il devait venir juste de rentrer de sa patrouille en ville. Il était vêtu de la tête aux pieds d'une tenue de combat noire, son tee-shirt à col ras moulant son large poitrail et ses épaules, ses manches courtes tendues sur ses épais biceps.

Elle ne put s'empêcher de le parcourir du regard, descendant le long de ses abdominaux, moulés eux aussi parce que son tee-shirt était rentré dans son pantalon de treillis noir serré à la ceinture, qui, bien que lâche, ne masquait pas vraiment le « V » de ses hanches ni la masse musculeuse de ses cuisses. Il lui était beaucoup trop facile de se rappeler à quel point elle le désirait, même après s'être promise de ne plus jamais remettre ça avec lui.

Ce ne fut que lorsqu'elle remonta le regard vers son beau visage qu'elle s'aperçut qu'il était tendu sous l'effet de la colère. Une colère noire…

Elle fronça les sourcils.

— Que se passe-t-il ?

— Ce serait plutôt à toi de me le dire, non ? (Il fit un pas en avant, son grand corps comme un mur en marche obligeant Jenna à reculer dans la pièce devant lui.) Je viens juste d'entendre parler de ton enquête sur TerraGlobal avec ce putain de FBI. Mais où tu avais la tête, bordel, Jenna ?

— J'ai pensé que peut-être l'Ordre pourrait bénéficier de mon aide, rétorqua-t-elle, sa propre colère déclenchée par le ton vindicatif de Brock. J'ai pensé que je pourrais faire appel à quelques-uns de mes contacts dans les services de police pour en savoir plus sur TerraGlobal, puisque vous autres étiez restés le bec dans l'eau.

— Dragos « est » TerraGlobal, éructa-t-il en continuant d'avancer sur elle, la dominant de toute sa hauteur. (Ses yeux marron luisaient de paillettes d'ambre.) Est-ce que tu as la moindre idée du risque que tu as pris en faisant ça ?

— Je n'ai pas risqué quoi que ce soit, répliqua-t-elle, à présent sur la défensive.

Elle sentait les poils se dresser sur sa nuque à chaque pas qui la repoussait plus loin dans la pièce. Elle s'arrêta de battre en retraite et se braqua.

— J'ai été d'une discrétion absolue, et la personne à qui j'ai demandé de l'aide est un ami en qui j'ai toute confiance. Crois-tu vraiment que je mettrais sciemment en danger l'Ordre ou ses missions ?

— L'Ordre ? Il ricana. C'est de toi que je parle Jenna. Ce combat n'est pas le tien. Il faut que tu restes à distance, avant de te faire mal.

— Excuse-moi, mais je pense que je peux me débrouiller toute seule. Je suis de la police, tu te souviens ?

— Tu étais de la police, lui rappela-t-il sèchement, en rivant sur elle un regard dur. Et tu n'as jamais eu à affronter quoi que ce soit de comparable à Dragos quand tu étais en service.

— Mais je ne vais pas l'affronter. Il s'agit seulement d'un banal rendez-vous avec un agent fédéral dans un bureau. J'ai participé à ce genre de lutte de compétences plus de cent fois. Les Fédéraux sont inquiets à l'idée qu'un flic de base de Pétaouchnock puisse en savoir plus qu'eux sur l'une de leurs enquêtes. Ils veulent savoir ce que je veux et vice-versa. Pas de quoi en faire un fromage !

En tout cas il ne devrait pas y avoir de quoi, pensa-t-elle. Mais elle avait toujours les nerfs à fleur de peau et Brock ne semblait pas franchement convaincu non plus.

— Ça pourrait être plus gros que ce à quoi tu t'attends, Jenna. On ne peut être sûr de rien quand il s'agit de Dragos et de ses intérêts. Je crois que tu ne devrais pas y aller. (Il semblait très sérieux.) Je vais en parler à Lucan. Je pense que c'est trop dangereux de te laisser faire ça.

— Je ne me souviens pas de t'avoir demandé ce que tu pensais, déclara-t-elle, essayant de ne pas laisser son expression fermée et son ton grave la perturber. (Il était inquiet, profondément inquiet, pour elle, et il y avait quelque chose en elle qui répondait à cette inquiétude avec un élan qu'elle voulait ignorer.) Je ne me souviens pas non plus de t'avoir chargé de décider de ce que je peux faire ou pas. Je prends mes propres décisions. Toi et l'Ordre croyez peut-être que vous pouvez me tenir en laisse, ou sous un foutu microscope, aussi longtemps que ça vous convient, mais ne confondez pas bonne volonté et contrôle. La seule personne qui puisse me contrôler, c'est moi.

Lorsqu'elle ne parvint plus à garder les yeux plantés dans son regard furieux plus longtemps, elle se détourna de lui et retourna au canapé, où elle se mit à ramasser les livres qu'elle avait feuilletés pour tenter de calmer son agitation des heures précédentes.

— Seigneur, tu as la tête dure, n'est-ce pas, ma belle ? (Il laissa échapper un juron à voix basse.) C'est ça ton plus gros problème !

— Et qu'est-ce que c'est censé vouloir dire, ça ?

Elle lança un regard acerbe dans sa direction, pour s'apercevoir, surprise, qu'il s'était déplacé juste derrière elle. Proche à la toucher. Proche au point qu'elle ressentait sa chaleur dans chacun des pores de sa peau. Elle se cuirassa contre le pouvoir viril qui émanait de sa grande silhouette, furieuse de s'apercevoir qu'elle était toujours violemment attirée par lui alors même que son sang bouillait de colère à son endroit.

Le regard de Brock semblait pénétrer au plus profond de son être.

— Il s'agit toujours de contrôle avec toi, Jenna. Tu ne peux pas supporter l'idée de le perdre, n'est-ce pas ?

— Tu ne sais pas de quoi tu parles.

— Ah non ? Je parie que, petite fille, tu étais déjà comme ça.

Elle se détourna de nouveau, le laissant parler dans son dos, décidée à ne pas le laisser la provoquer. Elle prit une brassée de livres et les porta jusqu'à la bibliothèque intégrée.

— Je parie que tu as été comme ça toute ta vie. Pas vrai ? Tout doit toujours être comme tu le veux, n'est-ce pas ? Ne jamais laisser quiconque prendre le volant, à aucun prix. Tu ne bouges pas d'un centimètre tant que tu n'as pas ton joli cul têtu fermement installé dans le siège conducteur.

Elle aurait bien voulu nier, mais il était bien près de taper dans le mille. Elle revit les années de son enfance, toutes les batailles de cour de récréation et tous les défis qu'elle avait relevés rien que pour prouver qu'elle n'avait pas peur. Et le temps qu'elle avait passé dans la police avait été du même tonneau, à plus grande échelle simplement – on était passé des poings aux pistolets, mais il s'agissait toujours de montrer qu'elle était aussi bonne que n'importe quel homme, meilleure même.

Le mariage et la maternité l'avaient confrontée à de nouveaux obstacles à surmonter, mais c'était le domaine dans lequel elle avait misérablement échoué. Plantée devant la bibliothèque, le défi verbal de Brock planant entre eux, elle ferma les yeux et se souvint de la dispute qu'elle et Mitch avaient eue la nuit de l'accident. Lui aussi l'avait accusée d'être têtue. Il avait eu raison, mais elle ne s'en était rendu compte qu'après s'être réveillée à l'hôpital des semaines plus tard, privée de sa famille.

Mais, cette fois, c'était différent. Brock n'était pas son mari. Et ce n'était pas parce qu'ils avaient eu quelques moments de plaisir ensemble, ou parce qu'il y avait comme de l'électricité entre eux chaque fois qu'ils se rapprochaient l'un de l'autre, que ça lui donnait le droit de contester les décisions qu'elle avait prises.

— Tu veux savoir ce que je pense ? demanda-t-elle tout en remettant chacun des livres à sa place sur les étagères avec des mouvements saccadés dus à la colère qui l'animait. Je pense que c'est toi qui as un problème. Tu ne saurais pas quoi faire d'une femme qui n'aurait pas besoin que tu veilles sur elle. Une vraie femme, capable de très bien s'en tirer seule et qui ne te laisserait pas te sentir responsable si elle se faisait mal. Tu préférerais te blâmer pour ton incapacité à dépasser une barre que tu aurais toi-même fixée à une hauteur inatteignable. Si tu veux parler de problèmes, commence par regarder soigneusement de ton côté.

Il était devenu si calme et si silencieux que Jenna se demanda s'il n'avait pas quitté la pièce. Mais lorsqu'elle se retourna pour voir s'il était parti, elle le trouva debout près du canapé, avec en main la vieille photo qu'elle avait découverte dans les pages de l'un de ses livres. Il regardait l'image de la jolie jeune femme aux cheveux de jais et aux grands yeux en amande. Il avait la mâchoire crispée et un tendon battait vivement sous la peau douce de sa joue noire.

— Ouais, tu as peut-être raison en ce qui me concerne, Jenna, finit-il par déclarer en laissant échapper la photo, qui retomba sur le canapé.

Quand il la regarda, son visage était lisse et impénétrable, un vrai visage de guerrier.

— Mais ça ne change rien au fait que je suis responsable de toi. Lucan m'a confié la mission de te protéger tant que tu étais sous la garde de l'Ordre...

— La garde ? s'insurgea-t-elle, mais il ne la laissa pas continuer.

— ... et ça signifie que, que tu le veuilles ou non, j'ai bien quelque chose à dire en ce qui concerne ce que tu fais ou qui tu rencontres.

Elle ricana, indignée.

— Certainement pas !

Il se dirigea vers elle et en trois enjambées il était collé à elle, cette proximité aspirant tout l'air de la pièce. La chaleur de l'ambre brûlait au fond de ses yeux. Son regard aurait dû la faire trembler, mais elle était trop hors d'elle, et beaucoup trop consciente de la façon dont ses sens lui rappelaient son envie de lui malgré la fureur qui lui faisait pointer le menton. Lorsqu'elle lui envoya à son tour un regard assassin, s'efforçant de puiser en elle-même la sévérité qui lui aurait donné la force de le repousser avec quelques mots bien sentis ou une méfiance ombrageuse, elle s'aperçut qu'elle lui faisait défaut.

Elle ne put rien faire d'autre que de retenir son souffle. Il passait les doigts le long de sa joue, dans un geste d'une douceur et d'une tendresse infinies. Lentement il dessina du pouce un motif langoureux sur ses lèvres tandis qu'il la buvait des yeux pendant un temps qui parut à Jenna une éternité.

Enfin il prit son visage dans les mains et l'attira vers lui pour un baiser brûlant mais bien trop bref.

Lorsqu'il la relâcha, elle vit que les étincelles qui luisaient dans ses yeux s'étaient transformées en braises incandescentes. Il avait la poitrine ferme et chaude contre la sienne et pressait contre sa hanche une érection indubitable. Elle trébucha légèrement en arrière, consciente du désir qui lui fouettait les sangs.

— Tu peux me résister tant que tu veux là-dessus, Jenna, je m'en fous. (Malgré le côté carré et factuel de cette affirmation, sa voix profonde vibrait en elle comme le début d'un orage.) C'est à moi d'assurer ta sécurité, alors ne t'y trompe pas : si tu quittes le complexe, c'est avec moi que tu le feras.

Chapitre 18

Brock ne se déjugea pas sur son intention d'accompagner Jenna à la réunion prévue à New York.

Elle ne savait pas ce qu'il avait dit à Lucan pour le persuader, mais, plus tard ce matin-là, au lieu de Renata c'était elle qui s'était retrouvée au volant d'une des Range Rover noires de l'Ordre sur des autoroutes qui lui étaient inconnues entre Boston et Manhattan, GPS au tableau de bord et Brock, rencogné à l'arrière du véhicule, essayant de l'aider à se diriger. Les dommages causés par les UV aux cellules de la peau ultrasensible des membres de la Lignée l'avaient empêché ne serait-ce que d'envisager de s'asseoir à côté d'elle devant pour un trajet aussi long, sans parler bien sûr de conduire lui-même.

Même si son amusement n'était pas franchement un signe de maturité, bien au contraire, Jenna devait bien admettre qu'elle trouvait une certaine satisfaction ironique à ce bannissement. Elle n'avait pas oublié qu'il l'avait accusée d'avoir toujours besoin d'être au volant, mais, à en juger par ses conseils de conduite impatients et ses commentaires marmonnés sur la façon qu'elle avait d'appuyer sur le champignon, il était évident qu'elle n'était pas la seule à avoir du mal à laisser les autres diriger quoi que ce soit.

Et à présent, tandis qu'ils avaient rejoint le fond d'un parking situé en face des bureaux du FBI à New York, Brock continuait à lui donner des instructions depuis le siège arrière.

— Tu m'envoies un SMS dès que tu as franchi la sécurité. (Elle hocha la tête et il reprit.) Dès que tu es en réunion avec l'agent, tu m'en envoies un autre. J'en veux régulièrement, à pas plus de quinze minutes d'intervalle, ou je me pointe.

Jenna laissa échapper un soupir d'impatience et lui lança un coup d'œil par-dessus le siège conducteur.

— Ce n'est pas un bal de collégiens. C'est une réunion entre professionnels dans un bâtiment tout ce qu'il y a de plus public. À moins que quoi que ce soit dérape complètement là-dedans, je t'enverrai un SMS au début de la réunion et un autre à la fin.

Elle devina qu'il fronçait les sourcils sous ses lunettes de protection enveloppantes.

— Si tu ne veux pas prendre ça au sérieux, je viens avec toi.

— Je prends ça très au sérieux, se défendit-elle. Quant à te voir entrer dans cet immeuble gouvernemental… Excuse-moi, mais tu es armé comme un char d'assaut et couvert de Kevlar noir de la tête aux pieds. Tu n'irais pas au-delà des vigiles à l'entrée, et encore… à condition que le soleil ne t'ait pas fait frire avant.

— Les hommes de la sécurité ne seront pas un problème. Je ne serai rien de plus qu'un souffle d'air froid dans leur nuque au moment où je la franchirai.

Jenna éclata de rire.

— OK, et après ? Tu resteras dans le couloir à bouder en attendant que j'en aie fini avec l'agent spécial Cho ?

— Je ferai ce qu'il y aura à faire, répondit-il, sérieux comme un pape. Cette mission de collecte d'informations est en fin de compte du ressort de l'Ordre. C'est nos renseignements que tu vas chercher. Et je n'aime toujours pas l'idée que tu te rendes seule là-dedans.

Elle se retourna vers l'avant, bizarrement piquée au vif en constatant qu'il ne semblait pas la considérer comme faisant partie de l'Ordre. Elle regarda par la fenêtre conducteur la lumière du jour à l'autre bout du parking.

— Si tu avais tellement peur que je ne puisse pas gérer ce rendez-vous toute seule, tu aurais peut-être dû laisser Renata venir avec moi ?

Il se pencha en avant entre les sièges en se débarrassant de ses lunettes et vint la prendre fermement par les épaules. Ses yeux brillaient d'un mélange de marron foncé et d'ambre luisant. Mais lorsqu'il parla, ce fut d'une voix douce comme du velours.

— Je suis inquiet, Jenna. Mais pas tant à propos de cette foutue réunion que pour toi. Je me fous de cette réunion. On ne peut rien en tirer qui soit au moins moitié aussi important pour moi que d'être sûr de ta sécurité. Renata n'est pas là parce que s'il doit y avoir quelqu'un pour assurer tes arrières, ce quelqu'un doit être moi et personne d'autre.

Elle grogna doucement, souriant malgré l'agacement qu'elle ressentait envers lui.

— Tu devrais faire attention. Tu me parles de plus en plus comme à une partenaire.

Elle voulait dire partenaire de patrouille, mais ce qui n'était pour elle qu'une remarque ironique resta en suspens entre eux, chargée de sous-entendus dangereux. Une lourde tension non exprimée emplit l'espace confiné du véhicule, où Brock ne lâchait pas son regard. Il finit par pousser un juron et enleva ses mains des épaules de Jenna. Le silence s'installa.

Il se rejeta dans l'ombre de la banquette derrière elle.

— Tiens-moi informé, c'est tout, Jenna. Est-ce que c'est trop demander ?

Elle expira profondément et tendit la main vers la poignée de sa portière.

— Je t'enverrai un SMS quand je serai à l'intérieur.

Sans entendre le grognement qu'il lui fit en réponse, elle sortit du 4 × 4 et traversa le parking pour rejoindre les bureaux du FBI de l'autre côté de la rue.

L'agent spécial Philip Cho ne la laissa pas attendre plus de cinq minutes à la réception du dix-huitième étage. Jenna venait à peine d'envoyer son SMS à Brock quand il sortit de son bureau pour l'accueillir, impeccable dans un costume noir agrémenté d'une cravate très classique. Après avoir poliment refusé une tasse de café tiède, elle se laissa conduire dans une salle de réunion située au bout d'une zone de bureaux paysagers.

L'agent Cho lui indiqua un fauteuil pivotant à la table ovale qui occupait le centre de la pièce. Il ferma la porte derrière lui, puis s'installa dans le siège qui faisait face à celui de Jenna. Il déposa un carnet de notes de cuir noir devant lui et esquissa un sourire poli.

— Alors, depuis quand avez-vous quitté la police, madame Darrow ?

La question la prit par surprise. Pas seulement à cause de son aspect direct, mais aussi parce que son ami du FBI d'Anchorage lui avait proposé de ne pas mentionner son retour à la vie civile. Bien sûr, il n'y aurait rien eu d'étonnant à ce que Cho ait fait quelques recherches pour préparer leur rendez-vous.

Jenna se racla la gorge.

— J'ai démissionné du corps des Alaska State Troopers il y a quatre ans de ça. Pour raisons personnelles.

Il hocha la tête d'un air compatissant et elle se rendit compte qu'il connaissait déjà la réponse à sa question et les raisons de sa démission.

— Je dois admettre que j'ai été surpris de m'apercevoir que votre requête concernant TerraGlobal n'était pas liée à une enquête officielle, déclara-t-il. Si je l'avais su, je n'aurais probablement pas accepté de vous rencontrer. Je suis sûr que vous savez que l'utilisation de ressources gouvernementales, tant locales que fédérales, à des fins personnelles est illégale et peut avoir de graves conséquences.

Elle haussa légèrement les épaules. Elle n'allait pas se laisser intimider par des menaces liées à la procédure. Elle avait bien trop souvent joué elle-même cette carte quand elle portait un badge et un uniforme.

— Disons que je suis curieuse. Nous avons eu à l'intérieur de l'État une compagnie minière qui est partie en fumée – littéralement – et personne du groupe auquel elle appartenait ne s'est donné la peine d'offrir ne serait-ce que des excuses aux habitants. Ça va coûter cher en nettoyage et dépollution et je suis sûre que la ville d'Harmony aimerait savoir à qui envoyer la facture.

Sous la lumière crue des néons qui éclairaient la pièce, le regard fixe de Cho commençait à la mettre mal à l'aise.

— Alors, votre intérêt dans cette histoire est d'abord celui d'une citoyenne concernée, c'est bien ça, madame Darrow ?

— C'est ça. Et le flic en moi ne peut s'empêcher de se demander à quoi ressemble la direction d'un groupe discret comme TerraGlobal Partners. Rien que des fantômes d'après ce que j'ai pu trouver.

De l'autre côté de la table, Cho grogna, sans la lâcher de son regard dérangeant.

— Qu'avez-vous trouvé exactement, madame Darrow ? Ça m'intéresserait beaucoup d'en savoir plus.

Jenna rentra le menton et lui lança un regard suspicieux.

— Vous croyez que je vais partager mes informations avec vous alors que vous restez assis là sans rien me donner en échange ? Pas question. À vous l'honneur, agent spécial Cho. Pourquoi vous intéressez-vous à TerraGlobal ?

Il se laissa aller contre le dossier de son siège et joignit les mains devant son petit sourire.

— J'ai bien peur qu'il ne s'agisse de données classifiées.

À son air, son refus était clair, mais elle n'allait pas avoir fait tout ce chemin pour se faire blackbouler par un dandy qui semblait beaucoup s'amuser à la manipuler. Et plus elle le regardait, plus son expression figée la rendait nerveuse.

Se forçant à ignorer son malaise, elle tenta une tactique plus conciliatrice.

— Écoutez, je comprends. Vous êtes obligé de me donner la réponse officielle. J'espérais simplement que deux professionnels pouvaient se donner un coup de main mutuel.

— Madame Darrow, je ne vois qu'un professionnel à cette table. Et même si vous aviez encore quelque chose à voir avec la police, je ne pourrais vous donner aucune information sur TerraGlobal.

— Allez, répliqua-t-elle, de plus en plus frustrée. Donnez-moi un nom. Juste un nom, une adresse, n'importe quoi.

— Quand avez-vous quitté l'Alaska, exactement, Madame Darrow ? demanda-t-il d'un ton égal, ignorant sa question, en inclinant la tête selon un angle bizarre comme s'il voulait la détailler. Vous avez des amis là-bas ? De la famille, peut-être ?

Elle ricana et secoua la tête.

— Vous n'allez rien me donner, hein ? Vous n'avez accepté de me rencontrer que parce que vous croyiez pouvoir tirer de moi quelque chose d'utile dans votre seul intérêt.

Son absence de réponse était éloquente. Il ouvrit son carnet de cuir et commença à gribouiller des notes sur le papier jaune. Jenna resta assise là un moment à le regarder, absolument convaincue que ce curieux agent fédéral au sourire pincé détenait toutes les réponses dont l'Ordre avait désespérément besoin pour retrouver la trace de Dragos.

—OK, annonça-t-elle en se disant qu'il était temps de jouer son seul atout. Puisque vous ne voulez pas me donner de nom, je vais vous en donner un, moi : Fodil Radgess.

Cho s'arrêta brusquement d'écrire. Ce fut la seule indication que ce nom signifiait quelque chose pour lui. Lorsqu'il leva les yeux, son expression était toujours neutre et ses yeux atones ne révélaient rien.

—Je vous demande pardon ?

—Fodil Radgess, répéta-t-elle.

C'était l'alias dont on lui avait dit qu'il était utilisé par Dragos lors de ses interactions avec les humains. Elle observa le visage de Cho, tentant sans y parvenir de lire sa réaction dans son regard froid de squale.

—Avez-vous déjà entendu ce nom ?

—Non. (Il replaça soigneusement le capuchon de son stylo avant de le poser.) Je devrais ?

Jenna le considéra, tentant de jauger les mots prudents qu'il venait de prononcer et la façon nonchalante qu'il eut de se laisser aller de nouveau dans son siège.

—Je pensais que si vous aviez creusé un peu le sujet de TerraGlobal vous auriez pu tomber sur ce nom une ou deux fois.

Le sourire de Cho disparut complètement.

—Je suis navré. Ça ne me dit rien.

—Vous êtes bien sûr ?

Elle laissa passer le silence prolongé qu'il lui imposa en gardant le regard rivé sur ses yeux sombres, ne serait-ce que pour qu'il comprenne bien qu'elle aussi pouvait supporter sans faiblir l'apparente impasse dans laquelle les avait menés leur conversation.

Sa tactique sembla fonctionner. Cho laissa échapper lentement un soupir, puis se leva.

— Il y a un autre agent ici qui travaille sur ce dossier avec moi. Pourriez-vous m'excuser un instant, le temps que j'en discute avec lui ?

— Bien sûr, dit Jenna, en se relâchant un peu.

Peut-être allait-elle enfin finir par obtenir quelque chose.

Elle profita que Cho sorte de la pièce pour rédiger un rapide SMS à l'intention de Brock : « J'ai un truc. Te rejoins bientôt. »

Elle venait à peine de l'expédier que Cho réapparut dans l'encadrement de la porte.

— Madame Darrow, pourriez-vous venir avec moi, s'il vous plaît ?

Elle se leva et le suivit le long d'un couloir bordé de box de travail, apercevant la tête de nombreux agents affairés devant leurs écrans d'ordinateur ou au téléphone. Cho continuait vers une rangée de bureaux à l'autre bout de l'étage. Il prit à droite au fond et poursuivit le long de plusieurs portes garnies de plaques indiquant les noms et les services des occupants.

Enfin, il s'arrêta devant une porte palière et fit glisser son badge dans la fente d'un lecteur électronique. Lorsque la petite lampe de l'appareil passa du rouge au vert, l'agent ouvrit la porte d'acier et la maintint ouverte pour la laisser passer.

— Par ici, je vous prie. L'équipe est installée à un autre étage.

Un instant, elle sentit quelque chose clignoter dans son subconscient, comme une alarme silencieuse venue de nulle part. Elle hésita, le regard rivé sur les yeux de Cho, qu'elle n'avait toujours pas vu ciller.

Il pencha la tête de côté en fronçant légèrement les sourcils.

— Madame Darrow ?

Elle regarda autour d'elle et se rappela à elle-même qu'elle se trouvait dans un bâtiment public, à un étage où travaillaient au bas mot une centaine d'autres personnes. *Il n'y a aucune raison de se sentir menacée*, se rassura-t-elle, comme l'un de ces nombreux employés sortait d'un bureau voisin. L'homme était vêtu d'un costume et d'une cravate sombres de bonne coupe, très professionnel, comme Cho et le reste des gens du service.

L'homme salua Cho d'un signe de tête en approchant à son tour de la porte palière.

— Agent spécial Cho, dit-il avec un sourire poli qu'il offrit à Jenna un instant plus tard.

— Bonjour, agent spécial Green, répondit Cho, laissant l'autre homme passer devant eux par la porte ouverte. Madame Darrow ?

Jenna se secoua pour se débarrasser de son curieux sentiment de malaise et passa à son tour devant Cho, qui la suivit immédiatement. La porte palière se referma derrière eux avec un bruit métallique qui se répercuta dans la cage d'escalier.

Et soudain l'autre homme, le dénommé Green, se retourna vers eux pour la coincer entre lui et Cho. Il avait lui aussi un regard étrange. Vus de près, ses yeux étaient aussi ternes et dénués d'émotion que lui avaient semblé l'être ceux de Cho dans la salle de réunion.

Jenna sentit l'adrénaline envahir ses veines. Elle ouvrit la bouche, prête à hurler.

Elle n'en eut pas le temps.

Quelque chose de froid et de métallique vint se poser sous son oreille. Elle sut que ce n'était pas un pistolet avant même d'entendre le grésillement électronique du Taser qu'on actionnait.

La panique s'empara d'elle. Elle tenta de se soustraire au courant électrique débilitant, mais le choc était trop puissant. Une douleur cuisante la parcourut et ses oreilles bourdonnèrent du bruit d'un million d'abeilles. Elle convulsa… puis ses jambes la lâchèrent.

— Prends-la par les pieds, entendit-elle Cho dire à l'autre homme tandis qu'il la prenait sous les aisselles. On l'emmène jusqu'au monte-charge. Ma voiture est garée de l'autre côté de la rue dans le parking. On passera par le tunnel du sous-sol pour le rejoindre.

Jenna n'avait plus la moindre force pour leur échapper, plus la moindre voix pour appeler au secours. Elle sentit qu'on la soulevait et qu'on la transportait sans ménagement sur quelques volées de marches.

Plus elle perdit totalement conscience.

Elle tardait trop.

Brock vérifia son portable et relut le SMS de Jenna. Elle y disait qu'elle serait bientôt là et pourtant cela faisait plus d'un quart d'heure qu'elle avait envoyé ce dernier message. Aucun signe d'elle depuis, pas plus que de SMS l'informant qu'elle était retardée.

— Merde, grinça-t-il à l'arrière de la Rover.

Il regarda par la vitre arrière vers l'entrée du parking et la lumière aveuglante de l'après-midi d'hiver. Jenna était dans le bâtiment qui se trouvait juste de l'autre côté de la rue. En tout peut-être une centaine de mètres de l'endroit où il était, mais avec la lumière du jour qui les séparait, elle aurait tout aussi bien pu être à des centaines de kilomètres de là.

Il lui envoya un SMS : « Signale-toi. Où en es-tu ? » Puis il se remit à attendre impatiemment, tout en gardant un œil sur le flux des gens qui entraient et sortaient de l'immeuble fédéral pour la voir émerger.

— Allez, Jenna, arrive, bordel.

Au bout de quelques minutes supplémentaires sans la voir et sans réponse de sa part, c'en fut trop pour lui. Il s'était équipé d'une combinaison complète de protection UV avant de quitter le complexe ce matin-là, une précaution qui lui ferait gagner un peu de temps s'il se montrait assez fou pour quitter la Rover et traverser la rue comme il envisageait de le faire. Il avait aussi la dilution de l'hérédité de son côté. S'il avait été Gen-1, il aurait eu à peine dix minutes devant lui avant que le soleil commence à le griller, avec ou sans équipement de protection.

Mais, comme il était le produit de plusieurs générations successives de la Lignée, il pouvait compter jusqu'à environ une demi-heure d'exposition aux UV sans danger mortel, à quelques minutes près. Ce n'était pas un risque que ceux de sa race prenaient à la légère. Pas plus qu'il ne le faisait à présent en ouvrant la portière arrière de la Rover pour en sortir.

Mais il y avait quelque chose qui clochait dans ce rendez-vous de Jenna. Même s'il n'avait que son instinct pour le guider, ainsi que la peur viscérale d'avoir laissé une femme innocente plonger tête la première dans une situation potentiellement dangereuse, il était absolument hors de question pour Brock de rester une seconde de plus sans s'assurer que Jenna allait bien.

Même s'il lui fallait se balader en plein jour et traverser une armée d'agents du FBI pour ce faire.

Il enfila une paire de gants, puis abaissa son protège-crâne jusqu'à hauteur des lunettes enveloppantes anti-UV qui protégeaient ses rétines déjà brûlantes. Puis il se dirigea le long des nombreux véhicules garés là vers l'explosion de lumière solaire qui provenait de la gueule ouverte de l'entrée du parking.

Se préparant au choc, il se concentra sur l'immeuble fédéral de l'autre côté de la rue et quitta l'abri du garage.

Chapitre 19

Jenna reprit conscience sous l'effet d'une douleur sourde qui lui parcourait tout le corps. Ses réflexes lui revinrent d'un coup, comme si quelqu'un avait actionné un interrupteur en elle. Elle sentit le besoin de se réveiller en s'agitant et en criant, mais l'étouffa immédiatement. Mieux valait prétendre que l'effet du Taser perdurait jusqu'à ce qu'elle ait estimé la situation.

Elle garda les yeux presque complètement fermés, ne soulevant les paupières que de quelques dixièmes de millimètre afin d'éviter de faire savoir à ses ravisseurs qu'elle était réveillée. Elle avait la ferme intention de combattre ces fils de pute, mais d'abord il lui fallait se repérer. Déterminer où elle se trouvait et comment elle pourrait en sortir.

Le « où » ne posa pas de problème. L'odeur de cuir automobile et celle de tapis de sol légèrement moisis lui indiquèrent qu'elle était dans une voiture, allongée sur le côté, le dos reposant sur le dossier capitonné de la banquette arrière. Même si le moteur tournait, la voiture était encore à l'arrêt. Il faisait sombre dans la berline, où ne parvenait qu'une vague lumière jaune à travers la vitre teintée la plus proche de sa tête.

Nom de Dieu!

Soudain une vague d'espoir l'envahit. Ils l'avaient amenée dans le parking situé en face de l'immeuble fédéral.

Le parking où Brock l'attendait.

Avait-il vu ce qui lui était arrivé ?

Elle repoussa cette pensée dès qu'elle lui vint. Si Brock s'était aperçu qu'elle était en danger, il aurait été là instantanément. Elle le savait avec une certitude qui la secoua. Il ne laisserait jamais rien de mal lui arriver s'il pouvait l'empêcher. Ce qui signifiait qu'il ne savait pas qu'elle était là, prisonnière, à quelques mètres de la Rover noire de l'Ordre.

Pour le moment, sauf si elle trouvait un moyen d'attirer son attention, elle était toute seule.

Soulevant un tout petit peu plus les paupières, Jenna constata que ses deux ravisseurs étaient assis devant, Cho au volant, Green dans le siège passager, l'extrémité de son Glock 23, l'arme qui équipait en standard les agents fédéraux, pointée sur sa poitrine par-dessus son siège. Apparemment, la voiture était une Crown Victoria de la flotte du FBI

— Oui, maître. Nous avons la femme avec nous dans le véhicule, disait Cho dans un téléphone mains libres. Non, il n'y a pas eu de difficultés particulières. Bien sûr, maître. Je comprends, vous voulez qu'elle reste en vie. Je vous recontacterai dès que nous l'aurons mise en sûreté dans l'entrepôt en attendant votre arrivée ce soir.

« Maître » ? Qu'est-ce que ça veut dire, bordel ?

Jenna sentit l'effroi lui glacer les os en entendant l'obéissance de robot qui caractérisait le ton bizarre de la voix de Cho. Même sans cet échange où il s'était montré curieusement servile, elle avait compris que si elle laissait ces hommes l'emmener ailleurs, c'était la mort qui l'attendait. Ou pire, s'ils servaient le dangereux individu dont son instinct lui disait qu'il était le « maître » en question.

Cho coupa la communication et passa la marche arrière.

C'était le moment, elle devait tenter sa chance sans attendre.

Jenna se décala imperceptiblement sur la banquette et se mit à remonter sans bruit les jambes contre sa poitrine.

Ignorant le tiraillement dans sa cuisse blessée, elle poursuivit son mouvement par à-coups légers jusqu'à ce que ses pieds se trouvent en position au niveau de l'espace qui séparait les deux sièges avant. Alors, elle frappa sans hésiter.

Elle lança les deux pieds, le droit dans la tête de Green, de côté, le gauche dans le coude de son bras armé. Green rugit et sa tête partit en arrière alors que la main qui tenait le Glock sautait vers le toit de la berline. Il y eut un coup de feu assourdissant et une balle vint traverser la garniture et l'acier au-dessus de la tête de Jenna.

Surpris par l'attaque, Cho appuya involontairement sur l'accélérateur et le véhicule vint heurter le côté d'un épais pilier de béton dans la rangée derrière eux. Toutefois, Cho réagit rapidement. Il repassa en marche avant et accéléra de nouveau. La voiture s'élança en laissant de la gomme au sol.

Mais où est Brock, putain ?

Jenna se précipita sur la poignée d'une des portes arrière. Verrouillée ! Elle lança alors le pied dans l'autre, dont elle brisa la vitre du talon de sa botte. Une pluie d'éclats de verre Securit s'abattit sur ses jambes et la banquette de cuir. De l'air froid se précipita à l'intérieur du véhicule, transportant avec lui la puanteur de l'huile de moteur répandue au sol et l'odeur de graillon qui émanait du fast-food qui jouxtait le parking.

Jenna plongea vers la fenêtre, mais fut stoppée net quand Green, se retournant, lui colla le canon de son pistolet contre la tempe.

— Maintenant rasseyez-vous et tenez-vous tranquille, madame Darrow, lança-t-il d'un ton plaisant. Vous n'allez nulle part sans que le maître l'ait décidé.

Jenna se recula lentement à distance du Glock chargé, le regard rivé sur les yeux froids et dénués de toute émotion de l'agent spécial Green.

À présent, elle n'avait plus le moindre doute. Ces agents du FBI, ces êtres qui avaient l'air d'hommes et agissaient comme tels, alors que d'une certaine façon ils n'en étaient pas, appartenaient à l'organisation de Dragos. Bon Dieu, mais jusqu'où son influence s'étendait-elle ?

À cette question elle sentit son estomac se nouer de peur, alors que Cho fonçait hors du parking pour rejoindre la circulation dense de l'après-midi.

Grâce à la vitesse que lui conférait son appartenance à la Lignée, Brock avait traversé la rue ensoleillée et rejoint la porte du building fédéral en quelques secondes à peine. Il allait y pénétrer et remettre ça pour franchir la sécurité quand la finesse de son ouïe lui permit d'entendre le bruit étouffé d'un coup de feu à quelques dizaines de mètres derrière lui.

Le parking.

Il sut avant même d'entendre le froissement de tôles et le crissement de pneus sur l'asphalte.

Jenna !

Même s'il n'y avait aucun lien de sang entre eux pour le prévenir qu'elle était en danger, il en ressentit la certitude au creux de son estomac. Elle n'était plus dans l'immeuble fédéral mais de retour dans le garage, de l'autre côté de la rue ensoleillée.

Quelque chose avait tourné très mal et ça avait tout à voir avec TerraGlobal, avec Dragos.

À peine cette pensée s'était-elle formée dans son esprit qu'une Crown Victoria grise banalisée jaillit de l'entrée du parking. Comme la berline filait à toute allure, il vit deux hommes à l'avant. Le passager était tourné et faisait face à un occupant unique à l'arrière.

Non, ce n'étaient pas des hommes, c'étaient des Laquais.

Et, à l'arrière, c'était Jenna, pétrifiée dans la ligne de mire d'un pistolet.

La fureur submergea Brock comme un raz-de-marée. Vision bloquée sur la voiture où était détenue Jenna, il fonça à travers les foules de passants qui circulaient sur le trottoir, se déplaçant si vite que personne ne pouvait le voir.

Il sauta par-dessus le capot d'un taxi à l'arrêt, puis évita un camion de livraison qui arrivait de nulle part et l'aurait renversé n'avaient été sa vitesse surnaturelle et la peur de ce qui risquait d'arriver à Jenna s'il ne la rejoignait pas à temps.

Le cœur battant, il fila dans le parking et sauta dans la Rover.

Deux secondes plus tard, il fusait dans la rue, défiant le flot de rayons ultraviolets qui se précipitait à travers le pare-brise tandis qu'il fonçait à la poursuite de Jenna et de ses ravisseurs en priant pour l'atteindre avant que la cruauté de Dragos ou le soleil brûlant de l'après-midi ne lui coûtent la femme qu'il était censé protéger.

Ma femme, se dit-il avec force tout en appuyant sur le champignon.

Chapitre 20

L'agent spécial Green, ou qui… quoi qu'il fût vraiment, gardait le Glock dirigé vers elle d'une main ferme malgré les à-coups et les changements de voie et de direction que faisait la berline au milieu des embouteillages new-yorkais. Jenna n'avait aucune idée d'où ils l'emmenaient. Elle ne pouvait que deviner que c'était vers un endroit situé loin du centre car ils étaient en train de laisser le fouillis des gratte-ciel derrière eux et se dirigeaient vers un pont suspendu d'allure gothique qui enjambait un large fleuve.

Jenna, ballottée à chaque cahot et à chaque accélération, se laissa aller contre le dossier de la banquette. Comme la berline dépassait un autre véhicule, elle perdit suffisamment l'équilibre pour avoir un aperçu inattendu dans le rétroviseur extérieur de la Crown Victoria.

Une Range Rover noire les talonnait quelques voitures derrière eux.

Jenna sentit son cœur se serrer.

Brock. Il faut que ce soit lui !

Mais dans le même instant elle se mit à espérer de toutes ses forces que ce ne soit pas lui. C'était impossible… Ç'aurait été une folie pour lui de prendre ce risque. Le soleil était encore une boule géante dans le ciel à l'ouest et il restait au moins deux heures avant qu'il ne se couche. Conduire en plein jour serait suicidaire pour quelqu'un de la race de Brock.

Et pourtant, c'était bien lui.

Alors que la berline changeait encore de voie, Jenna vérifia de nouveau dans le rétroviseur et vit sa mâchoire crispée malgré la distance qui les séparait. Même s'il portait des lunettes noires enveloppantes pour protéger ses yeux, elles n'étaient pas assez épaisses pour masquer l'éclat d'ambre de ces derniers.

Brock était derrière eux et il était absolument furieux.

— Le fils de pute, maugréa Green en regardant par-dessus la tête de Jenna à travers le pare-brise arrière. On est suivis.

— Tu es sûr ? demanda Cho, qui doublait une autre voiture alors qu'ils s'approchaient du bout du pont.

— Je suis sûr, répondit Green. (Jenna lut un soupçon d'inquiétude sur son visage par ailleurs impénétrable.) C'est un vampire. L'un des guerriers.

Cho accéléra encore.

— Informe le maître que nous sommes presque à destination. Demande-lui ce que nous devons faire.

Green hocha la tête et, tout en gardant Jenna en joue, il sortit un portable de sa poche et appuya sur une seule touche. On entendit une sonnerie dans le haut-parleur, puis la voix de Dragos.

— Votre rapport ?

— Nous approchons des quais de chargement de Brooklyn, maître, conformément à vos instructions. Mais nous ne sommes pas seuls. (Green s'exprimait à toute vitesse, comme s'il pressentait la réaction furieuse qui allait suivre.) Il y a quelqu'un qui nous suit sur le pont. Quelqu'un de la Lignée. Un guerrier de l'Ordre.

Le juron violent qui explosa dans le haut-parleur du portable procura à Jenna un plaisir intense. Entendre la voix de l'ennemi juré de l'Ordre avait beau la glacer, il était réconfortant de savoir qu'il craignait les guerriers. Et il avait bien raison de les craindre.

— Semez-le, grogna Dragos d'un ton venimeux.

— Il est juste derrière, dit Cho en jetant un regard inquiet dans son rétroviseur alors qu'ils filaient sur une route qui longeait la rive vers une zone industrielle. Il n'est plus maintenant qu'à une voiture derrière nous et il gagne du terrain. Je ne pense pas qu'on puisse s'en débarrasser.

Dragos jura de nouveau avec encore plus de sauvagerie que la première fois.

— OK, lâcha-t-il d'une voix profonde et soudain calme. Alors, restons-en là. Tuez la salope et foutez le camp. Jetez son corps à la flotte ou dans la rue, je m'en fous. Mais ne laissez pas ce foutu vampire vous approcher. Compris ?

Green et Cho échangèrent un bref regard d'assentiment.

— Oui, maître, répondit Green avant de couper la communication.

Cho tourna brusquement sur sa gauche, rejoignant un parking qui bordait l'eau. De grands semi-remorques et divers autres camions parsemaient l'asphalte garni de plaques de glace et de nombreux trous. Plus près de la berge encore se dressaient plusieurs entrepôts, vers lesquels Cho semblait se diriger à une vitesse folle.

Green leva son arme et Jenna fut bientôt en train de regarder au fond du canon la balle qui ne tarderait plus à venir se loger dans sa tête. Elle sentit un afflux de puissance dans ses veines – quelque chose de bien plus puissant que la simple adrénaline – alors que le temps semblait soudain vouloir s'étirer comme au ralenti.

Green crispa le doigt sur la détente. Il y eut un raclement discret d'acier en réponse, les mécanismes de l'arme de poing se mettant en marche comme dans le brouillard épais d'un rêve.

Jenna entendit le début de l'explosion de la balle dans la chambre. Elle sentit l'odeur âcre de la poudre et de la fumée.

Et elle vit les ondes d'énergie se développer dans l'air comme la balle sortait du canon de l'arme.

Elle plongea hors de portée. Elle ne sut pas comment elle avait fait, ni comment il était possible qu'elle sache de quelle manière éviter le projectile. Elle sut simplement suivre son instinct, aussi surnaturel qu'il ait semblé.

Elle vint tordre le bras de Green, dont elle cassa l'os à mains nues. Il hurla de douleur. Le pistolet tira de nouveau, cette fois sans objectif précis.

La balle finit sa course dans le crâne de Cho, le tuant instantanément.

La berline vira et fusa sous l'effet du poids de Cho, à présent écroulé sur l'accélérateur. Ils frappèrent le coin d'un conteneur rouillé, et la Crown Victoria partit sur le côté à travers la neige et la glace.

Soudain le véhicule se renversa complètement et Jenna se cogna contre le toit. Les fenêtres éclatèrent et les airbags se déclenchèrent. Tout son monde se mit à faire des tonneaux, inlassablement, avant de s'arrêter brusquement.

Bordel de bon Dieu de merde !

Brock pénétra sur le parking à son tour et freina violemment en voyant avec un mélange d'horreur et de rage la Crown Victoria venir cogner le flanc d'un conteneur et se lancer dans une série de tonneaux destructeurs sur l'asphalte gelé.

— Jenna, hurla-t-il en jaillissant de la Rover après avoir serré le frein à main.

S'il avait eu un mal fou à supporter la lumière du jour dans le 4 × 4, ce n'était rien par rapport à ce qui l'attendait dehors. Il pouvait à peine y voir à travers le brouillard de lumière blanche éblouissante tandis qu'il courait sur la glace et l'asphalte craquelé pour rejoindre la berline renversée. Les roues de la voiture tournaient toujours et le moteur gémissait en envoyant de la fumée et de la vapeur dans l'air glacial.

En s'approchant, il entendit Jenna grogner en se débattant à l'intérieur. L'instinct de Brock fut d'attraper le véhicule pour le remettre sur ses roues, mais il ne pouvait être sûr que ça ne serait pas plus dangereux pour elle et il ne voulut pas prendre ce risque.

— Jenna, je suis là, dit-il avant d'arracher la porte conducteur à ses gonds.

Il la jeta par terre et s'accroupit pour regarder dans l'intérieur écrasé de la Crown Victoria.

Ah, Seigneur!

Il y avait du sang et de la cervelle partout, et la puanteur des globules rouges morts se combinait aux vapeurs d'huile de moteur et d'essence pour percer le brouillard de ses sens meurtris par la lumière du soleil. Il regarda au-delà du cadavre du conducteur, dont la tête avait éclaté sous l'effet d'un tir à bout portant, toute son attention focalisée sur Jenna.

Le toit de la berline avait été enfoncé et broyé, ne laissant qu'un tout petit espace pour elle et l'autre mâle humain, qui faisait tout son possible pour l'attraper par les jambes. Elle le repoussait avec un pied tout en essayant de se glisser dehors par la fenêtre la plus proche. L'humain abandonna dès que son regard vide eut rencontré celui de Brock. Lâchant la cheville de Jenna, il plongea en arrière, fesses en premier, à travers le pare-brise éclaté.

— Un Laquais, gronda Brock, sa fureur augmentant d'un coup sous l'effet de sa haine pour l'esclave humain sans âme.

Ces deux hommes étaient sans aucun doute des chiens de Dragos. Saigné par ses soins à deux doigts d'y laisser la vie, le survivant, comme l'avait fait son compagnon, le servirait de n'importe quelle façon, lui obéissant jusqu'à son dernier souffle. Brock voulait accélérer la survenue de ce moment lui-même en le tuant à mains nues. Mais il lui faudrait attendre de s'assurer que Jenna soit en sécurité.

— Ça va ? demanda-t-il en enlevant ses gants de cuir avec les dents pour pouvoir la toucher. Il caressa son beau visage pâle des doigts puis vint la prendre sous les bras.

— Allez, on va te sortir de là.

Elle secoua vigoureusement la tête.

— Je vais bien, mais ma jambe est coincée entre les sièges. Rattrape-le, Brock ! Cet homme travaille pour Dragos !

— Je sais, dit-il. C'est un Laquais et il est sans importance. Contrairement à toi. Accroche-toi à moi, ma puce. Je vais te dégager maintenant.

On entendit à l'extérieur de la voiture un puissant bruit métallique. Un deuxième suivit en écho, puis un autre encore.

Des balles.

Le regard de Jenna trouva celui de Brock à travers la fumée et les vapeurs légères qui les entouraient dans l'épave du véhicule.

— Il devait avoir une autre arme sur lui. Il nous tire dessus.

Brock ne répondit pas. Il savait que le Laquais n'essayait pas de les atteindre à travers la carcasse de la voiture. C'est directement sur celle-ci qu'il tirait.

Il voulait provoquer l'étincelle qui mettrait le feu au réservoir.

— Accroche-toi à moi, répéta Brock, glissant une main derrière le dos de Jenna tout en lançant l'autre à l'assaut du siège écrabouillé qui la piégeait. Avec un grognement sourd, il parvint à l'arracher au châssis.

— Ça y est, dit-elle déjà quasiment hors du véhicule.

Une nouvelle balle vint frapper celui-ci. Brock entendit le bruit d'aspiration étrange qui correspondait à l'afflux d'air précédant l'explosion avec son tourbillon d'épaisse fumée noire et sa chaleur intense. Le Laquais avait fini par atteindre sa cible.

— On fonce ! cria-t-il en attrapant la main de Jenna.

Il l'entraîna loin de la voiture et ils roulèrent ensemble sur l'asphalte. Une gerbe de feu jaillit de la berline renversée et l'explosion secoua le sol sous eux. Le Laquais ne s'arrêta pas pour autant de tirer. Ses balles s'approchaient désormais dangereusement d'eux.

Brock couvrit Jenna de son corps tout en tendant la main vers l'un des semi-automatiques à sa ceinture. Il se mit à genoux, prêt à tirer, mais se rendit compte qu'il avait perdu ses lunettes de soleil en se précipitant à l'écart de la voiture. Entre le mur formé par la vague de chaleur et la fumée tourbillonnante et l'insupportable lumière du jour, sa vision était quasi inexistante.

— Merde, lâcha-t-il en se passant une main sur les yeux, s'efforçant d'y voir à travers la douleur.

Jenna bougeait sous lui à présent, se glissant hors du rempart qu'il lui faisait de son corps. Il tenta de l'attraper à tâtons, sans succès.

— Jenna, bordel. Reste au sol.

Mais elle ne l'entendait pas de cette oreille. Elle lui prit le pistolet des mains et ouvrit le feu en une grêle de balles nourrie dont le bruit surmonta le rugissement des flammes et les craquements du métal chauffé à blanc. Plus loin dans le parking, le Laquais lança un cri perçant, puis se tut.

— Je t'ai eu, fils de pute, lança Jenna.

Un instant plus tard, Brock sentit ses doigts entourer les siens.

— Il est mort. Et toi, tu brûles. Viens vite, cassons-nous !

Brock courut avec elle en lui tenant la main jusqu'à la Rover. Par fierté, il aurait bien voulu prétendre qu'il pouvait conduire, mais il savait qu'il était trop atteint pour ne serait-ce qu'essayer. De toute façon, Jenna ne lui en donna pas l'occasion. Elle le poussa à l'arrière du véhicule, puis sauta derrière le volant. Dans le lointain, les sirènes de police hurlaient : les autorités humaines réagissaient à ce qui devait être pour elles un accident le long des quais.

— Tiens bon, dit Jenna en démarrant la Rover.

Elle semblait imperturbable, sûre d'elle et de ses moyens, professionnelle jusqu'au bout des ongles. Il n'avait rien vu d'aussi bandant de sa vie. Mais, pour l'heure, Brock s'allongea sur le cuir frais de la banquette tandis qu'elle appuyait sur le champignon pour s'éloigner le plus vite possible, reconnaissant de l'avoir dans son camp.

Chapitre 21

Il leur avait fallu près de quatre heures pour rejoindre Boston, mais le cœur de Jenna battait encore à tout rompre sous l'effet de son inquiétude sans cesse renouvelée pour Brock lorsqu'elle fit franchir les grilles du complexe à la Rover pour la mener jusqu'au garage de l'Ordre.

— Nous sommes arrivés, annonça-t-elle en garant le 4 × 4 avant de couper le contact.

Elle regarda dans le rétroviseur, essayant de vérifier l'état de Brock pour ce qui était peut-être la millième fois depuis leur départ de New York. Il était resté tranquille à l'arrière du véhicule pendant la plus grande partie du voyage, même s'il avait souvent changé de position à cause de la douleur, essayant de dormir pour oublier les effets de son exposition aux ultraviolets.

Elle pivota dans son siège pour le regarder de plus près.

— Ça va aller ?

— Je survivrai.

Son regard croisa celui de Jenna à travers l'obscurité et sa grande bouche se tordit en ce qui ressemblait plus à un rictus qu'à un sourire. Il tenta de se mettre assis, grognant sous l'effort.

— Reste là. Laisse-moi t'aider.

Elle se glissa à l'arrière près de lui avant qu'il ait pu lui dire qu'il était capable de se débrouiller seul. Il lui jeta sans rien dire un long regard chargé de sens et ils restèrent comme ça un moment les yeux dans les yeux. Tout l'air semblait s'être retiré de l'espace qui les entourait. Et elle eut l'impression qu'il quittait aussi ses poumons, soulagement et inquiétude se mêlant en elle tandis qu'elle contemplait le beau visage de Brock. Les brûlures de son front, de ses joues et de son nez, si visibles quelques heures plus tôt, avaient quasiment disparu. Ses yeux sombres humides pleuraient toujours, mais ils n'étaient plus injectés et enflés.

— Oh, mon Dieu, murmura-t-elle, sentant les émotions commencer à lui échapper. J'ai eu si peur, aujourd'hui, tu n'imagines pas à quel point.

— Toi, avoir peur ? (Il tendit la main et laissa courir tendrement ses doigts le long de sa joue, puis tenta un nouveau sourire et secoua doucement la tête.) Je t'ai vue en action aujourd'hui, et je ne crois pas que tu aies vraiment peur de quoi que ce soit.

Elle fronça les sourcils, revivant le moment où elle s'était rendu compte qu'il s'était lancé à la rescousse dans le 4 × 4, assis au volant en plein jour. Mais son inquiétude pour lui avait ensuite confiné à la terreur quand, après que la voiture dans laquelle elle se trouvait se fut retournée, Brock s'était une fois de plus trouvé là, prêt à affronter les rayons UV meurtriers pour l'aider. Elle en était encore toute retournée et éperdue de reconnaissance.

— Tu as mis ta vie en jeu pour moi, murmura-t-elle en glissant sa joue dans la chaleur si douce de sa paume. Tu as pris trop de risques, Brock.

Il lui prit le visage dans les mains. Son regard était plein de gravité.

— Nous étions partenaires aujourd'hui. Et si tu veux savoir, je dirais que nous avons fait une sacrée bonne équipe.

Elle sourit malgré elle.

— Tu as dû sauver ma peau… une fois de plus. J'ai horreur d'avoir à le dire, mais, dans cette équipe, c'est toi qui as eu droit au rôle le plus ingrat.

— Non. Sûrement pas.

Le regard de Brock, d'une intensité rare, semblait percer au plus profond de Jenna. Il lui caressa la joue et lui passa le pouce sur les lèvres.

— Et, pour mémoire, c'est toi qui m'as sauvé la mise. Si ce Laquais n'en avait pas fini avec l'un ou l'autre d'entre nous, ou les deux, le soleil m'aurait détruit complètement. Tu nous as sauvés tous les deux, aujourd'hui, Jenna. Bon Dieu, tu as été incroyable !

Alors qu'elle écartait les lèvres pour protester, il avança la bouche et l'embrassa. Jenna se fondit en lui, se perdit dans la chaude caresse de sa bouche sur la sienne. L'attirance qu'elle ressentait envers lui ne s'était pas estompée le moins du monde depuis qu'ils avaient couché ensemble dans son lit, mais à présent il y avait quelque chose d'encore plus puissant derrière la vague de chaleur qui s'élevait en elle. Elle tenait à lui, profondément, et la prise de conscience de ce qu'elle ressentait la prit complètement par surprise.

Les choses n'étaient pas censées se passer comme ça. Elle n'aurait pas dû éprouver un lien si fort avec lui, surtout pas après qu'il eut clairement exposé qu'il ne voulait pas se compliquer la vie avec de l'émotion ou des attentes relationnelles. Mais quand il interrompit leur baiser et plongea les yeux dans les siens, elle vit que lui aussi ressentait quelque chose de plus que ce à quoi il s'était attendu. Il y avait plus que du désir dans ce qui flottait dans la lueur d'ambre de ses yeux marron profonds comme des puits.

— Quand j'ai vu ces Laquais s'enfuir avec toi aujourd'hui, Jenna…

Il se tut, puis laissa échapper un juron à voix basse et la serra contre lui un long moment, plongeant le visage dans le creux de son épaule.

— Quand je les ai vus avec toi, je me suis dit que je t'avais laissée tomber. Je ne sais pas ce que j'aurais fait s'il t'était arrivé quelque chose.

— Je suis là, dit-elle en caressant doucement son dos massif et sa tête inclinée. Tu ne m'as pas laissée tomber du tout. Si je suis là, Brock, c'est grâce à toi.

Il l'embrassa de nouveau, plus intensément, en prenant son temps. Il laissa ses mains circuler tendrement dans ses cheveux, sur ses épaules, dans son dos. Elle se sentait si protégée dans ses bras tellement musclés, si petite et si féminine contre son immense poitrine de guerrier.

Et elle aimait ça, elle aimait la façon dont il la faisait se sentir en sécurité et se sentir femme, des impressions qu'elle n'avait jamais vraiment ressenties auparavant, pas même avec son mari.

Mitch. Oh, mon Dieu…

À cette pensée, son cœur se serra comme dans un étau. Pas du fait du chagrin ou du manque, mais parce que Brock l'embrassait et la tenait contre lui, la faisant se sentir digne de son affection, alors qu'elle ne lui avait pas encore tout dit.

Il risquait de ne pas voir les choses de la même façon s'il apprenait que c'était son égoïsme qui était à l'origine de l'accident qui avait tué son mari et son enfant.

— Qu'y a-t-il ? demanda Brock, qui avait sans aucun doute senti un changement chez elle. Qu'est-ce qui ne va pas ?

Elle s'écarta de lui en détournant le regard, consciente du fait qu'il était trop tard pour prétendre que tout allait bien. Brock continuait à la caresser tendrement, attendant qu'elle lui dise ce qui la perturbait.

— Tu avais raison sur moi, murmura-t-elle. Tu m'as dit que j'avais toujours besoin de tout contrôler, et tu avais raison.

Il fit un petit bruit de bouche et leva le visage de Jenna vers le sien.

— Tout ça n'a aucune importance.

— Mais si, insista-t-elle. Ça en a eu aujourd'hui et ça en a eu aussi il y a quatre ans en Alaska.

— Tu veux parler de quand tu as perdu Mitch et Libby, dit-il, et c'était plus une affirmation qu'une question. Pour une raison ou une autre tu crois que tu es responsable ?

— Je sais que je le suis. (Elle étouffa un sanglot.) Ce ne serait pas arrivé si je n'avais pas insisté pour que nous rentrions à la maison le jour même.

— Jenna, tu ne peux tout de même pas imaginer…

— Laisse-moi raconter, l'interrompit-elle. Je t'en prie… Je veux que tu saches la vérité. Et j'ai besoin de dire les mots, Brock. Je n'en peux plus de les garder en moi.

Il resta silencieux et, l'air grave, lui prit les mains dans les siennes, la laissant expliquer comment son entêtement, son foutu besoin d'être toujours aux commandes quelle que soit la situation, avait coûté la vie à Mitch et à Libby.

— Nous étions à Galena, une ville située à plusieurs heures de route d'Harmony. Les State Troopers y avaient organisé une grande fête, l'un de ces événements annuels destinés à récompenser les bons petits soldats au cours desquels ont lieu des remises de médailles avec photos au côté du gouverneur. J'avais été distinguée pour l'excellence de mon travail au sein du département, une première pour moi qui n'avait jamais reçu le moindre prix jusque-là. J'étais convaincue qu'il serait utile à ma carrière d'être vue en compagnie de tellement de gens importants et j'ai insisté auprès de Mitch pour qu'on y assiste avec Libby. (Elle prit une profonde inspiration et expira lentement.) On était en novembre, et les routes étaient presque impraticables. Nous avons rejoint Galena sans trop de problèmes, mais sur le chemin du retour…

— Tout va bien, affirma Brock en repoussant une mèche rebelle du visage de Jenna. Ça va aller ?

Elle hocha la tête en tremblant, mais elle était loin de se sentir bien. Elle était oppressée par l'angoisse et la culpabilité et les larmes lui piquaient déjà les yeux.

— Mitch et moi n'avons pas arrêté de nous disputer. Il pensait que les routes étaient trop mauvaises pour repartir. Il avait raison, mais il y avait une nouvelle tempête de prévue, qui allait rendre les choses encore plus difficiles. Je n'ai pas voulu attendre que le temps s'améliore parce que je voulais être à l'heure pour mon service le lendemain. Alors, nous sommes repartis. Mitch conduisait la Chevrolet Blazer. Libby était à l'arrière dans le siège enfant. Ça faisait à peu près deux heures qu'on était en route quand, lors d'un épisode de neige glacée, la voiture a échappé au contrôle de Mitch et glissé sur la voie d'en face, où arrivait un dix-huit roues chargé à bloc de bois de charpente. Il n'y avait plus rien à faire et je n'ai pas même eu une seconde pour dire que j'étais désolée ou pour leur dire combien je les aimais.

— Viens là ! dit Brock et il la serra dans ses bras. Il l'y garda longtemps, la réconfortant et la réchauffant de son extraordinaire puissance.

— Mitch m'accusait de tenir plus à ma carrière qu'à lui ou à Libby, murmura-t-elle, la voix cassée. Les mots avaient du mal à sortir. Il disait que je voulais trop tout diriger, que j'étais trop têtue pour mon bien. Mais il cédait toujours, comme il l'a fait ce jour-là.

Brock lui embrassa le sommet du crâne.

— Tu ne savais pas ce qui allait arriver, Jenna. Tu n'aurais pas pu le savoir, alors cesse de te blâmer. Ça ne dépendait pas de toi.

— Je me sens seulement tellement coupable d'avoir survécu. Pourquoi ce n'est pas moi qui suis morte plutôt qu'eux ? (Elle avait à présent la voix étranglée par les larmes, chaudes et amères dans sa gorge.) Je n'ai pas même eu la possibilité de leur dire au revoir. J'ai été évacuée jusqu'à l'hôpital de Fairbanks, où l'on m'a mise dans le coma pour aider mon corps à récupérer. Lorsque je me suis réveillée un mois plus tard, j'ai appris qu'ils n'étaient plus là ni l'un ni l'autre.

— Seigneur, souffla Brock, en la serrant un peu plus fort contre lui. Je suis désolé, Jenna. Dieu, ce que tu as dû souffrir !

Elle déglutit, essayant de ne pas se perdre dans la souffrance de ces jours affreux. La présence de Brock et ses bras protecteurs l'y aidaient. C'était un roc et il lui permettait de ne pas s'écrouler.

— Lorsque je suis sortie de l'hôpital, j'étais complètement perdue. Je ne voulais plus vivre. Je ne voulais pas accepter l'idée de ne plus jamais revoir ma famille. Comme personne ne savait quand je sortirais du coma, Alex et mon frère, Zach, s'étaient occupés des funérailles. Quand j'ai finalement pu quitter l'hôpital, Mitch et Libby avaient déjà été incinérés. Je n'ai jamais eu le courage d'aller jusqu'au cimetière où ils reposent.

— Jamais de tout ce temps-là ? demanda-t-il avec douceur en lui caressant les cheveux.

Elle secoua la tête.

— Je n'étais pas prête à voir leurs pierres tombales si tôt après l'accident et, au fil des années qui passaient, je n'ai jamais trouvé la force d'y aller pour leur dire adieu. Personne ne le sait, pas même Alex. J'ai eu trop honte de dire à quiconque à quel point je suis faible.

— Tu n'es pas faible. (Brock l'écarta légèrement, juste assez pour pouvoir incliner la tête et la regarder d'un air grave.) Tout le monde fait des erreurs, Jenna. Chacun d'entre nous a des regrets et culpabilise pour des choses qu'il aurait dû faire autrement dans sa vie. Il y a parfois des drames et nous faisons ce que nous pouvons à ces moments-là. Tu ne peux pas te faire des reproches jusqu'à la fin de tes jours.

Ses mots la calmèrent, mais elle ne pouvait pas accepter tout ce qu'il disait. Elle l'avait trop vu aux prises avec sa propre culpabilité pour ne pas se rendre compte qu'il était juste en train de faire preuve de gentillesse à son égard.

— Tu me dis ça simplement pour que j'aille mieux. Je sais que tu n'y crois pas vraiment toi-même.

Il fronça les sourcils et elle vit son air tourmenté malgré l'obscurité de la Rover.

— Comment s'appelait-elle ? demanda-t-elle en effleurant la mâchoire crispée de Brock et en apercevant dans ses yeux le reflet de sa souffrance de l'époque. La fille sur la vieille photo dans ton appartement. J'ai vu comment tu la regardais la nuit dernière. Tu la connaissais, n'est-ce pas ?

Il hocha imperceptiblement la tête.

— Son nom était Corinne. C'était la jeune Compagne de sang que j'avais été engagé pour garder à Détroit.

— Cette photo doit avoir plusieurs décennies, reprit Jenna, qui se souvenait des vêtements des années 1930 et du club de jazz dans lequel la jeune femme avait été photographiée.

Brock comprit sa question, même non formulée. Elle le vit à la légère ironie dont son regard se para.

— Elle a été prise en juillet 1935. Je le sais, parce que c'est moi qui l'ai faite.

Jenna hocha la tête, consciente qu'elle aurait dû être plus étonnée qu'elle ne l'était en réalité à ce rappel que Brock et ceux de sa race étaient quasi immortels. À cet instant, comme chaque fois qu'il était proche d'elle, elle le voyait simplement comme un homme. Un homme honorable, extraordinaire, qui souffrait encore d'une vieille blessure qui lui avait laissé une profonde entaille.

— Corinne était la femme que tu as perdue ? s'enquit-elle d'une voix douce.

Son froncement de sourcil s'accentua.

— Oui.

— Et tu te tiens pour responsable de sa mort, avança-t-elle prudemment, désireuse de savoir ce qu'il avait traversé.

Elle voulait mieux le comprendre. Et si elle le pouvait, elle voulait l'aider à porter sa propre culpabilité et sa propre douleur.

— Comment est-ce arrivé ?

Elle crut d'abord qu'il n'allait pas le lui dire. Il gardait les yeux rivés sur leurs doigts entremêlés, caressant machinalement le dos de sa main avec son pouce. Lorsque enfin il parla, sa voix profonde était rauque, comme si la douleur de la perte de Corinne était toujours vive dans son cœur.

— À l'époque où j'habitais Détroit, les temps étaient durs. Pas tant pour la Lignée d'ailleurs que pour les villes humaines où nous vivions. Le chef d'un Havrobscur local et sa compagne avaient recueilli quelques jeunes filles sans abri, des Compagnes de sang, qu'ils élevaient comme leurs propres enfants. On m'avait assigné la tâche de veiller sur Corinne. Ç'avait été une enfant terrible, et ce dès son plus jeune âge, pleine de vie, toujours en train de rire. En grandissant, elle était devenue une adolescente encore plus indisciplinée. Elle supportait mal les précautions de son père adoptif, trouvait qu'il la couvait trop. Par jeu, elle s'était mise à tenter d'échapper à ses règles et à ses attentes, à chercher ses limites, en prenant des risques terribles pour sa sécurité, mettant à rude épreuve la patience de tous autour d'elle.

Jenna esquissa un sourire empreint de douceur.

— J'imagine que ce n'était pas ta tasse de thé.

— Ce n'est rien de le dire, confirma-t-il en secouant la tête. Corinne était intelligente et elle essayait sans relâche de me semer dès qu'elle en avait l'occasion, mais elle n'est jamais parvenue à me rouler. Mais ce dernier soir, celui de ses dix-huit ans…

— Que s'est-il passé ?

— Corinne adorait la musique. À l'époque, c'était le règne du jazz. Les meilleurs clubs de Détroit se trouvaient tous dans un périmètre connu sous le nom de « Paradise Valley ». Je ne pense pas qu'il se soit écoulé une semaine sans qu'elle me supplie de l'y emmener. La plupart du temps, je cédais. Le soir de son anniversaire aussi, bien sûr. Ce n'était pas évident, car on était encore au début du XXe siècle et c'était une femme blanche seule en compagnie d'un homme noir. (Il laissa échapper un petit ricanement sans humour.) Si la couleur de la peau n'a pas d'importance dans mon monde, parmi les membres de la Lignée, ce n'était pas le cas parmi les humains à l'époque.

— Et ça ne l'est malheureusement encore pas toujours, déclara Jenna en imbriquant un peu plus ses doigts dans les siens. (Pour elle, le contraste entre sa peau et la sienne n'était que beauté.) Il y a eu du grabuge au club ce soir-là ?

Il hocha légèrement la tête.

— Il y a eu quelques regards et quelques murmures. Une paire de Blancs avaient trop bu. Ils sont venus jusqu'à notre table et ont lâché quelques grossièretés à l'intention de Corinne. Je leur ai dit où ils pouvaient se les mettre. Je ne me souviens pas de qui a lancé le premier coup de poing, mais la situation s'est vite envenimée.

— Est-ce que les hommes savaient ce que tu étais ? Que tu appartenais à la Lignée ?

— Pas au début. Je savais que ma fureur risquait de me trahir et je savais qu'il fallait que je quitte le club avant que tout le monde assiste à ma transformation. Les hommes m'ont suivi dehors. Corinne voulait le faire elle aussi, mais je lui ai dit de rester à l'intérieur, de trouver un endroit où m'attendre pendant que je réglais l'incident. (Il inspira avec difficulté.) Je n'ai pas été parti plus de dix minutes. Lorsque je suis revenu dans le club, il n'y avait aucune trace d'elle nulle part. J'ai tout retourné pour la retrouver. J'ai cherché dans tous les coins de la ville et dans les Havrobscurs locaux jusqu'à l'aube. Et j'ai continué à chercher toutes les nuits par la suite, jusqu'en dehors de l'État même. Mais… rien. Elle s'était volatilisée, juste comme ça.

Jenna entendit dans sa voix la frustration, le regret, même après toutes ces années. Elle lui caressa doucement la joue, pas très sûre de ce qu'elle pouvait faire pour lui.

— J'aimerais bien avoir ton don. J'aimerais pouvoir me charger de ta douleur.

Il secoua la tête, puis porta la paume de Jenna à sa bouche et l'embrassa.

— Ce que je ressens, c'est de la colère, envers moi-même. Je n'aurais jamais dû la quitter des yeux, pas même une seconde. Lorsque j'ai appris qu'on avait retrouvé le corps meurtri et brûlé d'une jeune femme dans une rivière de la ville pas loin des clubs, j'ai été malade de peur. Je ne voulais pas croire que c'était elle. Pas même quand j'ai vu de mes propres yeux le cadavre… ou plutôt ce qu'il en restait après ce que quelqu'un lui avait fait subir avant les trois mois qu'elle avait passé dans l'eau.

Jenna grimaça. Elle savait trop bien l'horreur que représentaient certaines morts, en particulier pour ceux qui aimaient les victimes. Et tout spécialement pour un homme qui se considérait comme responsable d'un crime qu'il n'avait eu aucun moyen d'anticiper et encore moins d'empêcher.

— À l'exception de morceaux de vêtements et d'un collier qu'elle portait encore quand on l'avait sortie de l'eau, elle n'était absolument pas reconnaissable. La brûler et lui couper les mains n'avaient pas suffi à ceux qui l'avaient tuée. Ils l'avaient aussi lestée pour être sûrs qu'elle ne soit découverte que longtemps après sa disparition.

— Mon Dieu, murmura Jenna. Ce genre de brutalité et de planification ne sont pas gratuites. Il y a forcément une raison.

Brock haussa les épaules.

— Quelle raison pourrait-il y avoir pour tuer une jeune femme sans défense ? C'était juste une gosse. Une belle gamine sauvage qui vivait intensément tous les instants. Il y avait dans son énergie et sa bonne humeur quelque chose qui vous rendait accro. Corinne se foutait pas mal de ce que les gens disaient ou pensaient, elle mordait la vie à pleines dents sans jamais s'en excuser. Elle profitait de chaque jour comme si c'était le dernier. Seigneur, elle ne se doutait pas qu'elle avait bien raison.

Malgré l'expression soigneusement calculée qu'il arborait, Jenna vit la profondeur du regret de Brock.

— Quand t'es-tu rendu compte que tu étais amoureux d'elle ?

À son regard, elle comprit qu'il était perdu dans ses souvenirs.

— Je ne me souviens pas comment c'est arrivé. J'ai fait un effort pour garder mes sentiments pour moi. Je n'en ai jamais tenu compte, même quand il lui est arrivé de flirter avec moi. Ce n'aurait pas été bien. D'une part, Corinne était trop jeune, et puis son père comptait sur moi pour veiller sur elle.

Jenna sourit et passa sa main le long de sa joue et de sa mâchoire crispée.

— Tu es un homme honorable, Brock. Tu l'étais à l'époque, et tu l'es toujours.

Il secoua lentement la tête, l'air pensif.

— J'ai échoué. Ce qui est arrivé à Corinne – Seigneur ! –, ce que ses meurtriers ont fait à son corps, était incompréhensible. Cela n'aurait jamais dû arriver. J'étais censé la protéger. Il m'a fallu longtemps pour accepter qu'elle n'était plus là, que les restes calcinés et meurtris avaient bien été ceux de la jeune femme si vivante que j'avais connue toute petite. J'aurais voulu nier sa mort. D'ailleurs, je l'ai fait pendant longtemps, je l'ai même cherchée dans trois États, me convainquant qu'elle était toujours là quelque part, que je pouvais encore la sauver. Je ne l'ai jamais ramenée.

Jenna l'observait, consciente du tourment qui l'animait encore.

— Est-ce que tu souhaiterais pouvoir la faire revivre ?

— J'avais été engagé pour la protéger. C'était mon boulot, la promesse que je faisais implicitement chaque fois qu'elle quittait le Havrobscur de son père. J'aurais donné sans hésiter ma vie à la place de la sienne.

— Et maintenant ? demanda Jenna doucement en se rendant compte qu'elle avait peur d'entendre qu'il était encore amoureux de ce beau fantôme de son passé.

Mais quand Brock releva les yeux, son regard était ferme et sérieux, entièrement centré sur elle. Ses doigts chauds s'attardaient sur le visage de Jenna et sa bouche était toute proche de la sienne.

— Tu ne préférerais pas savoir ce que je ressens pour toi ?

Il passa son pouce sur ses lèvres en un geste très léger, mais elle se mit à brûler au plus profond d'elle-même.

— Je n'ai pas cessé de penser à toi, reprit-il, et, crois-moi, ce n'est pas faute d'avoir essayé. Je n'ai jamais eu l'intention de me retrouver impliqué comme ça.

— Je sais, répliqua-t-elle. Allergique aux relations intimes. Je me souviens.

— Je fais très attention depuis longtemps, Jenna. (Sa voix était pâteuse et ses intonations rauques vibraient jusque dans les os de la jeune femme.) Je m'efforce de ne pas commettre d'erreurs. Et spécialement celles sur lesquelles on ne peut pas revenir.

Elle déglutit, inquiète soudain du ton si sérieux de Brock.

— Tu ne me dois rien, si c'est ce que tu crois.

— C'est là que tu te trompes, répondit-il. Je te dois bien quelque chose, je te dois des excuses pour ce qui est arrivé entre nous l'autre nuit.

Elle secoua la tête.

— Brock, ne…

Il lui prit le menton dans la main et ramena son regard vers le sien.

— Je te voulais, Jenna. La façon dont je t'ai poursuivie jusqu'à te mettre dans mon lit n'était probablement pas juste. En tout cas, elle n'était pas honorable, vu que j'ai utilisé mon don pour endormir ton chagrin et qu'il a très bien pu amollir aussi ta volonté.

— Non.

Elle lui toucha le visage, se souvenant très bien comme ç'avait été bon de l'embrasser, de le toucher, de se retrouver nue avec lui dans son lit. Elle avait été plus que prête à connaître ce plaisir avec lui, et elle l'était encore.

— Ce n'était pas comme ça, Brock. Et tu n'as pas à te justifier…

— Mais par-dessus tout, l'interrompit-il, je te dois des excuses pour avoir osé suggérer que faire l'amour avec toi serait quelque chose de purement physique, sans attaches ni attentes au-delà du moment passé ensemble. J'avais tort. Tu mérites mieux que ça, Jenna. Tu mérites bien plus que ce que je suis capable de t'offrir.

— Je ne t'ai rien demandé de plus. (Elle laissa ses doigts courir le long de sa mâchoire, puis rejoindre sa nuque puissante.) Et le désir était partagé, Brock. Ma volonté m'était propre. Elle l'est toujours. Et je recommencerais tout de la même façon avec toi.

Il répondit d'un grognement profondément mâle et, la serrant contre lui, il l'embrassa passionnément. Son cœur battait avec force contre la poitrine de Jenna et sa chaleur infusait à travers sa peau comme un baume. Lorsqu'il finit par s'arracher à sa bouche, son souffle sifflait à travers ses dents et les extrémités brillantes de ses crocs. Quant à ses yeux sombres, ils luisaient de vifs éclats d'ambre.

— Seigneur, Jenna… Ce que je voudrais maintenant, c'est faire demi-tour et filer n'importe où avec toi. Rien que nous deux. Juste un moment ensemble loin de tout.

Elle était plus que tentée par cette proposition, qu'il rendit encore plus irrésistible en se penchant pour lui donner un baiser brûlant de sensualité. Elle mit les bras autour de son cou et mêla sa langue à la sienne, se perdant dans cet acte puissamment érotique. Il monta alors de l'arrière-gorge de Brock un grondement sourd qui se répercuta dans tout le corps de Jenna tandis qu'il la serrait encore plus fort contre lui et l'embrassait de plus belle.

Jenna sentit les crocs de Brock lui érafler la langue et son érection appuyer contre sa hanche alors qu'il la faisait pivoter sur la banquette pour la recouvrir de son corps.

— Gideon nous attend au labo, parvint-elle à murmurer tandis qu'il s'arrachait à sa bouche pour venir couvrir de baisers la peau sensible derrière son oreille.

Ils avaient appelé le complexe une heure plus tôt pour dire qu'ils étaient sur le chemin du retour et informer Gideon et Lucan de ce qui s'était passé à New York.

— Ils attendent notre rapport dès notre arrivée.

— Oui, grogna-t-il sans pour autant cesser de l'embrasser.

Il défit la fermeture Éclair de son manteau et glissa la main sous son corsage, puis se mit à caresser ses seins par-dessus le tissu léger de son soutien-gorge, excitant ses tétons jusqu'à ce qu'ils durcissent. Elle se tortillait sous lui tandis qu'il commençait à onduler des hanches tout contre elle, la rendant folle d'envie qu'il soit nu et en elle.

— Brock, lâcha-t-elle dans un souffle, presque emportée par la passion qu'il provoquait chez elle. Gideon sait que nous sommes là. Il y a probablement une caméra de sécurité dirigée vers nous en ce moment précis.

— Vitres teintées, répliqua-t-il d'une voix rauque en levant le visage vers elle, avec un sourire chargé de sous-entendus encadrant les extrémités brillantes de ses crocs qui excita Jenna au plus haut point. Personne ne peut rien voir. Et maintenant arrête de penser à Gideon et embrasse-moi.

Il n'avait pas besoin de le lui dire. Ses mains et ses lèvres faisaient disparaître toute pensée cohérente, excepté le désir sans cesse renouvelé qu'elle avait de lui. Il l'embrassa avec exigence, plantant sa langue dans sa bouche comme s'il avait l'intention de la dévorer. Sa passion était enivrante et elle s'abreuva de lui, s'accrochant à lui, maudissant intérieurement tous ces vêtements qu'ils portaient et l'intérieur confiné de la Rover.

Elle le voulait encore plus intensément que la première fois, et son désir était alimenté par la gentillesse de ses excuses inutiles et l'adrénaline générée par les événements de la journée, qui continuait à parcourir ses veines. En murmurant son nom entre les sursauts de plaisir provoqués par le parcours de sa bouche le long de son cou et la caresse de ses mains sur sa poitrine gonflée, Jenna était sûre que s'ils restaient dans la voiture ne serait-ce qu'une minute de plus, ils allaient finir nus sur la banquette arrière. Elle ne s'en serait d'ailleurs pas plainte. Il lui restait à peine assez de souffle pour faire autre chose que gémir de plaisir tandis qu'il lui passait la main entre les jambes et se mettait à faire aller et venir sa paume contre son sexe sur un rythme parfaitement maîtrisé.

— Oh, mon Dieu, murmura-t-elle à son oreille. N'arrête pas, je t'en prie.

Mais c'est pourtant ce qu'il fit, à peine une seconde plus tard. Relevant la tête, il se figea au-dessus d'elle.

Elle entendit alors elle aussi le rugissement d'un véhicule approchant rapidement à l'extérieur du hangar. La porte du garage s'ouvrit et un autre des 4 × 4 noirs de l'Ordre entra à toute vitesse avant de freiner dans un crissement de pneus à quelques places de celle qu'ils occupaient. L'un des guerriers en descendit alors.

— C'est Chase, chuchota Brock sourcils froncés en regardant par le pare-brise arrière. Merde ! Il y a quelque chose qui cloche. Reste là si tu préfères qu'il ne sache pas qu'on était ensemble.

— Laisse tomber. Je viens avec toi, dit-elle.

Elle rajusta ses vêtements avant de le suivre à la rencontre de l'autre mâle. Sterling Chase rejoignait l'ascenseur du complexe à grandes enjambées. Il jeta un coup d'œil à Brock et à Jenna qui se rapprochaient. S'il avait deviné ce qu'il venait d'interrompre, il n'en laissa rien paraître.

— Qu'est-ce qui se passe ? demanda Brock d'une voix profonde toute professionnelle.

— Tu n'as pas entendu ? interrogea à son tour Chase sur le même ton, ralentissant à peine pour parler.

Brock secoua la tête.

— Nous arrivons tout juste nous aussi.

— J'ai reçu un appel de Mathias Rowan il y a quelques minutes, expliqua Chase. Il y a eu un enlèvement dans l'un des Havrobscurs de la région ce soir.

— Oh, mon Dieu, murmura Jenna, choquée. Pas une autre Compagne de sang ?

Chase fit « non » de la tête.

— Un jeune mâle de quatorze ans. Il se trouve que c'est le petit-fils d'un Gen-1, Lazaro Archer.

— Un Gen-1, maugréa Brock, l'instinct soudain en alerte. Ça ne peut pas être une coïncidence.

— Il y a peu de chances en effet, acquiesça Chase. L'Agence du maintien de l'ordre est en train d'interroger des témoins afin de trouver des pistes sur l'endroit où le gosse a pu être emmené et la raison de son enlèvement. Quant à Lazaro Archer et son fils, Christophe, le père du gamin, ils insistent pour rencontrer personnellement les ravisseurs – quels qu'ils soient – dans le but de négocier sa libération.

— Ah, Seigneur, voilà une très mauvaise idée, dit Brock en lançant un regard tendu à Jenna tandis qu'ils suivaient Chase à travers le garage. Il n'y a à ma connaissance qu'une seule personne susceptible de kidnapper un membre de la famille d'un Gen-1. C'est un piège, Harvard. Tout ça pue Dragos à plein nez.

— C'est aussi mon avis. Et celui de Lucan. (Chase s'arrêta avec eux devant l'ascenseur et appuya sur le bouton d'appel.) Il a organisé une réunion avec le Gen-1 et son fils ici au complexe. Tegan doit aller les chercher dans l'heure qui vient.

Chapitre 22

Lucan et Gideon attendaient Brock, Jenna et Chase à la sortie de l'ascenseur.

— Foutue journée, maugréa Lucan en les détaillant rapidement. Ça va, tous les deux ?

Brock jeta un coup d'œil à Jenna, qui se tenait calme et bien droite à côté de lui. Elle avait bien quelques égratignures, mais heureusement elle était entière.

— Ça pourrait être pire.

Lucan passa sa main dans ses cheveux noirs.

— Dragos est de plus en plus sûr de lui. Des Laquais au FBI, putain !

— Quoi ! éructa Chase en lançant un regard incrédule à Brock puis à Jenna. Vous voulez dire que le fédéral avec lequel vous aviez rendez-vous aujourd'hui…

— … appartenait à Dragos, compléta Brock. Lui et un autre des esclaves mentaux de Dragos se sont emparés d'elle dans l'immeuble fédéral et ont filé. J'ai poursuivi leur voiture mais je ne suis pas parvenu à les rattraper avant qu'ils se crashent sur les quais de l'autre côté du pont de Brooklyn.

Chase laissa échapper un juron.

— Vous avez tous les deux du bol d'être encore en vie.

— Ouais, acquiesça Brock. Grâce à Jenna. Elle a descendu les deux Laquais, puis elle m'a évité la friture dans la foulée.

— Sans déconner ? (Quand Chase se tourna vers elle, son regard bleu acier avait perdu un peu de son âpreté.) Pas mal pour un humain. Je suis impressionné.

Elle haussa les épaules.

— J'aurais dû savoir que quelque chose clochait chez l'agent que j'ai rencontré. En fait, je le savais. J'avais comme… une intuition. J'imagine qu'on pourrait appeler ça comme ça, oui. Je ne parvenais pas à mettre vraiment le doigt dessus, mais pendant tout le rendez-vous je me suis dit qu'il y avait un truc bizarre chez lui.

— Qu'est-ce que vous voulez dire ? demanda Gideon.

Elle réfléchit, sourcils froncés.

— Je ne sais pas exactement. C'était de l'ordre de l'instinct. Ses yeux me mettaient mal à l'aise et je ne pouvais m'empêcher d'avoir le sentiment étrange qu'il n'était pas tout à fait… normal.

— Tu savais qu'il n'était pas vraiment humain, suggéra Brock, tout aussi surpris que les autres guerriers par ce qu'elle venait d'expliquer. Tu as senti que c'était un Laquais ?

— Je suppose, oui, répondit-elle en hochant la tête. Mais je ne connaissais pas l'expression à ce moment-là. Tout ce que je savais, c'était que plus longtemps je restais en sa présence, plus j'étais perturbée.

Le regard échangé par Gideon et Lucan n'échappa pas à Brock.

Pas plus qu'à Jenna, d'ailleurs.

— Qu'est-ce que c'est ? Dites-moi ce qui vous rend si silencieux tout d'un coup.

— Les humains ne peuvent pas détecter les Laquais, répondit Brock. Les sens des *Homo sapiens* ne sont pas assez affûtés pour reconnaître la différence entre un mortel et quelqu'un dont la volonté appartient à un maître de la Lignée.

Elle écarquilla les yeux.

— Et tu crois que ça aussi, c'est lié à l'implant, n'est-ce pas ? Ce cadeau extraterrestre qui n'en finit pas de distiller ses bienfaits. (Elle laissa échapper un petit rire aigu.) Jusqu'à quel point suis-je devenue folle, pour qu'un truc comme ça semble logique désormais ?

Brock eut du mal à résister à l'envie de la prendre dans ses bras. Au lieu de ça, il lança un regard sérieux à Gideon.

— Est-ce que tu as trouvé autre chose dans les résultats des analyses de sang ?

— Rien de significatif à part les anomalies que nous avons déjà découvertes. Mais j'aimerais bien en faire d'autres, ainsi qu'une nouvelle épreuve d'effort et des mesures de puissance et d'endurance complémentaires.

Jenna acquiesça.

— C'est quand vous voulez. Puisqu'il semble qu'il soit hors de question de se débarrasser de ce putain de truc, j'imagine que c'est aussi bien pour moi d'essayer de le comprendre.

— Les tests vont devoir attendre un peu, intervint Lucan. Je veux tout le monde au labo d'ici à dix minutes. Il s'est passé beaucoup de choses aujourd'hui et j'ai besoin de m'assurer qu'on soit tous opérationnels avant l'arrivée de nos hôtes civils.

Le chef de l'Ordre lança ensuite un regard approbateur à Jenna, puis à Brock.

— Content que vous soyez revenus entiers tous les deux, déclara-t-il.

Jenna murmura un remerciement, mais son expression reflétait la déception.

— Malheureusement, comme le rendez-vous était un traquenard, nous n'avons rien rapporté de nouveau sur TerraGlobal.

Lucan grogna.

— C'est possible, mais savoir que Dragos a des Laquais infiltrés dans les services gouvernementaux humains s'avérera peut-être beaucoup plus utile pour nous à la longue. Ce n'est certainement pas une bonne nouvelle, mais c'est un truc qu'il fallait que nous sachions.

— Il passe à la vitesse supérieure, ajouta Gideon. Entre cette découverte et le rapt du petit-fils de Lazaro Archer, il est clair que Dragos n'est pas près de jeter l'éponge.

— Et rien ne l'arrête, remarqua Brock, que les perspectives ouvertes par cette constatation rendaient grave. Cela signifie qu'il est plus dangereux que jamais. En ce qui le concerne, il vaut mieux nous préparer au pire.

Lucan hocha la tête, le regard pensif.

— Pour l'instant, on va prendre les choses une crise à la fois. Chase, viens avec moi. Je veux que tu accompagnes Tegan en surface quand il va aller chercher les Archer. Pour tous les autres, le labo dans dix minutes.

On disait de Lazaro Archer qu'il avait près de mille ans, mais, comme n'importe quel autre mâle de la Lignée, le Gen-1 aux cheveux de jais n'en faisait pas plus de trente. Les rides qui entouraient sa bouche sévère et les cernes qu'il avait sous des yeux d'un bleu profond, même marqués, n'étaient que le reflet de la détresse provoquée chez lui par l'enlèvement de son petit-fils. Son regard las mais perçant passa en revue les visages de tous ceux qui étaient réunis dans le labo, les guerriers et leurs compagnes, ainsi que Jenna à côté de Brock, tandis que Lucan et Gabrielle l'escortaient avec son fils, Christophe, dans la salle.

Malgré la rapide série de présentations formelles, tous les participants savaient bien que cette réunion n'avait rien d'une réception mondaine. Brock ne parvenait pas à se souvenir quand un civil de la Lignée avait été admis à pénétrer dans le complexe pour la dernière fois. Rares étaient même les membres de la nation vampire à connaître l'emplacement du quartier général de l'Ordre.

Aucun des deux Archer ne semblait d'ailleurs à son aise, et c'était particulièrement le cas du père du gamin qui avait été kidnappé. Son port de tête un peu supérieur n'échappa pas à Brock lorsqu'il passa en revue les lieux et chacun des guerriers assis à la table, dont la plupart étaient toujours équipés comme en patrouille, armes comprises. Christophe Archer semblait hésitant, pour ne pas dire hostile, à l'idée de se voir offrir un siège parmi les barbares de l'Ordre.

Les temps sont durs ! pensa Brock en inclinant la tête pour saluer le vampire de deuxième génération vêtu d'un long manteau de cachemire ainsi que d'une chemise et d'un pantalon impeccablement coupés alors qu'il s'asseyait précautionneusement dans le fauteuil à côté du sien.

Lucan se racla la gorge et sa voix profonde prit immédiatement le contrôle de la réunion tandis qu'il regardait les deux nouveaux venus.

— Je veux d'abord vous assurer que tout le monde dans cette pièce partage votre souci de la sécurité de Kellan. Comme je te l'ai dit quand nous nous sommes parlés au téléphone tout à l'heure, Lazaro, l'Ordre s'engage à faire tout son possible pour retrouver ce garçon et le ramener chez lui.

— Tout ça est bel et bon, répondit Christophe Archer d'une voix tendue, mais l'Agence du maintien de l'ordre nous a promis la même chose, et j'ai beau vouloir y croire, le fait est que nous ne savons même pas par où commencer les recherches. Quelqu'un peut-il me dire qui ferait un truc pareil ? Quelle sorte de criminel dégonflé a été capable de s'introduire par effraction chez nous en notre absence pour s'emparer de mon garçon ?

Après avoir reparlé avec Mathias Rowan, Chase les avait tous informés des détails troublants du rapt avant l'arrivée des Archer. Il semblait que trois mâles de la Lignée, immenses et lourdement armés, aient envahi le Havrobscur dans lequel Lazaro et Christophe Archer vivaient avec leurs familles. Ce soir-là les deux Archer adultes et leurs compagnes étaient partis assister à une soirée de levée de fonds pour un organisme de charité, laissant le jeune Kellan à la maison.

À en croire ce récit, le kidnapping avait été aussi rapide que précis, la cible ayant été clairement définie à l'avance. En quelques minutes à peine, les intrus étaient entrés dans le Havrobscur par une fenêtre située à l'arrière du bâtiment, avaient tué deux des gardes de Christophe et avaient arraché le gamin à sa chambre à l'étage pour repartir en voiture avec lui.

Le seul témoin de l'enlèvement était un cousin de Kellan, plus jeune de plusieurs années, qui s'était caché dans un placard pendant les faits. Effrayé et traumatisé – on pouvait le comprendre –, il n'avait pu décrire les ravisseurs, si ce n'était pour dire qu'ils étaient habillés de noir de la tête aux pieds et portaient des cagoules qui ne laissaient voir que leurs yeux. Le garçon avait aussi remarqué que chacun des trois mâles portait autour du cou un curieux collier, noir et épais.

Si l'Agent du maintien de l'ordre n'avait pas compris l'importance de ce détail crucial, il n'en fut pas de même des membres de l'Ordre. Ils suspectaient déjà que Dragos était derrière l'enlèvement, mais ils en avaient eu la confirmation en apprenant qu'il avait été exécuté par un trio de ses assassins personnels, des Gen-1 élevés et entraînés pour le servir et dont la loyauté était assurée par les colliers émetteurs d'UV mortels qu'ils étaient tous obligés de porter.

— Je ne peux tout simplement pas comprendre ce genre de folie, poursuivit Christophe en posant les coudes sur la table, les traits marqués, les yeux battus. Je veux dire, pourquoi ? Notre race n'est pas aussi brute que celle des humains, qui sont capables de tout pour de l'argent, alors quel gain quelqu'un pourrait-il espérer du rapt de mon fils unique ?

— Non, répondit Lucan, d'un ton aussi grave que son expression. Nous ne pensons pas que ça ait quoi que ce soit à voir avec un quelconque gain d'ordre financier.

— Alors que peuvent-ils donc vouloir ? Que peuvent-ils obtenir par cet acte ?

Lucan lança un bref regard à Lazaro Archer.

— Un moyen de pression. L'individu qui a ordonné cet enlèvement ne devrait pas tarder à faire connaître ses exigences.

— Quelles exigences ?

— C'est moi qu'il veut, énonça Lazaro d'une voix calme. (Devant le regard interrogateur de son fils, le Gen-1 afficha une expression de profond remords.) Christophe n'est pas au courant de la conversation que nous avons eue il y a un an, Lucan. Je ne lui ai jamais parlé du fait que tu m'avais averti, moi comme les rares Gen-1 encore en vie, que quelqu'un cherchait à nous éliminer. Il ne sait rien des meurtres qui ont eu lieu contre ceux de ma génération.

Christophe Archer pâlit.

— Père, de quoi parlez-vous ? Qui cherche à vous faire du mal ?

— Son nom est Dragos, intervint Lucan. L'Ordre est en guerre contre lui depuis quelque temps déjà. Mais avant ça il avait pu passer plusieurs décennies, plusieurs siècles en fait, à bâtir son empire secret. Il a déjà tué plusieurs Gen-1 l'année dernière et ce n'est rien par rapport à l'ampleur de sa folie. Il ne vit que par le pouvoir et son besoin d'en acquérir toujours plus. Il ne reculera devant rien pour obtenir ce qu'il veut et aucune vie n'est sacrée à ses yeux.

— Seigneur ! Et vous êtes en train de me dire que ce salopard dérangé est le type qui s'est emparé de Kellan ?

Lucan hocha la tête.

— Je suis navré.

Christophe se leva d'un coup et se mit à faire les cent pas devant la table.

— Il faut absolument qu'on le récupère. Bordel, il faut à tout prix ramener mon fils à la maison.

— Nous sommes tous d'accord là-dessus, déclara Lucan au nom de tous ceux qui se tenaient là dans un silence solennel. Mais vous devez comprendre que quelle que soit la manière dont les choses se dérouleront, il y aura des risques...

— Au diable les risques ! cria Christophe. Nous parlons de mon fils, mon seul enfant. Mon petit garçon adoré et innocent. Ne me parlez pas de risques, Lucan. Je suis prêt à échanger ma vie contre celle de Kellan.

— Moi aussi, ajouta gravement Lazaro. Je ferais tout pour ma famille.

Brock observait cet échange chargé d'émotion. Il savait ce que ça faisait de se retrouver impuissant face à une telle perte. Mais ce qui le touchait encore plus que la douleur des Archer, c'était l'air bouleversé de Jenna à côté de lui.

Même si elle gardait la mâchoire serrée, on sentait à quel point elle était tendue. Ses lèvres tremblaient légèrement et ses yeux noisette étaient humides de larmes accumulées. Il ne savait pas vraiment si c'était par compassion pour ce que traversaient les deux civils de la Lignée ou parce que cela lui rappelait sa propre souffrance à se voir privée si brusquement d'un être aimé, mais la tendresse qui émanait d'elle le bouleversa à son tour.

Jenna glissa la main sous la table pour attraper celle de Brock. Il prit ses doigts fins dans les siens et elle jeta un regard vers lui en souriant faiblement. Quelque chose de profond passa entre eux à ce moment-là, comme une affirmation muette du lien de plus en plus solide qu'ils partageaient.

Il savait qu'elle était forte. Il savait que c'était une femme courageuse et résistante qui avait eu droit à plus que sa juste part de malheurs au cours de son existence et qui s'en sortait toujours la tête haute. Mais à la voir à ce moment-là, dans le cadre d'un instant de vulnérabilité assumée, il sentit son cœur fondre.

Il aimait l'idée qu'elle ne soit pas quelque fleur délicate, prête à se faner à la moindre chaleur. Mais il aimait aussi cet aperçu de sa douceur.

Dieu, il y avait tellement de choses à aimer en elle.

S'il n'y avait pas eu ce petit problème, à savoir qu'elle n'était pas née Compagne de sang, Jenna Darrow était une femme qu'il aurait facilement imaginée à ses côtés, une vraie partenaire, dans la vie et pour tout. Mais elle était mortelle et tomber amoureux d'elle signifierait inévitablement la perdre. Ce qui s'était passé ce jour-là à New York, et en particulier la voir aux mains des Laquais de Dragos, n'avait fait que lui faire prendre conscience encore un peu plus clairement de ce point.

La mort de Corinne avait été un coup auquel il n'était pas préparé, mais il était parvenu à continuer. Perdre Jenna, que ce soit à cause du vieillissement inévitable ou pour toute autre raison, était devenu pour lui impossible même à imaginer.

Sa main dans la sienne, il sut qu'il ne pouvait plus prétendre qu'elle n'était qu'une mission de plus ou que la protéger n'était rien d'autre que son devoir envers l'Ordre. Il s'était impliqué trop loin et trop vite pour nier à quel point elle était importante pour lui.

Il était encore en train de ruminer ce constat troublant quand Lucan se leva à son tour et vint se placer près de Christophe Archer. Lucan mit la main sur l'épaule de l'autre mâle et s'adressa à lui d'un air solennel.

— Nous n'aurons pas de repos tant que nous n'aurons pas trouvé et ramené chez lui votre fils. Vous avez ma parole et vous avez celle de mes frères d'armes présents dans cette pièce.

À ces mots, Brock et les autres guerriers se levèrent aussi autour de la table pour montrer leur solidarité. Même le Chasseur, le Gen-1 qui savait par expérience à quel point Dragos et ses assassins étaient sans pitié.

Christophe tourna un regard affirmé vers le chef de l'Ordre.

— Merci. Je ne peux rien demander de plus.

— Et il n'y a rien que je ne donnerais, répéta Lazaro en rejoignant son fils et Lucan au fond de la salle. L'Ordre a toute ma confiance. Je ne me pardonne pas d'avoir ignoré ton conseil il y a un an, Lucan. Regarde ce que ça me coûte aujourd'hui. (Il secoua la tête tristement.) Si un individu aussi vil que Dragos peut exister parmi nous, peut-être est-ce un signe que j'ai trop longtemps vécu ? Est-ce ça que va devenir la Lignée ? Se faire la guerre, laisser l'avidité et le pouvoir nous corrompre, comme les humains. Peut-être après tout ne sommes-nous pas si différents d'eux ? D'ailleurs, sommes-nous aussi différents des sauvages extra-terrestres qui nous ont engendrés ?

Le regard gris d'acier de Lucan n'avait jamais semblé aussi résolu.

— En tout cas, j'y compte bien, affirma-t-il.

Lazaro Archer hocha la tête.

— Et moi, je compte sur toi, dit-il avant de balayer du regard tous les guerriers et toutes les femelles, qui s'étaient levés à leur tour. Je compte sur vous tous.

Chapitre 23

La réunion se poursuivit pendant deux heures après le départ de Lazaro et de Christophe Archer. À un moment donné, Jenna et les autres femmes la quittèrent pour aller dîner, laissant les guerriers discuter entre eux des choix et des stratégies limitées qui s'offraient à eux pour retrouver le garçon enlevé.

Même si Brock avait écouté et présenté des suggestions chaque fois qu'il lui en était venu, son esprit et son cœur étaient restés distraits. Une bonne partie de sa concentration avait quitté la pièce au départ de Jenna et, depuis, il avait compté les minutes qui le séparaient du moment où il pourrait être de nouveau auprès d'elle. Dès que la réunion au labo prit fin, il sortit dans le couloir pour partir à sa recherche.

Comme il approchait de son appartement, il vit Alex en sortir en fermant la porte derrière elle. En le voyant, elle afficha un sourire de connivence.

— Comment va-t-elle ?

— Beaucoup mieux que je n'irais après ce qu'elle a dû endurer aujourd'hui. Elle est crevée, mais tu connais Jenna. Elle n'en dira rien.

— Ouais, dit-il, rendant à Alex son sourire. Je sais.

— Elle est plus inquiète pour toi, je pense. Elle m'a dit ce que tu avais fait, Brock. Comment tu l'as suivie en conduisant en plein soleil.

Il haussa les épaules, gêné par la louange.

— J'avais l'équipement pour. Mes brûlures ont été minimales. Le temps que nous revenions au complexe, elles étaient guéries.

— Ça n'est pas la question, répliqua Alex avec un nouveau sourire plein de chaleur. (Soudain, elle se hissa sur la pointe des pieds et vint embrasser Brock sur la joue.) Merci d'avoir sauvé mon amie.

Comme il se tenait là, pas certain de savoir comment répondre, Alex roula des yeux.

— Mais qu'est-ce que tu attends ? Entre et va voir toi-même comment elle va.

Brock attendit que la compagne de Kade soit partie avant de frapper à la porte. Il fallut quelques instants avant que Jenna ouvre. Elle était pieds nus, vêtue du peignoir de bain blanc de Brock, et il eut le sentiment qu'elle n'avait rien ou pas grand-chose dessous.

— Salut, dit-elle avec un grand sourire qui fouetta les sangs de Brock. J'allais passer sous la douche.

C'était une image dont il n'avait vraiment pas besoin car il était déjà brûlant.

— Je voulais juste voir si tout allait bien, murmura-t-il d'une voix rauque tout en visualisant les courbes féminines qui se cachaient sous le peignoir trop grand pour elle.

Un peignoir que seule une ceinture à peine serrée autour de sa taille svelte tenait fermé. Il se racla la gorge.

— Mais si tu es fatiguée…

— Je ne suis pas fatiguée.

Elle se détourna de la porte, la laissant ouverte derrière elle en guise d'invitation.

Brock entra et referma derrière lui.

Il n'était pas venu avec l'intention de séduire Jenna, mais il devait bien admettre que l'idée était excellente à présent qu'il se trouvait assez proche d'elle pour la toucher. Assez proche pour sentir qu'elle était dans les mêmes dispositions que lui.

Avant de pouvoir s'en empêcher, il avait tendu la main et l'avait attirée près de lui. Elle ne résista pas. Ses yeux noisette étaient grands ouverts et accueillants quand il passa la main derrière sa nuque et la serra contre lui. Il l'embrassa profondément et avec fougue. Elle aspira fortement sa lèvre inférieure entre les dents et ses bonnes intentions, qui n'étaient déjà pas bien nombreuses, s'envolèrent.

— Bon Dieu, Jenna, chuchota-t-il contre sa bouche. Je ne peux pas rester loin de toi.

Elle répondit par un gémissement d'arrière-gorge, et ce ronronnement si féminin se mit à vibrer dans tout le corps de Brock, rejoignant directement son sexe. Il était dur comme de l'acier, la peau tendue et surchauffée, chaque nerf pulsant en rythme avec le rugissement de son pouls.

Il débarrassa le corps somptueux de Jenna de son peignoir lâche, le découvrant petit à petit à son regard assoiffé, courbe après courbe. Il fit glisser les mains sur sa peau douce, se repaissant de l'impression veloutée qu'elle laissait sous ses doigts calleux. Ses seins remplissaient ses paumes, renflement parfait de chair crémeuse surmontée de petits tétons roses qui ne demandaient qu'à être goûtés. Il plongea la tête et se mit à lui prodiguer des caresses de sa langue, suçotant les petits boutons durcis et grognant de plaisir tandis qu'elle gémissait et soupirait au-dessus de lui.

Le doux parfum de son excitation le surprit, faisant jaillir ses crocs déjà émergents en un réflexe primitif. Il glissa sa main dans son entrejambe.

— C'est si doux, murmura-t-il en titillant les pétales de son sexe et en se délectant de la façon dont il s'épanouissait au contact de ses doigts. Tu es si chaude, si sexy, Jenna.

— Oh, Seigneur, lâcha-t-elle, en enfonçant les doigts dans les épaules de Brock tandis qu'il la pénétrait avec un doigt, puis deux.

» Encore, murmura-t-elle. Surtout ne t'arrête pas.

En grognant, il fit aller et venir sa paume contre elle et lui prit la bouche en un baiser puissant et possessif, langue et doigts plongeant profondément, donnant et prenant jusqu'à sentir son corps trembler sous l'effet des premières vagues de jouissance. Elle laissa échapper un soupir vibrant mais il ne s'arrêta que quand elle s'écrasa contre lui en criant son nom de plaisir.

Elle resta un moment pantelante, toujours accrochée aux épaules de Brock, qui caressait doucement son sexe et se pencha pour embrasser ses petits tétons toujours durs.

— Tu es bien trop habillé, murmura-t-elle, ses yeux aux paupières lourdes sombres et exigeants.

Quoique pas plus que ses mains qu'elle fit descendre le long de ses bras pour les poser sur le renflement qui ornait son pantalon de treillis. Elle le caressa au travers du tissu et sa main experte amena son pénis à grandir et grossir encore.

— Enlève ça ! Maintenant !

— Toujours aussi autoritaire, plaisanta-t-il avec un grand sourire en s'empressant d'obéir.

Elle rit, faisant courir ses mains sur tout son corps tandis qu'il se débarrassait de ses vêtements. Lorsqu'il fut nu, il la prit dans ses bras et la serra contre lui jusqu'à ce que les courbes de Jenna se fondent à ses plaques de muscles. Elle n'était pas fragile et il aimait ça chez elle. Il y avait tellement de choses qu'il aimait chez cette femme. Debout là peau contre peau avec elle, les yeux dans les yeux, il s'en rendait bien compte.

Oh, oui… il était vraiment mal barré.

— Tu as dit quelque chose à propos d'une douche, chuchota-t-il, essayant de se persuader qu'il n'était pas en train de tomber amoureux.

Ce qui était aussi une façon de se convaincre que ce n'était pas déjà fait depuis longtemps, depuis le premier instant où il l'avait vue, terrorisée mais pas vaincue, dans l'obscurité de sa cabane en Alaska.

Elle lui sourit, inconsciente de la vague de révélations qui engloutissait Brock.

— J'ai bien dit quelque chose à propos d'une douche. Mais elle est loin là-bas dans la salle de bains et nous sommes ici.

— Ça ne devrait pas poser de problème.

Il la souleva dans ses bras et fit appel à la rapidité surnaturelle dont il avait été doté à la naissance pour l'emporter dans la salle de bains voisine avant même qu'elle puisse protester et exiger qu'il la lâche.

— Oh, mon Dieu ! s'exclama-t-elle en riant alors qu'il la posait debout sur le sol de marbre. Joli tour !

— Oh, bébé, reste avec moi ! J'en ai encore plein dans ma besace.

Elle leva un sourcil.

— C'est une invitation ?

— Tu aimerais que ç'en soit une ?

Au lieu de lui renvoyer une moquerie ou une provocation, elle devint soudain très calme, avant de détourner la tête un instant. Quand elle se retourna vers lui, son expression était plus sérieuse qu'il ne l'avait jamais vue.

— Je ne sais pas ce que je veux… à part plus de ça. Plus de toi.

Brock lui prit le menton dans les doigts et lui fit lever son beau visage.

— Prends tout ce que tu veux.

Elle lui passa les bras derrière la nuque et l'embrassa comme si elle avait l'intention de ne jamais plus le lâcher. Tout en restant la bouche collée à la sienne, il les amena sous la vaste pomme de douche et ouvrit le robinet. L'eau chaude se mit à couler sur eux tandis qu'ils continuaient à se caresser et à s'embrasser.

Jenna imposa le rythme et il se laissa faire avec bonheur, s'adossant contre le froid carrelage de marbre quand elle s'écarta de lui et s'accroupit lentement devant lui. Elle fit courir sa bouche sur son torse puis sur ses abdominaux, sa langue suivant les motifs de ses glyphes tandis que ses mains humides allaient et venaient le long de son membre rigide. Il faillit jouir quand elle referma les lèvres sur son gland. Elle l'aspira avec avidité et quelques instants de ce doux supplice faillirent être suffisants pour lui faire perdre la tête.

— Ah, Seigneur, lâcha-t-il, si près de l'orgasme déjà. Remonte maintenant.

Il la fit se relever et l'embrassa avec fougue, plongeant sa langue dans le fourreau brûlant de sa bouche comme il mourait de plonger son sexe dans le sien. Il lui fit écarter les cuisses, puis porta la main à son entrejambe brûlant.

— J'ai besoin d'être en toi, grogna-t-il, son désir si ardent qu'il se sentait prêt à exploser.

Plantant les pieds fermement sur le sol de la douche, dos appuyé au mur, il la souleva, puis, lentement, haletant sous l'effet du plaisir intense que cela lui procurait, il la fit descendre sur toute la longueur de son sexe.

Elle gémissait, enfonçant son visage dans le creux de son épaule tandis qu'il la balançait doucement sur lui, se délectant de chaque soupir d'extase qu'il lui arrachait. Elle jouit avec un cri, et Brock ressentit l'orgasme de la jeune femme au travers des spasmes qui la secouèrent.

Il voyait également sa propre jouissance arriver à grands pas. Il la fit se retourner devant lui, jambes écartées. Elle se pencha en avant, paumes plaquées à la paroi de marbre, l'eau coulant dans le creux de sa colonne jusqu'à sa superbe croupe. Un bras passé autour de la poitrine de Jenna, Brock la pénétra d'un coup, trop excité pour prendre le temps d'y aller en douceur.

Il n'avait jamais eu de rapport sexuel si intense. Il n'avait jamais connu un désir si profond que celui qu'il éprouvait pour cette femme. Le besoin de la posséder le prit, comme il l'avait fait la première fois qu'il avait fait l'amour avec Jenna. Ce besoin irrépressible de la revendiquer, de la marquer comme sienne et de la tenir à jamais à distance de tout autre mâle était quelque chose qu'il ne se serait jamais attendu à éprouver.

Mais il était en lui désormais. Et tandis qu'il allait et venait dans la douce chaleur de son corps, ses crocs souffraient de la soif qu'il avait d'elle. De cette envie de la lier à lui malgré l'impossibilité de prendre cette femelle, une femme mortelle, comme Compagne de sang.

Il poussa un râle sous la puissance de ce désir, incapable de s'empêcher de coller sa bouche à la courbe harmonieuse formée par son cou et son épaule et de garder la pointe de ses crocs sur sa peau douce tandis qu'il s'enfonçait plus profond en elle à chaque poussée.

— Fais-le, murmura-t-elle. Oh, mon Dieu, Brock… je veux sentir ça. Je veux te sentir en entier.

Avec un grognement sourd, il laissa les extrémités effilées de ses crocs s'enfoncer un peu plus, tout près de percer la peau. Son orgasme était de plus en plus proche.

— Cela ne voudra rien dire, laissa-t-il échapper d'une voix dont il ne sut pas si c'était la colère ou le regret qui la rendait si rauque. Je veux juste… Ah, bordel… J'ai besoin de te goûter, Jenna.

Elle tendit la main en arrière et vint la poser sur la tête de Brock, prête à le forcer.

— Fais-le !

Il mordit et ses crocs percèrent la peau tendre à l'instant même où il s'enfonçait au plus profond d'elle en éjaculant. Le sang de Jenna était chaud sur sa langue, une explosion cuivrée de globules rouges humains, mais il n'avait jamais rien goûté d'aussi doux. Il la but tandis qu'elle jouissait de nouveau, attentif à ne pas lui faire mal, désireux de ne lui donner que du plaisir. Lorsqu'il la sentit se relâcher, le pic de son orgasme franchi, il passa doucement sa langue sur les deux petits trous de sa morsure pour les refermer.

Il la retourna pour lui faire face. Le chaud déluge de la douche les recouvrait toujours. Il n'avait pas de mots, seulement de la vénération et de l'émerveillement pour cette femelle humaine qui était parvenue à lui voler son cœur. Elle leva les yeux vers lui de sous ses longs cils noirs, le rose aux joues, la bouche toujours gonflée de ses baisers.

Brock lui caressa la mâchoire, cette belle mâchoire obstinée. Elle lui adressa un sourire sensuel en diable et soudain ils se retrouvèrent de nouveau en train de s'embrasser. Le sexe de Brock réagit instantanément et son sang se remit rapidement à bouillir. Jenna vint caresser son érection et glissa en même temps sa langue dans sa bouche pour jouer avec ses crocs.

Oh, oui !

La nuit allait être longue.

Chapitre 24

Jenna se réveilla dans le grand lit de Brock, pelotonnée dans ses bras.

Ils avaient fait l'amour pendant des heures, sous la douche, contre le mur de la chambre, sur le canapé du salon… elle ne se souvenait plus très bien de toutes les façons originales qu'ils avaient eues de se faire jouir l'un l'autre ni de tous les endroits où ils l'avaient fait.

À présent qu'elle ouvrait les yeux, elle se sentait dans un état de contentement béat. Elle se blottit encore un peu plus contre lui, la joue sur son torse, une jambe pliée et passée par-dessus ses cuisses, ce qui eut pour effet de lui arracher un grognement, dont elle sentit l'écho vibrer en elle.

— Je n'avais pas l'intention de te réveiller, murmura-t-elle.

Il poussa un nouveau grognement, quelque chose de profond et de malicieux à la fois.

— Je ne dormais pas.

Il l'attira tout contre lui et, couvrant sa main de la sienne, il la guida jusqu'à une partie de son anatomie qui était bien loin, il n'y avait aucun doute sur la question, d'être endormie. Jenna éclata d'un petit rire ensommeillé.

— Tu sais que pour un vieillard, tu as une endurance étonnante.

Il donna un petit coup de rein contre la main de Jenna et son sexe déjà incroyablement massif devint encore plus rigide et plus gros dans sa paume.

— Tu as quelque chose contre les centenaires ?

— Cent ans ? demanda-t-elle en se redressant sur un coude pour le regarder. (Il y avait tant de choses qu'elle ne savait pas sur lui, tant de choses qu'elle voulait apprendre.) Tu es vraiment aussi vieux que ça ?

— Dans ces eaux-là, oui. Probablement un peu plus, mais j'ai cessé de compter depuis bien longtemps. (Il sourit légèrement de ses lèvres sensuelles, tout en repoussant tendrement une mèche de cheveux de Jenna derrière son oreille.) Tu as peur que je n'arrive pas à suivre ?

Elle leva un sourcil.

— Pas après la nuit dernière.

Alors qu'il gloussait, elle se pencha et l'embrassa. Puis elle se redressa et vint le chevaucher, soupirant d'aise à la façon dont ils s'emboîtaient si parfaitement. Tandis qu'elle remuait paresseusement sur lui, se délectant de la sensation de l'avoir en elle de nouveau, elle remarqua les petites traces de morsure en voie de guérison qu'elle avait laissées sur son cou au cours de leurs précédents ébats.

Elle n'avait pu résister à lui donner ce petit coup de dents, surtout après qu'il avait bu à sa veine sous la douche. Rien qu'à l'idée, elle se retrouvait follement excitée. Elle avait encore cette envie de le dévorer. Au lieu de ça, elle se pencha sur lui et passa la langue sur le pouls qui battait à la base de son cou.

— Mmm ! gémit-elle contre sa peau. Tu es incroyable.

— Et toi, tu es insatiable, répliqua-t-il, même si ça ne semblait pas vraiment une critique.

— Et bien alors, considère-toi comme prévenu. Il semble que j'ai de l'énergie à revendre, en particulier en ce qui te concerne.

Elle avait voulu dire ça en plaisantant, mais en s'entendant elle constata à quel point c'était vrai. Elle s'écarta de lui et le regarda, étonnée de tout ce qu'elle ressentait.

— Je ne peux pas me rappeler quand je me suis sentie aussi bien pour la dernière fois. Je ne me suis jamais sentie plus… je ne sais pas… plus vivante, j'imagine.

Il la considérait avec tendresse de ses yeux marron foncé.

— Tu sembles aller mieux chaque jour.

— C'est le cas.

Elle déglutit, se remémorant tous les changements qu'elle avait ressentis depuis son arrivée dans le complexe. Elle ne s'était jamais sentie autant en accord avec le monde autour d'elle, plus curieuse de la vie et plus engagée dedans. Physiquement, certes, elle était toujours en voie de guérison, elle attendait toujours de voir comment l'épreuve qu'elle avait traversée en Alaska allait affecter son avenir, mais, à l'intérieur, elle se sentait forte et pleine d'entrain.

Pour la première fois depuis très longtemps, elle se sentait intérieurement en paix, pleine d'espoir. Elle avait l'impression qu'elle pourrait retomber amoureuse.

D'ailleurs peut-être était-ce déjà fait ?

Ce constat lui coupa le souffle. Elle regarda Brock, se demandant comment elle s'était laissé faire. Comment avait-elle pu lui ouvrir son cœur si vite, si complètement ? Si imprudemment…

Elle l'aimait et cette idée la terrifiait.

— Hé, lança-t-il en levant une main vers elle. Ça va ?

— Ça va, murmura-t-elle. Ça n'a jamais été mieux.

Son froncement de sourcils semblait vouloir dire qu'il ne la croyait pas vraiment.

— Viens là, intima-t-il en la couchant doucement devant lui sur le lit avant de se mettre en chien de fusil derrière elle.

Il ne la pénétra pas tout de suite, se contentant de glisser son érection entre ses cuisses et de la maintenir dans le chaud cocon de ses bras. Il embrassa l'arrière de son épaule, à l'endroit même où il l'avait mordue la nuit précédente.

Pour l'instant, sa bouche était douce, effleurant sa peau de son souffle.

Jenna poussa un profond soupir, parfaitement heureuse de ce moment de détente partagé.

— Combien de temps crois-tu que nous puissions rester au lit avant que quelqu'un remarque que nous ne sommes plus là ?

Il grogna doucement, puis lui embrassa l'épaule.

— Je suis sûr que quelqu'un l'a déjà remarqué. Alex sait que je suis là, ce qui veut dire que Kade le sait aussi.

— Et ton compagnon de chambrée également, lui rappela-t-elle.

— Ouais. (Il rit brièvement.) Rien n'échappe au Chasseur. J'aime bien ce type, mais, la plupart du temps, c'est vraiment une machine de chair et d'os.

— Je ne peux pas imaginer ce que ç'a dû être pour lui, vu la manière dont il a été élevé, murmura Jenna, pas sûre de savoir comment quiconque pouvait se sortir de ce genre d'environnement sans de très profondes cicatrices.

Glacée à cette pensée, elle se pelotonna dans les bras de Brock. Son corps était chaud et ferme contre son dos, une partie plus ferme que les autres d'ailleurs. Elle sourit, se disant qu'elle pourrait très facilement s'habituer à ça.

— À propos de compagnons de chambrée…

Il grogna d'un air interrogateur tout en faisant jouer ses doigts dans les cheveux de Jenna.

— Oui ?

— Je me disais juste que ça paraît un peu idiot que tu renonces à ton appartement, spécialement maintenant que nous…

Elle laissa les mots en suspens, pas très sûre de savoir comment caractériser leur relation, qui, si elle était censée avoir été tout à fait simple et occasionnelle au départ, était devenue tellement plus que ça.

Il fit courir sa bouche lentement le long de l'épaule de Jenna, puis remonta le long de son cou.

— Es-tu en train de me demander de m'installer avec toi, Jenna ?

Elle frissonna au contact humide et chaud de ses lèvres et sous l'effet de l'effleurement si érotique de ses crocs sur sa peau délicate.

— Ouais, j'imagine que oui. Je veux dire… après tout, c'est ton lit. Tout, ici, t'appartient.

— Et toi ? (Il rassembla les cheveux de Jenna et les repoussa avant de coller sa bouche à sa nuque à présent dégagée.) Est-ce que tu m'appartiens, toi aussi ?

Elle ferma les yeux, inondée par la vague de plaisir de son baiser et transpercée d'une joie éclatante et terrifiante à la fois.

— Si tu veux tout savoir, je crois qu'une partie de moi t'appartient depuis l'Alaska.

En guise de réponse, il poussa un grognement de plaisir. Il la serra contre lui et se mit à jouer de la langue sur la zone sensible derrière son oreille. Mais ce fut alors qu'il se figea.

Elle ne s'était pas attendue au juron qui suivit.

— Jenna, murmura-t-il, d'un ton où perçait l'inquiétude. Ah, bordel !

Elle se sentit soudain glacée par la peur.

— Qu'est-ce qu'il y a ?

Il lui fallut un instant pour répondre.

Lorsqu'il le fit, ce fut d'une voix incrédule.

— C'est un glyphe. Nom de Dieu, Jenna… Tu as un dermoglyphe en formation sur la nuque.

Une heure plus tard, Jenna était assise sur une table d'examen à l'infirmerie, où elle venait de subir une nouvelle série de prises de sang et de prélèvements tissulaires à la demande de Gideon. Elle avait été choquée de voir le petit dermoglyphe qui couvrait l'endroit où l'Ancien avait pratiqué une incision pour introduire son implant, quoique probablement pas plus que le reste des résidents du complexe. Tout le monde était venu contempler la marque de la taille d'une pièce d'un dollar masquée par ses cheveux. Et, même si personne n'avait formulé d'hypothèse à voix haute, Jenna s'était bien rendu compte que tous s'inquiétaient pour elle, sans pour autant savoir ce que ce nouveau développement pourrait signifier pour elle à long terme.

À présent, ils avaient tous quitté la pièce à part Gideon, bien sûr, et Brock, qui, vêtu d'une chemise noire et d'un jean foncé, se tenait debout à côté de Jenna l'air sombre et taciturne. Elle n'avait pas grand-chose à dire non plus et se contentait d'observer anxieusement le petit génie de l'Ordre lui tirer un dernier tube de sang au bras.

— Et vous dites que vous vous sentez toujours bien ? demanda Gideon en la regardant par-dessus les verres de ses lunettes bleu clair sans monture. Vous n'avez remarqué aucune autre marque sur votre corps ? Pas de changement physique ou systémique depuis la dernière fois que nous avons parlé ensemble ?

Jenna secoua la tête.

— Non, rien.

Gideon jeta un coup d'œil à Brock avant de revenir à elle.

— Et qu'en est-il des autres fonctions corporelles ? Pas de changement d'ordre digestif ? Pas de problèmes d'appétit, ou un manque d'intérêt pour la nourriture ?

Elle haussa les épaules.

— *Nada !* Je mange comme quatre, comme je l'ai toujours fait.

Ça sembla soulager Gideon dans une certaine mesure.

— Alors, pas d'envies étranges liées à la faim ou à la soif ?

Elle leva les yeux vers Brock et sentit une vague de chaleur l'envahir. Les traces de morsure qu'elle lui avait laissées avaient disparu, mais elle se souvenait distinctement du besoin qui l'avait animée quand elle avait plongé les dents dans sa chair lors de leurs ébats amoureux. Elle avait eu envie de lui avec une soif incompréhensible et donc parfaitement inexplicable.

Mais à présent elle se demandait…

— Je, euh… Si vous voulez parler de sang…, murmura-t-elle, rougissant sous le regard intense de Brock. Disons que j'ai eu certaines… envies.

Gideon écarquilla les yeux de surprise avant de les reporter sur Brock.

— Vous voulez dire que vous deux…

— Je l'ai mordu, lâcha Jenna. La nuit dernière et il y a quelques nuits de ça aussi. Je n'ai pas pu m'en empêcher.

— Et ben dis donc ! s'exclama Gideon, qui n'essaya même pas de cacher son amusement à se rendre compte que Brock et elle entretenaient une relation intime. Et toi, mec ? Tu as bu à sa source aussi ?

— Il y a quelques heures de ça, répondit Brock avec un hochement de tête sinistre, mais un regard tout sauf repentant lorsqu'il revint à Jenna. C'était fantastique, mais je sais où tu veux en venir, Gideon, et je peux te dire que son sang est constitué à cent pour cent de globules rouges d'*Homo sapiens*.

— Rien d'exotique ?

Brock secoua la tête.

— L'odeur de cuivre habituelle. Elle est humaine.

— Elle est humaine, sauf qu'en plus des réplications d'ADN qu'on a trouvées dans ses derniers résultats d'analyses et de ce qu'elle a mentionné d'autre, Jenna a maintenant un glyphe.

Le guerrier se passa la main dans les épis de sa chevelure en désordre.

— Et puis il y a autre chose.

Quand il regarda Jenna, elle lut dans son expression une anxiété qu'elle n'y avait jamais vue jusque-là. Il semblait ne pas être sûr de ce qu'il voulait dire, ce qui, chez un homme qui paraissait avoir les réponses à n'importe quel problème imaginable, était franchement alarmant.

— Dites-moi quoi, Gideon.

Brock se rapprocha et lui prit la main.

— Merde, Gideon. Qu'est-ce que tu as trouvé d'autre ?

Sourcils froncés et lèvres pincées, l'autre guerrier réfléchissait.

— Et bien… Il y a une mesure énergétique qui semble associée à l'implant… Il émettrait quelque chose.

— Mais ça veut dire quoi, bordel ? interrogea Brock en serrant la main de Jenna dans la sienne.

Gideon haussa les épaules.

— Rien que j'aie pu déterminer avec l'équipement dont je dispose, ce qui fait que je ne peux pas vous dire ce que c'est vraiment. C'est de la technologie avancée, beaucoup plus avancée que tout ce que j'ai ici, et même que tout ce qui existe sur cette planète. Mon hypothèse, c'est que cette émission d'énergie est inhérente à l'implant lui-même.

Jenna porta sa main libre à sa nuque et tâta des doigts le léger relief des arabesques dessinées par le glyphe.

— Croyez-vous que l'énergie n'est qu'un témoin de l'activité de l'implant en moi ?

— Ça pourrait être aussi simple que ça, oui.

En le regardant parler, elle remarqua qu'il ne s'était pas départi de sa prudence et de sa gravité.

— Ça pourrait être aussi simple, mais vous n'y croyez pas, n'est-ce pas ?

Il tendit la main et lui toucha légèrement l'épaule.

— On va continuer à chercher les réponses, je vous en donne ma parole.

Brock hocha gravement la tête à l'intention de son camarade avant de mettre un bras protecteur autour des épaules de Jenna.

— Merci, mec.

Gideon sourit brièvement en les regardant tous les deux.

— Je vais m'occuper de ces analyses. Je vous rapporte les résultats dès que je les ai.

Alors qu'il tournait les talons et se dirigeait vers la porte, on entendit un bruit de bottes dans le couloir. Kade apparut sur le seuil, son regard d'acier étincelant.

— Harvard vient de recevoir un appel de Mathias Rowan, annonça-t-il sans préambule. L'Agence du maintien de l'ordre a peut-être une piste sur l'endroit où se trouve Kellan Archer.

— Qu'est-ce qu'on a ? demanda Brock, qui, s'il avait toujours le bras autour des épaules de Jenna, venait de passer instantanément en mode guerrier.

— Il y a apparemment un autre témoin. Un humain vivant dans les rues de Quincy prétend avoir vu trois grands types vêtus façon SWAT pousser un gosse dans un chantier là-bas la nuit dernière.

Brock grogna.

— Le tuyau vient d'un humain ? Depuis quand l'Agence utilise-t-elle des SDF *Homo sapiens* comme indics ?

— Ce n'est pas à moi qu'il faut poser la question, mec, dit Kade en levant les paumes en l'air. C'est un Agent du nom de Freyne qui a fait circuler l'info. Harvard dit que ce type a sous la main en ville toute une équipe d'humains prêts à garder les oreilles et les yeux ouverts pour un peu de cash et des stupéfiants.

— Putain, grogna Brock. Nos sources pour cette piste, c'est Freyne et un junkie humain ?

Kade secoua la tête.

— Pour l'instant, c'est tout ce qu'on a. Lazaro et Christophe Archer ont déjà prévu avec Mathias Rowan de filer à Quincy ce soir avec une équipe d'Agents pour vérifier sur place.

Au juron de Brock fit écho le blasphème tout aussi corsé de Gideon.

— Je sais, approuva Kade. Lucan veut tout le monde au labo *pronto* pour discuter de nos options. Il semble qu'on soit en passe de jouer les équipiers des Agents du maintien de l'ordre ce soir.

Chapitre 25

Les guerriers n'avaient pas eu beaucoup de temps pour se préparer au rendez-vous avec Mathias Rowan et son équipe d'Agents. Mais de toute façon l'opération dans son entier n'avait pour fondement qu'un tuyau fourni par des sources peu fiables et la détermination de Lazaro Archer et de son fils à s'accrocher désespérément à l'espoir que Kellan Archer avait bien été amené sur le chantier situé à l'autre bout de Quincy.

Ni Brock ni le reste de l'Ordre n'avaient cet espoir que le tuyau se révèle valide. Si Dragos était à l'origine du rapt, comme il semblait raisonnable de le penser, les chances de retrouver le gamin vivant, si proprement et si vite après son enlèvement, paraissaient minces, pour le moins.

Mais aucun des guerriers n'avait encore exprimé ce sentiment quand ils vinrent se garer derrière les véhicules de l'Agence du maintien de l'ordre à proximité du site.

Mathias Rowan fut le premier à venir à leur rencontre. Il s'écarta des six autres Agents qui l'accompagnaient et se dirigea vers la Rover tandis que Brock coupait le contact et que les autres guerriers sortaient sur le trottoir gelé. Chase fit les présentations, en commençant par Tegan et Kade, puis Brock, qui connaissait déjà l'Agent Rowan.

Le Chasseur participait lui aussi à la mission, mais il avait quitté la Rover un pâté de maison avant le point de rendez-vous de façon à aller discrètement effectuer un contrôle du bâtiment et de la zone qui l'entourait.

Le bâtiment en question était un immeuble de standing de dix étages, ou plutôt aurait dû l'être, à en croire le panneau installé devant par le promoteur, si la banque qui finançait l'opération n'avait pas mis la clé sous la porte suite au bouillon que venait de prendre l'économie humaine. Laissée à l'abandon à mi-travaux depuis des mois, la tour n'était guère plus qu'un squelette de brique garni de plateaux de béton inachevés et de fenêtres ouvertes à tous les vents. L'endroit semblait tranquille, assez désolé pour servir de lieu de rétention.

— Lazaro Archer et le père du gamin sont là aussi, signala Rowan aux guerriers. Ils ont tous deux insisté pour venir, mais je leur ai dit qu'il vaudrait mieux pour tout le monde qu'ils attendent dans l'un des véhicules de l'Agence pendant les recherches.

Tegan acquiesça.

— Vos hommes ne se sont pas approchés du bâtiment ?

— Non. Nous ne sommes arrivés qu'un instant avant vous.

— Et vous n'avez vu de mouvement ni dans l'immeuble ni à l'extérieur ? demanda Brock en lançant un regard à la structure sombre tandis qu'une bourrasque de neige fine se mettait à tourbillonner autour d'eux.

— Nous n'avons rien vu ni rien entendu, dit Rowan. J'ai connu des tuyaux autrement plus encourageants.

— Allons voir ça de plus près, dit Tegan en se mettant en route.

Alors qu'ils arrivaient près des véhicules de l'Agence, Brock reconnut Freyne parmi les Agents de l'équipe de Rowan. Il était appuyé dos à l'une des berlines avec deux de ses collègues, semi-automatiques visibles dans leurs holsters sous leurs manteaux ouverts. Brock lança un regard dur à l'Agent belliqueux, le défiant comme ses coéquipiers de faire le moindre commentaire stupide à leur approche.

Chase se montra moins subtil. Il fit un grand sourire à son récent adversaire.

— Content de te voir de nouveau sur pied après le traitement de serpillière que je t'ai réservé l'autre nuit. On remet ça quand tu veux, hein !

— Va te faire foutre, gronda Freyne, qui avait l'air lui aussi tout prêt à envenimer les choses avec son ancien camarade.

Mais cet échange venimeux fut très vite interrompu. Lazaro Archer ouvrit la portière arrière du véhicule et en descendit, le visage marqué par l'inquiétude. Il fit un signe de tête aux guerriers.

— Christophe et moi voulons participer à la fouille de l'immeuble, dit-il en regardant Tegan. Vous ne pouvez pas attendre de nous qu'on reste là à patienter pendant…

— C'est pourtant exactement ce que j'attends de vous. (La voix de Tegan était ferme mais non dénuée d'un certain respect.) Nous ne savons pas ce que nous risquons de trouver là-dedans ce soir, Lazaro. Il n'y a peut-être rien. Mais si ce n'est pas le cas, il faut que vous nous laissiez nous en charger.

— Mais, mon fils et moi voulons aider, répliqua Lazaro Archer.

Le visage de Tegan avait pris une expression sévère.

— Alors, aidez-nous en nous laissant faire notre boulot. Restez ici. Nous saurons tous bientôt si cette piste mène quelque part. Chase, monte la garde ici avec les hommes de Rowan jusqu'à notre retour. Et ne quitte pas les Archer des yeux.

L'ancien Agent ne discuta pas l'ordre, mais son irritation n'échappa pas à Brock. Demeurant avec Freyne et ses deux collègues, il laissa Lazaro Archer se réinstaller dans la voiture et referma la portière.

Puis il s'appuya à son tour contre la berline, bras croisés, et regarda Brock et le reste du groupe se diriger vers le bâtiment obscur.

Ils s'approchèrent en silence, et autant Brock et Kade que Rowan et ses trois Agents comprirent le signe que leur fit Tegan de se séparer en deux groupes. Tandis que l'équipe de l'Agence du maintien de l'ordre faisait le tour pour rejoindre un escalier de secours à l'arrière du bâtiment, Tegan, Brock et Kade y pénétraient par-devant, dans ce qui aurait dû être le hall d'entrée.

Une fois à l'intérieur, ils constatèrent que l'immeuble n'était pas totalement inoccupé. Ils entendirent des bruits de bottes sur le sol de béton au-dessus de leurs têtes, puis, en provenance de la même zone, le raclement d'une chaise métallique. Enfin, sous les sifflements du vent d'hiver entrant à travers les fenêtres sans cadres ni vitres, leur parvint le bruit étouffé de gémissements.

Tegan montra du doigt un escalier qui partait du hall. Brock et Kade le suivirent et tous trois grimpèrent la volée de marches, prêts à tirer.

Alors qu'ils atteignaient le premier étage, le regard de Brock fut attiré par une faible lumière qui brillait d'assez loin au fond d'un appartement inachevé. Tegan et Kade la virent aussi.

— Des humains ? questionna Brock en se contentant de bouger les lèvres, supposant qu'il pouvait s'agir d'un squat car, les vampires pouvant y voir parfaitement dans le noir, la lumière artificielle ne leur servait à rien.

Tegan leur fit signe qu'ils continuaient pour aller voir d'où provenait la lueur.

Ils se glissèrent dans l'obscurité et se séparèrent pour arriver sur place de trois côtés différents. Alors qu'ils approchaient, Brock aperçut brièvement trois grandes silhouettes masculines vêtues de noir de la tête aux pieds et équipée chacune d'un semi-automatique. Les gardes masqués étaient penchés sur une silhouette plus petite assise au centre de l'espace sans murs.

Kellan Archer.

Bordel! En fin de compte, le tuyau de Freyne était bon.

La tête du jeune vampire pendait sur sa maigre poitrine, ses cheveux roux étaient collés et ses vêtements déchirés. Il avait dû être malmené par ses ravisseurs. Il avait les mains liées derrière le dos et les chevilles et le tronc attachés à une chaise métallique par des chaînes.

Même adolescent, un membre de la Lignée comme Kellan aurait pu se libérer de ses entraves s'il avait essayé. Mais il avait peu de chance d'échapper à trois des Chasseurs de Dragos, armés jusqu'aux dents et assez proches de lui pour le truffer de plomb en un instant.

Tegan jeta un coup d'œil à Brock, puis à Kade, les prévenant ainsi silencieusement d'avoir à intervenir à son signal. Il leur fallait se déplacer sans bruit pour trouver la meilleure position, celle qui leur permettrait à chacun de descendre l'un des assassins Gen-1 sans risquer que Kellan Archer se retrouve sur la trajectoire d'une balle.

Mais avant même qu'ils se soient mis en mouvement, Brock entendit un très léger « clic » métallique provenant d'une zone située plus loin dans les ombres du premier étage.

Mathias Rowan et ses Agents étaient là. Eux aussi avaient vu le gamin kidnappé.

Et dans l'instant qui suivit cette constatation, l'un des connards à la gâchette facile de l'Agence tira.

Le feu nourri qui s'était déclenché dans l'immeuble s'entendit immédiatement dans la rue.

— Nom de Dieu, éructa Sterling Chase en levant la tête brusquement. Bordel de merde, ils ont dû trouver le gosse!

Les tirs ne cessaient pas et Freyne regardait son ancien collègue de l'Agence prêt à paniquer. Chase sortit son arme et lança un regard sauvage au bâtiment à travers le chantier. Sterling Chase, le mâle de la Lignée dont la brillante carrière au sein de l'Agence avait semblé toute tracée, avant qu'il n'y renonce il n'y avait pas si longtemps de ça pour rejoindre les rangs de l'Ordre.

L'imbécile!

Il aurait pu s'allier avec une organisation autrement plus puissante, comme l'avait fait Freyne quelques mois auparavant.

— J'y vais, dit Chase, en armant son 9 mm. Toi et tes hommes, vous restez là, lança-t-il à Freyne en s'éloignant déjà du véhicule de l'Agence. Ne bougez pas d'un millimètre, compris?

Freyne acquiesça tranquillement. Il avait du mal à masquer son sourire de contentement. C'était exactement l'occasion qu'il attendait. En fait, il avait compté que les choses se passeraient exactement comme elles étaient en train de le faire.

— Gardez les Archer à l'abri dans la voiture, cria encore Chase en courant dans la neige vers le chaos dont le vacarme s'échappait toujours du squelette d'immeuble devant lui. Ne les lâchez pas des yeux.

— Compte sur moi, murmura Freyne alors que l'ancien Agent était déjà bien trop loin pour l'entendre.

À côté de lui, la vitre arrière du véhicule se baissait. Christophe Archer avait les traits tirés d'inquiétude et toute sa morgue avait disparu.

— Que se passe-t-il? (Il grimaça en entendant le boucan qui envahissait l'obscurité de la nuit.) Bon Dieu! Qui tire là-dedans? Ont-ils trouvé mon fils?

Archer fit mine de vouloir sortir de la voiture. Freyne fit un pas pour venir bloquer la portière.

— Détendez-vous, dit-il au père agité.

Tout en parlant, il dégaina tranquillement son semi-automatique et, d'un clignement d'yeux, fit signe aux deux autres Agents, debout de l'autre côté de la voiture, d'en faire autant.

— Nous avons la situation en main.

Chapitre 26

Le premier étage de l'immeuble n'était plus qu'un champ de bataille où fusaient les balles comme les cris rauques des guerriers et des Agents. Les trois immenses gardiens de Kellan Archer faisaient feu à leur tour, hurlant sauvagement.

Dès les premiers instants de la confrontation, ils avaient tué deux des Agents de Rowan et le troisième venait de tomber, fauché par une balle dans le genou, avant qu'une autre l'achève pour de bon. Le feu nourri ne cessait pas et Brock esquiva de peu une balle au niveau de la tête.

Au milieu de la confusion, la grosse bougie qui éclairait la pièce se renversa. Elle roula aux pieds des ravisseurs de Kellan, sa petite flamme s'éteignit au sol et les lieux furent soudain plongés dans l'obscurité. Brock s'en rendit à peine compte, de même que ses compagnons, mais les hommes de Dragos, eux, parurent momentanément désorientés dans le noir.

Brock en descendit un d'un tir bien ajusté à la tête et Tegan en tua un autre juste après. Tandis que le dernier des assassins arrosait l'espace autour de lui de son arme automatique, Brock se glissa de côté et plongea jusqu'à la chaise où était assis Kellan Archer, qui se débattait à présent pour se libérer de ses liens.

Les guerriers et Rowan se rapprochaient du troisième assassin en noir, le visant tous trois en même temps, et une dernière grêle de balles le transforma en un tas sanglant au sol.

Brock prit le gamin par les épaules pour le calmer.

— Tout va bien, petit. Tu es en sécurité maintenant.

Soudain, des effluves d'hémoglobine lui firent redresser la tête de surprise.

Qu'est-ce que… ?

Ses sens de vampire détectant la présence de sang frais, ses crocs jaillirent instinctivement de ses gencives. Il jeta un regard à Tegan et aux autres, pour s'apercevoir qu'eux aussi avaient repéré l'odeur de cuivre des globules rouges.

— Des humains, marmonna Tegan, reportant la lumière d'ambre de ses yeux transformés sur les trois gardes étendus au sol dans une mare de sang.

— Pas de collier, ajouta Brock, qui venait seulement de se rendre compte que, sous leur cagoule noire, les ravisseurs de Kellan ne portaient pas l'appareil à UV qui caractérisait les Chasseurs de Dragos et lui permettait de s'assurer de leur obéissance. Bordel ! Ce ne sont pas les assassins Gen-1 qui ont enlevé le gosse.

Kade et Mathias Rowan le rejoignirent en même temps. Ils se penchèrent pour enlever leurs masques aux hommes qui gisaient au sol. Puis Kade souleva les paupières de l'un d'entre eux et laissa échapper un juron.

— Ce sont des Laquais !

— Des Laquais censés nous faire croire qu'ils étaient des assassins Gen-1, compléta Brock en débarrassant Kellan Archer du dernier de ses liens et en l'aidant à se relever. C'était un coup monté.

— Ouais, dit Kade, mais dans quel but ?

— Seigneur.

Chase, qui venait d'arriver sur les lieux, se tenait derrière le groupe. Ses yeux lançaient des éclairs d'ambre, ses pupilles s'étaient réduites à deux fentes et ses crocs paraissaient immenses sous sa lèvre supérieure. Il avait les yeux rivés sur les humains sanguinolents.

— Mais qu'est-ce qui s'est passé ici ?

Tegan se retourna brusquement vers lui.

— Où sont les Archer ?

— Là dehors, répondit Chase d'une voix râpeuse. (Il semblait avoir du mal à reporter son attention sur Tegan.) Je les ai laissés là-bas avec Freyne et ses types en entendant la fusillade.

Le visage d'ordinaire impassible de Tegan arbora soudain une expression angoissée.

— Nom de Dieu, Harvard. Je t'avais dit de ne pas les quitter des yeux.

Le Chasseur revenait de son tour d'inspection du chantier sans bruit mais en courant. Il venait en effet d'entendre le fracas des armes provenant de l'immeuble. Mais à ce moment précis, il était plus intéressé par le coup de feu unique qui venait de claquer près des véhicules de l'Agence du maintien de l'ordre dans la rue.

À travers les tourbillons de neige, il vit l'Agent nommé Freyne qui tenait un pistolet fumant devant la fenêtre ouverte d'une portière arrière de la berline noire de l'Agence. Au même instant, les compagnons de Freyne ouvrirent le feu sur la voiture à leur tour.

Le Chasseur fit un bond et franchit les quelques mètres qui le séparaient de la scène en un clin d'œil. Il atterrit sur Freyne et, en le plaquant au sol, il aperçut les projections de cervelle qui garnissaient l'intérieur de la berline. L'odeur de la poudre et la puanteur de la mort envahissaient l'air tandis que les deux autres Agents poursuivaient leur attaque sur les occupants du véhicule.

Freyne rugissait sous le poids du Chasseur. Il battait l'air en essayant de se dégager. Le Chasseur posa les mains de part et d'autre de la tête du vampire et fit cesser le combat d'une seule torsion bien ajustée. Freyne s'étala sans vie sur le trottoir, la tête formant un angle bizarre avec l'épaule.

Au même moment, la voiture fut secouée par un tremblement puissant. Un hurlement fit vibrer le sol et la porte opposée fut dégondée. Elle vola sur plusieurs mètres avant d'aller s'écraser sur la chaussée.

Lazaro Archer en sortit, le manteau et le visage couverts de sang, de morceaux d'os et de cervelle.

Il se précipita sur un des Agents traîtres et lui enfonça ses crocs énormes dans la gorge. Tandis que les deux vampires finissaient au sol en une étreinte mortelle, le Chasseur sautait par-dessus le capot de la berline, attrapait le dernier des agresseurs et en venait à bout aussi facilement qu'il l'avait fait avec Freyne.

Il lança un regard apathique à Lazaro Archer et au vampire dont la gorge était à présent largement ouverte et sanguinolente suite à une morsure féroce. Archer n'en avait pas fini, même si l'Agent cloué au sol sous lui était déjà mort ou ne valait guère mieux. Il se laissait aller à une fureur sauvage, perdu dans une douleur que le Chasseur, qui avait été élevé loin de tout attachement émotionnel, ne pouvait que supposer.

Le Chasseur se releva et regarda dans le véhicule, à l'arrière duquel le fils de Lazaro gisait sans vie au sol, tué par la balle que Freyne lui avait tirée à bout portant dans le crâne.

La crainte qu'avait ressentie Tegan dans l'immeuble avait été justifiée. En fait, ce qui attendait le groupe qui se précipitait hors de l'immeuble avec le jeune Kellan Archer était encore pire que ce qu'ils avaient imaginé.

Ça puait la mort dans la rue où étaient garés les véhicules de l'Agence du maintien de l'ordre. L'un d'eux, celui où avaient été assis Lazaro et Christophe Archer, était criblé d'impacts de balles et ses vitres avaient éclaté. En y regardant de plus près, Brock vit que le côté opposé de la berline était largement ouvert, la portière arrière ayant été arrachée à ses gonds.

Il y avait eu une attaque surprise sur les occupants de la voiture, une lâche agression venue de l'extérieur du véhicule. Et il n'y avait aucun doute sur ses auteurs… pas plus que sur la façon dont elle s'était terminée. Freyne et les deux Agents restés avec lui étaient allongés sans vie par terre dans une mare de sang. Le Chasseur les dominait de toute sa hauteur, impassible, ses yeux d'or perçants balayant les environs à l'affût d'autres problèmes éventuels, prêt à gérer à lui seul toute nouvelle menace.

Et à l'intérieur de la berline, tête et tronc penchés en avant par-dessus une forme sans vie allongée sur ses genoux, était assis Lazaro Archer. Même à la distance où il se trouvait, Brock voyait que des taches de sang et des morceaux de cervelle parsemaient son manteau sombre et sa chevelure. L'immense Gen-1 pleurait doucement, écrasé par la douleur que provoquait en lui la perte de son fils.

— Seigneur ! murmura Chase, debout à côté de Brock. Oh, Seigneur… non !

— Freyne, gronda Brock. Ce salopard devait bosser pour Dragos.

Chase secoua la tête et se frotta le crâne de la main en un geste de désespoir évident. Lorsqu'il parla, sa voix était atone, comme blanchie sous le choc.

— Je n'aurais jamais dû les laisser avec lui. J'ai entendu la fusillade dans l'immeuble, et j'ai pensé… Ah, putain, peu importe ce que j'ai pensé. Bordel, j'aurais dû savoir qu'on ne pouvait pas faire confiance à Freyne.

Probablement, pensa Brock, même si ni lui ni les autres ne formulèrent aucun reproche à l'adresse de Chase. Le désespoir de celui-ci était peint sur son visage. Il n'avait pas besoin que qui que ce soit d'autre mette l'accent sur l'erreur de jugement qui avait coûté la vie à Christophe Archer. Le Harvard un peu suffisant que tous les guerriers connaissaient avait pâli et semblait se recroqueviller sur lui-même tandis qu'il s'éloignait du carnage pour s'enfoncer plus loin dans les ombres du chantier désert.

Quant à Brock et aux autres, un lourd silence s'était abattu sur eux à la vue de tant de sang et de mort. Le petit-fils de Lazaro Archer avait été arraché à ses ravisseurs, mais à quel prix ! Le fils de Lazaro gisait horriblement massacré dans ses bras à quelques pas de là.

Tandis que le groupe absorbait le choc des événements de la nuit, le jeune Kellan Archer sortit d'un coup de son propre état de choc. Il arriva de derrière Brock, semblant seulement se rendre compte de la présence de Lazaro dans la berline.

— Grand-père ! s'écria-t-il d'une voix entrecoupée de larmes. (Encore mal assuré sur ses jambes, il se mit à courir en boitant.) Grand-père ! Est-ce que papa est avec toi ?

— Retenez le gamin, énonça le Chasseur d'une voix sans émotion. Ne le laissez pas s'approcher.

Brock attrapa Kellan par le bras et le fit pivoter derrière son dos, où il le maintint pour le protéger de la vision d'horreur qui s'étalait devant eux.

— Je veux voir mon grand-père ! cria l'adolescent. Je veux voir ma famille !

— Bientôt, dit Brock. Sois fort, maintenant, mon garçon. Tu vas retrouver ta famille très vite. Nous devons d'abord nous occuper d'un truc, d'accord ?

Kellan cessa de se débattre et il continua à essayer de passer la tête de côté pour voir au-delà de Brock, voir ce qu'on lui cachait dans la berline criblée de balles.

— Viens avec moi. On va attendre plus loin, lui lança Kade en se retournant et en prenant la frêle silhouette du garçon par les épaules pour l'emmener à distance du massacre.

Dès que Kellan fut hors de portée de voix, Mathias Rowan laissa échapper un juron.

— Je ne savais absolument pas que Freyne ou ceux qui l'accompagnaient étaient corrompus, je le jure. Bon Dieu, je ne peux pas croire ce qui vient de se passer. Tous mes hommes, Christophe Archer… tous morts. (Il tendit la main vers son portable.) Je dois faire un rapport.

Avant même qu'il ait pu appuyer sur la moindre touche, Tegan lui prit le poignet en secouant gravement la tête.

— J'ai besoin que vous restiez le plus discret possible sur cette histoire. Pourriez-vous attendre pour faire votre rapport que l'Ordre ait eu le temps d'enquêter plus avant sur cet enlèvement et cette embuscade ?

Rowan manifesta son accord d'un hochement de tête.

— Je peux attendre quelques heures, mais j'aurai du mal à aller au-delà. Certains de ces Agents ont des familles et il y aura des questions.

— Entendu, répondit Tegan.

Il ne lâcha pas le poignet de Rowan pour autant, et Brock sut que le don du Gen-1 pour lire quelqu'un au toucher allait lui indiquer si Mathias Rowan était vraiment un allié de l'Ordre ou non. Quelques instants plus tard, Tegan hocha discrètement la tête.

— Je sais que vous êtes le contact de Chase au sein de l'Agence depuis un moment déjà, Mathias. L'Ordre apprécie beaucoup votre aide. Mais désormais vous ne pouvez plus vous fier à personne, pas même à vos meilleurs Agents.

Mathias Rowan hocha la tête, considérant les dégâts l'air grave avant de revenir à Tegan et à Brock.

— Si ceci est un exemple de ce dont Dragos est capable, alors il est aussi mon ennemi. Dites-moi ce dont l'Ordre a besoin et je ferai tout ce qui est en mon pouvoir pour vous aider à venir à bout de ce fils de pute.

— Pour l'instant, c'est du temps et du silence qu'il nous faut, déclara Tegan. Je ne crois pas que Dragos en ait fini avec Lazaro Archer et sa famille, et le plus important est donc leur protection. Je suis sûr que Lucan sera d'accord pour penser que l'opération de sauvetage de ce soir a été bien trop simple malgré les pertes. Il y a là un truc qui cloche.

Brock approuva d'un hochement de tête car il avait eu la même impression lorsqu'ils avaient découvert que les geôliers de Kellan étaient des Laquais et pas les trois Gen-1 qu'on avait vus enlever le gamin.

— Le kidnapping était une ruse. Dragos a autre chose dans sa manche.

— C'est aussi ce que me dit mon instinct, admit Tegan, l'air sinistre.

— J'espère que vous avez tort tous les deux, dit Rowan en reportant le regard sur la berline où se trouvait toujours Lazaro Archer, son fils mort sur les genoux. Il y a eu assez de sang versé ici ce soir.

— Nous devrions nettoyer le bâtiment et la rue et quitter les lieux, dit Tegan. Il est trop risqué de laisser les Archer exposés à l'extérieur plus longtemps.

— Je vais m'occuper de l'immeuble, proposa Brock.

Il s'était à peine retourné pour se diriger vers ce dernier que Rowan lui avait emboîté le pas.

— Laissez-moi vous aider, s'il vous plaît.

Ils traversaient le chantier ensemble quand le portable de Rowan sonna. L'Agent prit son téléphone à bout de bras et se retourna vers Tegan, comme pour lui demander l'autorisation de prendre l'appel. Le Gen-1 hocha la tête.

Rowan porta le téléphone à son oreille et, saisi d'inquiétude, Brock le vit pâlir.

— Il doit y avoir une erreur, murmura l'Agent du maintien de l'ordre. Le Havrobscur dans son entier… Seigneur Dieu !

Brock, qui sentait son ventre se nouer tandis que Rowan répétait son incrédulité avant de couper la communication, l'air hagard, fit signe à Tegan.

— Que se passe-t-il ? demanda Tegan, qui les avait rejoints. Que s'est-il passé, bordel ?

— Le Havrobscur de Lazaro Archer, murmura Rowan. Il a brûlé complètement ce soir. Il y a eu une énorme explosion, qui serait due à une fuite de gaz. Il n'y a pas de survivants.

Personne ne dit plus rien pendant un long moment. Quelques flocons de neige s'agitaient à la clarté des étoiles, seul mouvement dans une nuit soudain figée par une obscurité et un froid sépulcraux.

Ce fut alors qu'un peu plus loin, sur le trottoir, le jeune Kellan Archer se couvrit le visage des mains et se mit à pleurer. De gros sanglots d'angoisse pure. Le gosse savait ce qu'il venait de perdre. Il le sentait. Et lorsqu'il releva la tête, les yeux pleins de larmes parsemés de furieuses étincelles d'ambre, Brock vit la rage qui naissait dans le cœur du jeune mâle.

Cette nuit marquait la fin de son enfance. Comme son grand-père, assis à plusieurs mètres couvert du sang de son propre fils, Kellan Archer n'oublierait jamais et ne pardonnerait jamais non plus la mort et le chagrin qui venaient de lui être imposés.

— Dépêchons-nous de nettoyer et cassons-nous, déclara finalement Tegan. Je vais mettre le gamin et son grand-père dans la Rover. Ils sont désormais sous la protection de l'Ordre.

Chapitre 27

Lazaro Archer refusa l'offre que lui fit Tegan de passer devant les restes de son Havrobscur pour un dernier adieu. Il ne souhaitait pas voir les décombres de son existence, dans lesquels avaient péri près d'une dizaine d'innocents, dont la Compagne de sang qu'il avait chérie durant de nombreux siècles. Même si l'Agence du maintien de l'ordre avait officiellement attribué l'explosion à une fuite de gaz, tous les membres de l'Ordre, et Lazaro aussi, savaient bien qu'il ne s'agissait pas d'un accident mais bien d'un massacre à grande échelle déclenché sur ordre de Dragos.

Malgré un chagrin qui ne pouvait être que profond, Lazaro Archer avait retrouvé la maîtrise de ses émotions avant même leur arrivée au complexe. Et à présent, douché, ses vêtements couverts de débris humains remplacés par un treillis noir neuf fourni par l'Ordre, il semblait transformé, plus sombre et plus impressionnant encore que le Gen-1 civil qui s'était trouvé dans le labo une nuit plus tôt, prêt à tout pour retrouver son petit-fils. L'air grave, il semblait déterminé à consacrer toute son énergie au bien-être de ce dernier, le seul héritier qu'il lui restait.

— Kellan dit qu'il ne se souvient pas de grand-chose en ce qui concerne l'enlèvement proprement dit, murmura Lazaro, alors que, debout au côté de Lucan, il observait l'adolescent à travers la vitre de la chambre de convalescence de l'infirmerie. Douché lui aussi, le gamin se reposait. (La petite Mira, qui avait pris sur elle de lui faire la lecture, veillait à son chevet.) Il dit qu'il s'est réveillé dans cet immeuble infesté de rats, frigorifié, avec un flingue pointé sur lui. Ils n'ont commencé à le frapper qu'après qu'il a repris conscience. Ces salopards lui ont dit qu'ils voulaient qu'il crie et qu'il souffre.

En entendant le récit de ce qu'avait dû subir le garçon, Lucan serra les mâchoires.

— Il est en sécurité maintenant, Lazaro. Vous l'êtes tous les deux. L'Ordre s'en porte garant.

L'autre Gen-1 hocha la tête.

— Je vous suis reconnaissant de ce que vous faites pour nous. Comme la plupart des civils, je sais à quel point l'Ordre tient au secret, en particulier en ce qui concerne son quartier général. Je me rends bien compte que ça ne doit pas être évident pour toi d'autoriser la présence d'étrangers dans le complexe.

Lucan se contenta de hocher la tête. Il n'avait en effet accordé cette autorisation que très rarement. Il y avait eu Sterling Chase et la compagne de Tegan, Élise, plus d'un an plus tôt, et, récemment, Alexandra Maguire et Jenna Darrow. Sinon il fallait remonter à plus d'un siècle pour trouver d'autres exemples.

Certes, Lucan détestait qu'on lui force la main, mais il n'était pas assez rigide pour tourner le dos à quelqu'un vraiment dans le besoin. Peut-être l'avait-il été il y avait très longtemps, avant de rencontrer Gabrielle et de tomber amoureux d'elle. Avant de savoir ce que c'était d'avoir une famille et un cœur battant de vénération pour quelqu'un d'autre.

Il posa la main sur la large épaule de l'autre Gen-1.

— Toi et le gamin aviez besoin d'un abri sûr. Vous n'en trouverez pas de meilleur que ce complexe.

Quant aux questions que Lucan aurait pu se poser sur le fait de laisser connaître la localisation du complexe à Archer ou à son petit-fils, Tegan l'avait rassuré en lui affirmant qu'ils jouaient tous deux franc-jeu. D'ailleurs, Lucan n'avait jamais douté de leur honnêteté pleine et entière.

Mais bon, il valait mieux ne pas faire confiance à l'aveuglette. Il se devait d'être prudent. Ces derniers temps, dès qu'il regardait autour de lui, il sentait le poids de nombreuses vies sur ses épaules. C'était une responsabilité qu'il prenait très au sérieux, car il était parfaitement conscient que, si Dragos voulait frapper l'Ordre dans sa chair, c'était ici même qu'il le ferait.

Il n'aimait pas s'attarder à cette pensée, mais ne pouvait pas non plus se permettre de la rejeter en bloc.

Il se disait qu'il ne supporterait pas que l'Ordre, sa famille, subisse un coup aussi mortel que celui qui avait frappé Lazaro Archer cette nuit-là. Tout ce qu'il restait au civil Gen-1 après une vie qui avait déjà duré mille ans, c'était le jeune meurtri dans son lit d'infirmerie et le corps criblé de balles de son fils, que Tegan et le reste de l'équipe envoyée en mission avaient ramené avec eux au complexe.

Lucan se racla la gorge.

— Si tu veux célébrer les rites funéraires pour Christophe au matin, nous allons faire les préparatifs nécessaires.

Lazaro hocha la tête gravement.

— Merci. Merci pour tout, Lucan.

— La place est limitée ici dans le complexe, mais nous pouvons nous réorganiser un peu pour en faire pour toi et Kellan dans l'un des dortoirs. Vous pouvez rester aussi longtemps que nécessaire.

Archer leva la main en signe de refus poli.

— C'est plus que généreux de ta part, mais j'ai des propriétés ailleurs, des endroits où mon petit-fils et moi pouvons séjourner.

— Je n'en doute pas, répliqua Lucan, mais je n'aime pas l'idée de vous laisser quitter la protection de l'Ordre tant que nous ne pourrons être certains que toi et Kellan n'êtes plus sous la menace directe de Dragos.

— Dragos, lâcha Archer, dont le visage se durcit sous l'effet d'une vague de fureur contenue. Je me souviens de ce nom, entendu au temps jadis. Dragos et sa progéniture ont toujours été corrompus. Retors, intrigants. Moralement pourris. Seigneur, je pensais que sa descendance était éteinte depuis longtemps.

Lucan grogna.

— Il reste un fils de deuxième génération, resté dissimulé derrière de multiples alias pendant des décennies, qui n'est pas encore mort. Et il y a plus, Lazaro. Des choses que tu ne sais pas. Des choses que la population civile ne voudrait pas savoir sur Dragos et ses machinations.

Le regard sévère et sans âge d'Archer ne quittait pas celui de Lucan.

— Dis-moi. Je veux comprendre. J'ai besoin de comprendre.

— Viens, dit Lucan. Marchons.

Il fit sortir Archer de l'infirmerie et rejoignit avec lui le couloir tranquille. Les deux Gen-1 firent quelques pas en silence pendant que Lucan se demandait par où commencer à propos de Dragos. Il décida finalement de raconter du début.

— Les graines de cette guerre contre Dragos ont été semées il y a des siècles, se lança-t-il tandis qu'Archer et lui avançaient dans le couloir de marbre blanc. Tu dois te souvenir de cette époque, Lazaro. Tu l'as vécue comme moi, quand les Anciens, menés par leur soif de sang et l'excitation de la chasse, massacraient tout autour d'eux. C'étaient nos pères mais il fallait mettre un terme à leur folie.

Archer hocha gravement la tête.

— Je m'en souviens bien. Je ne saurais dire combien de fois j'ai assisté à la sauvagerie de mon père quand j'étais gosse. Elle semblait grandir sans cesse, de plus en plus incontrôlée, surtout quand il revenait des réunions.

Lucan inclina la tête de côté.

— Les réunions ?

— Oui, répondit Archer. Je ne sais pas où lui et les autres Anciens se retrouvaient, mais il partait pendant des semaines ou des mois d'affilée. Je savais toujours quand il était de retour dans le coin parce qu'alors les tueries recommençaient dans les villages d'humains situés aux alentours. J'ai été soulagé quand il a fini par partir pour de bon.

Lucan fronça les sourcils.

— Mon père n'a jamais mentionné de réunions mais je sais qu'il rôdait au loin pendant de longues périodes. Je sais qu'il chassait. Lorsqu'il a tué ma mère au cours d'une crise de Soif sanguinaire, j'ai su qu'il était temps d'en finir avec toute cette sauvagerie.

— Je me souviens d'avoir entendu parler de ce qui était arrivé à ta mère, déclara Archer. Et je me rappelle ton appel à tous les Gen-1 à te rejoindre en une croisade contre nos pères extraterrestres. Je ne croyais pas ton succès possible.

— Ils ne furent pas nombreux à y croire, se souvint Lucan sans amertume – il n'en avait d'ailleurs pas eu non plus à l'époque. Huit d'entre nous se sont attaqués à la poignée d'Anciens survivants. Nous avons cru les avoir tués jusqu'au dernier, mais il y avait des traîtres dans nos rangs, dont mon frère, Marek, et le père Gen-1 de Dragos. Ils complotèrent en secret et construisirent une crypte, dissimulée dans une montagne, pour abriter le dernier des Anciens. Ils prétendirent qu'il était mort, mais le gardèrent là en hibernation pendant des siècles. Plus tard, Dragos l'arracha à la crypte et il a survécu sous son contrôle jusqu'à récemment. Dragos le gardait drogué et affamé dans un laboratoire privé. Nous ne savons pas jusqu'où est allée sa folie, mais il y a une chose dont nous sommes sûrs : pendant des dizaines d'années, il a utilisé l'Ancien pour créer une petite armée de Gen-1. Il les a élevés et ils lui servent désormais d'assassins personnels.

— Seigneur Dieu ! murmura Archer, visiblement choqué. J'ai du mal à croire que tout ça soit vrai.

Lucan avait pu avoir le même sentiment à un moment, mais plus après ce qu'il avait vécu. Il repensa à tout ce qui s'était passé au cours de l'année écoulée et même un peu plus. Toutes les trahisons et toutes les révélations, les secrets explosifs et les tragédies inattendues qui avaient frappé l'Ordre et ses membres.

Et le combat n'était pas terminé. Loin de là.

— Jusqu'ici, Dragos a réussi à nous échapper, mais nous nous rapprochons de lui tous les jours. Nous l'avons obligé à se terrer en détruisant ce qui devait être son quartier général. Puis il a perdu une autre pièce maîtresse quand l'Ancien a échappé à ses hommes en Alaska. Nous avons poursuivi la créature et l'avons éliminée. Mais les dégâts sont déjà importants. Nous ne savons pas combien d'assassins Gen-1 Dragos est parvenu à créer ni où ils se trouvent. Toutefois, nous avons bien l'intention de les trouver. Et nous en avons un dans notre camp désormais. Il a rejoint l'Ordre il y a peu, après s'être libéré du joug de Dragos.

Archer prit un air suspicieux.

— Tu crois que c'est prudent d'accorder ta confiance à quelqu'un qui a été associé de si près à Dragos ?

Lucan hocha la tête.

— Je me suis posé la même question au début, mais le Chasseur s'est avéré plus que digne de la confiance de l'Ordre. Tu l'as croisé toi-même, Lazaro. Il était là cette nuit et a aidé à éliminer les assassins de Christophe.

Le Gen-1 laissa échapper un juron à voix basse.

— Ce guerrier m'a sauvé la vie. Personne n'aurait pu agir assez vite pour sauver mon fils mais, sans le Chasseur, je ne serais pas là non plus.

— C'est un mâle honorable, déclara Lucan. Mais il a été élevé pour devenir une machine à tuer. À en croire les descriptions que nous avons reçues des ravisseurs de Kellan, nous sommes quasiment certains qu'il s'agissait de trois des Chasseurs de Dragos.

— Je croyais avoir entendu certains des guerriers dire ce soir que les gardes tués dans l'immeuble étaient des humains, des Laquais.

Lucan acquiesça.

— C'est vrai. Pour une raison ou pour une autre, ils avaient été déguisés pour ressembler aux individus qui s'étaient emparés de Kellan, mais les Laquais faisaient partie d'un plan plus vaste. Comme l'attaque sur ton Havrobscur, j'en suis sûr.

— Mais pourquoi ? murmura Archer. Qu'espérait-il tirer comme bénéfice du massacre de presque toute ma famille et de la destruction de ma maison ?

— Nous n'avons pas encore la réponse à cette question, mais nous n'aurons de cesse de la trouver. (Lucan s'arrêta de marcher et croisa les bras.) Dragos nous a donné beaucoup de fil à retordre ces derniers temps, et mon instinct me dit que nous n'avons vu que le début de ce dont il est capable. Nous avons récemment découvert qu'il a aussi des Laquais infiltrés dans au moins une des agences gouvernementales de ce pays. Et je suis sûr qu'il y a encore de mauvaises nouvelles à venir sur ce front-là.

Archer jura de nouveau.

— Et penser que tout ça s'est déroulé sous notre nez. Lucan, tout ce que je peux dire, c'est que je regrette de ne pas t'avoir apporté mon soutien plus tôt. Tu ne peux savoir à quel point j'en suis navré.

Lucan secoua la tête.

— Ce n'est pas la peine. Ce combat est celui de l'Ordre.

Lazaro Archer arborait une expression résolue.

— Dès cet instant, c'est aussi le mien. J'en suis, Lucan. Quelle que soit la façon dont je peux vous servir, toi et tes guerriers, et si tu acceptes mon offre, aussi tardive soit-elle, alors j'en suis.

Le Laquais qui conduisait la limousine noire de Dragos vint se garer le long du trottoir recouvert de glace sur lequel attendait son lieutenant, soufflant et frissonnant sous un lampadaire malgré son manteau de cachemire et son feutre enfoncé sur les oreilles.

L'homme ouvrit la portière de derrière et monta dans la voiture. Il enleva son chapeau et ses gants, puis pivota pour faire face à Dragos, à côté duquel il venait de s'asseoir sur la banquette arrière.

— L'Ordre a bien été informé à propos de l'immeuble où était retenu le gosse, sire. Ils se sont pointés ce soir comme nous l'avions anticipé, avec Lazaro Archer, son fils et une unité de l'Agence du maintien de l'ordre. Les Laquais qui gardaient le gamin ont été tués dès le début de la confrontation.

— Ce qui n'a rien d'étonnant, répliqua Dragos avec un vague haussement d'épaules. Et l'Agent Freyne ?

— Mort, sire. Lui et ses hommes ont été tués par l'un des guerriers alors qu'ils tentaient de mener à bien leur mission. Christophe Archer a été éliminé mais son père est toujours en vie.

Dragos grogna. Quitte à ce que l'un des Archer survive à l'assassinat qu'il avait organisé, il aurait préféré de loin que ce soit son dandy de fils plutôt que Lazaro. Mais, malgré tout, l'attaque multiple qu'il avait orchestrée cette nuit-là restait un succès. Il avait assisté à distance de sécurité, bien à l'abri dans sa limousine, à l'explosion spectaculaire du Havrobscur de Lazaro Archer dans la nuit d'hiver.

Une vision réjouissante.

Un anéantissement complet.

Et à présent, exactement comme il l'avait voulu, les membres de l'Ordre ne savaient plus où ils en étaient.

Son lieutenant vampire poursuivit, énumérant le reste des résultats de la nuit.

— Le feu du Havrobscur a coûté la vie à tous ses occupants et, d'après les rapports que j'ai lus, on n'a ni vu ni entendu parler de Lazaro Archer depuis. Même si je n'ai pas eu confirmation, je soupçonne que le Gen-1 comme son petit-fils sont sous la protection de l'Ordre à l'heure où nous parlons.

— Très bien, répondit Dragos. Dans la mesure où Lazaro Archer respire encore, je peux difficilement dire que mes ordres ont été exécutés à la lettre, mais, bon, si je tenais à la perfection, il faudrait que je fasse tout moi-même.

Son lieutenant eut le culot de paraître vexé.

— Avec tout le respect que je vous dois, sire, si j'avais su que l'Ordre comptait maintenant l'un de vos Chasseurs dans ses rangs, j'aurais peut-être pris des précautions supplémentaires concernant le rôle de Freyne dans la mission de cette nuit.

Dragos avait vécu suffisamment longtemps pour que rien ne le surprenne plus vraiment. Mais cette nouvelle, cette information dérangeante, accéléra pour de bon son rythme cardiaque. Il sentit la fureur l'envahir, une rage froide qui le fit cracher le juron qui se forçait un passage jusqu'à ses lèvres.

— Vous ne saviez pas ? demanda son lieutenant, qui se recroquevilla contre sa portière pour mettre le plus de distance possible entre eux.

— Un Chasseur, rétorqua Dragos, dont les yeux projetaient des éclairs d'ambre dans l'habitacle obscur de la limousine. Vous êtes sûr ?

Le vampire hocha gravement la tête.

— J'avais fait installer des caméras de surveillance en plusieurs endroits à proximité du chantier. La façon qu'il avait de se déplacer, sa taille même et la précision de ses talents… sire, il n'y avait aucun doute que ce guerrier était l'un de vos Chasseurs.

Et il n'y avait qu'un seul de ses tueurs élevés spécialement et entraînés à la dure qui soit parvenu à se soustraire au contrôle de Dragos et à s'échapper. Qu'il ait rallié l'Ordre était tout simplement un choc pour lui.

Dragos s'était imaginé que le Chasseur, une fois libéré des liens imposés par le collier UV qu'il portait, avait fui dans un coin sombre, tel un chien errant perdu sans son maître. Au fond de lui, il s'était même dit que l'assassin fugitif avait fini mort ou Renégat à l'heure qu'il était.

Mais pas ça !

Et pas non plus, se disait-il à présent, ce Chasseur-là.

Il avait été différent dès le début. Efficace à en faire froid dans le dos. D'une intelligence glaciale. Inexorablement discipliné et pourtant loin d'être soumis. C'était là une leçon qu'il n'avait jamais apprise, aussi durement qu'on ait essayé de la lui inculquer.

Dragos aurait dû faire abattre ce fils de pute, mais il avait été le meilleur assassin qu'ait jamais connu son armée personnelle de Gen-1.

Et à présent il semblait qu'il ait choisi le camp de Lucan et des guerriers dans cette guerre de plus en plus féroce.

Dragos en gronda d'indignation.

— Hors de ma vue ! grogna-t-il à l'intention de son lieutenant. Attendez mes ordres pour lancer la phase suivante du plan.

Sans oser prononcer un mot de plus, l'autre mâle se dépêcha de sortir de la voiture, dont il claqua la portière derrière lui avant de filer dans la direction opposée.

— En route, aboya Dragos au Laquais qui était au volant.

Tandis que la limousine rejoignait les embouteillages de Boston, il rajusta les revers de son smoking de soie italien et se passa la main sur sa chevelure soigneusement apprêtée. À la lueur des lumières de l'autoroute, il sortit de sa poche de veste une invitation imprimée en relief et y lut l'adresse où s'était tenue la soirée de collecte de fonds à laquelle il venait juste de participer en centre-ville.

Une petite goutte de sang tachait l'un des coins du bristol ivoire, encore assez frais pour s'étaler sous son pouce.

Dragos gloussa, se rappelant combien le groupe de politiciens locaux, pour la plupart bien placés à l'hôtel de ville, s'était montré ravi par la générosité de sa contribution.

Et combien ces mêmes politiciens avaient été étonnés quelques minutes plus tard lorsqu'ils s'étaient rendu compte de ce que chacun d'entre eux allait devoir lui abandonner en échange.

Se laissant aller en arrière sur son dossier, il ferma les yeux et laissa le chuintement des roues le bercer tandis qu'il savourait la vibration du pouvoir qui circulait encore dans ses veines.

Chapitre 28

Jenna n'avait jamais vu Brock si calme.

Lui et les autres guerriers étaient rentrés il y avait peu, accompagnés de Lazaro Archer et de son petit-fils. Le soulagement apporté par le sauvetage du gamin était fortement atténué par son coût. Pendant qu'on s'organisait pour héberger les nouveaux arrivants dans le complexe et qu'on leur permettait de se laver et de se reposer, Brock et les autres guerriers de la mission de la nuit avaient rejoint leurs propres quartiers.

Brock n'avait pratiquement rien dit depuis son retour. Il était rentré couvert de sang et de crasse, le visage tiré par la tension et le sentiment d'horreur venus de ce dont lui et ses frères d'armes avaient été les témoins lors de l'opération de sauvetage du gamin.

Jenna était revenue avec lui dans l'appartement qu'ils partageaient désormais, et depuis elle était restée assise seule sur le bord du lit à fixer la porte fermée de la salle de bains tandis qu'il était sous la douche de l'autre côté.

Elle ne savait pas s'il serait heureux d'avoir de la compagnie ou préférerait la solitude, mais, en se remémorant ce qu'il lui avait raconté de sa mission, elle décida qu'elle ne pouvait rester assise là à ne rien faire alors qu'il souffrait peut-être de l'autre côté de la porte.

Brock était nu sous le jet brûlant, son dos couvert de glyphes face à la porte, les poings fermés appuyés sur le mur de la douche devant lui. Même si elle ne voyait aucune blessure sur son corps, l'eau coulait en ruisseaux rouges sur sa peau noire avant de venir tournoyer dans la bonde à ses pieds.

— Est-ce que je peux entrer ? demanda-t-elle doucement.

Il ne répondit pas mais ne lui enjoignit pas non plus de le laisser seul. Elle entra et ferma la porte derrière elle. Elle n'avait pas besoin de lui demander s'il allait bien. Même s'il paraissait intact physiquement, chacun des muscles épais de son large dos semblait tendu à se rompre. Ses bras tremblaient et il avait la tête qui pendait contre la poitrine.

— Une famille entière a été réduite en cendres cette nuit, murmura-t-il, la voix rauque d'émotion contenue. La vie de ce gosse ne sera jamais plus la même.

— Je sais, chuchota-t-elle en se rapprochant.

Il leva le visage vers le jet d'eau chaude, puis se passa une main sur le sommet du crâne.

— Crois-moi, il y a des moments où j'ai l'impression que je ne vais plus pouvoir supporter toute cette foutue souffrance et toutes ces morts.

— C'est ce qui te rend humain, répondit-elle, avant de sourire intérieurement.

C'était tellement simple de penser à lui comme à un homme, son homme, malgré tout ce qui en faisait bien plus que ça.

D'ailleurs, ça devenait difficile pour elle de se voir comme purement humaine. Elle était en train de se transformer en quelque chose qu'elle ne comprenait pas vraiment, et ce chaque jour un peu plus, mais elle était de moins en moins effrayée par les changements dont elle était l'objet. Ils la rendaient plus forte, lui donnaient un nouveau but… C'était pour elle comme une renaissance.

Elle s'apercevait qu'elle envisageait la possibilité d'une vie différente. Une nouvelle vie, peut-être ici même. Peut-être avec Brock à ses côtés.

Et elle se rendait compte qu'après la dernière fois qu'elle s'était retrouvée dans ses bras elle avait aussi moins peur des sentiments qu'elle éprouvait pour lui.

Ce fut cette absence de crainte qui la poussa à retirer ses vêtements et à passer sous la douche avec Brock pour lui entourer le buste des bras.

Il se raidit à ce contact, le souffle coupé. Mais, tout de suite, il baissa les bras sur ceux de Jenna et la tint là contre lui, en la caressant de ses grandes mains chaudes et apaisantes.

— Je suis sale, Jenna.

— Je m'en fous, répliqua-t-elle en embrassant son dos musclé le long de sa colonne vertébrale. (Ses dermoglyphes pulsaient de couleurs de plus en plus profondes.) Laisse-moi m'occuper de toi à mon tour.

Elle retira ses bras et prit le savon, puis se frotta les mains, avant de venir appliquer doucement la mousse sur ses larges épaules et ses biceps saillants. Il ne bougeait pas, se laissant faire. Elle lava ainsi son dos puissant, puis descendit lentement les mains sur ses flancs, pour rejoindre ses hanches étroites.

Elle le sentit tressaillir lorsqu'elle passa ses mains couvertes de savon sur le devant de son corps. Il banda avant même qu'elle ait atteint son sexe, grogna lorsqu'elle écarta les doigts à sa base, l'excitant sans le toucher vraiment. Puis elle retira ses mains et les savonna de nouveau avant de s'accroupir derrière lui pour lui laver les jambes.

Il frissonna lorsque les doigts savonneux de Jenna revinrent à ses cuisses et elle colla son corps au sien en se relevant, glissant sur sa peau encore couverte de mousse. Puis elle lui enserra le torse d'un bras et descendit son autre main pour aller caresser son membre durci. Il lâcha un juron lorsqu'elle commença un mouvement de va-et-vient et son sexe grossit encore dans sa main.

Elle trouva un rythme qui semblait le satisfaire et elle continua sans merci, se délectant de la réaction du corps de Brock à son toucher. Avec un gémissement sourd, il se pencha en posant un avant-bras contre le mur de la douche devant lui.

— Ah, bordel, Jenna… J'adore sentir tes mains sur moi.

Elle sourit à cette louange, se perdant dans le plaisir de Brock tout en le caressant de plus en plus intensément. Il grogna et son sexe tressaillit dans la poigne serrée de Jenna. Puis, avant qu'elle lui fasse perdre tout contrôle, il lâcha un juron entre ses dents et se retourna pour lui faire face.

Elle sentit son sexe en érection, dur comme l'acier mais chaud comme une flamme, quand il la pressa contre lui, ses grandes mains la tenant fermement par les bras avec possessivité. Dans le feu de la passion, son beau visage affichait des angles plus marqués mettant en évidence les pointes acérées de ses immenses crocs d'un blanc immaculé, et ses yeux brillaient comme des charbons ardents.

Envahie par une envie irrépressible, Jenna se passa la langue sur les lèvres, la gorge soudain sèche.

Il savait ce qu'elle voulait. Et elle le comprit aussi sûrement que lui avait lu son regard affamé.

Il la souleva de terre, guidant ses jambes autour de sa taille tandis qu'il la portait hors de la salle de bains vers le grand lit dans la chambre. Leurs corps humides, encore glissants de mousse par endroits, étaient intimement liés, lorsqu'ils s'effondrèrent sur le lit.

Brock roula sur le dos sans lâcher les cuisses de Jenna, l'installant au-dessus de lui. Il la pénétra profondément. Leurs sexes s'adaptaient parfaitement l'un à l'autre. Elle rejeta la tête en arrière et laissa échapper un lent soupir de plaisir.

— Tu es si belle, murmura-t-il en laissant courir ses doigts partout sur sa peau si sensible.

Elle ouvrit les yeux et le contempla sous elle.

— Je veux être belle pour toi. C'est toi qui me fais me sentir belle.

Elle garda le regard plongé dans ses yeux parsemés d'ambre, s'obligeant à ne pas se détourner de l'émotion qui la submergeait. Elle se sentait en sécurité avec lui. Assez en sécurité pour lui dire ce qu'elle ressentait.

— Je suis heureuse, Brock, pour la première fois depuis très longtemps. Grâce à toi, je ressens tant de choses…

— Jenna, murmura-t-il en fronçant les sourcils et en prenant d'un coup une expression très sérieuse.

Elle poursuivit ; elle avait atteint la crête et entendait bien rejoindre le sommet.

— Je sais que tu as dit que tu n'aimais pas les complications, pas plus que les relations à long terme. Je sais que tu ne veux pas te retrouver impliqué…

— Je suis impliqué, répliqua-t-il en lui caressant les flancs avant de stopper ses mains sur ses hanches, hauteur à laquelle leurs corps étaient intimement liés. (Il allait et venait doucement en elle.) Plus impliqué, tu meurs. Dieu sait que je n'avais pas vu venir ça, Jenna. Je pensais jouer sur du velours, mais tu as tout changé. (Il caressa sa joue avec douceur.) Je n'ai pas de réponses en ce qui te concerne… ce qui nous concerne… et ce qu'il y a entre nous.

Elle déglutit, secouant la tête en un geste de dénégation muette.

— Je ne voulais pas tomber amoureuse, murmura-t-elle. Je ne pensais pas en être de nouveau capable.

Le regard de Brock exprimait une tendresse infinie.

— Et je me disais que ça ne m'arriverait pas, répondit-il.

Jenna ouvrit la bouche sans savoir exactement ce qu'elle allait dire. Un instant plus tard, ça n'avait plus d'importance. Brock l'attirait vers lui et l'embrassait, la serrant dans ses bras. Sa bouche se collait à la sienne, sa langue écartait ses lèvres et la rendait folle de désir. Elle se mit à s'agiter sur ses hanches, envahie par la chaleur qui se répandait de son sexe à toutes ses terminaisons nerveuses.

Elle se redressa, pantelante, incapable de s'arrêter de bouger sur lui tandis que son envie prenait le dessus sur tout le reste.

— À toi les commandes, ma puce, dit-il d'une voix rauque. Prends ce que tu veux.

Elle regardait sa gorge, et en particulier la veine qui pulsait si fort sur le côté de son cou. La soif la tenaillait et sa férocité la surprit. Elle détourna le regard et croisa l'ambre étincelant des yeux transformés de Brock.

— Ce que tu veux, répéta-t-il, paraissant plus que prêt à ce qu'elle fasse de lui ce qu'elle voulait.

Elle se balançait sur lui, savourant le contact de leurs corps joints, quasi soûle d'excitation. Son orgasme se précipitait rapidement sur elle. Elle tenta de le retenir, mais la sensation la submergea tandis qu'elle chevauchait le membre chaud et puissant de Brock.

Il portait sur elle un regard avide, les lèvres retroussées sur ses crocs, les tendons de son cou bandés comme les cordes d'une guitare, le dos arqué. Jenna ne pouvait détacher les yeux du battement frénétique de son pouls. Il résonnait dans ses os, dans ses propres veines, dans le rythme impatient de son corps, qui se mit soudain à trembler sous l'effet de sa jouissance.

— Oh, oui ! grogna-t-il, les mains sur le dos de Jenna pour l'empêcher de se dégager de lui alors que la soif l'engloutissait comme un raz-de-marée. Vas-y, Jenna. Prends ce que tu veux !

Incapable de retenir un rugissement, elle enfonça le visage dans le creux de son épaule et le mordit de toutes ses forces. Le sang jaillit dans sa bouche, chaud, épais et épicé.

Brock laissa échapper un juron bien senti qui résonna comme un cri de joie. Tandis qu'il s'enfonçait encore plus profondément en elle, son corps tressauta, chacun de ses coups de rein augmentant le plaisir et la soif de Jenna. Écartelé par son orgasme, il lança un hurlement, tandis que son pouls puissant battait contre le bout de la langue de Jenna, qui referma les lèvres sur sa veine ouverte et se mit à boire à sa source.

Chapitre 29

Cela faisait deux jours qu'avait eu lieu l'attaque contre la famille de Lazaro Archer et la mission de sauvetage du jeune Kellan. Le gamin récupérait physiquement de son enlèvement et des mauvais traitements subis, mais Jenna savait comme tout le monde que ses blessures émotionnelles, la réalité de tout ce qu'il avait perdu lors d'un moment monstrueux, resteraient ouvertes longtemps après la guérison des plaies et contusions passagères. Elle ne pouvait qu'espérer pour lui qu'il trouverait un moyen de vivre avec en moins de temps qu'il ne lui en avait fallu à elle.

Elle nourrissait le même espoir pour son grand-père Gen-1, même si Lazaro Archer ne semblait pas du genre à avoir besoin de la compassion de qui que ce soit. Une fois la cérémonie funéraire qui avait été organisée pour son fils au complexe terminée, Lazaro avait refusé ne serait-ce que de mentionner cette nuit de violence. Depuis, il s'était consacré à aider l'Ordre de toutes ses forces. Le civil Gen-1 semblait désormais aussi déterminé que n'importe lequel des guerriers à voir Dragos anéanti, et toute son opération avec lui.

Jenna comprenait ce sentiment. Il était insupportable d'imaginer qu'un démon comme Dragos était libre d'agir quelque part dans le monde. En outre, il était en train de passer à la vitesse supérieure, ce qui voulait dire que l'Ordre ne pouvait se permettre de laisser passer la moindre occasion de reprendre la main. Et après ce qu'il avait tenté contre Lazaro

Archer et fait subir à sa famille, Jenna ne pouvait s'empêcher de s'inquiéter encore plus pour le groupe de Compagnes de sang dont on savait qu'elles étaient en son pouvoir.

Mais au moins y avait-il une lueur d'espoir sur ce front-là. Dylan avait reçu le matin même un appel de l'administratrice de la maison de retraite où vivait sœur Margaret Howland à Gloucester. Elle avait informé la vieille religieuse de la demande de visite de Dylan, et la sœur s'était montrée enthousiaste à l'idée d'avoir un peu de compagnie à qui faire la conversation.

Jenna avait été la première à se porter volontaire lorsque Dylan avait annoncé l'excursion de l'après-midi. Renata et Alex avaient aussi proposé de venir. Toutes étaient impatientes de voir si les portraits dessinés d'après les souvenirs qu'avait Claire Samuels des Compagnes de sang captives permettraient d'avancer.

Désormais, tandis que les quatre femmes arrivaient à Gloucester dans l'une des Rover noires de l'Ordre, leur seul espoir était que la sœur vieillissante retrouve quelques instants de lucidité.

Même Lucan avait reconnu que si elles obtenaient ne serait-ce que le nom d'une seule des femmes kidnappées, leur mission aurait valu le coup.

Brock n'avait pas été enthousiaste à l'idée que Jenna quitte le complexe, particulièrement si tôt après les attentats perpétrés contre Lazaro Archer et ses proches. Comme toujours il s'inquiétait et, alors qu'avant ça l'agaçait, à présent Jenna en était touchée.

Il tenait à elle et elle devait admettre que cela lui faisait beaucoup de bien de savoir qu'il y avait quelqu'un pour assurer ses arrières. Et au-delà de ça, elle croyait que Brock était un homme capable de veiller sur son cœur avec autant de soin qu'il le faisait sur sa sécurité et son bien-être.

En tout cas, elle espérait qu'il le ferait, parce qu'au cours des derniers jours, et de ces nuits incroyables, elle le lui avait complètement ouvert.

— On y est, dit Dylan, qui était assise à l'avant, quand Renata engagea la Rover dans l'allée d'accès à la maison de retraite. L'administratrice m'a dit que sœur Margaret prenait son thé à peu près à cette heure-ci dans la bibliothèque. Elle a précisé qu'on pouvait y aller directement.

— C'est là.

Alex pointait du doigt un écriteau couleur bronze qui sortait d'une congère devant une petite construction au toit de bardeaux.

Renata se gara dans le parking à moitié vide et coupa le contact.

— Qui ne risque rien n'a rien, n'est-ce pas ? déclara Dylan. Jenna, peux-tu prendre le fourre-tout de cuir derrière toi, s'il te plaît ?

Jenna se pencha par-dessus la banquette arrière pour récupérer dans le coffre le sac qui contenait la série de dossiers et de carnets, puis sortit pour rejoindre ses amies à l'extérieur.

Dylan, debout devant le capot, lui prit le fourre-tout des mains et le serra contre sa poitrine. Puis, plissant les lèvres, elle laissa échapper un lourd soupir.

Alex s'arrêta à sa hauteur.

— Qu'est-ce qui ne va pas ?

— Toutes mes recherches des mois passés aboutissent à ce moment. Si cette piste ne donne rien, les filles, je n'ai pas la moindre idée d'où chercher ensuite.

— Détends-toi, dit Renata en prenant affectueusement Dylan par les épaules. Tu t'es cassé le cul sur cette enquête. Sans toi, et sans Claire, nous n'en serions même pas où nous en sommes.

Dylan hocha la tête, mais les encouragements de Renata n'avaient pas suffi à lui redonner complètement le moral.

— On a vraiment besoin d'une piste correcte. Je ne suis pas sûre de pouvoir supporter de revenir à la case « départ ».

— Si nous devons tout recommencer, déclara Jenna, et bien nous travaillerons encore plus, ensemble, voilà tout.

Renata sourit et ses yeux vert pâle étincelaient de malice comme elle boutonnait son manteau de cuir jusqu'en haut pour dissimuler le ceinturon garni de lames et d'armes de poing qui garnissait sa taille au-dessus de son pantalon de treillis.

— Allez ! Allons prendre une bonne tasse de thé avec ces charmantes vieilles dames.

Jenna pensa qu'il valait mieux qu'elle aussi ferme son manteau, car Brock avait insisté pour qu'elle soit armée chaque fois qu'elle quittait le complexe. C'était étrange de porter de nouveau une arme à feu, mais pas de la même façon qu'en Alaska.

Tout chez elle lui paraissait différent à présent.

Elle était différente, et elle aimait la personne qu'elle était en train de devenir.

Plus important encore, elle apprenait à pardonner à celle qu'elle avait été en Alaska.

Elle avait laissé une part d'elle-même à Harmony, une part qui ne lui serait jamais rendue, mais, tandis qu'elle pénétrait dans la bibliothèque surchauffée avec Renata, Dylan et Alex, elle se dit qu'elle ne se voyait pas redevenir la femme qu'elle avait été auparavant. Elle avait des amies à présent, et un travail important à accomplir.

Mieux que tout, elle avait Brock.

À cette pensée son sourire s'élargit. Dylan les amena jusqu'à une frêle dame âgée assise tranquillement sur un canapé aux motifs de roses à côté de la cheminée de la bibliothèque. Sous une couronne de cheveux blancs duveteux, deux yeux bleus embrumés clignèrent plusieurs fois. Dans le visage ridé qui se levait vers les femmes de l'Ordre, Jenna reconnut l'expression de gentillesse qu'arborait la religieuse sur la photo de groupe prise au centre d'accueil.

— Sœur Margaret ? dit Dylan en tendant sa main. Je suis la fille de Sharon Alexander, Dylan. Et voici mes amies.

— Oh, mon Dieu, s'exclama la charmante petite vieille. On m'a dit que j'aurais de la compagnie pour le thé aujourd'hui. Je vous en prie, asseyez-vous, les filles. J'ai si peu l'occasion d'avoir des invités.

Dylan s'assit sur le canapé à côté de la sœur, et Jenna et Alex de part et d'autre de la table basse dans une paire de fauteuils à oreilles à la tapisserie usée. Quant à Renata, en combattante aguerrie toujours sur le qui-vive, elle resta debout le dos à un mur et les yeux sur la porte d'entrée.

Et peu importait que les seuls autres occupants de la pièce aient été une paire de dames à cheveux blancs portant autour du cou non seulement des chapelets mais aussi des colliers d'urgence et se déplaçant à l'aide de déambulateurs.

D'une oreille distraite, Jenna écouta Dylan se lancer dans un bavardage sans importance avec sœur Margaret avant d'en arriver au but de leur visite. Dylan sortit une poignée de portraits, essayant désespérément de relancer la mémoire défaillante de la vieille religieuse. Le résultat ne semblait pas concluant.

— Êtes-vous certaine de ne vous souvenir d'aucune de ces filles comme résidente d'un centre d'accueil ?

Dylan fit glisser quelques nouveaux portraits devant la vieille femme. La sœur considéra les visages dessinés, mais rien dans son bon regard bleu ne signala la moindre réaction à l'un d'entre eux.

— Essayez, je vous en prie, sœur Margaret. Tout ce dont vous pourriez vous souvenir pourrait nous être très utile.

— Je suis désolée, ma chérie. J'ai bien peur que ma mémoire ne soit plus ce qu'elle était. (Elle souleva sa tasse et prit une gorgée de thé.) Cela dit je n'ai jamais été très douée pour retenir les noms et les visages. J'imagine que Dieu a cru bon de me doter d'autres dons.

Jenna vit Dylan se décomposer en commençant de mauvaise grâce à rassembler son matériel.

— Ça ne fait rien, sœur Margaret. Je vous suis reconnaissante d'avoir eu la gentillesse de nous recevoir.

— Oh, Seigneur, lâcha soudain la bonne sœur en reposant sa tasse sur la soucoupe. Quelle terrible hôtesse je fais ! J'ai oublié de vous faire du thé.

Dylan tendit la main vers son fourre-tout.

— Ce ne sera pas nécessaire. Nous ne voulons pas vous faire perdre plus de temps.

— Balivernes ! Vous êtes venues pour le thé.

Tandis qu'elle se levait du canapé pour rejoindre à petits pas la kitchenette attenante, Dylan lança un regard contrit à Jenna et aux autres. Pendant que la religieuse s'activait dans l'autre pièce, mettant l'eau à chauffer et sortant des tasses, Dylan ramassa tous les portraits et toutes les photos qu'elle avait sortis, fourrant tout dans son sac, qu'elle posa à côté d'elle au sol.

Quelques minutes plus tard, la voix haut perchée de sœur Margaret leur parvint, un peu lointaine.

— Est-ce que sœur Grace a pu vous aider, ma chérie ?

Dylan leva les yeux et fronça les sourcils.

— Sœur Grace ?

— Oui. Sœur Grace Gilhooley. Nous étions toutes deux volontaires au centre d'accueil ensemble. Nous appartenions au même couvent ici à Boston.

— Bordel de merde, articula Dylan en silence, les yeux brillants d'excitation. (Elle se leva et rejoignit sœur Margaret dans la petite cuisine.) J'aimerais beaucoup parler à sœur Grace. Vous ne sauriez pas où nous pourrions la trouver par hasard ?

Sœur Margaret hocha la tête fièrement.

— Mais bien sûr que je le sais ! Elle habite à moins de cinq minutes d'ici le long de la côte. Son père était un capitaine de marine marchande, ou un pêcheur, je ne sais plus bien à dire vrai.

— Ça n'a pas d'importance, lança Dylan. Pouvez-vous nous donner son numéro de téléphone ou son adresse, que nous puissions la contacter ?

— Je vais faire mieux que ça, ma chérie. Je vais l'appeler moi-même et lui expliquer que vous aimeriez l'interroger sur certaines de ces filles du centre d'accueil.

Derrière elle, la bouilloire se mit à siffler. Elle sourit avec toute la gentillesse d'une grand-mère gâteau.

— Mais d'abord nous allons prendre cette tasse de thé ensemble.

Elles avalèrent leur thé aussi vite que la bienséance le permettait.

Malgré ça, il s'était écoulé encore vingt minutes avant qu'elles puissent prendre congé de la douce sœur Margaret. Heureusement, son offre de téléphoner à sœur Grace s'était révélée utile.

L'autre religieuse à la retraite devait être en meilleure santé que son amie car elle vivait sans assistance. En outre, à en croire ce que Jenna et les autres avaient pu capter de la conversation, il semblait que sœur Grace Gilhooley était prête à leur fournir tout renseignement sur son travail au centre d'accueil de New York.

— Bel endroit, fit remarquer Jenna comme Renata conduisait la Rover sur une route côtière menant à une pimpante maison victorienne jaune isolée sur une péninsule rocheuse.

La grande maison se dressait sur un terrain de près d'un hectare, ce qui était certes minuscule comparé aux propriétés alaskaines, mais constituait clairement un luxe sur la côte du Massachusetts. Avec de la neige plein sa cour et sur les rochers environnants et l'océan d'un bleu acier jusqu'à l'horizon, la belle bâtisse semblait accueillante comme une flaque de soleil au beau milieu de l'hiver.

— J'espère que nous aurons plus de chance ici, dit Alex, qui était assise à l'arrière à côté de Jenna, en observant l'impressionnant domaine dont elles longeaient la palissade puis rejoignaient l'étroite allée d'accès.

Alors que Renata garait la Rover devant la maison, Dylan se tourna vers la banquette arrière.

— Si elle ne peut pas nous aider à identifier certaines des disparues du centre d'accueil de New York, elle pourra peut-être nous dire les noms des Compagnes de sang sur les deux nouveaux portraits fournis par Claire Samuels.

Jenna sortit de la Rover et rejoignit Renata et Dylan en même temps qu'Alex.

— Je ne savais pas que nous avions de nouveaux portraits, dit Jenna.

— Élise les a récupérés hier chez son ami de Havrobscur.

Tandis qu'elles s'avançaient vers le porche tarabiscoté de la maison, Dylan tendit à Jenna une enveloppe de papier kraft. Cette dernière l'ouvrit en suivant ses amies dans l'escalier de bois qui menait à la porte d'entrée. Elle jeta un coup d'œil aux portraits-robots établis à partir des souvenirs qu'avait Claire de visages qu'elle avait vus quelques mois auparavant, lorsque sa capacité à pénétrer dans les rêves d'autrui lui avait par hasard donné accès à l'un des laboratoires secrets de Dragos.

Dylan appuya sur la sonnette.

— Croisez les doigts. Vous pouvez même dire une prière tant que vous y êtes.

Une gouvernante apparut un instant plus tard et les informa poliment qu'on les attendait. Pendant ce temps-là Jenna étudiait les deux portraits d'un peu plus près… et, soudain, elle sentit son estomac se nouer.

Une jeune femme aux cheveux sombres soyeux et aux yeux en amande lui renvoyait son regard. Ces traits délicats lui étaient familiers, même si le crayon n'avait pu capter toute leur beauté exotique.

Corinne !

C'est la Corinne de Brock !

Cela pouvait-il vraiment être elle ? Et si oui comment était-ce possible ? Il était tellement certain qu'elle était morte. Il avait dit à Jenna qu'il avait vu le corps de la Compagne de sang après qu'on l'avait récupéré dans la rivière. Cela dit, il avait mentionné le fait que ça faisait des mois qu'elle avait disparu quand on avait retrouvé ses restes et que tout ce dont ils avaient disposé pour l'identifier étaient ses vêtements et le collier qu'elle portait lors de sa disparition.

Oh, mon Dieu… Peut-elle vraiment être en vie ? A-t-elle fini d'une manière ou d'une autre dans les mains de Dragos pour se retrouver prisonnière tout ce temps-là ?

Jenna était trop surprise pour parler, trop assommée pour faire autre chose que suivre ses amies dans la maison où la gouvernante venait de les inviter à pénétrer.

S'il y avait chez elle l'espoir fou qu'une jeune femme censée être morte soit en fait vivante, elle ressentait aussi une peur honteuse que cette information risque de lui coûter l'homme qu'elle aimait.

Elle devait informer Brock dès que possible. C'était la seule chose juste à faire. Il fallait qu'il sache la vérité. Il fallait qu'il voie le portrait lui-même et décide si elle avait raison de croire ce qu'elle croyait.

— Je vous en prie, mettez-vous à votre aise. Je vais informer sœur Grace de votre présence, dit la gentille petite femme en laissant Jenna et les autres seules dans un petit salon.

— Alex, murmura Jenna en tirant légèrement sur la manche de son amie. Il faut que j'appelle le complexe.

Alex fronça les sourcils.

— Que se passe-t-il ?

— Ce portrait, dit Jenna en le regardant une nouvelle fois et en se persuadant définitivement que Claire Samuels avait vu Corinne au cours de son passage en rêve dans l'antre de Dragos. Je connais le visage de cette femme. Je l'ai déjà vu.

— Quoi ? s'exclama Alex, le lui prenant des mains pour le regarder à son tour. Jen, tu es sûre ?

Renata et Dylan se rapprochèrent et toutes trois se serrèrent contre Jenna au milieu de cette pièce tranquille qui donnait sur le devant de la maison. Jenna montra le visage délicat de la jeune femme aux cheveux noirs du portrait.

— Je crois que je sais qui est cette Compagne de sang.

— Et bien, ma chérie, dit une voix de femme posée. Dites-nous qui c'est je vous en prie.

Jenna leva brusquement le regard et croisa à l'autre bout de la pièce celui de deux yeux gris tranquilles qui s'ouvraient dans un visage ridé en apparence plein de douceur. Avec ses longs cheveux argentés réunis en un chignon bas, sa robe d'intérieur bleu pâle à motifs floraux et sa veste blanche, sœur Grace Gilhooley ressemblait à une figure d'un tableau de Norman Rockwell.

Mais c'étaient ses yeux qui la trahissaient.

Ces yeux ternes et l'excitation des nouveaux sens de Jenna, qui s'étaient mis à sonner l'alarme au moment même où la femme était entrée dans la pièce.

Jenna soutint le regard de squale, se rendant compte en un instant de ce qu'était réellement la bonne sœur.

— Bordel de merde, lança-t-elle, se souvenant de ce même regard étrange dans les yeux des agents du FBI qui avaient essayé quelques jours plus tôt à New York de les tuer, elle et Brock. (Elle jeta un regard à Renata.) C'est un putain de Laquais.

Chapitre 30

— Ça doit faire dix fois que tu vérifies ce truc depuis que nous sommes là, ironisa Brock en adressant un grand sourire à Dante, alors que le futur père, anxieux, s'écartait du groupe réuni dans la salle d'armes pour regarder son téléphone. Putain, mec, tu es aussi excité qu'une puce.

— Tess se repose dans notre appartement, répliqua Dante. Je lui ai dit de m'envoyer un SMS si elle avait besoin de quoi que ce soit.

N'ayant trouvé apparemment aucun nouveau message depuis sa dernière consultation, cinq minutes plus tôt, il reposa l'appareil sur la table et revint au stand de tir, où Brock, Kade, Rio et Niko l'attendaient pour reprendre l'exercice.

Alors que Dante, l'air exagérément assuré, reprenait sa place au milieu de ses frères d'armes, Niko le regarda longuement sous le nez l'air moqueur avant de hausser ostensiblement les épaules.

— Ça alors ! En fin de compte, il n'y a rien.

— Quoi ? interrogea Dante, en fronçant ses sourcils noirs fournis. Mais qu'est-ce que tu fais, bordel ?

Le large sourire de Niko révéla deux profondes fossettes.

— Je regardais juste si tu avais un anneau dans le nez ou un truc du genre. Je me disais que Tess en avait peut-être fait installer un pour aller avec ta laisse.

— Va te faire... rétorqua Dante avec un rire de gorge. (Il pointa un doigt vers Niko.) Compte sur moi pour te rappeler ça le jour où ce sera Renata qui en sera à huit mois et demi de grossesse et à ton tour de te faire des cheveux.

— Pas besoin d'attendre ça, intervint Kade. Renata l'a déjà dressé à obéir au doigt et à l'œil. Elle aussi doit le tenir en laisse à sa façon.

— Ah oui ? (Niko porta la main à sa ceinture et fit mine de desserrer sa boucle.) Donne-moi juste un instant et je vais te montrer.

Brock secoua la tête, ne trouvant pas son compte dans ces plaisanteries et ces bavardages autour de Compagnes de sang et de bébés à venir. Il ne pouvait pas s'empêcher de penser à Jenna et à la manière dont il allait pouvoir créer un futur commun pour eux deux.

Elle n'était pas Compagne de sang et ça l'embêtait sérieusement. Pas parce qu'ils ne pourraient jamais avoir d'enfants ensemble. Pas même à cause de l'absence de lien de sang pour les lier inexorablement pour la vie.

Il n'avait pas besoin de lien de sang pour renforcer ce qu'il ressentait pour elle. Elle était déjà sa compagne, de toutes les façons qui comptaient vraiment. Il l'aimait, et même s'il ne savait pas bien à quoi leur futur allait ressembler, il n'était pas capable d'imaginer la vie sans elle.

Il regarda les autres guerriers présents avec lui dans la salle d'armes et il sut qu'il était prêt à mourir pour Jenna si les choses en arrivaient là, exactement comme n'importe quel mâle de la Lignée pour sa Compagne de sang.

Alors que son regard passait sur Kade, Niko et Dante, il se rendit compte que Rio était devenu étrangement calme au cours des dernières minutes. Le guerrier espagnol balafré, adossé à un mur, regardait dans le vide en se frottant la poitrine en rond.

— Ça va, Rio ?

Celui-ci tourna les yeux vers Brock et haussa vaguement les épaules. Il continua son mouvement circulaire, juste sur le cœur.

— Quelle heure est-il ?

Brock jeta un coup d'œil à la pendule accrochée à l'autre bout de la salle d'armes.

— Presque 15 h 30.

— Les femmes devraient appeler d'une minute à l'autre, dit Kade, qui paraissait à présent lui aussi préoccupé, ses yeux gris acier reflétant un certain malaise.

Niko posa son arme et prit son portable.

— Je vais appeler Renata. Il y a tout d'un coup quelque chose qui me semble clocher.

— C'est vrai, acquiesça Kade. Tu crois qu'il y aurait un problème ?

Même si Brock n'aimait pas trop le sérieux soudain de ses frères d'armes, il se persuada que tout allait bien. La mission que Jenna et les autres femelles accomplissaient n'était après tout qu'une rapide virée de jour jusqu'à Gloucester. Une visite à une bonne sœur de soixante-dix ans, rien de plus !

Jenna était armée, Renata aussi, et toutes deux savaient se battre. Il n'y avait aucune raison de se faire du souci.

Dante les rejoignit, sourcils froncés, tandis que Niko attendait dans un silence prolongé que sa Compagne de sang décroche.

— Pas de réponse ?

— Non, répondit Niko calmement.

— *Madre de Dios !* lâcha Rio en s'écartant du mur. Dylan a peur de quelque chose, je le sens dans mes veines.

Brock prit conscience de l'inquiétude qui s'était désormais emparée de trois de ses frères d'armes.

— Vous deux aussi ? demanda-t-il, jetant un regard sombre à Kade et à Niko.

— Mon pouls vient de passer l'overdrive, répondit Kade. Et merde ! Il y a un truc qui foire méchamment pour Alex et les autres.

— Il ne fera pas nuit avant au moins une heure, leur rappela Dante, l'air grave.

— On ne peut pas se permettre d'attendre, dit Niko. Il faut qu'on y aille tout de suite.

Sous le regard de Dante, Brock emboîta le pas à ses trois compagnons. Il se sentait perdu, dépendant de leurs instincts pour le guider jusqu'à la menace à laquelle devaient faire face Jenna et les Compagnes de sang des autres guerriers, quelle qu'elle soit.

Nom de Dieu !

Jenna était en danger et rien ne l'en avait informé.

Elle pourrait être en train de mourir à l'instant même et il n'en saurait rien avant de se retrouver devant son corps.

Cette constatation terrible lui glaça le cœur.

— Allons-y ! aboya-t-il à l'intention de ses amis.

Et ils se précipitèrent tous quatre hors de la salle en prenant au passage leurs armes et leur équipement anti-UV.

Au même moment, Jenna et Renata avaient tiré leurs pistolets pour viser la religieuse tout sourires, ou plutôt le Laquais, dont le regard mort les traversait comme si elles n'existaient pas.

Comme si elles n'étaient rien, n'avaient aucune importance.

Ce qui était absolument le cas pour cette femme, Jenna n'en douta pas une seule seconde.

Il y avait à présent deux hommes à forte carrure derrière sœur Grace. Rôdant dans le hall, ils étaient arrivés à la rescousse avant même que Jenna et Renata aient fini de lever leurs armes pour tirer. Le regard des hommes était aussi froid que celui de la bonne sœur. Chacun d'entre eux avait en main un grand pistolet, l'un visant Renata, l'autre Jenna.

La situation resta figée en silence un long moment, que Jenna mit à profit pour évaluer les moyens possibles de mettre hors de combat l'un des hommes ou les deux sans prendre de risque pour Alex ou Dylan pour autant. Mais malheureusement cela lui parut impossible. Même en comptant sur la vitesse que l'implant semblait avoir conféré à ses réflexes, le risque pour ses amies restait trop grand.

Puis les choses empirèrent encore.

Venu de quelque part sur sa gauche, un autre Laquais mâle vint lui poser l'acier froid d'un canon de revolver sur la tempe.

La bonne sœur renouvela son sourire de pacotille.

— Je vais maintenant devoir vous demander de poser vos armes, les filles.

Renata ne bougea pas. Jenna non plus malgré le « clic » métallique qui indiquait que le Laquais qui se tenait près d'elle venait d'armer le chien de son arme.

— Depuis combien de temps travaillez-vous pour Dragos ? demanda Renata à l'esclave femelle. C'est votre maître, n'est-ce pas ?

Sœur Grace cligna des yeux, imperturbable.

— Une nouvelle fois, ma chérie. Posez votre arme. Le tapis sur lequel vous êtes est dans ma famille depuis plus de deux cents ans. Ce serait dommage de le foutre en l'air en demandant à Arthur ou à Patrick de faire un putain de trou dans votre jolie tête.

Jenna sentit sa poitrine se serrer à l'idée qu'un de ces connards de Laquais puisse blesser l'une de ses amies. Dans le silence terrible qui s'ensuivit elle vit les muscles des bras de Renata se relâcher un peu. Elle pensa que celle-ci allait obéir, mais le regard discret que Renata lui lança de côté semblait vouloir indiquer le contraire.

Jenna acquiesça en bougeant imperceptiblement les yeux à son tour. Il n'y aurait pas de seconde chance, tout serait gagné ou perdu en un instant.

Renata laissa échapper comme un soupir de résignation.

Elle commença à laisser descendre son arme…

C'est alors que Jenna, faisant appel à toute la puissance de réactivité qu'elle pouvait exiger de ses tendons et de ses muscles, pivota avec la vitesse de l'éclair et brisa le poignet du Laquais qui la menaçait le plus directement. Il hurla de douleur et le chaos s'empara de la pièce.

En ce qui lui parut une éternité mais ne dura probablement que quelques fractions de seconde, elle visa le Laquais à terre et lui logea deux balles dans la tête. Pendant ce temps-là Renata avait tué l'un des Laquais qui se trouvait derrière la religieuse. Et alors que le second s'écroulait au sol la poitrine en sang, sœur Grace fit demi-tour pour s'élancer vers le hall.

Mais Jenna fut sur elle avant qu'elle ait pu faire deux pas.

Après avoir sauté par-dessus la religieuse, elle pivota et la poussa des deux mains en arrière, envoyant le monstre à cheveux gris faire un vol plané et atterrir sur le sol du salon tandis que Renata achevait le dernier des Laquais mâles, laissant son corps parcouru de soubresauts perdre son sang sur le précieux héritage de sœur Grace.

Jenna rejoignit la sœur Laquais qui cherchait à se relever et la força à s'asseoir dans une jolie chauffeuse recouverte de soie qui se trouvait près de la fenêtre.

— Je t'écoute, salope. Depuis quand es-tu la servante de Dragos ? Est-ce que tu lui appartenais déjà quand tu travaillais dans son centre d'accueil ?

Le Laquais rit de toutes ses dents sanglantes et secoua la tête.

— Tu ne tireras rien de moi. Tu ne me fais pas peur. La mort ne me fait pas peur.

Tandis qu'elle parlait, on entendit de lourds bruits de pas qui se précipitaient de quelque part sous la maison. Deux autres Laquais qui montaient en courant de la cave. Ils jaillirent soudain d'une porte qui donnait dans le hall. Renata pivota et vint les clouer l'un après l'autre d'une balle dans la tête qui les arrêta net dans leur course.

Dylan laissa échapper un petit cri de triomphe et la maison retomba dans le silence.

Et puis… de faibles bruits de voix se firent entendre du fin fond de la cave.

Des voix féminines.

Plus d'une dizaine de voix différentes, qui en fait criaient pour se faire entendre.

— Bordel de merde ! murmura Alex.

Dylan écarquilla les yeux.

— Tu ne penses pas que…

— Allons voir, dit Renata. Elle se tourna vers Jenna.

— Ça va aller pour toi ?

Jenna hocha la tête.

— Ouais. Tout va bien. Je peux la garder jusqu'à ce que vous reveniez. Allez-y.

Profitant de l'instant d'inattention de Jenna, sœur Grace avait plongé la main dans la poche de sa veste. Le temps que le regard de Jenna revienne sur elle, elle était en train de se fourrer dans la bouche un petit truc qu'elle avala tout rond. Les tendons de son cou ressortirent soudain et une écume blanche s'échappa de ses lèvres.

— Oh, merde ! cria Jenna. Elle est en train de s'empoisonner !

— Elle est morte. Oublie cette salope ! intima Renata. Viens en bas avec nous, Jenna !

Jenna se détourna du Laquais, laissant son corps pris de convulsions chuter au sol. Elle et les autres femmes se précipitèrent alors dans le vieil escalier de pierre qui menait dans une cave faiblement éclairée qui semblait avoir été creusée directement dans les rochers escarpés qui constituaient la péninsule.

La cave était en pente, et plus elles s'enfonçaient, plus les appels à l'aide devenaient distincts.

— On vous entend ! cria Dylan à l'intention des femmes terrifiées qui appelaient. Tout va bien, on vous a trouvées !

Jenna n'était pas préparée à ce qui les attendait lorsque la cave s'élargit devant elles. Il y avait là, creusée dans la pierre, une grande cellule fermée par une grille métallique, à l'intérieur de laquelle se trouvaient une vingtaine de femmes. Elles étaient sales, le cheveu en bataille et vêtues de blouses de laboratoire en lambeaux. Certaines étaient enceintes, d'autres squelettiques et blêmes. Elles ressemblaient à des prisonniers de guerre, négligés et oubliés, et elles avaient pour la plupart les traits tirés et sans aucune expression.

Elles regardaient leurs sauveuses et il y en avait qui ne disaient rien, d'autres qui pleuraient en silence, tandis que d'autres encore sanglotaient ouvertement.

— Oh, Seigneur, laissa échapper l'une des femmes de l'Ordre.

— Sortons-les de là, dit Renata d'une voix blanche. Il faut trouver la clé qui ouvre cette putain de grille.

Dylan et Alex se mirent à fouiller l'espace obscur. Jenna se dirigea vers le coin le plus éloigné, tentant de percer l'ombre épaisse qui semblait se poursuivre sans fin dans les creux de grotte de la vieille cave. Du coin de l'œil, elle perçut les petits mouvements de mains que faisait l'une des captives. Elle essayait d'attirer l'attention de Jenna en lui indiquant discrètement le tunnel sans lumière qui se prolongeait là.

Elle essayait de la prévenir.

Jenna entendit le glissement presque imperceptible d'un pas qui sortait de l'obscurité. Elle tourna la tête juste à temps pour voir un éclat métallique, un mouvement précipité. Puis elle sentit le poids d'un nouveau Laquais qui, se précipitant sur elle, faillit la faire tomber.

— Jenna ! cria Alex. Renata, aide-la !

Le tir fit un bruit de canon dans la cave fermée. Les femmes prisonnières se mirent à hurler et se précipitèrent vers le fond de la cage.

— Tout va bien, déclara Jenna. Il est mort. Tout va bien se passer.

Elle poussa le tas sans vie sur le côté et se releva. Et alors que le Laquais roulait sur le dos et rendait le dernier soupir, on entendit un bruit de métal.

— Je crois que j'ai trouvé la clé, dit Jenna en se penchant par-dessus lui pour récupérer un trousseau de plusieurs clés dans sa poche de pantalon.

Elle courut à la grille et commença à chercher celle qui ouvrait le cadenas qui la maintenait fermée. Elle était couverte du sang du Laquais, mais elle s'en fichait ; tout ce qui comptait, c'était de faire sortir les Compagnes de sang prisonnières de cet endroit.

Le cadenas s'ouvrit à la deuxième tentative.

— Merci mon Dieu, murmura Dylan. Allez, tout le monde, vous êtes en sécurité maintenant.

Jenna ouvrit la grande grille et c'est avec un sentiment de fierté et de soulagement qu'elle regarda les premières captives sortir en traînant les pieds de leur prison. Une par une, elles se dirigèrent vers la sortie de la cave, enfin libres.

Chapitre 31

Les guerriers n'étaient plus qu'à quelques kilomètres de Gloucester quand Rio avait reçu un appel de Dylan sur son portable. Tout excitée, elle lui avait raconté tout ce qui s'était passé. Mais malgré ça, même s'il savait que Dylan, Alex, Renata et Jenna avaient par miracle trouvé et libéré les femelles que Dragos retenait prisonnières depuis tant d'années, Brock et ses frères d'armes assis avec lui dans le 4 × 4 de l'Ordre n'avaient pas été préparés à ce qui les attendait quand, en fonçant sur la route côtière, ils virent la grande maison jaune posée sur les rochers.

Le soleil venait juste de commencer à plonger derrière l'horizon, projetant de longues ombres à travers la cour enneigée de la haute bâtisse victorienne. Dans cette cour, emmitouflées dans des couvertures, de vieilles couettes et des plaids crochetés, se trouvaient au moins une dizaine de jeunes femmes débraillées au visage hagard.

Des Compagnes de sang.

Certaines étaient déjà dans la Rover garée là dans l'allée. Et d'autres encore étaient escortées hors de la maison par Alex et Dylan.

— Seigneur, murmura Brock, saisi par l'énormité de ce qui venait de se passer.

Renata était debout près de la Rover, aidant une jeune rescapée à monter à l'arrière.

Mais où était donc Jenna ?

Brock parcourut toute la zone d'un regard rapide, le cœur battant la chamade. Mon Dieu, et si elle avait été blessée ? Dylan aurait sûrement dit quelque chose s'il y avait eu des dégâts, mais ça n'empêchait pas son estomac de se nouer. S'il lui était arrivé quoi que ce soit...

— On y est, dit Niko en tournant dans l'allée et en venant garer le 4 × 4 sur la pelouse.

Brock sauta avant même que le véhicule fût complètement à l'arrêt.

Il fallait qu'il voie sa femme, qu'il sente sa chaleur et la sache en sécurité dans ses bras.

Il courut à travers la cour gelée, qu'il franchit en quelques secondes à peine.

Alex le regardait se précipiter vers elle.

— Où est-elle ? demanda-t-il d'un ton qui exigeait une réponse immédiate. Où est Jenna ? Est-ce qu'il lui est arrivé quelque chose ?

— Elle va très bien, Brock. (Alex fit un geste vers la porte de la maison, à l'intérieur de laquelle on distinguait le corps ensanglanté et immobile d'au moins un Laquais.) Jenna est en train de s'assurer que le reste des femmes sorte sans encombre de la cave où elles étaient retenues prisonnières.

En entendant Alex lui dire que Jenna allait bien, il se relâcha, incapable de masquer son soulagement.

— Il faut que je la voie.

Alex lui fit un grand sourire avant de se remettre en route avec l'une des Compagnes de sang, pâle et tremblante, vers les deux véhicules garés là. Quant à Brock, il s'avançait vers la maison et s'apprêtait à sauter les marches du porche quand il s'entendit appeler.

— Brock ?

La petite voix féminine, si inattendue, si lointaine et pourtant si familière, le fit se figer. Puis il y eut un déclic dans sa tête, un flash d'incrédulité.

Suivi d'un éclair de reconnaissance.

— Brock… C'est vraiment toi ?

Lentement, il pivota pour faire face à une petite femme aux cheveux noirs posée là dans l'allée, un peu à l'écart des marches. Il ne l'avait pas remarquée en passant. Seigneur, il n'était même pas sûr qu'il l'aurait reconnue s'il l'avait croisée dans la rue.

Mais il connaissait sa voix.

Et il se rendit compte qu'en fait, au-delà de la saleté due à sa captivité, de ses joues rendues creuses par les privations et de sa peau d'albâtre écorchée, il reconnaissait aussi son visage.

— Oh, mon Dieu. (Il eut l'impression qu'il venait de recevoir un coup de poing en plein plexus solaire.) Corinne ?

— C'est bien toi, murmura-t-elle. Je n'aurais jamais cru te revoir un jour.

Ses traits s'affaissèrent et elle fondit en larmes. Elle courut jusqu'à lui, l'enserra de ses bras maigres et se mit à sangloter contre sa poitrine.

Il la tint contre lui, pas très sûr de ce qu'il devait faire.

Ni de ce qu'il devait penser, d'ailleurs.

— Tu étais morte, murmura-t-il. Tu avais disparu sans laisser de traces, et puis ils ont retrouvé ton corps dans la rivière. Je l'ai vu. Tu étais morte, Corinne.

— Non. (Elle secoua vigoureusement la tête, sanglotant toujours, son petit corps agité de grands spasmes pitoyables.) Ils m'ont enlevée.

La fureur envahit Brock, prenant le pas sur le choc et l'incrédulité.

— Qui est-ce qui t'a enlevée ?

Elle hoqueta et prit une inspiration tremblante.

— Je n'en sais rien. Ils m'ont emmenée et ils m'ont gardée prisonnière pendant tout ce temps. Ils m'ont fait… des choses. Ils ont fait des choses horribles, Brock.

Elle replongea le visage dans sa poitrine, s'accrochant à lui comme si elle avait décidé de ne jamais le lâcher. Brock la serrait dans ses bras, abasourdi par tout ce qu'il venait d'entendre.

Il ne savait pas quoi lui dire. Il n'avait pas la moindre idée de comment tout ce qu'elle disait pouvait être vrai.

Mais ça l'était !

Elle était vivante.

Après les décennies qu'il avait passé à se reprocher sa mort, Corinne était soudain là, vivante, sanglotant dans ses bras.

Jenna grimpa les escaliers de la cave derrière la dernière des captives. Elle avait du mal à croire que c'était fini, qu'elle, Renata, Dylan et Alex avaient vraiment localisé les femmes et étaient parvenues à les libérer.

L'adrénaline et un profond sentiment d'accomplissement et de soulagement devant la fin du calvaire de cette vingtaine de femmes sans défense lui faisaient encore battre le pouls rapidement. Elle guida la dernière des femmes arrachées à leur prison autour des corps des Laquais tombés dans le hall et la fit sortir sous le porche. Le crépuscule tombait, inondant la cour pleine de monde d'apaisantes nuances de bleu.

Jenna inspira l'air frais de l'extérieur en sortant derrière la Compagne de sang. Elle regarda vers l'allée, où Renata et Niko aidaient plusieurs femmes à rejoindre la Rover avec laquelle les quatre amies étaient arrivées. Rio et Dylan, ainsi que Kade et Alex étaient eux sur la pelouse enneigée, où ils en guidaient d'autres vers le 4 × 4 qui avait amené les guerriers.

Enfin elle aperçut Brock et se figea.

Ses pieds refusaient tout simplement de la porter plus loin. Elle sentit son cœur se fendre en le voyant étreindre tendrement une femme menue à la chevelure sombre.

Jenna n'avait pas besoin de voir son visage pour savoir qu'il ressemblerait trait pour trait au portrait que leur avait donné Claire. Ni que la fragile beauté qu'enlaçait Brock de ses bras puissants avec tant de douceur était la même jeune femme que sur la photo qu'il avait gardée par-devers lui pendant toutes ces années où il l'avait crue morte.

Corinne.

Par quelque miracle du destin, l'amour disparu de Brock lui avait été rendu. Jenna ravala un sanglot amer, constatant qu'il venait de recevoir un cadeau impossible : la résurrection d'un amour mort.

Elle avait beau être déchirée par ce qu'elle voyait, elle ne pouvait s'empêcher d'être émue par ces touchantes retrouvailles.

Et elle n'aurait pas supporté de les interrompre malgré le désir désespéré qu'elle avait elle-même des bras protecteurs de Brock.

Prenant sur elle, elle descendit les marches et passa devant eux pour guider sa protégée vers une voiture.

Chapitre 32

Brock leva les yeux et vit Jenna qui s'éloignait de lui pour rejoindre l'allée.

Dieu merci, elle était sauve.

Il sentit son cœur tressauter dans sa poitrine avec un tel soulagement qu'il se dit qu'il allait éclater.

— Jenna !

Elle pivota lentement vers lui et le soulagement qu'il éprouvait disparut d'un coup. Le visage de Jenna était marqué et pâle. Le devant de son manteau était déchiré par endroits et couvert de nombreuses taches écarlates.

— Oh, Seigneur !

Il s'écarta de Corinne et courut jusqu'à Jenna. La prenant par les épaules, il la considéra de la tête aux pieds, ses sens de membre de la Lignée submergés par tant de sang cuivré.

— Ah, mon Dieu… Jenna, qu'est-ce qui t'est arrivé ?

Ses traits se plissèrent un peu et elle s'éloigna de lui en secouant la tête.

— Je vais bien. Ce n'est pas mon sang. L'un des Laquais m'a sauté dessus dans la cave. Renata l'a abattu.

Brock siffla entre ses dents, écartelé par l'angoisse même si elle était là devant lui l'assurant qu'elle n'avait rien.

— Quand j'ai su que quelque chose se passait mal ici… (Il lâcha un juron bien senti.) Jenna, j'ai eu si peur qu'il t'arrive quelque chose !

Elle secoua la tête, son regard ferme malgré la tristesse qui se lisait dans ses yeux noisette.

— Je vais bien, répéta-t-elle.

— Et Corinne, lâcha-t-il en regardant vers l'endroit où elle était restée, petite silhouette désolée, pâle reflet de la jeune fille pétulante qui avait disparu à Détroit tant d'années auparavant. Elle est vivante, Jenna. Elle était retenue prisonnière ici avec les autres.

Jenna hocha la tête.

— Je sais.

— Tu sais ?

Il la regardait l'air surpris.

— L'un des nouveaux portraits fournis par Claire Samuels, expliqua-t-elle. Je ne l'ai vu que quand nous sommes arrivées ici, mais j'ai reconnu le visage de Corinne, que j'avais vu sur la photo d'elle que tu as dans ton appartement.

— C'est incroyable, murmura-t-il, toujours sous le coup de tout ce qu'il venait d'entendre. Elle m'a dit que quelqu'un l'avait enlevée cette nuit-là. Elle ne sait pas qui. Je n'ai pas la moindre idée d'à qui appartenait le corps que j'ai vu, ni de pourquoi on avait voulu le faire passer pour le sien. Mon Dieu… je ne sais plus quoi penser de tout ça maintenant.

Jenna l'écoutait parler avec une expression patiente et compréhensive. Beaucoup plus calme qu'elle ne l'était en réalité. Professionnelle, elle gardait une maîtrise de fer sur ses émotions, malgré l'épreuve infernale qu'elle venait elle-même de traverser.

Brock au contraire se laissa submerger par ses émotions. Il éprouvait pour elle à ce moment un respect incommensurable, et l'amour qu'elle lui inspirait l'était tout autant.

— Te rends-tu compte de ce que vous avez accompli ici ? demanda-t-il en tendant la main pour caresser sa joue éclaboussée de sang. Mon Dieu, Jenna, je suis tellement fier de toi.

Il l'embrassa et la serra contre lui, prêt à lui dire combien il remerciait le ciel qu'elle fasse partie de sa vie. Il voulait lui crier son amour, mais la force de ses émotions l'avait laissé sans voix.

Puis, beaucoup trop vite, Jenna se libéra de son étreinte, alertée comme lui par le bruit de pas qui se rapprochaient. Brock se tourna pour faire face à Nikolaï et Renata. Dylan passa alors près d'eux pour prendre en charge Corinne et la mener avec douceur jusqu'à la portière passager de la Rover dans l'allée.

Niko, gêné, se racla la gorge.

— Désolé de vous interrompre, mec, mais il faut qu'on bouge, là. La Rover est presque pleine et Rio a appelé le complexe pour qu'on nous envoie trois voitures de plus. Chase, Tegan et le Chasseur sont déjà en route.

Brock hocha la tête.

— Il va falloir leur trouver un abri quelque part.

— Andreas et Claire ont offert de leur ouvrir leur maison de Newport, répondit Renata. Rio va partir là-bas maintenant avec l'autre 4 × 4.

— Kade et moi allons rester ici avec Renata, Alex et Jenna pour nettoyer les lieux et attendre l'arrivée de Chase et du Chasseur avec une voiture pour le reste des femmes et une autre pour notre retour au complexe, ajouta Niko.

— Nous avons besoin de quelqu'un pour conduire cette Rover à Newport, dit Renata en désignant le véhicule où venait de monter Corinne.

Brock aurait été prêt à se porter volontaire, mais l'idée de s'arracher à Jenna, ne serait-ce que les quelques heures nécessaires à la course, lui était difficilement supportable.

Soudain déchiré, il la regarda.

— Vas-y, dit-elle doucement.

Il aurait voulu la prendre dans ses bras et ne jamais plus l'en laisser repartir.

— Est-ce que ça va aller jusqu'à mon retour ?

— Oui. Tout va bien se passer pour moi, Brock.

Mais son sourire semblait triste. Et ce fut les mains tremblantes qu'elle vint prendre les siennes. Puis elle l'embrassa, un contact rapide de ses lèvres sur celles de Brock.

— Tu n'as plus à t'inquiéter pour moi, maintenant. Fais ce que tu as à faire.

— Il faut y aller, insista Niko. Nous devons nettoyer cet endroit avant qu'un humain curieux vienne y fourrer son nez.

Brock acquiesça de mauvaise grâce et s'écarta de Jenna, qui lui adressa un petit hochement de tête.

Il tourna alors les talons et rejoignit la Rover. Mais tandis qu'il se mettait au volant et manœuvrait pour se placer derrière la voiture que conduisait Rio, il ne put s'empêcher de se dire que le chaste baiser que venait de lui accorder Jenna était plus qu'un au revoir.

Il fallut à Jenna et aux autres plus d'une heure pour se débarrasser des Laquais morts et nettoyer la grande maison de toute trace du combat qui s'y était livré. Entre-temps Tegan, le Chasseur et Chase étaient arrivés et repartis avec le reste des captives libérées, laissant sur place l'un des 4 × 4 de l'Ordre pour que l'équipe de nettoyage puisse rentrer au complexe.

Jenna avait travaillé sans desserrer les lèvres un instant. Elle se sentait lasse et émotionnellement vidée.

Elle ne pouvait s'empêcher de penser à Brock et craignait d'avoir fait une erreur terrible en le laissant partir vers Newport avec Corinne.

Elle aurait tellement voulu l'appeler et le presser de revenir.

Mais elle avait beau le vouloir pour elle, elle ne pouvait pas se montrer aussi injuste à son égard.

Il avait reçu la grâce d'un miracle ce soir-là et elle ne se serait jamais permis de lui enlever ça.

Combien de fois avait-elle prié pour bénéficier d'une seconde chance avec Mitch et Libby après les avoir perdus ? Combien de fois avait-elle souhaité que leur mort ne soit qu'une erreur cosmique rectifiable d'une façon ou d'une autre ? Combien de fois avait-elle attendu contre tout espoir une distorsion impossible du destin qui lui aurait rendu l'amour qu'elle avait perdu ?

Elle se demandait à présent si elle serait encore capable de ces prières et de ces souhaits. En fait, elle savait bien que non. Ils auraient signifié le reniement de tout ce qu'elle éprouvait pour Brock, ce qui lui paraissait encore moins possible qu'une résurrection miraculeuse.

Mais, en même temps, elle ne pouvait demander à Brock de faire le même genre de choix.

Même si ça lui brisait le cœur de le laisser partir.

Avec Alex, elle était en train de fourrer l'un des tapis ensanglantés du salon dans le coffre de la Rover. Soudain envahie par une vague de tristesse à ces pensées, elle sentit ses jambes se dérober sous elle et s'accrocha à la voiture.

— Jen, ça va ? s'inquiéta Alex.

Jenna hocha faiblement la tête, soudain vidée de l'intérieur. Sa tête tournait et sa vision commençait à se brouiller.

— Jenna ? (Alex vint se mettre devant elle et fut saisie d'effroi.) Mon Dieu, Jenna, tu es blessée.

Étourdie, Jenna baissa les yeux sur l'endroit où Alex déboutonnait son manteau ensanglanté. Et comme l'épais tissu de laine s'écartait, elle vit ce qui faisait pâlir le visage de son amie.

Elle se souvint d'un coup du Laquais qui lui était tombé dessus depuis les ombres de la cave. Elle revoyait un éclair métallique émanant de quelque chose dans sa main. Contemplant l'épais sang rouge qui trempait sa jupe et coulait tout le long de sa jambe pour laisser une flaque sombre dans la neige à ses pieds, elle comprenait à présent que c'était probablement un couteau.

— Kade ! Vite ! cria Alex d'une voix qu'envahissait la panique. Renata, Niko, quelqu'un je vous en prie ! Jenna est blessée !

Alors que les autres se précipitaient hors de la maison pour les rejoindre, Jenna sentit le monde s'évanouir autour d'elle. Elle entendait ses amis parler et ressentait leur angoisse, mais elle ne parvenait pas à garder les yeux ouverts, pas plus qu'elle ne pouvait empêcher ses jambes de flancher.

Elle lâcha sa prise sur la voiture et les ténèbres s'emparèrent d'elle.

Chapitre 33

Ce soir-là, la maison de Claire Samuels et d'Andreas Reichen à Newport s'était mise à ressembler à une ruche avec l'arrivée des Compagnes de sang libérées. Les 4 × 4 de Brock et de Rio avaient été les premiers à rallier la grande propriété donnant sur la baie de Narragansett. Tegan, le Chasseur et Chase venaient de les rejoindre et étaient en train de faire entrer dans la maison les Compagnes de sang qu'ils avaient véhiculées.

— Incroyable, disait Reichen, debout à côté de Brock sur le palier du premier étage. (Le vampire allemand et sa Compagne de sang native de Nouvelle-Angleterre ne s'étaient installés dans ce manoir côtier que quelques mois auparavant, après avoir survécu à leur propre calvaire aux mains de Dragos et de ses dangereux alliés tant en Allemagne qu'aux États-Unis.) Claire est restée hantée tout ce temps-là par ce qu'elle avait vu du laboratoire de Dragos dans le rêve de Roth, mais voir réellement ces femmes maintenant, vivantes et hors de danger après si longtemps… Seigneur, c'est ahurissant.

Brock hocha la tête, toujours incrédule lui aussi.

— C'est vraiment bien de votre part de les prendre chez vous.

— Il n'était pas question qu'il en soit autrement.

Claire sortit alors d'une chambre les bras chargés d'une pile de serviettes de toilette et les deux mâles se tournèrent vers elle. Menue et ravissante, la femelle aux cheveux noirs traversait le palier l'air rayonnant. Elle croisa le regard approbateur des deux vampires.

— J'ai tellement prié pour que ce jour arrive, déclara-t-elle, ses yeux marron foncé passant de Reichen à Brock. Je n'osais presque plus croire que nous finirions par réussir.

— Le travail que toi et les autres femmes de l'Ordre avez accompli est plus qu'admirable, répondit Brock, certain qu'il n'oublierait jamais l'image de Jenna et des autres aidant les captives libérées à sortir de la maison à l'air pimpant qui avait été leur dernière prison.

Mon Dieu, Jenna! pensa-t-il. Elle n'avait pas quitté son esprit une seule seconde. Le seul endroit où il désirait se trouver à présent, c'était à ses côtés. Il voulait sentir sa chaleur et la savoir en sécurité dans ses bras.

C'était à cause d'elle qu'il n'avait pas desserré les dents de tout le trajet entre Gloucester et Rhode Island, tourmenté à l'idée que Corinne somnolait à côté de lui dans le siège passager, incroyablement vivante après tant d'années, et sentant pourtant toutes les fibres de son être inexorablement tirées en arrière.

Vers Jenna.

Mais il ne pouvait pas quitter Corinne comme ça. Il avait une dette envers elle. À cause de lui, parce qu'il n'avait pas été capable de la protéger correctement, elle avait été arrachée à tout ce qu'elle connaissait, forcée de supporter d'indicibles tortures aux mains de Dragos. À cause de lui, sa vie avait été brisée.

Comment aurait-il pu ignorer tout ça et se contenter de retourner au bonheur qu'il avait trouvé avec Jenna ?

Comme si le poids de ces sombres pensées avait suffi à conjurer la présence de Corinne, il la sentit soudain derrière lui.

Reichen et Claire regardèrent au-delà de Brock sans rien dire et se détournèrent pour s'en aller ensemble, le laissant seul face au fantôme de ses échecs passés.

Elle avait pris un bain et portait des vêtements propres. Mais Dieu qu'elle était encore frêle ! La veste de polaire et le pantalon de yoga étaient trop grands pour elle. Ses joues étaient pâles et creuses et elle avait de grands cernes noirs sous ses yeux en amande autrefois si rieurs.

Avec ses cheveux noir de jais tirés en arrière en une longue queue-de-cheval, il vit bien qu'elle avait vieilli depuis la dernière fois qu'il l'avait vue. Elle avait dix-huit ans à l'époque, mais, même si elle devait en avoir dans les quatre-vingt-dix à présent, on lui donnait plutôt la trentaine. Seule l'ingestion régulière de sang de vampire avait pu préserver sa jeunesse et Brock fut horrifié en imaginant les circonstances de ces gavages dans les terribles laboratoires de Dragos.

— Seigneur, Corinne, murmura-t-il en allant vers elle comme elle restait figée et silencieuse à quelques pas de lui sur le palier. Je ne sais même pas par où commencer.

De petites plaies et de petites cicatrices ternissaient le visage si parfait dont il avait gardé le souvenir. Ses yeux avaient toujours leur côté exotique et, malgré la façon dont, toujours ébahi, il la scrutait, elle ne les baissait pas ; mais il y avait désormais une faille dans son regard. Fini le joyeux lutin, la douce innocente. À sa place se dressait une survivante posée et circonspecte.

Il tendit la main pour la toucher mais elle se recula en secouant légèrement la tête. Il laissa sa main retomber et pendre à son côté.

— Ah, Seigneur, Corinne, est-ce que tu pourras jamais me pardonner ?

Elle fronça un peu les sourcils.

— Non…

Cette dénégation prononcée d'une voix si douce l'atteignit profondément. Il savait bien qu'il la méritait et il aurait eu du mal à dire quoi que ce soit pour sa défense. Il l'avait laissée tomber. Peut-être même plus que si elle était morte toutes ces années auparavant. La mort aurait mieux valu que tout ce qu'elle avait dû endurer sous la férule d'un salaud fou comme Dragos.

— Je suis désolé, murmura-t-il, décidé à prononcer les mots même si elle secouait la tête sans rien dire, les sourcils de plus en plus froncés. Je sais que mes excuses ne veulent plus rien dire à présent. Ça ne change rien pour toi, Corinne… mais je veux que tu saches qu'il ne s'est pas écoulé un seul jour sans que je pense à toi et que je regrette de n'avoir pas été là. Si seulement j'avais pu échanger ma place avec la tienne, ma vie avec la tienne…

— Non, répéta-t-elle d'une voix plus forte. Non, Brock. C'est ça que tu croyais ? Que je te reprochais ce qui m'était arrivé ?

Il la regardait fixement, surpris de ne pas voir la moindre trace de colère dans ses yeux.

— Tu as absolument le droit de me blâmer. J'étais censé te protéger.

Son regard sombre s'attrista un peu.

— Mais tu l'as fait. Aussi impossible que j'aie pu me montrer, tu as toujours assuré ma sécurité.

— Pas cette nuit-là, lui rappela-t-il l'air grave.

— Je ne sais pas ce qui s'est passé cette nuit-là, murmura-t-elle. Je ne sais pas qui m'a enlevée, mais tu n'aurais rien pu faire Brock. Tu n'as jamais été responsable de ça. Je n'ai jamais voulu que tu croies ça.

— Je t'ai cherchée partout, Corinne. Pendant des semaines, des mois… des années après qu'ils eurent retrouvé le corps dans la rivière, ce corps que je pensais être le tien, j'ai continué à te chercher. (Il prit une courte inspiration.) Je n'aurais jamais dû te laisser hors de ma vue cette nuit-là, même pas une seconde. J'ai échoué…

— Non, dit-elle en secouant lentement la tête, son visage exempt de tout reproche, l'image même du pardon. Tu ne m'as jamais laissée tomber. Tu m'as renvoyée à l'intérieur du club cette nuit-là parce que tu pensais que j'y serais plus en sécurité. Comment aurais-tu pu savoir qu'on allait m'y enlever ? Tu as toujours tout fait pour moi comme il le fallait, Brock.

Il secoua la tête, surpris par son absolution, impressionné par la fermeté qui transparaissait dans sa voix. Elle ne le blâmait pas et une partie de la culpabilité de plomb qu'il portait depuis si longtemps s'évanouit d'un coup.

Au milieu de la vague de soulagement qui le submergea alors, il pensa à Jenna et à la vie qu'il voulait entamer avec elle.

— Tu as quelqu'un, dit Corinne après avoir constaté qu'il restait silencieux. L'humaine qui a aidé à nous sauver toutes aujourd'hui.

Il acquiesça, rempli de fierté malgré le regret qui le tenaillait encore quand il regardait la jeune femme sérieuse et fragile qu'était devenue Corinne au cours des années passées dans les geôles de Dragos.

— Tu es amoureux ? demanda-t-elle.

Impossible de le nier, même devant elle.

— Oui, je le suis. Elle s'appelle Jenna.

Corinne sourit tristement.

— Elle a de la chance. Je suis contente que tu sois heureux, Brock.

Submergé par la gratitude et l'espoir, il ne put s'empêcher d'attirer Corinne contre lui. Au début, il la sentit raide dans ses bras, son petit corps frissonnant comme si le contact la surprenait. Puis elle se laissa un peu aller et vint poser les mains dans le dos de Brock.

Au bout d'un moment, il desserra son étreinte et s'écarta doucement.

— Et toi, Corinne ? Ça va aller ?

Elle lui adressa un faible sourire et haussa une épaule frêle.

— Tout ce dont j'ai besoin, maintenant, c'est de rentrer chez moi. (Quelque chose de vide et d'à vif, quelque chose qui semblait saigner en elle comme une blessure ouverte assombrit son regard.) Tout ce que je veux c'est retrouver ma famille.

C'est en tremblant que le lieutenant de Dragos lui annonça la mauvaise nouvelle du jour.

L'Ordre avait découvert et libéré toutes les femelles que Dragos avait rassemblées au cours de nombreuses décennies pour son laboratoire privé, ou plutôt celles qui avaient survécu à ses expériences prolongées et à ses tentatives de reproduction.

Pire, ç'avait été les femmes de l'Ordre, pas Lucan ou ses guerriers, qui avaient fait ça plus tôt dans la journée. La religieuse Laquais qui l'avait d'abord servi en travaillant dans le centre d'accueil pour jeunes fugueuses afin de repérer les Compagnes de sang pour lui, puis, plus récemment, comme geôlière de la petite prison sur la côte avait failli à sa mission. Cette gourde inutile était morte, et les quelque vingt femelles dont elle avait la garde s'étaient échappées.

Voilà que l'Ordre était parvenu à arracher une autre pierre des fondations de son opération.

Ils avaient commencé par le priver de son autonomie en mettant fin à des années de pouvoir sans restriction au sein de l'Agence du maintien de l'ordre. Puis ils s'étaient emparés de son laboratoire secret, avaient opéré une razzia sur son quartier général et l'avaient forcé à se terrer. Ensuite, ils avaient tué l'Ancien, même s'il l'aurait probablement fait lui-même sans attendre beaucoup plus longtemps.

Et à présent, ça !

Debout dans le vestibule de la suite que louait Dragos dans un palace de Boston, son lieutenant triturait nerveusement son chapeau comme s'il s'était agi d'un vieux chiffon.

— Je ne sais pas comment elles se sont débrouillées pour trouver l'endroit où les femelles étaient retenues prisonnières, sire. Peut-être qu'elles surveillaient la maison pour une raison ou pour une autre. À moins que ce ne soit complètement par hasard qu'elles se soient retrouvées là et qu'elles…

Un rugissement furieux fit cesser le bavardage du vampire instantanément. Dragos se projeta hors du canapé recouvert de soie et balaya du bras un guéridon sur lequel était posé un vase de cristal plein d'orchidées qui alla exploser contre le mur en projetant du verre, de l'eau et des petits morceaux de fleurs dans toutes les directions.

Le souffle coupé de frayeur, le lieutenant sauta en arrière pour venir s'écraser le dos contre la porte fermée. Il avait les yeux qui lui sortaient presque de la tête et le visage marqué par une peur abjecte. Et son expression vira à l'horreur absolue en voyant Dragos foncer sur lui en écumant de rage.

Dans ces yeux écarquillés de terreur, Dragos lut le souvenir d'une menace qu'il avait proférée dans cette même pièce exactement une semaine auparavant.

— Sire, je vous en supplie, murmura le lieutenant. C'est le Laquais qui a failli aujourd'hui, pas moi. Je ne suis que le messager.

Tout ça était bien égal à Dragos. Sa colère était allée trop loin pour qu'il puisse la contrôler désormais. Avec un cri de guerre animal destiné plus à Lucan et à ses guerriers qu'au pion insignifiant qui tremblait de tous ses membres devant lui, il arma son poing et vint l'enfoncer profondément dans la poitrine du vampire. Tel un marteau, sa main traversa tissu, peau et os avant de venir cueillir l'organe qu'elle contenait et qui battait encore frénétiquement.

Mort, le lieutenant s'affaissa à ses pieds. Dragos baissa les yeux sur lui, son poing fermé laissant s'égoutter un filet de sang écarlate sur le cadavre et le tapis blanc sur lequel il était tombé.

Dragos jeta le cœur du vampire comme s'il s'était agi d'un mouchoir usagé, puis renversa la tête en arrière et hurla, sa fureur faisant vibrer l'air autour de lui comme un roulement de tambour.

— Débarrassez-moi de cette merde ! aboya-t-il à l'intention de la paire d'assassins qui avaient assisté en silence à la scène depuis l'autre bout de la suite.

Puis il passa dans la salle de bains pour se nettoyer les mains du sang de sa victime et se calma en pensant que même si l'Ordre était parvenu à lui porter un nouveau coup ce jour-là, il était toujours maître de la situation. Dommage pour eux qu'ils ne s'en soient pas encore rendu compte.

Mais ça ne tarderait plus.

À présent, il avait l'Ordre bien aligné dans son viseur.

Et il était plus que prêt à appuyer sur la détente.

Chapitre 34

Lorsque Jenna se réveilla, la première chose qu'elle vit fut le plafond de l'infirmerie du complexe. Elle cligna lentement des yeux, s'attendant à ressentir la violente douleur correspondant à la blessure provoquée par le couteau qui lui avait percé le flanc.

— Eh. (C'était la voix chaude et profonde qu'elle venait d'entendre dans ses rêves.) J'attendais que tu ouvres ces jolis yeux.

Brock.

Elle tourna la tête sur l'oreiller et fut surprise de le voir assis à côté de son lit. Il était si beau et paraissait si attentionné et si solide. Il la buvait de ses yeux marron foncé et ses lèvres sensuelles esquissaient un sourire.

— Ils m'ont appelé à Newport pour me prévenir que tu étais blessée, expliqua-t-il avant de lâcher un juron à voix basse. J'ai vu le sang sur toi devant la maison du Laquais, mais tu m'as dit que ce n'était pas le tien, Jenna. J'ai foncé jusqu'ici le plus vite possible pour m'assurer que tu allais bien.

Elle lui sourit, le cœur léger d'être de nouveau proche de lui, même si elle avait peur d'être heureuse, car elle se demandait s'il n'était pas revenu uniquement pour l'aider à guérir.

— Comment te sens-tu, Jenna ?

— Bien, répondit-elle, se rendant compte en le disant que de fait elle se sentait très bien physiquement. Elle se redressa un peu et écarta le drap et la couverture. La vilaine estafilade qu'elle aurait dû avoir sous la cage thoracique n'était rien de plus qu'une petite croûte, la plaie qui saignait si abondamment à présent disparue.

— Combien de temps suis-je restée sans connaissance ?

— Quelques heures. (Les traits de Brock s'adoucirent.) Tu nous as tous surpris, spécialement Gideon. Il est encore en train d'essayer de comprendre comment fonctionne ta physiologie, mais il semble bien que ton corps apprenne à se guérir tout seul. Régénération adaptative… Je crois que c'est ainsi qu'il a appelé ça. Il dit qu'il veut faire de nouveaux tests pour déterminer si cette régénération peut également avoir un effet sur le vieillissement de tes cellules. Il a l'air de croire qu'il y a de bonnes chances que ce soit le cas.

Jenna secoua la tête d'un air à la fois étonné et empreint d'ironie.

— Tu sais, je commence à penser que ça pourrait être amusant d'être un cyborg.

— Je me fiche pas mal de ce que tu es, répliqua Brock l'air grave. Je suis simplement heureux de voir que tu vas bien.

Dans le silence qui s'installa entre eux, Jenna se mit à triturer le bord du drap.

— Comment vont les autres femmes, les Compagnes de sang que nous avons sauvées ?

— Elles sont toutes en train de s'installer chez Claire et Andreas. La route va être longue pour nombre d'entre elles, mais elles sont vivantes et Dragos ne pourra plus jamais les faire souffrir.

— C'est bien, répondit calmement Jenna. Et Corinne ?

Le visage de Brock prit une expression solennelle.

— Elle a connu l'enfer. Elle veut rentrer chez elle à Détroit retrouver sa famille. Elle dit qu'il y a des choses qu'elle doit régler là-bas, des choses de son passé, avant de pouvoir penser à son avenir.

— Oh ! fit Jenna.

Elle comprenait ce que ressentait Corinne. Elle aussi avait beaucoup pensé à son passé ces derniers temps, et aux choses qu'elle avait laissées inachevées en Alaska. Elle avait été trop lâche pour les regarder en face jusque-là, mais à présent elle se sentait prête à les affronter dès qu'elle en aurait physiquement la force.

Depuis le sauvetage opéré dans la journée, elle avait également réfléchi à son avenir. Il lui était impossible de se le représenter sans Brock dans le paysage et c'était encore plus vrai à présent qu'elle avait son beau visage devant elle et qu'elle ressentait la chaleur et le réconfort de son regard grave et de sa douce main.

— Corinne m'a demandé de la ramener chez elle, déclara Brock, et ces mots brisèrent le cœur de Jenna.

Elle se gendarma pour ne pas l'implorer de rester. Au lieu de ça, elle hocha la tête puis se mit à débiter ce qu'elle pensait qu'il avait besoin d'entendre.

Des choses qui le soulageraient de toute culpabilité relative à ce qu'ils avaient partagé ensemble et aux tendres promesses qu'il lui avait faites à un moment où il ne savait pas encore que son amour perdu allait lui être rendu.

— Brock, je veux te remercier pour m'avoir aidée comme tu l'as fait. Tu m'as sauvé la vie, plus d'une fois, et tu as été le plus gentil, le plus tendre et le plus généreux des hommes que j'ai jamais connus.

Il fronça les sourcils et ouvrit la bouche pour dire quelque chose, mais elle ne lui en laissa pas l'occasion.

— Je veux que tu saches que je te suis reconnaissante de ton amitié. Et par-dessus tout pour la façon dont tu m'as montré que je pouvais de nouveau être heureuse. Je ne pensais pas que ce serait un jour vraiment possible. Et je n'ai jamais pensé que je pourrais retomber amoureuse…

— Jenna, parvint à dire Brock, la voix grave, les sourcils de plus en plus froncés.

— Je sais qu'il faut que tu partes avec Corinne, reprenait déjà Jenna. Je sais que je ne peux rien te donner de ce qu'elle peut t'apporter en tant que Compagne de sang. Nous ne pourrions jamais avoir d'enfant, ni de lien de sang. Et le temps dont nous aurions pu disposer ensemble aurait été plus que probablement bien moindre que celui que vous aurez tous les deux. (Il secoua la tête, proféra un juron à voix basse, mais elle ne pouvait pas s'arrêter avant d'en avoir terminé.) Je veux que tu ailles avec elle. Je veux que tu profites de cette seconde chance…

— Arrête de parler, Jenna.

— Je veux que tu sois heureux, poursuivit-elle, ignorant son interruption. Je veux que tu trouves tout ce que tu mérites chez une compagne, même si ça veut dire que je disparais du tableau.

Il finit par la faire taire en l'embrassant vivement, une main derrière la tête, en la serrant contre lui. Puis il recula et la considéra avec un regard passionné et chargé de possessivité.

— Arrête de me dire ce que je dois faire !

Il l'embrassa de nouveau, avec plus de douceur cette fois, sa bouche couvrant la sienne, sa langue exigeant qu'elle écarte les lèvres. Elle sentit son désir et l'émotion qui semblait dire qu'il ne la laisserait jamais partir. Lorsqu'il finit par s'écarter d'elle, ses yeux sombres étincelaient de paillettes d'ambre.

— Bordel, Jenna ! Est-ce que tu pourrais ne serait-ce qu'une seconde laisser quelqu'un d'autre aux commandes ?

Elle le regarda, osant à peine espérer comprendre où il voulait en venir.

— Je suis amoureux de toi, chuchota-t-il d'une voix ferme. Je t'aime et je me fiche pas mal que tu sois humaine, cyborg, extraterrestre ou une combinaison quelconque des trois. Je t'aime, Jenna. Je veux que tu sois à moi. Tu es à moi, bordel. Que nous ayons quelques dizaines d'années devant nous ou quelque chose de plus proche de l'éternité. Tu es mienne, Jenna.

Elle inspira avec difficulté, submergée par la joie et le soulagement.

— Oh, Brock. Je t'aime tant. J'ai cru que je t'avais perdu aujourd'hui.

— Jamais, déclara-t-il en la regardant au fond des yeux. Toi et moi, nous faisons équipe. Pour tout désormais. Je serai toujours là pour toi, Jenna.

Sanglotant et riant tout à la fois, elle hocha la tête en tremblant.

— Mon cœur t'appartiendra toujours.

— Toujours, répéta-t-il, avant de la prendre dans ses bras pour un baiser profond qui dura une éternité.

Épilogue

Les bottes de Jenna craquaient dans la neige baignée de lune qui recouvrait le cimetière situé aux abords immédiats d'Harmony, son village alaskain.

Cela ne faisait que deux jours qu'elle s'était réveillée dans l'infirmerie du complexe, parfaitement guérie du coup de couteau qu'elle avait reçu au cours de l'opération de sauvetage des Compagnes de sang emprisonnées.

Seulement deux jours qu'elle et Brock s'étaient mutuellement juré de vivre ensemble pour le restant de leurs jours.

— Es-tu bien sûre d'être prête pour ça ? lui demanda-t-il en passant son bras puissant autour de ses épaules.

Elle savait qu'il détestait le froid qui régnait dans cet endroit, et pourtant c'était lui qui avait suggéré ce voyage dans le nord. Il s'était montré patient et compréhensif, et elle savait qu'il était prêt à rester là dehors avec elle indéfiniment s'il pensait qu'elle avait besoin de plus de temps. Il avait une expression grave, mais son beau visage était rassurant.

— Je suis prête, déclara-t-elle en parcourant d'un regard humide le petit bout de terre sacrée qui s'étendait comme ensommeillée devant elle.

Entrelaçant ses doigts gantés à ceux de Brock, elle marcha avec lui vers le coin le plus éloigné du cimetière, où une paire de grandes dalles de marbre se dressaient côte à côte dans la neige épaisse.

Elle s'était préparée à la vague d'émotions qui la submergea quand elle et Brock s'approchèrent des tombes de Mitch et de Libby pour la première fois, mais elle en eut malgré tout le souffle coupé. Son cœur se serra, sa gorge aussi et pendant un instant elle se demanda si en fin de compte elle aurait vraiment le courage d'aller jusqu'au bout.

— J'ai peur, murmura-t-elle.

Brock lui serra les doigts.

— Tu vas y arriver, affirma-t-il d'une voix douce. Je serai là à côté de toi tout le temps.

Elle leva le regard vers ses yeux profonds si sereins, sentant son amour l'envelopper et lui donner de la force. Elle hocha la tête, puis continua à marcher, son regard plein de larmes accroché aux caractères gravés sur les dalles qui rendaient tout cela irréfutable.

Si brutal et si réel.

Elle commença à pleurer pour de bon au moment où elle se retrouva debout devant les pierres tombales. Elle lâcha alors la main de Brock et s'approcha encore, consciente qu'elle devait accomplir seule cette dernière étape.

— Salut, Mitch, murmura-t-elle doucement en s'agenouillant dans la neige.

Elle posa l'une des deux roses rouges qu'elle avait apportées avec elle à la base de la dalle. Quant à l'autre, qu'elle avait attachée avec un ruban rose à un petit ours en peluche, elle la déposa délicatement près de la plus petite des deux pierres tombales.

— Coucou, ma puce.

Longtemps, elle resta là à écouter le vent souffler dans les pins nordiques, les paupières baissées sur ses larmes, tandis que lui revenait le souvenir de moments heureux passés avec son mari et sa fille.

— Oh, mon Dieu ! murmura-t-elle, envahie par l'émotion. Je regrette tant. Vous me manquez tellement tous les deux.

Elle ne pouvait plus contenir sa douleur, qui lui échappa en violents sanglots, chargés de toute cette angoisse et de toute cette culpabilité qu'elle avait gardées enfermées en elle depuis la nuit de l'accident.

Elle n'était jamais parvenue à se laisser aller ainsi. Elle avait eu trop peur, avait été trop en colère contre elle-même pour céder au chagrin.

Mais à présent elle ne pouvait plus rien stopper. Elle sentait la présence rassurante de Brock derrière elle, sa bouée de sauvetage, son port d'attache au milieu de la tempête. Elle se sentait plus forte désormais, en sécurité.

Elle se sentait aimée.

Et, ce qui pour elle tenait encore plus du miracle, elle se sentait digne d'être aimée.

Après quelques murmures d'adieu supplémentaires, elle toucha chacune des pierres tombales, puis se releva.

Brock était là, bras grands ouverts pour l'étreindre. Son baiser fut doux et apaisant. Il la regarda dans les yeux et d'un doigt léger vint chasser ses larmes.

— Ça va ?

Elle hocha la tête. Malgré la boule qu'elle avait toujours dans la gorge, elle se sentait plus légère. Elle se sentait prête à débuter un nouveau chapitre de sa vie. Prête à entamer son avenir avec l'extraordinaire mâle de la Lignée qu'elle aimait de tout son cœur en voie de guérison.

Plongeant le regard dans les yeux si chaleureux de Brock, elle vint glisser sa main dans la sienne.

— Je suis prête à rentrer à la maison, maintenant, annonça-t-elle.

Achevé d'imprimer en octobre 2012 par Hérissey à Évreux (Eure)

N° d'impression : 119555 - Dépôt légal : novembre 2012

Imprimé en France

81120868-1